◎ 2015年度国家社会科学基金特别委托项目

国家出版基金项目
NATIONAL PUBLICATION FOUNDATION

# "两山"重要思想
# 在浙江的实践研究

LIANGSHAN ZHONGYAO SIXIANG
ZAI ZHEJIANG DE SHIJIAN YANJIU

"绿水青山就是金山银山"重要思想在浙江的实践研究课题组　编著

主　编　葛慧君
副主编　沈满洪　陈寿灿　王祖强

浙江出版联合集团
浙江人民出版社

CONTENTS

# 目　录

# 第一章 总 论

习近平同志在担任中共浙江省委书记期间，旗帜鲜明地提出了"绿水青山就是金山银山"（以下简称"两山"）重要思想。习近平同志主持中央工作以来又将该理论系统深化，并使之成为治国理政的基本理念。学习和贯彻习近平同志"两山"重要思想，对于以美丽中国为目标的生态文明建设、对于中华民族伟大复兴中国梦的实现、对于人类文明的传承与延续，均具有重大指导意义。

## 第一节 "两山"重要思想的形成和发展

"两山"重要思想是在浙江特定阶段、特定省情下提出和形成的，也是在中国特定阶段、特定国情下发展和深化的。"两山"重要思想本身也体现了不同发展阶段的不同特征和追求。

### 一、"两山"重要思想的形成背景

（一）浙江的现实背景

浙江山水风光好，但是土地面积小。而且，"七山一水两分田"的地理特征决定了浙江是一个典型的陆地地域小省、土地资源小省、环境容量小省。在资源环境约束下，一个人口中省如何求得生存，如何生存得更好，这是浙江人民面临的一个重大课题。

在改革开放之初,浙江的经济发展处于全国相对落后的水平。穷则思变的浙江人民以"自强不息、坚韧不拔、勇于创新、讲求实效""求真务实、诚信和谐、开放图强"的浙江精神,闯出了具有推广价值的市场化改革的"浙江模式"。

这种市场取向的改革不仅造就了浙江现象、浙江奇迹、浙江经验,而且具有极强的制度外部性,为全国的市场化改革提供了"浙江样本",并促进了"中国模式""中国奇迹""中国经验"的形成。如今,市场的力量已经让我国的市场机制在资源配置中的"基础性作用"升格到"决定性作用"。

"浙江人民勇于改革创新、浙江政府善于改革创新"的精神是永恒的。不管发展遇到多大困难,浙江在推进市场化改革中敢于探索、敢于实践、"敢当出头鸟"的精神始终是可歌可泣的。

由于特殊的省情,浙江经济发展率先遭遇"成长中的烦恼"。资源需求的无限性与资源供给的有限性以及资源利用效率不高的矛盾十分尖锐,环境容量需求的递增性与环境容量供给的递减性以及环境资源生产率不高的矛盾十分尖锐。

正是在这种背景下,浙江省委、省政府毅然提出了以壮士断腕的决心搞好环境保护,以"腾笼换鸟"的方式搞好转型升级。习近平同志形象化地提出了"两只鸟"理论:"推进经济结构的战略性调整和增长方式的根本性转变……就是要养好'两只鸟':一个是'凤凰涅槃',另一个是'腾笼换鸟'。所谓'凤凰涅槃',就是要拿出壮士断腕的勇气,摆脱对粗放型增长的依赖……所谓'腾笼换鸟',就是要拿出浙江人勇闯天下的气概,跳出浙江发展浙江。"①

(二)全国的现实背景

如果以浙江省的局部与中国的全局作一个类比,那么 2015 年全国

---

① 习近平:《干在实处 走在前列——推进浙江新发展的思考与实践》,中共中央党校出版社 2006 年版,第 128 页。

面临的资源与环境形势正是 2005 年浙江所面临的资源与环境形势。

1. 从微笑曲线看全国的现实背景。管理学以微笑曲线说明产业发展的分工。如果以横轴表示从"研发、设计"到"生产、制造"再到"品牌、营销"的产业链环节，以纵轴表示利润率，那么，这条利润率曲线是一条 U 形的微笑曲线，见图 1-1。

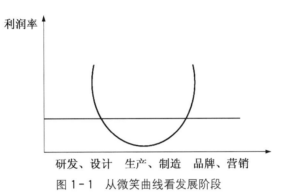

图 1-1 从微笑曲线看发展阶段

因为专利制度的保护，研发、设计环节是能够获取高利润率的；因为商标权的保护和营销网络的构建，品牌、营销环节是能够获取高利润率的；恰恰生产、制造环节的利润率是最低的。如果说浙江省在 10 年前还处于微笑曲线的底端，即主要从事生产和制造这个环节，那么今天的浙江已经开始向微笑曲线的两端拓展，而全国的总体情况依然处于微笑曲线的底端。

2. 从资源依赖性曲线看全国的现实背景。资源经济学以资源依赖性倒 U 形曲线说明工业化过程中自然资源的依赖性程度。如果以工业化进程作为横轴，以每年人均的某种自然资源消耗量代表资源依赖度作为纵轴，那么，这是一条倒 U 形的曲线，见图 1-2。

这就说明，资源依赖度随着工业化进程的推进先是按照递增的速度递增，然后是按照递减的速度递增，到达最高点后，工业化到达中期，随着工业化进程的进一步推进，资源依赖度不断下降。之所以不断下降，是因为经济增长越来越依靠科技进步。如果说浙江在 2005 年时还处于资源依赖性倒 U 形曲线的上升阶段，那么，2015 年开始则趋于缓速下降，而全国的状况则依然处于上升阶段。

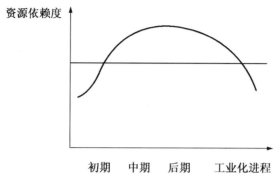

图1-2 从资源依赖性倒U形曲线看发展阶段

3. 从环境库兹涅茨曲线看全国的现实背景。环境经济学以环境库兹涅茨曲线说明工业化过程中人均收入与环境质量退化指数之间的关系。如果以人均收入作为横轴,以环境质量退化指数(如空气质量退化以中度污染、重度污染和严重污染的天数占365天的比例,水体质量退化以V类水体和劣V类水体占整个河段的比例)作为纵轴,那么,环境库兹涅茨曲线也是一条倒U形的曲线,即在工业化过程中随着人均收入水平的上升,环境质量先是不断退化,然后是逐渐好转,见图1-3。

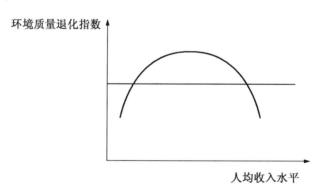

图1-3 从环境库兹涅茨曲线看发展阶段

浙江省2005年时环境库兹涅茨曲线总体还处于上升阶段,2015年则出现了明显下降趋势,而就全国而言,依然处于上升阶段。因此,对全国环保形势的研判依然是"局部领域有所好转,总体状况仍在恶化"。正因为如此,"十三五"规划对生态环境质量变化做出的谨慎预期为:生态环境质量总体好转。

党的十七大报告首次提出"建设生态文明";党的十八大报告系统阐述了"推进生态文明建设"并强调"着力推进绿色发展、循环发展、低碳发展";党的十八届三中全会决定以"五位一体"的总体框架系统阐述了"推进生态文明体制改革",指出了"绿水青山就是金山银山""山水林田湖是一个生命共同体"的理念;党的十八届四中全会决定从法治角度阐述了依法推进生态文明建设;2015 年上半年印发的《中共中央国务院关于加快推进生态文明建设的意见》,首次提出"协同推进新型工业化、信息化、城镇化、农业现代化和绿色化",再次强调"坚持把绿色发展、循环发展、低碳发展作为基本方针";2015 年下半年中央出台了《生态文明体制改革总体方案》;党的十八届五中全会提出了创新发展、协调发展、绿色发展、开放发展、共享发展五大发展理念。理论创新源自实践。"两山"重要思想的不断深化以及生态文明建设的不断强化,就是基于我国的发展形势和基本国情。

## 二、"两山"重要思想的发展脉络

习近平同志在一系列的讲话、演讲以及报刊文章中系统阐述了"两山"重要思想。大致上可以分成两个阶段:

### (一)主政浙江时的论述

2003 年 8 月 8 日,习近平同志从认识论的角度阐述了金山银山和绿水青山之间的关系。他说:"'只要金山银山,不管绿水青山',只要经济,只重发展,不考虑环境,不考虑长远,'吃了祖宗饭,断了子孙路'而不自知,这是认识的第一阶段;虽然意识到环境的重要性,但只考虑自己的小环境、小家园而不顾他人,以邻为壑,有的甚至将自己的经济利益建立在对他人环境的损害上,这是认识的第二阶段;真正认识到生态问题无边界,认识到人类只有一个地球,地球是我们共同的家园,保护环境是全人类的共同责任,生态建设成为自觉行动,这是认识的第三阶段。"①

2005年8月15日，习近平同志在安吉县余村考察时，明确提出了"绿水青山就是金山银山"的科学论断。回到杭州不久，习近平同志就在当月24日的《浙江日报》上发表了《绿水青山也是金山银山》一文。在文中强调："如果能够把这些生态环境优势转化为生态农业、生态工业、生态旅游等生态经济的优势，那么绿水青山也就变成了金山银山。绿水青山可带来金山银山，但金山银山却买不到绿水青山。绿水青山与金山银山既会产生矛盾，又可辩证统一。"②

2006年3月23日，习近平进一步从金山银山与绿水青山之间对立统一的角度作了更为完整、更为严谨的表述。人们"在实践中对绿水青山和金山银山这'两座山'之间关系的认识经过了三个阶段：第一个阶段是用绿水青山去换金山银山，不考虑或者很少考虑环境的承载能力，一味索取资源。第二个阶段是既要金山银山，但是也要保住绿水青山，这时候经济发展和资源匮乏、环境恶化之间的矛盾凸显出来，人们意识到环境是我们生存发展的根本，要留得青山在，才能有柴烧。第三个阶段是认识到绿水青山可以源源不断地带来金山银山，绿水青山本身就是金山银山，我们种的常青树就是摇钱树，生态优势变成经济优势，形成了一种浑然一体、和谐统一的关系。这一阶段是一种更高的境界，体现了科学发展观的要求，体现了发展循环经济、建设资源节约型和环境友好型社会的理念"③。

正是基于"两座山"关系的正确认识，习近平同志对于违背科学发展观的思想和做法提出了严肃的批评。他说："再走'高投入、高消耗、高污染'的粗放经营老路，国家政策不允许，资源环境不允许，人民群众也不答应。"④他告诫各级政府、各级领导、各类企业和全体公民："不

---

① 习近平：《之江新语》，浙江人民出版社2007年版，第13页。
② 同上，第153页。
③ 同上，第186页。
④ 习近平：《干在实处 走在前列——推进浙江新发展的思考与实践》，中共中央党校出版社2006年版，第23页。

重视生态的政府是不清醒的政府,不重视生态的领导是不称职的领导,不重视生态的企业是没有希望的企业,不重视生态的公民不能算是具备现代文明意识的公民。"①针对扭曲了的生产力观和政绩观,习近平指出:"破坏生态环境就是破坏生产力,保护生态环境就是保护生产力,改善生态环境就是发展生产力,经济增长是政绩,保护环境也是政绩。"②

习近平同志在主持起草党的十八大报告时十分重视生态文明建设,把"大力推进生态文明建设"作为独立的部分进行系统阐述,并且在"两山"重要思想的基础上明确提出了"努力建设美丽中国,实现中华民族的永续发展"的宏伟目标。

### (二)主政中央后的论述

中共中央政治局 2013 年 5 月 24 日上午就大力推进生态文明建设进行第六次集体学习。习近平同志在主持学习时强调,生态环境保护是功在当代、利在千秋的事业。要清醒认识保护生态环境、治理环境污染的紧迫性和艰巨性,清醒认识加强生态文明建设的重要性和必要性,以对人民群众、对子孙后代高度负责的态度和责任,真正下决心把环境污染治理好、把生态环境建设好,努力走向社会主义生态文明新时代,为人民创造良好生产生活环境。③

2013 年 9 月 7 日,习近平同志在哈萨克斯坦纳扎尔巴耶夫大学发表题为《弘扬人民友谊 共创美好未来》的重要演讲,并回答学生提出的关于环境保护的问题时指出:"中国明确把生态环境保护摆在更加突出的位置。我们既要绿水青山,也要金山银山。宁要绿水青山,不要金山银山,而且绿水青山就是金山银山。我们绝不能以牺牲生态环境为代价换取经济的一时发展。我们提出了建设生态文明、建设美丽

---

①② 习近平:《干在实处 走在前列——推进浙江新发展的思考与实践》,中共中央党校出版社 2006 年版,第 186 页。

③《坚持节约资源和保护环境基本国策 努力走向社会主义生态文明新时代》,载《人民日报》2013 年 5 月 25 日。

中国的战略任务,给子孙留下天蓝、地绿、水净的美好家园。"①这一回答是对"两山"重要思想的进一步扩展,也是对错误发展观的猛烈棒喝。

习近平同志在十八届三中全会上的讲话中进一步把"两山"重要思想提升到系统论的高度,他指出:"山水林田湖是一个生命共同体,人的命脉在田,田的命脉在水,水的命脉在山,山的命脉在土,土的命脉在树。用途管制和生态修复必须遵循自然规律,如果种树的只管种树、治水的只管治水、护田的只管护田,很容易顾此失彼,最终造成生态的系统性破坏。"②

习近平同志主持起草的党的十八届五中全会主要文件——《中共中央关于制定国民经济和社会发展第十三个五年规划的建议》,首次系统阐述了创新发展、协调发展、绿色发展、开放发展、共享发展五大发展理念。③ 五大发展理念是彼此关联的,是你中有我、我中有你的关系。如果侧重从绿色发展的角度来审视,其他4个发展均与绿色发展有紧密的联系。创新发展、共享发展与绿色发展是单向的因果关系:只有创新发展才能绿色发展,只有绿色发展才能共享发展。其中,创新发展包括理念创新、科技创新、管理创新和制度创新。开放发展、协调发展与绿色发展是双向的因果关系:开放发展促进绿色发展,绿色发展促进开放发展;协调发展促进绿色发展,绿色发展促进协调发展。从绿色发展的角度看,五大发展理念之间的关系可以用图1-4加以表示。

总之,习近平同志关于"既要金山银山,又要绿水青山""只要绿水青山,不要金山银山""绿水青山就是金山银山"的三个重要论断,构成

---

① 魏建华、周亮:《习近平:宁可要绿水青山 不要金山银山》,载中国青年网2013年9月7日。

② 习近平:《关于〈中共中央关于全面深化改革若干重大问题的决定〉的说明》,载《人民日报》2013年11月12日。

③《中共中央关于制定国民经济和社会发展第十三个五年规划的建议》,载《人民日报》2015年11月3日。

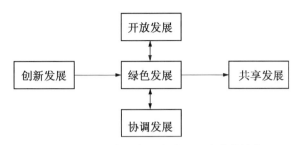

图 1-4 绿色发展在五大发展理念中的地位

了完整的"两山"重要思想。"两山"重要思想对五大发展理念的提出起到了奠基性的作用。可以说,"两山"重要思想是五大发展理念的理论基础。

### 三、"两山"重要思想的主要文献

根据正式出版的文献,按照专著类、讲话类、文件类三个方面可大致梳理如下:

（一）专著类

1. 习近平:《之江新语》,浙江人民出版社 2007 年版。主要体现在《环境保护要靠自觉自为》《要看 GDP,但不能唯 GDP》《树政绩的根本目的是为人民谋利益》《既要 GDP,又要绿色 GDP》《实现经济发展和生态建设双赢》《让生态文化在全社会扎根》《生态省建设是一项长期战略任务》《发展"无烟工业"也要可持续发展》《在土地问题上要长期从紧过日子》《发展观决定发展道路》《建设资源节约型社会是一场社会革命》《发展循环经济要出实招》《努力建设环境友好型社会》《绿水青山也是金山银山》《科技创新是建设节约型社会的关键》《结构调整是建设节约型社会的根本》《深化改革是建设节约型社会的动力》《加强监管是建设节约型社会的保障》《从"两座山"看生态环境》《靠建设美村》《破解经济发展和环境保护的"两难"悖论》等文献之中。

2. 习近平:《干在实处 走在前列——推进浙江新发展的思考与实践》,中共中央党校出版社 2006 年版。集中体现在第二章"深入实施

'八八战略',全面落实科学发展观"之第七节:"创建生态省,打造'绿色浙江'"。具体包括《发展与人口资源环境的关系是发展中最大的辩证法》《资源节约是关系到人与自然和谐相处的"社会革命"》《发展循环经济是一项系统工程》《既要金山银山,又要绿水青山》等。同时,也体现在第五节"切实转变经济增长方式"和第六节"统筹城乡发展,推进城乡一体化"等相关篇章之中。

3. 习近平:《习近平谈治国理政》,外文出版社2014年版。集中体现在第八章"建设生态文明"之中,具体文献包括《为建设美丽中国创造更好生态条件》《努力走向社会主义生态文明新时代》《为子孙后代留下天蓝、地绿、水清的生产生活环境》等。

## (二)讲话类

1. 习近平:《关于〈中共中央关于全面深化改革若干重大问题的决定〉的说明》,《人民日报》2013年11月12日。集中体现在第二部分"关于全会决定的总体框架和重点问题"之"第十,关于健全国家自然资源资产管理体制和完善自然资源监管体制"部分。在《人民对美好生活的向往 就是我们的奋斗目标》等文献中也有涉及。

2. 习近平:《关于〈中共中央关于制定国民经济和社会发展第十三个五年规划的建议〉的说明》,《人民日报》2015年11月3日。集中体现在第三部分"需要重点说明的几个问题"之"第六,关于实行能源和水资源消耗、建设用地等总量和强度双控行动""第七,关于探索实行耕地轮作休耕制度试点""第八,关于实行省以下环保机构检测监察执法垂直管理制度"等部分。

3. 习近平:《携手构建合作共赢、公平合理的气候变化治理机制——在气候变化巴黎大会开幕式上的讲话》(2015年11月30日,巴黎),《人民日报》2015年12月1日。关于"有利于实现公约目标、有利于凝聚全球力量、有利于加大投入、有利于照顾各国国情"的国际气候谈判的基本原则,关于"创造一个各尽所能、合作共赢的未来;创造一个奉行法治、公平正义的未来;创造一个包容互鉴、共同发展的未来"

的国际气候治理模式等,都是"两山"重要思想的深化和发展,也是国际治理气候问题的中国声音。

(三) 文件类

1. 胡锦涛:《坚定不移沿着中国特色社会主义道路前进 为全面建成小康社会而奋斗——在中国共产党第十八次全国代表大会上的报告》(2012 年 11 月 8 日),《人民日报》2012 年 12 月 18 日。集中体现在第八部分"大力推进生态文明建设"。

2. 中共中央:《中共中央关于全面深化改革若干重大问题的决定》,人民出版社 2013 年版。集中体现在第十四部分"加快生态文明制度建设"。

3. 中共中央、国务院:《中共中央 国务院关于加快推进生态文明建设的意见》,《光明日报》2015 年 5 月 6 日。整个文件九章 35 条全部体现了"两山"重要思想。

4. 中共中央、国务院:《生态文明体制改革总体方案》,《光明日报》2015 年 9 月 22 日。整个文件由 10 个部分、56 条组成,系统阐述了我国生态文明体制改革的总体要求、改革内容、实施保障等。

5. 中共中央:《中共中央关于制定国民经济和社会发展第十三个五年规划的建议》,《人民日报》2015 年 11 月 3 日。集中体现在第五部分"坚持绿色发展理念,着力改善生态环境"。

## 第二节 "两山"重要思想的内涵和外延

"两山"重要思想内涵丰富,外延广泛,特色鲜明,博大精深。本节从内涵、外延、特征三个角度予以解读。

## 一、"两山"重要思想的内涵

### (一)基本概念的理解

从狭义的角度理解,绿水青山代表生态环境,金山银山代表经济增长。从这个角度看,就是要妥善处理好生态环境与经济增长的关系。从广义的角度理解,"绿水青山"就是优质的生态环境——优质的水环境、优质的大气环境、优质的土壤环境、优质的天然氧吧、高额的负氧离子等,以及与优质生态环境关联的生态产品——有机产品、绿色产品、无公害产品等;金山银山就是经济增长或经济收入——国内生产总值的增长、居民可支配收入的增长等,以及与收入水平关联的民生福祉——优质环境所带来的健康状况的改善、优质生态环境所带来的审美享受等。从价值观的角度看,"两山"重要思想是一种统筹经济价值和环境价值的绿色价值观。

### (二)精神实质的把握

从发展观的角度看,"两山"重要思想的精神实质就是要实现经济生态化和生态经济化。一方面,要遏制经济增长同时的环境退化,就要保护生态,修复环境,保障生态环境的应有功能,简而言之,就是经济生态化。另一方面,要把优质的生态环境转化成居民的货币收入,就要实现生态优美和经济欠发达地区的全面小康,也即生态经济化。

1. 经济生态化。经济生态化包括产业生态化和消费绿色化两个方面。

产业生态化的背景是产业经济的迅速扩张与生态环境容量的有限性之间的矛盾十分尖锐。产业生态化就是产业经济活动从有害于生态环境向无害于甚至有利于生态环境的转变过程,逐步形成环境友好型、气候友好型的产业经济体系。

消费绿色化的背景是消费欲望的无限性与支撑消费品生产的自然资源的有限性之间的矛盾十分尖锐。消费绿色化就是妥善处理人与自然的关系,逐步形成环境友好型的消费意识、消费模式和消费习惯。改变传统的摆阔式消费、破坏性消费、奢侈性消费、一次性消费等消费行为,推进节约型消费、环保型消费、适度型消费、重复性消费等新型消费行为。

经济生态化就是要做到党的十八大报告所提出的"着力推进绿色发展、循环发展、低碳发展"。实际上,绿色发展的背后是黑色发展,循环发展的背后是线性发展,低碳发展的背后是高碳发展。经济生态化就是要实现从黑色发展向绿色发展转变,从线性发展向循环发展转变,从高碳发展向低碳发展转变。

2. 生态经济化。经济系统两头连接着生态系统:一方面,无论是生产还是消费,都要向生态系统获取自然资源,不管是可再生的还是不可再生的;另一方面,无论是生产者还是消费者都要排放废弃物,废弃物的最终归宿是生态系统。长期以来,我们把生态系统当作是一个可以无限供给的系统。实际上生态系统是有限的,自然资源是有限的,环境容量是有限的,气候资源是有限的。

自然资源、环境资源、气候资源供给的有限性与人类对它们需求的无限性之间的矛盾日益尖锐,因此,不应该采取低价使用自然资源,以零价格使用环境资源和气候资源。生态经济化就是将自然资源、环境容量、气候容量视作经济资源加以开发、保护和使用。对于自然资源不仅要考察其经济价值,还要考察其生态价值;对于环境资源和气候资源,要根据其稀缺性赋予它价格信号,进行有偿使用和交易。

生态经济化的实现途径可能是通过财税制度方式,如征收资源税、环境税、碳税等实现负外部性的内部化,采取生态补偿、循环补贴、低碳补助等实现正外部性的内部化。生态经济化的实现途径也可能是产权制度方式。实施水权、矿权、林权、渔权、能权等自然资源产权的有偿使用和交易制度,实施生态权、排污权等环境资源产权的有偿使用和交易制度,实施碳权、碳汇等气候资源的有偿使用和交易制度。

## 二、"两山"重要思想的外延

（一）从"目的论"角度看，"两山"重要思想是"四个全面"战略布局的理论构成和理论支撑

"两山"重要思想是习近平生态文明思想的形象表达，是"四个全面"战略布局的重要理论支撑。全面建成小康社会，就要妥善处理好效率与公平的关系，实现区域、城乡、群体之间的公平和谐；就要妥善处理好物质与精神的关系，实现客观世界与主观世界的和谐发展；就要妥善处理好经济与环境的关系，实现生态系统与经济系统的和谐发展。因此，全面建成小康社会是包括生态文明建设在内的全面小康。全面深化改革，是全面深化经济体制改革、政治体制改革、文化体制改革、社会体制改革和生态文明体制改革的综合改革，生态文明体制改革是全面深化改革的重要组成部分。全面依法治国，就要依法推进经济建设、政治建设、文化建设、社会建设和生态文明建设。生态文明建设必须有法治作保障。全面从严治党，就是要通过"治党"实现"治国"，而"治国"必须"治环境"，"治党""治国"和"治环境"存在内在的必然联系。"四个全面"战略布局是习近平同志治国理政思想的集中概括，是实现中华民族伟大复兴的中国梦的根本保障。建设"美丽中国"是实现中国梦的题中应有之义。"两山"重要思想是以"美丽中国"为目标的生态文明建设的指导思想。因此，"两山"重要思想不是就生态论生态，也不是就经济论经济，是"四个全面"战略布局的理论构成，是"四个全面"战略布局的理论支撑。

（二）从"阶段论"角度看，"两山"重要思想是与不同发展阶段紧密相关的唯物主义历史观

"两山"重要思想是习近平同志在总结人们对"两山"认识经历三个阶段的基础上提炼出来的。"第一个阶段是用绿水青山去换金山银山，不考虑或者很少考虑环境的承载能力，一味索取资源。第二个阶

段是既要金山银山，但是也要保住绿水青山，这时候经济发展和资源匮乏、环境恶化之间的矛盾凸显出来，人们意识到环境是我们生存发展的根本，要留得青山在，才能有柴烧。第三个阶段是认识到绿水青山可以源源不断地带来金山银山，绿水青山本身就是金山银山，我们种的常青树就是摇钱树，生态优势变成经济优势，形成了一种浑然一体、和谐统一的关系。"①之所以会出现"只要金山银山，不要绿水青山"的现象，是因为人们在饥寒交迫的情况下首先需要解决生存问题，"与其被饿死，不如被毒死"就是当时老百姓对生存需求的真实写照。之所以提出"宁要绿水青山，不要金山银山"，是因为在经济发展到人均国内生产总值超过 5000 美元的前提下，人们越来越关注生活质量和生命质量，人们对包括优质环境和生态产品在内的生态需求迅速递增，如果再采取"只要金山银山，不要绿水青山"的做法，是与居民的福祉追求背道而驰的。总之，"两山"重要思想是与发展阶段紧密关联的，在不同的发展阶段有不同的追求，在不同的发展阶段要做不同的事情。但是，不管在什么发展阶段，都必须做到：第一，坚持发展第一要务不动摇，不能否定发展，没有发展什么事情都无从谈起。第二，坚持环境保护不动摇，必须守住底线，坚决守护人类赖以生存和发展的"绿水青山"。

### （三）从"民生论"角度看，"两山"重要思想是充分体现为人民服务宗旨的民生关切

2012 年 11 月 15 日，新当选的中共中央总书记习近平在常委见面会上讲道："我们的人民热爱生活，期盼有更好的教育、更稳定的工作、更满意的收入、更可靠的社会保障、更高水平的医疗卫生服务、更舒适的居住条件、更优美的环境，期盼着孩子们能成长得更好、工作得更

---

① 习近平：《干在实处 走在前列——推进浙江新发展的思考与实践》，中共中央党校出版社 2006 年版，第 198 页。

好、生活得更好。人民对美好生活的向往,就是我们的奋斗目标。"①经济发展水平和生态环境质量都是与美好生活息息相关的。在当今中国山不清、水不秀、天不蓝、地不净的背景下,大力推进优良生态环境和生态产品的供给以满足老百姓日益增长的生态需求,是党和政府义不容辞的职责。因此,"两山"重要思想不仅体现了党和政府为人民服务的民生关切,而且展现了生态公平论和环境正义论。"只要金山银山,不要绿水青山"的"黑色发展"得益的是个别企业,受损的是广大百姓,失去了生态公平和环境正义。有些矿山企业"挖了一个坑,冒了一股烟,留了一堆灰"的做法,虽然肥了自己,但是害了百姓。诚如习近平总书记在海南视察时所指出的:"保护生态环境就是保护生产力,改善生态环境就是发展生产力。良好生态环境是最公平的公共产品,是最普惠的民生福祉。"②因此,"两山"重要思想关注的是最广大人民的根本利益和长远利益,秉持的是生态公平论和环境正义论。从这个角度审视,"两山"重要思想已经远远突破了生态经济的范畴,上升到政治和社会的战略高度。

(四)从"发展论"角度看,"两山"重要思想要求大力倡导绿色发展而坚决反对"黑色发展"

"两山"重要思想本质上是发展观问题。《中共中央 国务院关于加快推进生态文明建设的意见》首次把"坚持绿水青山就是金山银山"作为推进生态文明建设的指导思想,并且强调"大力推进绿色发展、循环发展、低碳发展"。与绿色发展相对应的是黑色发展,与循环发展相对应的是线性发展,与低碳发展相对应的是高碳发展。"两山"重要思想就是要求我们从黑色发展转向绿色发展,从线性发展转向循环发展,从高碳发展转向低碳发展。以绿色发展观为指导,就要求做到绿

---

① 习近平:《人民对美好生活的向往 就是我们的奋斗目标》,载《人民日报》2012年11月16日。

②《良好生态环境是最公平的公共产品 是最普惠的民生福祉》,载《海南特区报》2013年4月11日。

色生产和绿色消费,就要求做到产业生态化和消费绿色化。产业生态化就要坚持"两条腿"走路:一方面,对资源消耗和环境污染大的重化工业、对基于化肥农药的现代农业进行清洁化改造和循环化利用;另一方面,对有机绿色的生态农业、基于高新技术的现代工业、文化创意等轻型化服务业进行产业培育和营销策划。消费绿色化就要倡导节约型消费、适度型消费、循环型消费。只要消费者真正树立了绿色消费的观念,形成了绿色消费的习惯,那么,就完全可以通过"货币选票"培育出强大的绿色产业,并使黑色产业没有立足之地。

（五）从"科技论"角度看,绿色科技创新是践行"两山"重要思想的驱动力量

按照"两山"重要思想,就要求做到经济生态化和生态经济化。但是,现实生活中大量存在"经济不生态"和"生态不经济"。之所以存在这种现象,就因为还存在"经济且生态"和"生态即经济"的技术障碍。自然资源利用技术和环境污染治理技术水平的低下,导致自然资源生产率和环境资源生产率的低下,使得企业要么按照"经济且生态"的要求关停,要么按照"经济不生态"的模式运行。生态价值评价方法和生态效益外部性计量方法的不成熟性,导致价值实现和转化的障碍。生态产品信息甄别技术的不完善导致"优质产品低价"和"劣币驱逐良币"的现象。中国的基本国情是人口总量大、人均资源少,环境容量小、污染排放多。在这一背景下实现发展方式的根本转变,必须依靠科学技术。只有科技创新的绿色化,才能保障发展方式的绿色化。只有创新驱动,才能保障"经济生态化"和"生态经济化"的高收益和低成本,从而实现包括经济效益和环境效益在内的净收益的最大化。向着现代化强国迈进的中国,必须形成绿色发展的核心竞争力,要有核心竞争力就必须有绿色发展的核心技术,要有绿色发展的核心技术就必须依靠自主创新,要进行自主创新就必须拥有一大批拔尖创新人才,要拥有自主创新人才必须拥有高质量的创新教育。正因为如此,国家先后出台了科教兴国战略、人才强国战略、自主创新战略、创新驱动战

略等。可以说,践行"两山"重要思想的关键是绿色科技创新。

## (六)从"制度论"角度看,生态文明制度建设是践行"两山"重要思想的根本保障

习近平同志十分注重制度的顶层设计(自上而下的而不是自下而上的)、系统设计(系统完整的而不是零敲碎打的)和结构设计(激励相容的而不是相互抵触的)。《中共中央关于全面深化改革若干重大问题的决定》指出:"建设生态文明,必须建立系统完整的生态文明制度体系,实行最严格的源头保护制度、损害赔偿制度、责任追究制度,完善环境治理和生态修复制度,用制度保护生态坏境。"[①]《中共中央 国务院关于加快推进生态文明建设的意见》总共有九章 35 条,其中,第六章"健全生态文明制度体系"阐述了 10 条生态文明的正式制度,第七章"加强生态文明建设统计监测和执法监督"阐述了 2 条生态文明制度的实施机制,第八章"加快形成推进生态文明建设的良好社会风尚"阐述了 3 条生态文明的非正式制度,[②]生态文明制度建设的条目数占到整个文件的 43%。这充分说明制度在生态文明建设中的极端重要性。要将"两座山"论断真正付诸实施,从制度层面看,要建立起经济制度、政治制度、文化制度、社会制度和生态制度等生态文明制度体系;从制度运行看,要建立起源头控制制度、过程管控制度和末端惩处制度等生态文明制度体系;从制度刚性看,要建立起强制性制度、选择性制度和引导性制度等生态文明制度体系;从制度结构看,要建立起正式制度、非正式制度和实施机制的生态文明制度体系。当前我国的资源危机、环境危机、气候危机均十分严峻。在这种背景下,强制性制度尤其是法律制度的建设和实施显得特别重要。因此,在推进绿色发展的过程中,必须做到有法可依、有法必依,而且要做到重典治乱、重

---

① 《中共中央关于全面深化改革若干重大问题的决定》,载《人民日报》2013 年 11 月 12 日。

② 《中共中央 国务院关于加快推进生态文明建设的意见》,载《光明日报》2015 年 5 月 6 日。

典治污,真正走上依法推进生态文明建设的健康轨道。总之,制度建设是践行"两山"重要思想的根本保障。

### 三、"两山"重要思想的特征

学习习近平同志关于"两山"重要思想的基本观点,可以概括出下列几个特点:

第一,问题的现实针对性。习近平同志在反思"高投入、高消耗、高污染、高增长"传统发展模式的基础上,对"吃祖宗饭、断子孙路"的错误发展观进行了严肃批判后提出了"两山"重要思想。改革开放的过程中遇到了一些新问题,因此,顶层设计必须是问题导向。如果不对错误发展观进行批判,就不可能树立正确的发展观。习近平同志主政浙江时提出的"八八战略"就是科学发展观在浙江实践的生动体现,其中战略之五便是"进一步发挥浙江的生态优势,创建生态省,打造'绿色浙江'"。"八八战略"是指导浙江省过去十多年来科学发展的指导思想,并将继续指引浙江的科学发展。

第二,理论的逻辑递进性。"两山"重要思想的理论逻辑是层层递进的。第一层次是否定"只要金山银山、不要绿水青山"的片面的观点,第二层次是提出了"既要金山银山、又要绿水青山"的兼顾的观点,第三层次是强调了"绿水青山就是金山银山"的科学发展的观点,第四层次是表达了"宁要绿水青山、不要金山银山"的训诫性观点。正是这种逻辑递进性,才能够把理论提升到战略高度:在主政浙江期间习近平同志把生态文明建设提升到"八八战略"的高度,主政中央以后,习近平同志把生态文明提升到"五位一体"总体布局的高度。

第三,语言的广泛群众性。"两山"重要思想不是为理论自身服务的,而是为指导实践服务的。指导科学发展和生态文明建设实践的理论必须被群众所接受、所领悟、所欢迎。习近平同志的"两山"重要思想通俗易懂,朗朗上口,代表了群众的心声,非常接地气,并且容易转化为群众的自觉实践。在我们的文化中,类似于"两山"重要思想的观点也不少,但是,没有"两山"重要思想那么直观,那么亲切。如"鱼和熊掌兼得"显得过于书卷气,"既要经济增长,又要环境保护"显得过于直白。"两山"重要思想既有思想的深刻性,又有语言的群众性。

# 第三节 "两山"重要思想的价值和意义

"两山"重要思想表面上看似乎只有几句话,实际上是习近平治国理政思想的重要组成部分。"两山"重要思想不仅具有重要的理论价值,而且具有重要的现实意义,同时还有方法论上的重要创新。

## 一、"两山"重要思想的理论意义

### (一)"两山"重要思想是对马克思主义生态思想的重大发展

马克思主义经典作家十分重视人与自然的关系,这在恩格斯的《自然辩证法》中得到充分表现。恩格斯这段文字经常被引用:"我们不要过分陶醉于我们人类对自然界的胜利。对于每一次这样的胜利,自然界都对我们进行报复。每一次胜利,起初确实取得了我们预期的结果。但是往后和再往后却发生完全不同的、出乎预料的影响,常常把最初的结果又消除了。"①恩格斯列举了一系列自然对人类报复的例子后紧接着说:"因此我们必须时时记住:我们统治自然界,决不像征服者统治异民族一样,决不像站在自然界以外的人一样——相反地,我们连同我们的肉、血和头脑都是属于自然界,存在于自然界的;我们对自然界的整个统治,是在于我们比其他一切动物强,能够认识和正确运用自然规律。"在这里,恩格斯不仅指出了征服自然、改造自然、破坏自然是要受到自然界报复的,而且强调了人类只不过是自然界的一个部分,因此,顺理成章的结论便是尊重自然、顺应自然、保护自然。

---

① 《马克思恩格斯选集》(第4卷),人民出版社1995年版,第383页。

"两山"重要思想,不仅揭示了保护自然的重要性和破坏自然的危害性,而且认识到实现"鱼和熊掌兼得"的可能性。在反对"只要金山银山,不要绿水青山"和强调"宁要绿水青山,不要金山银山"的同时,旗帜鲜明地提出了"绿水青山就是金山银山"。这就说明,绿水青山和金山银山之间不仅存在相互依存的关系,而且存在相互转化的关系。我们只要把握好自然发展规律、经济发展规律,就能够把绿水青山转化成金山银山。因此,"两山"重要思想已经在经典的马克思主义生态思想的基础上,大大地向前迈进了一步。而且,这一大步的迈进,使得我们在坚持绿色发展、建设美丽中国等方面更加有道路自信、理论自信、制度自信和文化自信。

### (二)"两山"重要思想是对中国特色社会主义理论的重大创新

邓小平理论解决了为什么要发展中国、如何发展中国等根本性问题。基于当时处于十分贫困的背景,必须选择"发展是第一要务"的方针。即便在当时的背景下,我国早在 1983 年就把环境保护作为国家的基本国策。只是限于当时的认识水平和科技水平,难以做到"鱼和熊掌兼得"。

"三个代表"重要思想解决了为什么建设党、如何建设党等根本性问题。1994 年中国政府发布的《中国 21 世纪议程——中国 21 世纪人口、环境与发展白皮书》,首次把可持续发展战略纳入经济社会发展的长远规划。由于当时经济增长与环境保护之间矛盾的主要方面还是经济增长,因此,表现出"环境保护加强、环境污染加剧"并存的现象。生态建设与环境保护是一项系统工程,必须按照系统思维进行推进。

科学发展观解决了为什么要科学发展、如何科学发展等根本性问题。在科学发展观的指导下,党的十七大报告首次提出了"建设生态文明"的命题,继而党的十八大报告系统阐述了生态文明建设的意义、路径和内容。我国经济增长的高度压缩性导致生态环境问题的暴露也是高度压缩性的,再加上环境污染的累积性和生态修复效果的滞后性,我国生态环境质量并未得到根本好转。

正是在落实科学发展观的过程中,时任浙江省委书记的习近平旗帜鲜明地提出了"八八战略",它的内容之一便是生态优势和生态省建设:"进一步发挥浙江的生态优势,创建生态省,打造'绿色浙江'"①。之后,以习近平同志为核心的党中央进一步把以美丽中国为目标的生态文明建设、包括绿色发展在内的五大发展理念作为国家战略。这些都是与"两山"重要思想一脉相承的。坚持绿色发展,建设美丽中国,是中国特色社会主义理论的崭新发展。

### (三)"两山"重要思想是对中国传统生态文化思想的升华

我国传统文化所倡导的"天人合一""道法自然""仁民爱物"等观点,是典型的生态文化思想。中国传统文化中思考人与自然的关系集中体现在"天人合一"这一古老的命题中。《易传》认为,人和万物一样是秉受了天地之大德而生,因而天人在本质上是一致的。人只有做到"与天地和其德,与日月和其明,与四时和其序",才可以把握天道,达到自由。

浙江人文荟萃。正是在这片土地上诞生了提倡"知行合一——皈依自然"的著名哲学家王阳明,强调顺应自然节气的著名科学家沈括,一生崇尚自然的佛学家李叔同,主张人口与自然承载力平衡的经济学家马寅初。浙江省生态独特。正是在这片土地上,形成了反对竭泽而渔、保护渔业资源的海洋生态文化,形成了顺应自然河流、坚持堵疏结合的江河生态文化,形成了森林生态功能与森林经济功能并举的森林生态文化。

中国传统生态文化思想中也夹杂着一些糟粕。如"不杀生"的思想,作为一种宗教信仰,无可厚非。但是,按照食物链理论,只要开发、捕捞的速率与再生的速率保持平衡,就不会导致食物链的断裂,在这一前提下向大自然获取一部分自然资源是不影响生态平衡的。也就

---

① 习近平:《干在实处 走在前列——推进浙江新发展的思考与实践》,中共中央党校出版社 2006 年版,第 72 页。

是说,在强调生态系统的生态功能时,也不能否认生态系统的经济功能。

"两山"重要思想,既强调了生态系统是经济系统的物质基础,经济增长必须建立在保护生态系统的基础之上,甚至"宁要绿水青山,不要金山银山",又强调了经济社会发展的需要,强调绿水青山的经济价值,把绿水青山转化成金山银山。因此,"两山"重要思想既超越了"经济中心主义",又超越了"环境保护主义"。

### (四) "两山"重要思想是对西方可持续发展等理论的扬弃

在中国刚刚加快推进工业化的背景下,西方提出了可持续发展理论。按照《我们共同的未来》的阐述,可持续发展就是"既满足当代人的需求,而又不损害后代人满足其需求的能力"的发展。在中国刚刚把经济体制改革的目标模式锁定在"社会主义市场经济"时,世界环境与发展会议通过了《21世纪议程》。即使在经济水平极为低下的情况下,中国政府照样按照《21世纪议程》的要求制定并实施《中国21世纪议程——中国21世纪人口、环境与发展白皮书》。"可持续发展"的两个特点是"需要"和"限制",但是,它的"需要"往往是强调西方国家的"需要",它的"限制"往往是针对发展中国家的"限制"。这样显然没有可持续发展理论本身所要强调的"公平"。如果机械遵循可持续发展所要求的"限制",无异于自断发展路子,必然导致中国落后挨打。

在中国刚刚进入工业化中期和全球二氧化碳等温室气体排放递增的背景下,西方提出了"低碳经济"的概念。在相当长的一个时期中,在生态建设、环境保护领域,我国基本上处于被动应对的状态,缺乏自己的话语权。由于没有一定的话语权,在国际谈判中往往处于被动地位,甚至陷入"低碳陷阱"。

"两山"重要思想犹如拨云见日,找到了生态文明建设理论的突破口。党的十八大报告从"五位一体"总体布局的角度系统阐述了生态文明建设,党的十八届三中全会进一步按"五位一体"的框架阐述了生态文明体制改革,十八届四中全会强调了依法推进生态文明建设,十八届五中全会进一步提出了绿色发展等五大发展理念。可见,在"两山"重要思想的指导下,具有中国特色的生态文明话语体系基本确立,包括培育生态文化、发展生态产业、倡导生态消费、保护生态环境、开发生态资源、创新生态科技、建设生态文明制度在内的生态文明理论渐趋成熟。生态文明理论成为中欧、中美等国际学术会议共同关注和讨论的议题。

"两山"重要思想对可持续发展理论的发扬在于,坚持妥善处理人与人、人与自然、人与社会之间的关系,强调当代人与当代人、当代人与下代人、人类社会与自然界之间的公平。"两山"重要思想对西方的可持续发展理论也有所抛弃,即反对选择性保护,反对限制的不公平,坚持"共同但有区别的责任原则"。正因为如此,"两山"重要思想才具有特殊的生命力。

## 二、"两山"重要思想的实践意义

"两山"重要思想是在对客观规律正确把握的基础之上提出来的,因此,对实现"四个全面"战略布局具有重要指导意义。

### (一)"两山"重要思想合乎生态文明建设基本规律

生态文明是指人类在经济社会活动中,遵循自然发展规律、经济发展规律、社会发展规律和人的发展规律,积极改善和优化人与自然、人与人、人与社会之间的关系,为实现经济社会的可持续发展所做的全部努力和所取得的全部成果。[①] 生态文明建设的前提是合乎规律性,不遵循规律的行为必然出现事倍功半的效果甚至遭到规律的报复。"两山"重要思想实际上就是要求我们既要遵循经济发展规律,又要遵循自然发展规律。而且,经济发展规律与自然发展规律发生冲突的时候,必须以遵循自然发展规律为前提。绝对不能认同否定自然、

---

① 参见沈满洪、程华、陆根尧等:《生态文明建设与区域经济协调发展战略研究》,科学出版社2012年版,第4页。

征服自然、改造自然的机械主义观点，而要坚持尊重自然、顺应自然、保护自然的生态文明理念。破坏了绿水青山，破坏了生态环境，就丧失了经济发展的基本条件，丧失了金山银山赖以存在的根基。有了绿水青山，"留得青山在，不愁没柴烧"，就有永续发展的根基，就可以将生态优势转化成经济优势。

### （二）"两山"重要思想合乎生态经济协调发展规律

经济系统是生态系统的子系统，经济系统是以生态系统为基础的，人类的经济活动要受到生态系统容量的限制；生态系统和经济系统所构成的生态经济系统是一个矛盾的统一体，如果两个系统彼此适应，那么就能达到生态经济平衡的结果，如果两个系统彼此冲突，那么就可能出现生态经济失衡的状态；人类社会有可能通过认识生态经济系统，使自身的经济活动水平保持一个适当的"度"，以实现生态经济系统的协调发展。[①] 这就是生态经济协调发展规律。"两山"重要思想完全符合生态经济协调发展规律。从"两山"的统一性角度看，要以生态效益、经济效益、社会效益等综合效益的最大化为目标，以统筹兼顾为方法，在发展经济的同时妥善保护好生态系统，实现生态资本的增值；在保护生态环境的同时改善好经济系统，实现经济质量的提升；最终实现生态系统和经济系统的良性互动与协调发展。从"两山"的对立性看，要以全局利益、长远利益、根本利益为出发点，宁要生态效益、不要对生态有危害的经济效益，宁要生态效益、把生态效益转化成经济效益。从生态文明建设的终极目标看，就是为了提高人民的幸福水平。但是，幸福指数的高低并不是仅仅取决于收入水平。一方面，幸福指数与人均收入成正比；另一方面，幸福指数与环境污染成反比。经济水平上去了，环境质量下降了，未必导致幸福指数的上升。扣除环境污染损害以后的绿色收入才与幸福指数紧密相关。为了人民幸福，浙江省委于 2013 年部署了"三改一拆"行动，2014 年部署了"五水

---

[①] 参见沈满洪：《生态经济学》，中国环境科学出版社 2008 年版，第 29 页。

共治"举措。这些都是"美丽浙江"实际行动计划的推进,浙江人民的幸福感越来越强了,幸福指数越来越高了。

### (三)"两山"重要思想合乎生态需求递增规律

在衣食不保的情况下,人们的首选目标是衣食住行等基本需要的满足,对高质量的生态环境和生态产品的追求还提不上日程。在工业化初级阶段,各国普遍都有"先污染、后治理"或"只要金山银山、不要绿水青山"的现象。原因何在?这是由需求结构和需求层次所决定的。例如,在20世纪80年代发展乡镇工业时,有的企业排放的污水像墨汁一样,但没有居民去抵制。老百姓的观点是"与其被饿死,不如被毒死",因为当时矛盾的主要方面还是解决温饱。在进入小康社会后,随着人均收入水平的提高,人们对生态环境和生态产品有了更高的需求,因为高质量的生态环境和生态产品事关生活质量。由此可以看出,随着消费者收入水平的上升,消费者的生态需求呈现递增的趋势,[①]即生态需求递增规律。这种递增的趋势表现为优质的生态环境、美丽的生态享受、美味的生态产品等高层次的需求,随着人均收入水平的上升呈现出递增趋势。只有金山银山,可以满足衣食住行等基本需求,但是,难以满足对优质生态环境和生态产品的需求。有了绿水青山,不仅可以保障基本需求的满足,而且可以保障对优质生态产品需求的满足。在当今中国山不清、水不秀、天不蓝、地不净的特殊背景下,根据生态需求的递增趋势,大力推进优质生态环境和生态产品的供给以满足老百姓日益增长的生态需求,是党和政府义不容辞的职责。浙江推进生态文明建设的一个显著特征是回应人民的诉求,满足人民的需要。就像改革开放初期,浙江省委始终尊重人民的创新和创造一样。

---

① 参见沈满洪:《生态经济学》,中国环境科学出版社2008年版,第32页。

### （四）"两山"重要思想合乎生态价值增值规律

生态环境不是无价的物品,而是有价的经济资源,因此生态环境的有偿使用与交易符合经济规律;随着经济社会的发展,生态环境资源呈现出日益稀缺的趋势,因此,生态价值呈现增值趋势;既然生态价值呈现增值趋势,那么人类可以像经济投资一样进行生态投资,实现生态资本的增值。[①] 这就是生态价值递增规律。"绿水青山就是金山银山"是生态价值增值规律的生动表述。如何实现"绿水青山就是金山银山"? 首先,严格保护绿水青山,坚决反对破坏绿水青山。留得青山在,才会有柴烧。绿水青山是永续发展的根本保障。其次,停止无偿使用生态环境,开展生态环境有偿使用。既然绿水青山是稀缺的宝贵资源,在生态环境产权可以界定的情况下,就要通过价格信号显示生态环境的稀缺性,实现生态环境的有偿使用。再次,积极投资生态环境,保障生态资本增值。在无偿使用生态环境的背景下,只有政府投资生态环境这一公共物品;在有偿使用生态环境的背景下,政府和企业都有可能成为生态环境的投资者。各地的实践表明,遵循生态价值递增规律,不仅有利于生态保护,而且有利于经济发展。例如,通过初始排污权有偿使用制度,实现环境容量资源的经济化;通过水权交易制度,实现自然资源配置的最优化;通过生态保护投资激励,促进自然资本的保值和增值。正因为如此,党的十八届三中全会决定专条阐述了"实行资源有偿使用制度和生态补偿制度",指出:"加快自然资源及其产品价格改革,全面反映市场供求、资源稀缺程度、生态环境损害成本和修复效益。坚持使用资源付费和谁污染环境、谁破坏生态谁付费原则,逐步将资源税扩展到占用各种自然生态空间。稳定和扩大退耕还林、退牧还草范围,调整严重污染和地下水严重超采区耕地用途,有序实现耕地、河湖休养生息。建立有效调节工业用地和居住用地合理比价机制,提高工业用地价格。坚持谁受益、谁补偿原则,完善对重

---

[①] 参见沈满洪:《生态经济学》,中国环境科学出版社 2008 年版,第 33 页。

点生态功能区的生态补偿机制,推动地区间建立横向生态补偿制度。发展环保市场,推行节能量、碳排放权、排污权、水权交易制度,建立吸引社会资本投入生态环境保护的市场化机制,推行环境污染第三方治理。"①这是生态价值实现和生态价值增值规律的具体政策。

### 三、"两山"重要思想的方法论意义

"两山"重要思想充满了辩证法的光芒、系统论的智慧、生态学的理念,具有重要的方法论意义。

#### (一)"两山"重要思想充满唯物辩证法的光芒

唯物辩证法是关于自然、社会和思维的最一般规律的科学,其基本观点是事物是普遍联系和永恒发展的。"两山"重要思想充分展示了唯物辩证法的精髓,是唯物辩证法的生动体现。

"两山"重要思想揭示了"绿水青山"和"金山银山"之间的内在联系,金山银山离不开绿水青山,绿水青山本身就是金山银山;强调了绿水青山不仅是金山银山的根基,而且可以转化为金山银山;指出了"只要金山银山、不要绿水青山"这种片面极端的发展,必然导致不可持续发展。因此,践行"两山"重要思想就要学习辩证法,以普遍联系的观点和永恒发展的观点解决发展的问题和发展中可能出现的新问题。

践行"两山"重要思想,就要认识到经济增长与生态保护是对立统一的关系。没有良好的生态环境,就没有经济增长的物质基础。因此,要以保护为前提促进经济增长。同时,没有经济增长,生态保护就成为无源之水、无本之木,强调生态保护绝不是不要经济增长。只要妥善处理经济增长和环境保护的关系,就可以实现环境与经济双赢的绿色发展。

践行"两山"重要思想,就要认识到"生态阈值"和"环境阈值"。当

---

① 《中共中央关于全面深化改革若干重大问题的决定》,载《人民日报》2013年11月12日。

生态破坏达到一定的阈值会导致生态系统的退化和崩溃,当环境污染达到一定的阈值会导致环境质量的不可逆转。因此,必须实施严格的取水总量控制、排污总量控制和碳总量控制。只有这样,才能实现自然资源可持续利用以及生态的平衡和环境的改善。

践行"两山"重要思想,就要认识到"增长—污染—保护性增长"是一种否定之否定,"环境保护—减缓增长—更好增长"也是一种否定之否定。据此,就是要不断寻求凤凰涅槃、"腾笼换鸟",敢于超越。而要实现这种超越,就要采取绿色科技创新和绿色制度创新,以创新驱动发展,以创新驱动转型。

### (二)"两山"重要思想充满系统论方法的智慧

系统论强调系统的整体性、关联性、时序性、等级结构性、动态平衡性等基本特征。这些特征也表现为系统论方法。

习近平总书记在党的十八届三中全会上的讲话中进一步把"两山"重要思想提升到系统论的高度,他指出:"山水林田湖是一个生命共同体,人的命脉在田,田的命脉在水,水的命脉在山,山的命脉在土,土的命脉在树。用途管制和生态修复必须遵循自然规律,如果种树的只管种树、治水的只管治水、护田的只管护田,很容易顾此失彼,最终造成生态的系统性破坏。""山水林田湖是一个生命共同体"的论断充分体现了生态系统、经济系统、生态经济系统的整体性、关联性、结构性和时序性,同时还彰显了生态系统的生命观。

按照系统论方法,就要运用统筹兼顾的方法,系统内部要学会统筹,系统之间也要学会统筹。运用"两山"重要思想,就要解决"多龙治水"的问题,按照大部制改革的思路,在"一龙治水"的大一统和"多龙治水"的碎片化之间找到平衡点;运用"两山"重要思想,就要解决"条块分割"的问题,实现"条"与"条"之间、"块"与"块"之间、"条"与"块"之间的分工与整合;运用"两山"重要思想,就要解决"单打一"决策的问题,铲除"环保不下水""水利不上岸"等现象产生的根基,做到统筹兼顾;运用"两山"重要思想,就要解决"运动员"与"裁判员"合一的问题,或者采取"第三方治理",或者采取"第三方评价",完善有效的"管""评"分离的制衡机制。

### （三）"两山"重要思想充满生态学方法的理念

生态学方法是指生态系统各部分普遍联系和相互作用的整体性观点,生态系统物质不断循环和转化的观点,生态系统物质输入和输出平衡的观点。生态学方法的典型理论是"食物链"理论。"食物链"理论不仅适合于自然生态学,而且适用于产业生态学、政治生态学、社会生态学等。

因此,在践行"两山"重要思想的过程中,要善于运用生态学方法,以生命的观点、系统的观点、整体的观点处理各个要素之间的相互关系、处理各个系统之间的相互关系、处理各个部门之间的相互关系、处理各个区域之间的相互关系。

运用"两山"重要思想,就要尊重自然、敬畏自然、保护自然,在经济发展与自然发展发生冲突的情况下,以保护自然发展作为约束性前提。大量的事例证明,与自然为敌的做法、凌驾于自然之上的做法,必然遭到自然界的报复。

运用"两山"重要思想,就要大力保护生态系统、保护生物多样性、保护食物链的完整性,从而保障可持续发展的自然基础。我们必须清醒地认识到,物种的消亡具有不可逆性,当食物链的断裂达到一定程度时,就会导致生态系统的崩溃。

运用"两山"重要思想,就要模仿自然界物质循环利用的原理,在生产和消费环节,努力谋求一物多用、梯级利用、循环利用,实现工业废弃物和生活垃圾的资源化利用。要想方设法提高自然资源生产率,想方设法实施垃圾分拣,想方设法促进循环发展。

运用"两山"重要思想,就要努力建设良好的政治生态和社会生态。按照绿色化的要求,以生态文明体制、机制、制度改革促进生态文明建设,以生态文明法律制度建设为基础完善党政共同负责和环境污染终生追责的机制,以生态文明信息公开为前提推动生态文明建设的公众参与,努力形成政府引领、企业自觉、公众参与的生态文明建设机制。

唯物辩证法是根本方法,生态学方法是具体方法,系统论方法则是中间层次的方法。"两山"重要思想实现了从根本方法到具体方法的统一,对于推进以"美丽中国"为目标的生态文明建设具有重大的理论意义和实践意义。在践行"两山"重要思想的过程中,必须学习好、掌握好、运用好"两山"重要思想的方法论。

## 第四节　"两山"重要思想的实践和探索

从总体上看,浙江践行"两山"重要思想是自觉的、系统的、一贯的,成效也是显著的,并明显领先于全国,不愧为全国生态文明建设的先行示范地区。

### 一、战略创新:从绿色浙江到"两美"浙江

战略创新是引领一个国家或区域健康发展的"方向盘"。浙江省在践行"两山"重要思想方面,始终坚持一条主线,不断推进战略创新。所谓一条主线,就是妥善处理好金山银山和绿水青山之间的关系,既要金山银山又要绿水青山,实现经济社会的可持续发展和人民群众的幸福安康。浙江不断推进战略创新,实现了从生态环境建设、绿色浙江建设、生态省建设、生态浙江建设直到"两美"浙江建设的层层递进。坚持以"两山"重要思想为指导,浙江省经历了绿色发展的四次战略深化。

第一次战略深化:从生态环境建设到绿色浙江建设。我国早在1983 年就把环境保护作为国家的基本国策,1994 年中国政府发布的《中国 21 世纪议程——中国 21 世纪人口、环境与发展白皮书》,首次把可持续发展战略纳入经济社会发展的长远规划。由于当时经济增长与

环境保护矛盾的主要方面还是强调经济增长，因此，出现了"环境保护加强、环境污染加剧"并存的现象。生态建设与环境保护是一项系统工程，必须按照系统思维进行处理。2002年召开的浙江省第十一次党代会完成了从单一的生态环境建设到综合的绿色浙江建设的转型。浙江省委指出："建设'绿色浙江'是我省实现可持续发展的大事。必须从全局利益和长远发展出发，把发展绿色产业、加强环境保护和生态建设，放在更加突出的位置。""绿色浙江"建设战略目标的提出具有以下三个基本特征：第一，"绿色浙江"建设的基础是生态建设、环境保护和资源节约；第二，"绿色浙江"建设的重心是发展包括生态农业、生态工业、生态服务业在内的生态产业；第三，"绿色浙江"建设不再是简单的环境保护，而是环境保护与经济增长的统筹。

第二次战略深化：从绿色浙江建设到生态省建设。2003年，浙江省委十一届四次全会（扩大）会议在杭州召开，时任省委书记习近平同志代表省委所做的报告中明确提出了"八八战略"。"八八战略"的重要内容之一是"进一步发挥浙江的生态优势，创建生态省，打造'绿色浙江'"。生态省建设成为十多年来乃至更长时期浙江生态文明建设的主基调和主旋律。生态省建设战略目标的提出具有下列几个显著特征：第一，辩证地看待浙江省情，既看到了浙江省经济快速发展所带来的环境问题，又看到了浙江生态建设和环境保护的优势；第二，全面地推进生态省建设，生态省建设比绿色浙江建设具有更大的包容性，已经涉及经济、政治、社会、文化、生态等各个方面；第三，生态省建设需要强大的组织保障，时任省委书记习近平同志亲自担任生态省建设领导小组组长，从而保障了各项工作的真正落实。

第三次战略深化：从生态省建设到生态浙江建设。省委十二届七次全会专题研究生态文明建设，会议通过的《中共浙江省委关于推进生态文明建设的决定》是一个标志性文件。该决定指出：坚持以邓小平理论和"三个代表"重要思想为指导，深入贯彻落实科学发展观，全面实施"八八战略"和"创业富民、创新强省"战略，坚持生态省建设方略、走生态立省之路，大力发展生态经济，不断优化生态环境，注重建设生态文化,着力完善体制机制,加快形成节约能源资源和保护生态环境的产业结构、增长方式和消费模式,打造"富饶秀美、和谐安康"的生态浙江,努力实现经济社会可持续发展,不断提高浙江人民的生活品质。该决定的新意在于:第一,在中央统一部署了生态文明建设的情况下,浙江省首先完成了从综合的生态省建设到生态浙江建设的提升。第二,在继续坚持生态省建设方略的前提下提出了"生态立省",更加强化了生态文明建设的极端重要性。第三,把生态文明建设与人民的福祉紧密联系起来,建设"富饶秀美、和谐安康"生态浙江的目的是提高浙江人民的生活品质。

第四次战略深化:从生态浙江建设到"两美"浙江建设。党的十八大报告明确提出了以"美丽中国"为目标的生态文明建设思路。习近平同志担任总书记以后依然十分关心浙江的生态文明建设。2013年年初,习近平总书记在与杭州市委主要领导谈话时指出:"希望你们更加扎实地推进生态文明建设,努力使杭州成为美丽中国建设的样本。"浙江省理应成为美丽中国建设的先行区。因此,2014年召开的省委十三届五次全会专题研究生态文明建设,并且做出了《中共浙江省委关于建设美丽浙江创造美好生活的决定》。该决定进一步指出:"建设美丽浙江、创造美好生活,是建设美丽中国在浙江的具体实践,也是对历届省委提出的建设绿色浙江、生态省、全国生态文明示范区等战略目标的继承和提升。"该决定的新意在于:第一,基于生态文明建设的整体性,把"山水林田湖是一个生命共同体"的系统思维转变成生态文明建设的指导思想;第二,基于人民群众对优质生态的需求快速递增,把生态文明建设的目标提升到美丽浙江建设的高度;第三,基于中国共产党为人民服务的根本宗旨,把创造美好生活作为美丽浙江建设的终极目标。

正是这种"一任接着一任干"的接力棒精神,才使得浙江省不仅在经济建设方面走在全国前列,而且在生态文明建设方面也走在全国前列。正是有了这个基础,习近平总书记2015年视察浙江时对浙江省提出了更高的要求:"干在实处永无止境,走在前列要谋新篇"。

## 二、模式创新：从自下而上到自上而下

浙江省践行"两山"重要思想的一个亮点是生态文明制度建设，而且其基本模式是自下而上的制度创新与自上而下的制度供给的有机结合。无论是水权交易、排污权交易还是生态补偿无不如此。

### （一）全国最早开展区域之间的水权交易

水资源是不可替代的战略资源。水权交易是提高水资源效率、优化水资源配置的重要制度。2000年11月24日，富水的东阳市和缺水的义乌市经过多轮谈判，最终签署了水权转让协议。协议规定：义乌市一次性出资2亿元购买东阳横锦水库每年5000万立方米水的永久性使用权。2005年1月6日，东阳—义乌引水工程全线完工，义乌市老百姓终于喝上了来自东阳市的涓涓清流。

在该案例的启示下，省内外纷纷开展了水权交易。2002年，绍兴市汤浦水库有限公司与慈溪市自来水总公司签署了每年供水7300立方米的水权转让协议；2003年，甘肃省张掖市在黑河流域分水的背景下开展了首例区域内农户之间的水权交易；2006年，在内蒙古自治区政府协调下从巴彦淖尔市河套灌区调整出3.6亿立方米的水量，作为沿黄其他5个盟市工业发展用水，实施了既跨行业又跨区域的水权交易。十多年来，全国开展的区域之间、行业之间、用水户之间的水权交易案例不断涌现。

水权交易的精髓在于，通过交易实现了稀缺水资源的优化配置，提高了水资源的配置和使用效率。例如，在东阳—义乌水权交易中，在义乌市境内兴建或扩建水库，每增加1立方米的水，需要6元成本；东阳市通过渠道渗漏改造等每向外调剂1立方米的水，只需要1元成本。只要在1元和6元之间成交，都是双赢的。该案例的实际成交价是4元，实现了两市的双赢，既开发了东阳的水资源，又促进了义乌的发展。

### （二）全国最早实施排污权有偿使用制度

环境污染具有极强的负外部性。排污权制度是实现负外部性内部化的重要制度。浙江省并非排污权交易最早的省份,却是排污权有偿使用最早的省份。浙江省排污权制度改革大致经历了三个阶段。

1. 区级层面的自主探索阶段(2002—2006)。2002 年 4 月,嘉兴市秀洲区政府出台了《秀洲区水污染排放总量控制和排污权有偿使用管理试行办法》。同年 10 月,来自秀洲区洪合、王店等镇的泰石漂染厂等 11 家企业在"全区首批废水排污权有偿使用启动仪式"上办理了排污权有偿使用手续,合同成交金额 143 万余元,开创了中国排污权有偿使用的先河。

2. 市级层面的深化实践阶段(2007—2009)。2007 年 9 月,嘉兴市人民政府正式颁布实施《嘉兴市主要污染物排污权交易办法(试行)》;2007 年 11 月,嘉兴市排污权储备交易中心正式挂牌运行。2007 年 11 月到 2009 年 11 月,共有 890 家企业参与排污权有偿使用和交易,总交易额达 1.49 亿元。随后,浙江省内其他地市也相继开展试点,2007 年,绍兴市试点排污权制度;2008 年,湖州市启动排污权制度试点;2009 年,台州市启动排污权交易制度试点。

3. 省级层面的推广应用阶段(2009—2012)。2009 年 3 月,浙江省按照环境保护部、财政部批准的《浙江省主要污染物排污权有偿使用和交易试点工作方案》,正式启动全省排污权有偿使用和交易试点工作。2009 年 3 月 2 日,浙江省排污权交易中心正式挂牌。同年,省政府制定出台了《关于开展排污权有偿使用和交易试点工作的指导意见》。2010 年,浙江省政府相继出台了《浙江省排污许可证管理暂行办法》和《浙江省排污权有偿使用和交易试点工作暂行办法》,至此,浙江省开始全面推行排污权有偿使用和交易制度。

排污权制度改革集中体现在四个方面:环境保护从"浓度控制"转向"总量控制",环境产权从"开放产权"转向"封闭产权",环境容量从"无偿使用"转向"有偿使用",环境产权从"不可交易"转向"可以交易"。这项制度改革不仅实现了以最低成本达到环境保护目标的效果,而且促进了"招商引资"向"招商选资"的转化,进而促进了经济发展方式的转变和产业结构的转型升级。

从区级层面的探索到省级层面的推进历时 7 年。这充分说明浙江省尊重基层创新的经验,善于及时予以总结推广。这对全国而言也是具有启发意义的。

### (三)全国最早实施省级生态保护补偿机制

生态保护具有极强的正外部性。生态补偿机制是实现正外部性内部化的重要制度。

早在 2005 年 6 月 14 日,杭州市就颁发了《关于建立健全生态补偿机制的若干意见》。该意见采用政府令形式对生态补偿机制作出具体规定,属全国首创。为了更公平合理地实行补偿机制,杭州市还设计了一套科学的生态补偿标准评价体系,即根据流域生态环境质量指标体系、万元 GDP 能耗、万元 GDP 水耗、万元 GDP 排污强度、交接断面水质达标率和群众满意度等指标,建立了一套生态补偿标准。2005 年 6 月 29 日,杭州市财政局印发了《杭州市生态补偿专项资金管理办法》。《办法》指出:为上游地区保护钱塘江、苕溪两大流域水生态环境的积极性,从 2006 年起,市财政在原有 10 项生态补偿政策方面已安排 1.5 亿元资金的基础上,再新增 5000 万元,专项资金规模达到 2 亿元。生态补偿机制有效地促进了钱塘江和苕溪的水环境保护。

浙江省是全国首个出台生态保护补偿机制的省份。离杭州市出台政策仅隔两个月,2005 年 8 月 26 日,浙江省政府就下发了《关于进一步完善生态补偿机制的若干意见》。该项制度实施以来,浙江省投入的生态保护补偿资金数以百亿计。2007 年 4 月 28 日,省政府办公厅印发了《钱塘江源头地区生态环境保护省级财政专项补助暂行办法》,将按照"谁保护,谁受益""责权利统一""突出重点,规范管理"和"试点先行,逐步推进"的原则,对钱塘江源头地区生态环境保护增加财政转移支付。在多年实践的基础上,浙江省还不断深化生态补偿机制：一是将单一的生态补偿机制拓展为生态补偿—损害赔偿相结合的科学制度，即基于跨界河流的水质监测结果确定补偿还是赔偿；二是将区域内的生态补偿拓展为区域间的生态补偿，《新安江流域水环境补偿试点实施方案》正式开始实施。

生态补偿机制鼓励了生态屏障地区生态保护的积极性，保障了整个区域的生态安全，实现了区域经济、社会、生态的全面协调可持续发展。正因如此，浙江省在生态建设的指标上处于全国领先地位。

从党的十八大报告提出"积极开展节能量、碳排放权、排污权、水权交易试点"到《生态文明体制改革总体方案》推行排污权交易、水权交易和生态补偿机制，都隐含着浙江生态文明制度建设的贡献及中央的充分肯定。

### 三、空间拓展：从生态城市到城乡统筹

浙江省在生态文明建设中经历了两次转型：第一次是从城市到全省的推进，第二次是从农村到全省的推进。

#### （一）从城市到全省的空间拓展

浙江省在践行"两山"重要思想的过程中，十分注意空间布局上的谋划。早期环境污染集中表现在基于工业化的城市污染，因此，着力点放在城市环境整治，如积极参与国家环保模范城市的创建。环保模范城市的创建工作极大地推动了浙江省城市生态环境保护工作，但是，"重城市、轻农村"的弊端也逐渐显露。

实践中暴露出来的问题，使大家认识到环境保护不是一单位一部门的事，而是一个系统工程，仅仅抓末端治理是不可能从根本上解决环境问题的，仅仅靠环保部门是不可能抓好环境保护工作的。习近平同志到浙江工作后不久就提出了生态省建设的要求。生态省建设是包括生态环境保护、生态经济发展、生态文化建设的综合的系统工程。正是这种系统论思维，使得浙江省生态文明建设走在全国前列。

### （二）从农村到全省的空间拓展

随着全面建成小康社会的预定时间不断逼近，农村问题显得越来越重要，越来越突出。"小康不小康，关键看老乡"。没有农村的绿色化就没有全省的绿色化，于是，从 2008 年安吉县开始起步建设中国美丽乡村，到 2010 年浙江全省推进美丽乡村建设，再到 2012 年党的十八大报告提出推进美丽中国建设，重点逐渐转向了城乡统筹。

浙江省在美丽乡村建设中坚持以村庄整治为突破、以产业发展为核心、以品牌塑造为旨归、以文化建设为依托、以标准化管理为引领，取得了三大成效：生态经济发展迅速，绿水青山正在变成金山银山；生态环境日益美好，天蓝、地净、山清、水秀的环境逐渐呈现；生态文化日益丰富，村民和乡村旅游者记得住乡愁。[①]

在党的十八大报告的指引下，浙江省的生态文明建设又跃上了一个新的高度。中共浙江省第十三届五次全会通过的《中共浙江省委关于建设美丽浙江创造美好生活的决定》，以习近平总书记"山水林田湖是一个生命共同体""绿水青山就是金山银山""人民对美好生活的向往，就是我们的奋斗目标"等为指导，明确提出了"建设美丽浙江、创造美好生活"的战略目标。而且明确了近期的"四个突破"：深入开展"五水共治"、雾霾治理、城市交通拥堵治理、城乡垃圾处理、浙江渔场修复振兴以及餐饮业污染治理等专项行动，在回应与人民群众生活生命质量密切相关、反映强烈的突出问题上取得突破；深入开展节能减排、循环经济培育、重污染高能耗行业整治提升专项行动，在推进浙江省产业转型升级上取得突破；深入开展绿色城镇创建、美丽乡村建设、"四边三化"等专项行动，在进一步改善全省城乡面貌上取得突破；深入探索建立和实施生态保护红线画定、资源要素市场化配置约束激励机制、环境准入和环境监管制度、考核评价体系调整等专项改革，在构建

---

① 参见潘家华主编、沈满洪副主编：《中国梦与浙江实践（生态卷）》，社会科学文献出版社 2015 年版，第 157—169 页。

生态文明制度体系上取得突破。[①] 如今,"建设美丽浙江、创造美好生活"已经成为全省人民的共同理想。

### (三)从空间布局上的协同推进

生态文明建设必须以功能规划为前提。浙江省在主体功能区规划方面敢为人先。早在 2006 年,浙江省就被国家发改委确定为省级主体功能区规划基础研究试点的 8 个省份之一。经过多年探索,2013 年 8 月 18 日浙江省人民政府印发了《浙江省主体功能区规划》。该规划是浙江省国土空间开发的战略性、基础性和约束性规划。它明确划分了优化开发区域、重点开发区域、农产品主产区、重点生态功能区、生态经济区、禁止开发区域。通过实施该规划,全省"三带四区两屏"的国土空间开发总体格局基本形成。环杭州湾、温台沿海和金衢丽高速公路沿线三大产业带进一步提升,成为全省新型工业化的主体区域;杭州、宁波、温州、金华—义乌都市区基本形成,推动新型城市化加快发展;浙西北、浙西南丘陵山区"绿色屏障"和浙东沿海海域"蓝色屏障"建设成效明显,生态安全得到有效保障。

生态文明建设的全面推进需要先行先试。浙江省各地踊跃申请成为先行者。杭州市、湖州市、丽水市成为生态文明建设示范区试点。其中,杭州市按照习近平总书记的指示,积极打造美丽中国先行区。截至 2015 年底,浙江已经累计建成国家级生态示范区 45 个、国家级生态县 16 个、国家环保模范城市 7 个、国家级生态乡镇 691 个、省级生态县 62 个、省级环保模范城市 8 个,创建了一大批"绿色细胞"。

在统筹城乡协调工作方面,浙江省政府特别重视特色小镇的建设。特色小镇聚焦信息经济、环保、健康、旅游、时尚、金融、高端装备制造、文化支撑浙江未来发展的八大产业,兼顾茶叶、丝绸、黄酒、中药、青瓷、木雕、根雕、石雕、文房等历史经典产业,坚持产业、文化、旅

---

① 参见中共浙江省委:《中共浙江省委关于建设美丽浙江创造美好生活的决定》,载《浙江日报》2014 年 5 月 29 日。

游"三位一体"和生产、生活、生态融合发展。每个历史经典产业原则上只规划建设一个特色小镇,根据每个特色小镇功能定位实行分类指导。在特色小镇的规划和建设中,一个重要的前提就是"生态优先"。

如今,浙江省已经形成了层次分明、特色鲜明、以生态建设为前提、以生态经济为核心的生态浙江建设体系:以森林城市、低碳城市等为特征的生态城市建设,以绿色城镇、特色小镇等为特征的生态城镇建设,以美丽乡村、文化村落等为特征的生态村落建设。

## 四、方法创新:从部门工作到综合工作

### (一)系统思维指导下的组合拳举措

"两山"重要思想隐含着丰富的辩证法思维和系统论思维。"既要金山银山,又要绿水青山"反映的是对立统一的关系,反映的是两个系统相互依存的关系。"宁要绿水青山、不要金山银山"反映的是经济系统对生态系统的依存关系。"绿水青山就是金山银山"反映的是生态系统与经济系统的相互转化关系。正是在"两山"重要思想的指导下,浙江省委、省政府特别重视追求经济效益、社会效益、生态效益兼顾的社会综合效益的最大化。为此,实施了一系列的组合拳举措:"五水共治""三改一拆""四边三化"、城市治堵、特色小镇、浙商回归、扩大有效投资、开发区整合提升、"机器换人""空间换地""个转企、小升规、规改股、股上市"。这些举措中的前5个都是直接与"两山"思想关联的生态文明建设措施,后几个举措都是间接与生态文明建设关联的经济转型升级措施。这些举措,立足浙江改革发展实际,源于基层创造实践,契合人民群众过上美好生活的热切期盼,既有驱动,又有倒逼,招招痛击制约经济社会发展的顽疾要害,看似一件件具体事情,实际上件件相关、环环相扣、招招相连、拳拳相接,是一套着眼于破解浙江发

展瓶颈、制胜未来发展的组合拳①。

### （二）狠抓落实理念下的"工作十法"

要真正实现物质富裕、精神富有的"两富"浙江，真正实现美丽浙江、美好生活的"两美"浙江，必须依靠"信念坚定、为民服务、勤政务实、敢于担当、清正廉洁"和"三严三实"的"狮子型"干部。2014 年 7 月，浙江省委提出做好工作、抓好落实的"工作十法"：一是"十个指头弹钢琴"的统筹兼顾法；二是"伤其十指不如断其一指"的重点突破法；三是"从最坏处准备，向最好处努力"的底线思维法；四是"具体问题具体分析"的因地制宜法；五是"解剖麻雀、以点带面"的典型引路法；六是"一锤一锤钉钉子"的一抓到底法；七是"蹄疾步稳、急而不躁"的循序渐进法；八是"跟着群众跳火坑"的群众工作法；九是"抓具体、具体抓"的亲力亲为法；十是"干着指挥、带头冲锋"的以上率下法。②"工作十法"是习近平总书记系列重要讲话精神方法论的体现。虽然"工作十法"从内容上讲，已经超出了"两山"重要思想的范畴，但是从践行"两山"重要思想的角度看，又是不可或缺的。

## 第五节 "两山"重要思想的经验和启示

改革开放以来，浙江始终"干在实处，走在前列"。在市场化改革中，敢闯敢干的浙江给全国提供了经济体制改革的"浙江模式"；在美丽中国建设中，敢于创新的浙江又给全国提供了生态文明建设的"浙江经验"。

1. 坚持"以人民为中心"的发展观，始终紧扣"人民对美好生活的

---

① 参见中共浙江省委党校编著：《踏石留印 抓铁有痕——十八大以来浙江深入实施"八八战略"的实践》，浙江人民出版社 2015 年版，第 14—15 页。

② 参见王昌荣等：《"工作十法"干部读本》，浙江人民出版社 2014 年版，第 1 页。

向往,就是我们的奋斗目标"的宗旨精神。习近平总书记关于"人民对美好生活的向往,就是我们的奋斗目标"的观点充分表达了"以人民为中心"的发展观。发展经济是为了民生,保护环境一样是为了民生。浙江各级党委和政府积极回应人民关切、顺应民生需求,加大生态环境保护力度,不断美化优化城乡人居环境,让人们望得见青山、看得见绿水、记得住乡愁。人民对美好生活的向往并非是单一目标,而是经济效益、生态效益和社会效益等多重目标的统一。随着收入水平的上升,人民群众对环境问题的敏感度越来越高,容忍度越来越低;社会舆论对生态环境的关注度也越来越高,环境问题的"燃点"越来越低。这就是问题所在、压力所在,也是方向所在、动力所在。人民在追求物质富裕的同时,也十分向往山清水秀、天蓝地净的优美环境,浙江省委正是考虑到这一点,作出了建设美丽浙江、创造美好生活的决定并且努力付诸实施,从而涌现出桐庐县等诸多全县景区化打造的典型。

2. 坚持经济生态化不动摇,在尊重自然、顺应自然、保护自然的前提下推进经济转型升级。生态文明是对工业文明的扬弃。生态文明要发扬工业文明的高效率优势,要抛弃工业文明高污染的弊端。在工业文明时期,机械主义发展观的错误引导,形成了人定胜天的主导思想。实际上,人类社会与自然界共同生存在这个地球上。人类的经济社会活动一方面要向生态系统获取自然资源,另一方面又要向生态系统排放废弃物。人类的所有活动都是离不开生态系统的。在地球这个生态系统中,人类只不过是食物链中的一个环节,是自然界的一个组成部分。因此,要尊重自然而不是漠视自然,要顺应自然而不是对抗自然,要保护自然而不是破坏自然。正是基于上述认识,浙江省积极推进经济生态化,把生态文明建设与"腾笼换鸟""空间换地""三改一拆""四边三化"和新农村建设等有机结合起来,开辟了浙江经济转型升级的新路子。加大对传统产业、重化工业的改造,走清洁化、循环化的路子,以此带动传统优势产业的改造提升。加快推进产业园区、集聚区的生态化建设,实现环境治理从点源治理向集中治理转变。经济生态化是一个壮士断腕的痛苦抉择。但是,浙江省"敢于放弃

GDP，敢于牺牲 GDP"。坚决贯彻"宁要绿水青山，不要金山银山"的思想。"不要躺在垃圾堆上数钱"已经成为浙江人民的共识。而且，"垃圾是放错位置的资源"，金华市浦江县的农民把垃圾简单地分成"可烂的"和"不可烂的"，有效解决了垃圾的资源化利用和无害化处理。

3. 坚持生态经济化不动摇，努力将"生态资本"转变成"富民资本"，培育绿色经济增长点。生态环境是保障经济发展的基础，要实现经济的可持续发展必须保护好生态环境。生态环境是人们生活不可或缺的条件，优质的生态环境是生活质量的组成部分，劣质的生态环境必然导致生活质量的下降。生态环境不仅可以供自己享用，而且可以供他人享用，可以供其他经济主体有偿享用，从而实现其应有的价值。因此，努力把绿水青山转化成金山银山是践行"两山"重要思想的根本任务。"不能坐在绿水青山上没钱数"。把"生态资本"变成"富民资本"，夯实"绿水青山就是金山银山"的经济基础；把"生态资本"变成"富民资本"，依托绿水青山培育新的经济增长点。这是浙江的生动实践。湖州市的安吉县、宁波市的宁海县等基本上做到了绿水青山的价值实现。衢州市的开化县行走三天找不到一堆垃圾，村民说："村口有垃圾，游客不上门"；丽水市的遂昌县村庄里找不到一根烟蒂，村民说："只有自己做到文明，才能吸引文明游客"；杭州市的淳安县仅生态补偿就可以获得每年 4 亿元的财政转移支付。

4. 坚持齐抓共管的理念，形成政府引导、企业为主体、公众参与的协同格局。妥善处理好绿水青山和金山银山的关系、把绿水青山转化成金山银山，需要多个主体齐抓共管、协同发力。政府是践行"两山"重要思想的引领者。政府是绿色制度、绿色环境等公共产品的供给者，是环境污染负外部性和生态保护正外部性的矫正者，是绿色产品市场交易秩序的维护者。企业是践行"两山"重要思想的主力军。绿水青山的价值转化，只能依靠市场。而企业是市场经济中最活跃的力量。没有企业的参与，绿水青山的价值转化是不可想象的。公众是践行"两山"重要思想的参与者。作为消费者的公众，以货币购买商品实际就是用货币投票。如果把货币选票投给绿色产品,那么,"黑色产品"就没有市场;如果把货币选票投给黑色产品,那么,绿色产品就会市场冷清。浙江省正是充分激发了政府、企业、中介组织、社会团体和社会公众广泛参与生态文明建设的积极性、主动性和创新性,才形成了全社会的合力,保证了绿色发展走在全国前列。

5. 坚持体制机制改革,以制度激励人们走绿色发展、循环发展和低碳发展之路。践行"两山"重要思想,就要坚持绿色发展,反对黑色发展;坚持循环发展,反对线性发展;坚持低碳发展,反对高碳发展。如何走上绿色发展、循环发展、低碳发展之路? 必须依靠体制、机制和制度的保障。随着自然资源、环境资源、气候资源稀缺性的加剧,"让市场机制在资源配置中发挥决定性的作用"成为可能。浙江是开市场化改革先河的省份,也是生态文明制度建设走在全国前列的省份。浙江是全国第一个实施排污权有偿使用制度的省份,也是全国第一个开展区域之间水权交易的省份,是全国第一个出台省级层面生态补偿制度的省份。正是这些市场化的制度提高了资源配置效率,保障了"资源小省"变成"经济强省"。同时,浙江省十分重视顶层战略和制度设计,"两美"浙江建设、"五水共治"方略的实施已经使得浙江省环境状况总体好转,并为全国提供了治理机制方面的样本。不同区域有不同的功能定位,"不能以一把尺子丈量不同的区域"。因此,浙江省在全国最早实施差异化考核制度,对丽水市、淳安县等生态保护为主的区域不考核 GDP。这为全国政绩考核制度的改革与创新提供了经验。

# 第二章 "两山"重要思想提出的时代背景

恩格斯指出:"每一时代的理论思维,从而我们时代的理论思维,都是一种历史的产物,它在不同的时代具有完全不同的形式,同时具有完全不同的内容。"①"一个民族要想登上科学的高峰,究竟是不能离开理论思维的。"②"两山"重要思想是马克思主义理论与中国特色社会主义建设实践紧密结合的最新成果,是以现代化发展规律为出发点、以转变经济发展方式为立足点、以实现百年中国梦为终极使命、坚持科学发展的新理念、新思路、新方略。顺应全球现代化绿色演进趋势、正确处理发展中国家经济增长与环境保护关系是"两山"重要思想提出的时代宏观背景,浙江全面建设小康社会、提前基本实现现代化则是"两山"重要思想提出的时代现实背景。

## 第一节 把握现代化演进趋势,探索绿色跨越发展道路

### 一、世界现代化绿色发展趋势

"两山"重要思想提出的时代处于世界现代化走向绿色发展时期。习近平指出:"发展作为一个历史范畴,是随着人类社会的发展而不断

---

① 《马克思恩格斯选集》(第4卷),人民出版社1995年版,第284页。
② 同上,第285页。

演进的。"①世界范围的现代化从 18 世纪 50 年代起至 21 世纪初期,先后经历了四次工业革命。第一次工业革命的生产技术的决定性因素是蒸汽机的发明和使用,由英国创新和引领;第二次工业革命的产业牵动力是铁路交通和电力建设,由美国创新和引领;第三次工业革命以信息和通信技术的推广及应用为代表,由美国、日本、西欧国家创新与引领;21 世纪以后,世界进入第四次工业革命时代,即绿色工业革命时代,主要特征是大幅度提高资源生产效率,发展绿色经济、循环经济、低碳经济,降低污染物排放,促使能源的生产和消费与污染物及温室气体排放长期性脱钩。人类现代化不是一次性完成或单向维度进展的,而是不断递进、不断修正、不断寻求新目标的过程,由低水平到中等水平再到高水平,由高资源消耗、高污染物排放的黑色工业化转向低资源消耗、低污染物排放的绿色工业化。

工业革命以前,人类主要利用简单的生产工具改造自然以获取生存所必需的物品,人类活动融合于自然生态链中,与自然界基本上保持和谐共生关系。工业革命以后,生产力发生了革命性变革,机器大工业赋予人类极大的物质变换能力,在极大地创造物质财富的同时,人类对自然界的索取也变得贪婪和肆无忌惮。在传统工业化模式影响下,各国均以追求 GDP 增长为工业发展主要目的,把经济增长建立在大量的自然资源开发和利用的基础之上。其结果是,一方面,生产力以几十倍甚至上百倍的速度增长;另一方面,自然资源、生态环境却以前所未有的速度恶化,各种不可再生资源日趋枯竭,严重威胁现代化的可持续发展。1986 年,环境专家在肯尼亚召开的第三世界环境保护国际会议上列出了严重危害世界环境的八大问题:土地沙漠化日益严重、森林遭到严重砍伐、野生动物大量灭绝、人口激增对环境产生越来越大的压力、饮水资源越来越少、盲目捕捞使渔业资源遭到破坏、地球温度明显上升、酸雨现象不断出现。会议将这八大环境问题视为

---

① 习近平:《干在实处 走在前列——推进浙江新发展的思考与实践》,中共中央党校出版社 2006 年版,第 18—19 页。

人类生存大敌。[①]

　　20世纪70年代,罗马俱乐部发表了《增长的极限》一书,提出"极限增长论",强调人类要从人与自然和谐的角度看待发展,经济发展不能过度地消耗资源、破坏环境,要注意经济增长与资源环境的协调,应考虑资源环境的最终极限对人类发展和人类行为的影响。20世纪80年代至90年代,人类发展观发生了重大改变,"可持续发展观"提了出来并被公众普遍接受。1987年,联合国世界环境与发展委员会发表了《我们共同的未来》报告,反思和否定了传统的发展方式,首次阐述了可持续发展观。1992年,以可持续发展为主题的联合国环境与发展大会在巴西里约热内卢召开,会议通过了《里约热内卢宣言》《21世纪议程》《关于森林问题的原则声明》等文件。这些文件集中体现了可持续发展观的一般思想、理论和要求,标志着现代化可持续发展全球战略思想形成。20世纪70年代,美国学者W.爱布瑞克提出了生态农业概念,在农业中揭开了"绿色经济"新的一页。以此为起点,可持续发展与生态化理念结合起来,由农业向非农业部门拓展,由生态农业向生态林业、生态工业形态转变。各国在寻求产业结构转型,寻找经济增长与环境保护平衡点。美国政府大力推行绿色农业和生态工业,决心"把可持续发展的美国带入21世纪";日本政府制定和实施以"21世纪新地球"为主题的绿化地球百年行动计划;欧盟增加对环保研究和环保技术、环保产业等方面的投入,在税收、借贷、出口政策上扶持绿色产品的生产。发展中国家参加全球绿色行动,加强环境保护力度,探索现代化跨越新道路。全球"绿色革命"风起云涌,"绿色消费""绿色生活""绿色制造""绿色产业""绿色经济"应运而生,"绿色现代化"成为全球发展新趋势。

　　第一,绿色产业成为新的经济增长点。20世纪80年代初,欧、美、日等发达国家和地区提出了"绿色产业"概念,意指将产品和服务用于

---

　　① 参见齐玮:《论"绿色经济"发展观与未来世界经济走向》,载《保定师范专科学校学报》2005年第1期。

防止环境污染、改善生态环境、保护自然资源、优化人类生存环境。绿色产业在 20 世纪后期发展起来，以鲜明的时代性、广泛的应用性、发展的可持续性受到了人们的普遍欢迎和各国政府的积极扶持。绿色产业革命浪潮席卷全球，逐渐成为国民经济体系中重要的新兴产业。越来越多的国家和政府增加"绿色投资"，以期在国际绿色产业上获得竞争优势。美国每年投入几百亿美元发展绿色产业，是世界上最大的绿色产业国和环保设备出口国，每年环保设备对外贸易顺差贡献超过 60 亿美元。德国是世界上最重视环境保护和绿色产业发展的国家之一，在 20 世纪 80 年代后期成立了世界上第一家"绿色银行"。1993 年，德国政府拨款 80 亿马克用于扶植绿色产业，此后逐年增加。绿色产业也是日本新的经济增长点。从 1993 年到 1999 年，日本经济总体停滞不前，但绿色产业创造的增加值年均增长率超过 5%。"绿色工程""绿色投资""绿色贷款"在世界各国成倍增长，绿色产业逐渐成长为 21 世纪世界经济的支柱性产业。

第二，绿色企业成为生存和发展的主导模式。绿色企业是一种现代化企业模式，是在充分满足消费者需求、争取适度利润和发展水平的同时，注重与自然生态平衡，减少环境污染，保护和节约自然资源，实现生产者和消费者、社会以及生态环境利益统一的经济体。从本质上说，绿色企业是"生态—经济—社会"的复合系统，是谋求经济、社会、生态三大效益统一和最优化的生产组织方式。21 世纪的企业是生产经营生态化、产品绿色化的企业。在全球绿色产业革命浪潮的冲击下，一些国际先进企业遵循可持续发展理念，按照生态化、绿色化方向和目标，进行了企业绿色化再造与转型，把生态成本、环境质量、生态服务、生态能力以及可持续发展能力纳入企业的生产经营管理模式及竞争能力之中，追求企业的生态价值、经济价值和社会价值的有机统一和最大化；注重生态资本的经营，增加产品的生态效益；采用绿色技术、进行绿色管理、开发绿色产品、开展绿色营销、构建企业"绿色再造"和"绿色转型"。绿色企业的实质和核心，是把传统企业非可持续的经营发展模式转变为绿色可持续发展新模式，建立生态化与知识化、可持续化与集约化相统一的绿色企业。绿色企业是 21 世纪企业可持续竞争力量之源,是现代生产方式存在和发展的主导模式。

第三,绿色产品成为消费新宠和市场方向。绿色产品是绿色经济基础和产业内容。发展绿色经济本质上就是要创造和生产资源节约、环境友好、低污染、低排放、循环利用的社会消费品。绿色产品是绿色产业和绿色企业的价值所在。没有绿色产品,绿色产业和绿色企业就没有生命力。随着人们环保意识的增强,人们对科学技术的发展更多地集中在环境友好、生态安全、无污染、无公害的绿色产品之上。绿色产品具有环境保护和生态安全优点,促使其成为市场消费主流和企业追逐的经营方向。1987 年,德国实行"蓝色天使"计划之后,欧美等发达国家纷纷实行绿色生产,开发绿色产品,创造了巨大的绿色产品市场。从绿色食品到绿色服装、绿色用品到绿色玩具、绿色家电到绿色汽车、绿色住宅到绿色建筑、绿色能源到绿色材料、绿色制造到绿色服务,多种多样,应有尽有,层出不穷,风靡全球。在 20 世纪 90 年代初,全球绿色产品市场贸易额已达 2000 亿—3000 亿美元,2010 年全球绿色市场交易额达到了 12000 亿美元。

第四,绿色消费成为生活新理念和新方式。绿色产品的价值在于绿色消费。环保专家将绿色消费概括为"5R",即节约资源,减少污染(Reduce);绿色生活,环保选购(Reevaluate);重复使用,多次利用(Reuse);分类回收,循环再生(Recycle);保护自然,万物共存(Rescue)。[①] 在 20 世纪 50 年代,绿色环保意识和生活方式在少数有识之士之间萌动;20 世纪 80 年代后,越来越多的人开始关注环境污染等生态环境问题,倡导绿色消费行为和绿色生活方式。在欧盟国家早期消费者权益保护运动的推动下,加之国际社会的大力支持,消费者绿色环保意识和行为逐渐普及,人们开始自觉地抑制对环境有害的产品消费,愿意以更高的价格购买绿色产品,以更低的环境代价或者零

---

① 参见《中国消费者协会"绿色消费"年主题简介》,载《纤维标准与检验》2001 年第 4 期。

环境成本出门旅行,反对和抵制资源高消耗、环境高污染、生态遭破坏的生活方式和行为,将其视之不道德行为。绿色消费不仅满足了当代人生态需要、环境安全和健康,而且是人类 21 世纪全新的生活理念和消费模式,标志着人类与自然的和谐统一、人类文明发展迈入新时代的象征。绿色消费理念的确立和绿色消费潮流的兴起,深刻改变了社会生产方式及经济结构,反映了人类文明的深刻革命。

习近平指出:"随着工业化的推进,人们对发展的认识也不断深化,产生了许多新的发展思想和发展理念,发展的内涵越来越充实。"①"两山"重要思想汲取国际社会可持续发展理念内核,洞悉全球现代化绿色演进趋势和特征,揭示人类社会现代化发展规律,推进和引导现代化走向人与自然全方位和谐的深度绿色化。

## 二、发展中国家绿色现代化跨越道路

发展中国家的工业化、现代化是全球现代化课题。习近平指出:"国际上这些发展思想和发展理念,是人类十分宝贵的文化财富。但是,这些发展理论还是不系统的、不完善的,有许多是基于发达国家面临的问题提出的,并没有充分反映发展中国家的要求。"②发展中国家的现代化大大晚于发达国家,一般起始于第二次世界大战结束后的五六十年代。这时发达国家已基本完成了工业化,有的甚至已步入后工业化社会。长期传统工业化模式造成的环境污染问题不仅显露了出来,付出了代价,而且不少发达国家甚至不惜借世界范围的产业结构调整之机将污染产业向发展中国家转移。发展中国家的共性是生产力水平低,经济处于落后地位;共同愿望是发展经济、满足人民群众日益增长的物质文化需求。共性和愿望决定发展中国家的首要任务和基本问题是加快发展,促进经济由落后状态向现代化状态转变。

---

① 习近平:《干在实处 走在前列——推进浙江新发展的思考与实践》,中共中央党校出版社 2006 年版,第 19 页。

② 同上,第 20 页。

　　发展中国家的现代化是后发的,所遇到的矛盾和问题是特殊和复杂的,因而现代化的过程和模式与先发国家可以有不同的逻辑。20世纪中叶,俄裔美国经济学家亚历山大·格申克龙(Alexander Gerschenkron,1904—1978)在1952年发表的《经济落后的历史透视》一文中谈到了经济落后国家取得后发性利益的问题。此后,经济学家就发展中国家后发劣势和后发优势命题展开广泛讨论。发展中国家后发劣势是指其在工业化过程中处于落后地位而所致的特殊不利条件;后发优势是指其在工业化过程中处于落后地位所潜藏的特殊有利条件。习近平反对发展中国家简单模仿西方国家"先污染后治理"的工业化道路,主张绿色发展,化解后发劣势,创造和发挥后发优势。他指出:"当今世界都在追求的西方式现代化是不能实现的,它是人类的一个陷阱。所以,必须在科学发展观指导下,探索一条可持续发展的现代化道路。"①"欠发达地区只有以科学发展观为统领,贯彻落实好环保优先政策,走科技先导型、资源节约型、环境友好型的发展之路,才能实现由'环境换取增长'向'环境优化增长'的转变,由经济发展与环境保护的'两难'向两者协调发展的'双赢'的转变,才能真正做到经济建设与生态建设同步推进,产业竞争力与环境竞争力一起提升,物质文明与生态文明共同发展;才能既培育好'金山银山',成为我省新的经济增长点,又保护好'绿水青山',在生态建设方面为全省作贡献。"②"两山"重要思想是发展中国家化解后发劣势、发挥后发优势实现现代化绿色跨越发展的科学思想。

　　发展中国家绿色发展思想萌动最早可见诸20世纪60年代的"绿色革命"③。一大批新独立的发展中国家,为了谋求现代化发展,开展以培育和引进高产稻麦品种为主要内容的生产技术活动。一批农业专家受美国洛克菲勒财团和福特财团派遣赴亚、非、拉国家,建立农业

---

① 习近平:《之江新语》,浙江人民出版社2007年版,第118页。
② 同上,第223—224页。
③ 蔡昉:《绿色革命:发展中国家农业现代化的尝试》,载《开发研究》1990年第1期。

研究机构,从事稻麦高产品种的选育和推广工作,促进了这些国家的粮食生产,取得初步成效。

发展中国家大范围推进绿色发展始于 21 世纪初期。受全球绿色现代化思潮影响,一批发展中国家探索以绿色经济为发展形态的现代化道路。在 2002 年东盟环境部长会议上,东盟国家根据面临的主要环境问题,提出十大优先领域,分别是全球环境问题、陆地与森林大火和跨边境烟霾污染、海岸与海洋环境、可持续森林管理、自然公园和保护区的可持续管理、淡水资源、公众意识和环境教育、促进环境友好型技术与清洁生产、城市环境管理与治理、可持续发展的检测、报告与数据协调。东盟及大多数发展中国家尽管在发展水平与阶段上不尽相同,但共同面临复合型环境问题。随着国际和区域环境热点问题认识不断深化以及国际环境合作的不断深入,在 2009 年第十四次东盟峰会上,东盟领导人签署了《东盟共同体 2009—2015 年路线图华欣宣言》,对 2002 年环境合作十个优先领域进行合并与调整。东盟努力推进环境友好型技术发展,通过运用环境友好型技术以最小的环境影响达到社会可持续发展目标,具体行动包括:到 2015 年全面建立东盟环境友好型技术网络;区域广泛采用环境管理/标志框架,推动本区经济发展和环境改善;积极推动能够促进成员国之间开展技术交流与合作论坛;在"南南合作""南北合作"框架下加强东盟各国技术转让合作;建立东盟成员国环境友好型信息交流中心;加强环境友好型在联合研究、发展、技术转让等方面的工作。东盟在推动环境友好型技术和清洁生产领域开展了很多工作。

"亚洲四小龙"之一的韩国,在 20 世纪中后期推行出口导向战略,创造了经济高速增长奇迹。1997 年,韩国人均收入超过 1 万美元,经济规模跻身世界第 11 位;但同时是世界第十大能源消耗国,97% 的能源依靠进口,石油、天然气和煤炭几乎全部依靠进口。2005 年在瑞士达沃斯发布的"环境可持续指数"国别排名中,韩国在 146 个国家中名列第 122 位,排在经济合作与发展组织成员国最末位。面对资源、环境和经济可持续发展的多重压力,韩国政府于 2008 年 8 月正式提出

"低碳绿色增长"模式,并将其作为国家发展的首要战略。韩国政府于2008年8月公布了《国家能源基本计划》,计划到2030年,能源消费中化石燃料比重从83％降至61％,太阳能、风能、地热能等再生能源比重从2.4％提升至11％。2008年9月,韩国政府公布《绿色能源发展战略》,确定优先发展领域;2009年1月,韩国政府成立直属于总统的绿色增长委员会;2009年7月,韩国政府公布《绿色增长国家战略及五年计划》,提出2020年跻身全球七大"绿色大国"、2050年成为全球五大"绿色强国"的战略目标;2010年4月,韩国政府颁布《低碳绿色增长基本法》,主要内容包括在2020年以前把温室气体排放量减少到排放预计量的30％。韩国政府结合国际做法和自身实际,建立与绿色增长相适应的环境管理制度、能耗量化管理制度、绿色交通制度、绿色文化和教育制度、绿色增长基金制度等各项制度。从绿色增长战略提出到《低碳绿色基本法》出台,韩国仅用了两年时间就将绿色增长战略以国家法律的形式固定下来,上升为国家意志,表明其绿色转型的决心。

从20世纪70年代开始,巴西历届政府均十分重视绿色能源研究,在生物燃料技术方面居于世界领先地位。巴西已探明的石油储量在拉丁美洲国家仅次于委内瑞拉,但该国依托农业优势和先进的生物技术,率先从甘蔗、大豆、棕榈油等作物中提炼燃料,使其成为世界上唯一一个在全国范围内不供应纯汽油的国家。2010年巴西建成首座乙醇发电站并投入使用,乙醇出口居世界首位。巴西政府将绿色发展理念、绿色能源技术推广到航空、化工、汽车制造等领域。巴西航空工业公司是世界最大的120座级以下商用喷气飞机制造商,在全球首批获得ISO 14001环境认证。该公司以"碳平衡"为经营理念,生产了全球第一款生物燃料飞机,塑造绿色飞行典范。巴西化工巨头——巴西化学集团公司首次使用甘蔗原料生产绿色聚乙烯,并获世界可再生环保聚丙烯塑料认证。巴西经济建设曾经无序扩张,毁林烧荒使亚马孙森林急剧萎缩,由此造成二氧化碳排放占全国温室气体排放总量的70％。为扭转局面,巴西政府制定了《巴西21世纪议程》,与国际组织合作联合制订了热带雨林自然生态保护计划,在亚马孙地区推行"绿色经济特区"政策,颁发《亚马孙地区生态保护法》,投入千亿美元治理环境。在加强生态保护的同时,巴西政府大力发展生态旅游业,以生态管理技术支持亚马孙地区生态旅游计划。巴西是世界上动物多样性最完备的国家,拥有世界最大的森林、湿地和亚马孙热带雨林,生态旅游条件优越。据世界旅游组织报告,2012 年巴西生态旅游指数居全球第 3 位。[①]

印度致力于打造绿色经济大国。印度的温室气体排放总量居全球第 4 位。印度总理辛格承诺,在 2050 年前人均温室气体排放量不会超过发达国家,从政府措施和市场机制两个方面入手,致力于发展低碳经济,创造未来"绿色经济"大国。2007 年,印度政府成立了由总理辛格直接领导的高级别环境顾问委员会,协调和评估各部门出台的一系列减排政策。2008 年,该委员会推出了"应对气候变化全国行动计划",包括太阳能、能源效率、可持续居住、喜马拉雅生态环境、植树造林、可持续农业和应对气候变化等领域。印度新能源部起草"国家可再生能源政策草案",规定到 2010 年所有的邦发电量中的 10% 必须来自可再生能源,到 2020 年这一比例须提高到 20%。印度政府专门设立了能源效率局,推广将白炽灯换成节能灯;部分邦政府强制要求在医院、宾馆、政府以及商用楼中使用太阳能热水器,为使用太阳能热水器的居民提供补贴。印度政府从 2007 年开始对电厂、铁路、铝、水泥、氯碱、纸浆纸张、化肥、钢铁等高耗能产业实行强制能源审计,要求生产企业每年汇报能耗数据。印度政府强制推行产业耗能标准,能源使用效率高于标准的企业经能源审计后获得节能证,可以向任何行业部门出售,未达标企业须整改或购买节能证并接受惩罚。印度政府支持利用碳信贷为本国新能源融资。2008 年,印度全国商品和衍生品交易所启动碳交易。这一年欧洲公司购买的碳排放总量中有三分之一来自印度。

---

① 参见顾永强:《巴西经济发展谋求"绿色转身"》,载《农业工程技术(新能源)》2012 年第 8 期。

在发展中国家中,中国是最早全面推行绿色发展的国家。早在1972年联合国人类环境会议后,中国就把环境保护纳入国民经济和社会发展计划。1978年12月,中共中央批转国务院环境保护领导小组《环境保护工作汇报要点》,指出:"消除污染、保护环境,是实现社会主义现代化的主要组成部分。"1983年12月,国务院在召开的第二次全国环境保护会议将环境保护定为基本国策。① 1999年1月,国务院颁发《全国生态环境保护纲要》;2001年颁发《全国生态环境建设规划》,明确全国生态环境建设指导思想、原则和目标。2003年7月,时任中共浙江省委书记习近平在省委十一届四次全会上所作出的"八八战略"明确指出,"进一步发挥浙江生态优势,创建生态省,打造'绿色浙江'","进一步发挥浙江的山海资源优势,大力发展海洋经济,推动欠发达地区跨越式发展,努力使海洋经济和欠发达地区的发展成为浙江经济新的增长点"。② "两山"重要思想汲取了发展中国家绿色发展的智慧和经验,全面系统地阐述了发展中国家或欠发达地区现代化绿色跨越发展新思路,不仅为发展中国家避免重蹈先发工业化国家"先污染后治理"道路提供理论指导,也为发展中国家实现绿色现代化跨越发展提供示范和样板。

## 第二节 总结中国现代化经验,坚持科学发展时代要求

### 一、中国现代化建设绿色转型

中国曾错失18、19世纪和20世纪上半叶前两次工业革命历史机

---

① 参见吴晓军:《改革开放后中国生态环境保护历史评析》,载《甘肃社会科学》2004年第1期。
② 习近平:《干在实处 走在前列——推进浙江新发展的思考与实践》,中共中央党校出版社2006年版,第3—4页。

遇,成为现代化落伍者。从 1949 年开始,以毛泽东为核心的第一代领导集体启动中国工业化、城市化和现代化进程。尽管遭遇"大跃进"失败和"文化大革命"内乱,1952—1978 年,中国人均生产总值年均增长率仍达到 4%;从 1978 年开始,以邓小平为核心的第二代领导集体继续推进中国工业化、城市化和现代化进程,经济快速起飞,迅速抓住了第三次工业革命的历史机遇。

在 20 世纪 80 年代初期,邓小平在全面分析我国国情和各种主客观因素基础上明确提出现代化"三步走"战略目标和部署,即 20 世纪最后 20 年走两步,实现国民生产总值翻两番,人民生活实现从贫困向温饱再向初步小康的历史性跨越;21 世纪第一个 50 年再走一大步,全国达到中等发达国家水平,人民生活比较富裕,基本实现现代化。1979—2000 年,中国国内生产总值年均增长 9.5%,按可比价格计算,2000 年比 1980 年增长了 6 倍以上,超过原定 20 年翻两番目标。这一阶段,中国经济社会发展取得的主要成绩:一是工业增长速度加快,重工业产量成倍增长。1990—2001 年,工业增加值年均增长 12.5%。其中,2001 年与 1989 年相比,钢产量增长 1.46 倍,成品钢增长 2.3 倍,发电量增长 1.53 倍,原油增长 19.1%,水泥增长 2.14 倍,平板玻璃增长 1.48 倍,农用化肥增长 88%,塑料增长 5.24 倍,汽车增长 3 倍,化纤增长 4.7 倍,棉纱增长 59%,棉布增长 53%,家用洗衣机增长 62%,电冰箱、彩色电视机、房间空调器增长 1 倍到数倍。长期困扰人民生活水平的消费品"瓶颈"制约基本消除。二是工业技术结构调整,信息制造业苗壮成长。1989—2001 年,我国电子信息产品制造业产值年均增长 29%,销售收入年均增长 27%,利润年均增长 24%,出口额年均增长 30%,成为国民经济重要的支柱性产业。三是三次产业结构调整,城镇化进程加快。1990—2001 年,在三次产业结构中第一产业由 27.1%降为 15.2%,第二产业由 41.6%上升为 51.1%,第三产业由 31.3%上升为 33.6%;同期在全国人口比重中,城镇人口由 26.4%上升至 37.6%,乡村人口由 73.6%降为 62.4%。四是基础设施建设取得突破性进展。2001 年,发电装机容量达到 3.38 亿千瓦,居世界第 2 位;铁路营业里程由 1990 年的 5.8 万千米增加到 170 万千米,居世界第 2 位;民用航空航线里程由 51 万千米增加到 155 万千米;邮电通信突飞猛进,固定电话用户数突破 2 亿户,移动电话接近 2 亿户,居世界第 1 位。五是居民收入持续增加,生活水平提高。1989—2001 年,农村居民家庭人均纯收入由 601.5 元增加到 2366.4 元,扣除价格因素,年均增长 4.3%;城镇居民家庭人均可支配收入由 1375.7 元增加到 6859.6 元,扣除价格因素,年均增长 7.1%。1989 年城镇居民恩格尔系数为 57.5%、农村居民为 67.6%,至 2001 年分别下降到 39.2% 和 49.1%。1990 年,全国人民生活总体上消除了贫困,基本解决了温饱;2000 年初步达到小康水平。六是环境保护和生态建设开始起步。1998—2002 年,全国用于环境保护和生态建设方面的投入达 5800 亿元,占同期国内生产总值的 1.29%。这 5 年里,全国共植树造林 3.6 亿亩,封山育林 4.8 亿亩。2001 年与 1991 年相比,污水排放量下降 57.2%,固体废物排放量下降 33.4%,废弃物排放量下降 30.5%,城市污水处理率由 16% 提高到 36%。

从 21 世纪开始,中国进入全面建设小康社会时期,经济增长引来新一轮的上升期。2002—2006 年,国内生产总值由 120332.7 亿元增加到 210871 亿元,增长近 1.5 倍,经济总量跃居世界第 4 位;2003—2006 年经济增长速度年均 10.4%,工业增加值年均增长 12.2%;财政收入年均增长 19.7%,由 18903.64 亿元增加到 38760.2 亿元;进出口总额由 6207 亿美元增加到 17606 亿美元,年均增长 29.8%,在世界的排名由第 5 位上升至第 3 位;实际利用外资直接投资规模由 527.4 亿美元增加到 697.7 亿美元,增长 19.5%,年均增长 4.6%;利用外资累计达到 2575 亿美元,连续 14 年成为吸收外商直接投资最多的发展中国家;国家外汇储备由 2864.07 亿美元增加到 10663 亿美元,居世界第 1 位;2006 年,我国高技术产业增加值 9649 亿元,比 2002 年增长 1.56 倍,增加值跃居世界第 3 位;高技术产品进出口额占全部商品进出口额的比重超过 30%。能源、交通、通信等基础设施和重点工程建设成效显著。2002—2006 年,新增发电装机容量 9744 万千瓦,铁路营业里程由 7.19 万千米增加到 7.71 万千米,居世界第 3 位;公路里程由 176.5 万千米增加到 345.7 万千米,其中高速公路由 2.51 万千米增加到 4.53 万千米,居世界第 2 位;固定电话年末用户由 2.1 亿户增加到 3.7 亿户,移动电话 2006 年末用户达到 4.6 亿户。能源资源节约和生态环境保护取得新进展。2005 年以来,中央企业主要污染物排放总量削减 10%;2006 年,全国建成并投入运行的燃煤电厂脱硫装机容量达 1.04 亿千瓦,超过 10 年前总和;全国城镇污水处理率由 2005 年的 52%提高到 2006 年的 56%;2006 年,全国废水排放强度每亿元国内生产总值为 25.46 吨,比 2002 年下降 30.3%;COD(化学需氧量)为 0.0068 吨,比 2002 年降低 40.4%;二氧化碳为 0.0123 吨,比 2002 年降低 23.1%。

中国工业化、城市化、现代化建设取得的成就举世公认,但经济增长方式粗放,高速增长所消耗的资源和能源量过大的矛盾依然存在。1995 年 9 月,中共中央十四届五中全会通过《关于制定国民经济和社会发展"九五"计划和 2010 年远景目标的建议》,要求"实行两个具有全局性的根本性转变,一是经济体制从传统的计划经济体制向社会主义市场经济体制转变,二是经济增长方式从粗放型向集约型转变,促进国民经济持续、快速、健康发展和社会全面进步"①。2000 年 10 月,中共中央十六届五中全会通过《关于制定国民经济和社会发展第十个五年规划的建议》,要求"推进经济体制和经济增长方式的根本性转变","合理使用、节约和保护资源,提高资源利用率","加强生态建设,遏制生态恶化"。习近平指出:"未来 5—15 年,我们将在资源约束加大的情况下推进现代化建设,转变经济增长方式是唯一的出路。这里有许多问题值得深入研究。如:技术进步问题,这是推进经济增长方式转变的主要动力,如何形成企业技术引进、消化吸收和自主创新的机制,如何开发和推广共性技术,特别是开发推广对增长方式转变有

---

① 李连仲主编:《中国迈向 21 世纪的宏伟纲领》,中共中央党校出版社 1995 年版,第 4 页。

直接效果的节能降耗技术和环保技术,需要深入研究;产业升级问题,这是推进经济增长方式转变的重要途径,如何改造提升现有产业,加快发展技术含量高、附加值大、环境代价小的产业,淘汰产出低、消耗高、污染严重的产品和技术装备,需要深入研究;体制机制问题,这是推进经济增长方式转变的制度保证,如何深化体制改革,加快水、土地、环境容量等要素配置的市场化,大力发展循环经济等,也是我们面临的迫切任务。"[①]习近平从我国现代化建设资源环境约束条件出发,深刻阐述技术进步、产业升级、深化改革对于转变经济增长方式的重要性,为转变经济增长方式、推进现代化绿色转型提供理论指导。转变经济增长方式、发展绿色现代化是"两山"重要思想的基本要求。

## 二、落实科学发展观的时代要求

2005 年 10 月,中共中央召开十六届五中全会,会议通过了《关于制定国民经济和社会发展第十一个五年规划的建议》,提出"坚持以科学发展观统领经济社会发展"。科学发展观是人们对于发展规律新的世界观和方法论,是我们党深刻总结经济社会建设经验教训、吸收人类现代文明进步成果的新理念,是指导我国社会主义现代化建设的战略指导思想。

经过"三步走"战略的前两步努力,中央认为:"我国经济社会发展进入全面建设小康社会新阶段,居民消费结构逐步升级,产业结构调整和城镇化进程加快;劳动力资源丰富,国民储蓄率较高,基础设施不断改善,科技教育具有较好基础;社会主义市场经济体制逐步完善,社会政治保持长期稳定。这些都为中国经济持续健康发展创造有利条件。同时,必须清醒地认识到,我国仍处于并长期处于社会主义初级阶段,生产力还不发达,城乡区域发展不平衡,粗放型经济增长方式没有根本转变,经济结构不够合理,自主创新能力不强,经济社会发展与

---

① 习近平:《干在实处 走在前列——推进浙江新发展的思考与实践》,中共中央党校出版社 2006 年版,第 38 页。

资源环境的矛盾日益突出……"在粗放型增长方式下,我国土地、淡水、矿产资源和生态环境的承载能力越来越脆弱,加剧了经济快速增长与自然资源之间的矛盾,经济运行环境成本上升。2005年,我国国内生产总值按当年平均汇率计算为2.26万亿美元,约占世界生产总值的5%左右,然而为此投入的各类国内资源和进口资源,所占比例比产出要高得多;2005年,我国消费石油3亿吨、原煤21.4亿吨、粗钢3.5亿吨、水泥10.5亿吨、氧化铝1561吨,分别为世界消费量的7.8%、39.6%、31.8%、47.7%和24.4%。即使考虑汇率因素,我国经济增长付出的能源、资源代价过大是不争的事实。

中国环境承载能力原本十分脆弱,粗放型经济高速增长付出的环境代价高昂。2005年,中国二氧化硫排放量为2549万吨,超过了环境理论容量的一倍以上。大量的二氧化硫排放导致酸雨污染,酸雨面积占到国土的1/3。2005年,全国烟尘排放量达到1182万吨,不仅没有完成"十五"计划削减9%的指标,反而还有所增加;工业粉尘排放量达到911万吨,也未达到"十五"计划的削减目标;城市河段90%以上受到污染;草原退化达90%,退化速度3400平方千米/年。如果不能从根本上改变依靠高要素投入、高资源消耗、高污染排放和低技术含量这"三高一低"的经济增长方式,整个环境质量可能进一步恶化,经济增长将不可持续。

中央要求"全面贯彻落实科学发展观","加快转变经济增长方式"。发展既要有较快的增长速度,更要注重提高增长的质量和效益,加快经济结构的战略性调整;要把节约资源作为基本国策,发展循环经济,保护生态环境,加快建设资源节约型、环境友好型社会,促进经济发展与人口、资源、环境相协调;要深入实施科教兴国战略和人才强国战略,把增强自主创新能力作为科学技术发展的战略基点和调整产业结构、转变增长方式的中心环节,大力提高原始创新能力、集成创新能力和引进吸收再创新能力;必须坚持社会主义市场经济的改革方向,完善现代企业制度和现代产权制度,建立反映市场供求状况和资源稀缺程度的价格形成机制,更大程度地发挥市场在资源配置中的基础性作用,提高资源配置效率,切实转变政府职能,健全国家宏观调控体系。①

习近平同志指出:"科学发展观是指导发展的根本指南。科学发展观不是不要发展,我们党改革开放以来提出的'发展是硬道理'、'发展是党执政兴国的第一要务'等重要论断,都是科学发展观的本义所在。科学发展观首先还是要发展,其关键在于发展不能再走老路。首先,发展不能脱离'人'这个根本。我们仍然需要 GDP,但经济增长不等于发展,也必须明确经济发展不是最终目的,以人为中心的社会发展才是终极目标。其次,发展不能是城市像欧洲、农村像非洲,或者一部分像欧洲、一部分像非洲,而是要城乡协调、地区协调。再次,发展不能竭泽而渔,断送了子孙的后路。粗放型增长的路子,'好日子先过',资源环境将难以支撑,子孙后代也难以为继。因此,发展必须是可持续的。这些道理一经揭示出来,看似浅显易明,但不揭示出来,可能在实践中就忽略了;一旦忽略,就出现许多问题,有些问题积重难返,就非下'虎狼之药'不可。"②

"两山"重要思想以科学发展观为指导,将科学发展观所要求的目的与途径、速度与协调、增长与环境、当代与后代等现代化命题通过"绿水青山就是金山银山"战略思路和行动方案统一起来,推进科学发展观全面贯彻和落实,为中国现代化建设指明切实可行的有效途径。

---

① 参见《中共中央关于制定国民经济和社会发展第十一个五年规划的建议》,人民出版社 2005 年版,第 5—6 页。

② 习近平:《干在实处 走在前列——推进浙江新发展的思考与实践》,中共中央党校出版社 2006 年版,第 23 页。

## 第三节　正视浙江发展阶段性变化,推进经济增长方式转变

### 一、浙江经济发展走在全国前列

"两山"重要思想是在浙江从提前实现小康社会到迈向加快全面建设小康、提前基本实现现代化新阶段酝酿并丰富起来的。浙江现代化践行"三步走"发展战略的递进升段呼唤指导思想创新。浙江是全国经济最具活力的省份之一,改革开放以来既创造了经济发展奇迹,也创造了"自强不息、坚韧不拔、勇于开拓、讲求实效"的浙江精神。浙江在全国率先进行市场化改革,充分发挥先发优势,经济综合实力迅速上升,实现从经济小省到经济大省的历史性跃升。1978—2000年,浙江国内生产总值由124亿元增加到6036亿元,年均增长12.2%,在全国各省、市、自治区的位次由第12位上升到第4位;人均国内生产总值由331元增加到13461元,在各省、市、自治区中由第16位上升到第4位;城镇居民人均可支配收入年均增长7.4%,农村居民人均纯收入年均8.8%,分别达到9279元和4254元,居各省、市、自治区第4位和第3位。浙江大力培育具有市场活力的新经济体,形成了以公有制经济为主体、多种所有制经济共同发展的格局。2000年,在全省国内生产总值中公有制经济占53%、非公有制经济占47%,其中个体私营经济占40%;在全部工业企业单位总数和工业总产值中,非公有制经济分别占88.4%和64.4%;在建筑业单位总数和总产值中,公有制经济和非公有制经济分别占52%和48%;在社会商品零售总额中,非公有制经济占81%;在批发和零售贸易业销售总额中,非公有制经济占60%。浙江走出了一条富有地方特色的工业化道路,是国内重要的制造业基地和全国最大的乡镇企业发祥地。乡镇企业和农村工业化蓬勃发展,成为浙江在全国实现经济赶超的主要力量。1998年前后,

浙江乡镇企业经济总量和主要经济指标连续多年居全国第一,呈现出小商品大市场、小企业大产业的区域经济发展格局。浙江把专业市场和工业产业、小城镇建设组合起来,构建区域特色经济。2000年,全省拥有年工业总产值亿元以上的经济区块300多个,年工业总产值超过4000亿元。区域特色经济涉及100多个行业,较为典型、在省内外影响较大的有绍兴化纤面料、义乌小商品、宁波服装、海宁皮革、永康五金、温州皮鞋、乐清电器、嘉善木业、温岭泵业、大唐袜业、黄岩精细化工等。2000年,全省共有商品交易专业市场4348个,总成交额4023亿元,连续10年位居全国第一。

进入全面建设小康社会时期,浙江经济实力提升加快,人民生活和城乡面貌继续改善。一是经济增速加快,综合实力增强。2001—2005年,浙江经济年均增长13.0%,增长速度超过1978—2000年;2005年全省生产总值13438亿元,经济总量跃上万亿元台阶;人均生产总值27703元,年均增长11.7%,地区生产总值和人均生产总值两项指标提前一年超过"十五"计划目标。2005年,全社会固定资产投资6696亿元,5年总投资24123亿元,年均增长26.3%;进出口总额突破千亿美元,由2000年的278.3亿美元增加到2005年的1073.9亿美元,年均增长31%,其中出口总额从194.4亿美元增加到768亿美元,年均增长31.6%;社会消费品零售总额从2554亿元增加到4632亿元,年均增长12.6%。二是经济结构优化,增长方式有所转变。浙江把经济结构战略性调整和发展方式从量的扩张转向质的提升作为重大举措和任务,三次产业结构由2000年的11.0∶52.7∶36.3调整为2005年的6.5∶53.5∶40.0,工业继续保持优势,服务业比重提高。2005年,浙江规模以上工业增加值达4905亿元,连续5年平均增长18.8%;重工业比重超过轻工业,增加值从49.1%上升到56.4%;高技术产业产值达1706亿元,增加值385亿元,年均增长分别为26.4%和23.9%。工业增长质量和效益提高。2005年,全省规模以上工业企业实现利税1840亿元,年均增长19.3%;实现利润1050亿元,年均增长21.8%。三是信息化水平提高,基础设施条件改善。互联网用户由 2001 年的 206 万户发展到 2005 年的 689 万户,年均增长 35.2%;电话用户总数达到 5140 万户,其中固定电话和移动电话用户分别为 2246.9 万户和 2893.3 万户,为 2000 年的 1.5 倍和 3.3 倍,移动电话普及率达到 59 部/百人;"十五"期间,浙江城镇以上基础设施累计投资 6897 亿元,年均增长 15.5%,2002 年实现全省"四小时公路交通圈",初步形成水、陆、空并举的综合运输网络;全省新增发电机组容量 983 万千瓦、输电线路 5685 千米、变电设备 2657 千伏安,新建公路 3643 千米、改建公路 5537 千米、新增水库容量 6.8 亿立方米、自来水供水能力 386.4 万吨/日、污水处理能力 1386.2 万吨/日。四是生态省建设全面推进,可持续发展能力增强。浙江制定了生态省建设规划纲要,实施了一批生态建设重大项目,推行森林生态效益补偿基金制度,推进资源节约与合理配置,施行节电、节水、节地、节材等政策措施。2001—2005 年,浙江规模以上企业万元工业总值综合能耗年均降低率 8.8%,工业劳动生产率年均增长 11.7%;八大水系、运河和湖库Ⅲ类水质检测断面达 64.9%,城市空气质量年均值达到二级标准,影响空气质量的主要污染物总悬浮颗粒物浓度出现下降,森林覆盖率提高到 60.5%。五是人民生活和社会保障水平提高。2005 年,城镇居民人均可支配收入和农村居民人均纯收入分别为 16294 元和 6660 元,分别比 2000 年增长 75.6%和 56.6%,在全国省市自治区排第 3 位和第 1 位;城镇居民和农村居民人均消费支出分别为 12254 元和 5215 元,比 2000 年增长 74.6%和 61.4%;城乡居民人均居住面积为 26.1 平方米和 55 平方米,分别比 2000 年扩大 6.2 平方米和 8.6 平方米。2005 年末,全省企业基本养老保险参保人数 872 万人、基本医疗保险参保人数 632 万人、失业保险参保职工 440 万人、工伤保险参保人数 455 万人、生育保险参保人数 280 万人,建立了城乡居民最低生活保障、征地农民基本生活保障、新型农村合作医疗、城乡医疗救助、困难家庭学生助学、农村五保和城镇"三无"对象集中供养、经济适用房、廉租房等在内的新型社会救助体系。

按照现代化"三步走"战略,浙江省率先完成前两步和第三步前期任务。1986 年,浙江国内生产总值比 1980 年翻了一番,人均生产总值也实现翻番,提前 4 年完成"三步走"的第一步战略任务,人们普遍解决了温饱问题。1993 年,全省人均国内生产总值实现了翻两番,按当年汇率折算为 962 美元,达到了人均生产总值 800 美元至 1000 美元的小康社会目标,提前 7 年完成第二步战略任务。2005 年,浙江人均国内生产总值超过 3000 美元,达到中等收入国家水平,开始迈向率先实现基本现代化阶段。1992 年浙江农村居民恩格尔系数为 49.2,1993 年城镇居民恩格尔系数为 49.4,人民生活由温饱上升至初步小康;2000 年城镇居民恩格尔系数为 39.2,2003 年农村居民恩格尔系数为 38.2,人民生活水平又上了一个台阶,由初步小康迈上了宽裕型小康。浙江提前 7—8 年初步建成小康社会,提前 7—10 年达到更加宽裕的小康,小康社会建设成就巨大,走在全国前列,被社会广泛誉为"浙江奇迹""浙江现象"或"浙江之谜"。

## 二、浙江较早遭遇"成长的烦恼"

2005 年 12 月,习近平同志在浙江省委常委务虚会上指出:"目前,全国已进入人均 GDP1000—2000 美元发展阶段,这一阶段通常被称为战略机遇期;我省开始进入人均 GDP3000—5000 美元发展阶段,这一阶段通常被称为经济腾飞时期,也是工业化、国际化、城市化加速发展的阶段。"[1]"近几年来,随着发展环境、发展条件、发展要求的变化,特别是要素供给和环境承载力瓶颈制约的进一步凸显,我们在深深感受到'成长的烦恼'和'制约的疼痛'的同时,也切实增强了推进科技进步、提高自主创新能力、提升产业层次、实现'凤凰涅槃'的自觉性和紧迫感。"[2]

浙江现代化发展属于压缩型和粗放型模式。一些先发工业化国

---

[1] 习近平:《干在实处 走在前列——推进浙江新发展的思考与实践》,中共中央党校出版社 2006 年版,第 31—32 页。

[2] 同上,第 32 页。

家从人均 1000 美元到 3000 美元需花数 10 年乃至上百年时间,日本花了 50 年多年,德国与加拿大花了大约 80 年,意大利约 100 年,西班牙 130 年以上。值得关注的是,这些国家的工业化普遍采用"高投入、高消耗、高污染、高产出"的发展模式,走了一条"先污染、后治理"的路子,以致在 20 世纪中叶出现了严重的环境危机,爆发了"八大环境公害事件",引发国际社会强烈不满和环境保护运动。在公众强烈要求下,政府被迫采取环境保护措施,推动国家环境治理,才使环境状况出现好转。

相比之下,浙江省人均生产总值从 1000 美元跃上 3000 美元只经历了大约 10 年时间,1995 年为 976 美元,2005 年达到 3400 美元,创造了在全国除直辖市以外第一个人均生产总值超 3000 美元的省份。发达国家的工业化条件与浙江有所不同,它们除了开发本国资源外,并大量地掠夺殖民地国家的资源,有意识地将资源和环境矛盾转嫁给发展中国家。浙江的工业化进程不可能走这样的道路。恰恰相反,浙江工业化不仅不能廉价利用他国自然资源和环境资源,反而在自我承受工业化快速发展带来的环境问题的同时,又要承担发达国家工业化后期转移的"高投入、高消耗、高污染、低效益"产业压力。双重资源环境因素叠加,使得压缩型、粗放型工业化模式带来的资源环境矛盾在全国先行凸显。

第一,经济高速增长与环境容量承载力有限的矛盾。浙江是"地域小省""资源小省"。在自然资源有限条件下推进高速工业化,决定了环境容量有限性和废弃物承载力有限性比其他省份更为突出。粗放型工业化实际所需的能源消耗量很大,污染物排放量很大,与环境容量矛盾尤为突出。1990—2005 年,浙江工业废气排放量从 2595 亿标立方米增加至 13025 亿标立方米,净增 10430 亿标立方米,年均增长 4.95%;废水排放总量从 142717 万吨增加至 313196 万吨,净增170479 万吨,年均增长 9.62%。

第二,资源消耗总量增长与资源利用效率低的矛盾。从贫困迈向温饱再迈向小康,浙江工业化总体上属于由初期向中期转变的过程,对自然资源的需求呈现递增趋势。浙江工业物质资源先天不足,大多数自然资源人均水平低于全国。浙江人均土地面积仅为全国平均水平的三分之一,人均水资源占有量在各省区中居16位,煤炭、石油、金属矿产资源紧缺,一次能源95%以上需要从省外调入。然而,浙江自然资源利用率不高,单位生产总值能耗、水耗和污染物排放量在全国处于中上水平,但均高于世界平均水平,资源利用效率与发达国家相比差距很大。在快速、粗放工业化进程中,浙江水、电、煤、土地等各种自然资源短缺问题不断出现。

第三,民众生态质量需求增长与生态环境改善滞后的矛盾。在生产力水平低的情况下,人们一般忽视生态环境质量的重要价值,把它看作可以招之即来的免费物品;随着生产力水平提高,人们生态环境需求觉醒,生态环境质量价值随之提高。浙江人均生产总值在跨上3000美元、进入现代化初级门槛后,人们对生态环境的重要性开始有了认知;在率先进入全面建设小康社会阶段,对生态环境认知更进了一步,对生态环境质量要求与日俱增。这一时期,浙江环境保护状况与全国类似,局部良好,总体未有改观,人民群众日益增长的生态环境质量需求与不尽理想的生态环境供给之间的矛盾日益尖锐,环境投诉呈现上升趋势,环境冲突进入高发期。2003年,全国各省、市、自治区环境污染与破坏事故次数排名中,广西406次,排第一;湖南省314次,排第二;浙江229次,排第三。在沿海几个省份中,广东47次,山东34次,江苏30次,辽宁17次,浙江环境污染与破坏事故次数总量偏高。[1]

环境经济学家用库兹涅茨倒U曲线来描述GDP增长与环境污染长期动态关系,被称为环境库兹涅茨曲线。在环境库兹涅茨曲线中,经济增长与环境污染关系变化分为3个阶段:第一阶段是经济起飞阶段,表现为经济高速增长与环境成本提高同方向;第二阶段是转折阶

---

[1] 参见沈满洪等:《绿色浙江——生态省建设创新之路》,浙江人民出版社2006年版,第24页。

段,即经济继续增长,环境污染得到控制,污染排放越过峰值后开始下降;第三阶段是可持续发展阶段,表现为低污染与经济稳定增长。浙江人均生产总值达到 3000 美元之后,环境库兹涅茨曲线应该由第一阶段向第二阶段过渡,人民群众对生态环境质量需求增长要求控制污染物排放,缓解经济增长与生态环境之间的矛盾,实施可持续发展战略。习近平同志讲:"发展也不是盲目蛮干,不能走老路,再走'高投入、高消耗、高污染'的粗放经营老路,国家政策不允许,资源环境不允许,人民群众也不答应。"①"两山"重要思想正是在浙江现代化建设进入跃升期、经济增长与人民群众生态环境质量要求矛盾凸显期科学回答了如何超越"制约的疼痛"和"成长的烦恼"问题,为经济发展与环境保护实现双赢指明路径和方法。

## 三、加快转变经济增长方式

加快转变经济增长方式是化解发展与资源约束、与环境保护矛盾、实现可持续发展的不二法则。习近平指出:"随着发展阶段、宏观形势、体制条件尤其是资源环境情况的变化,我省再走粗放型的发展路子将难以为继。"②"必须按照科学发展观的要求,坚持走新型工业化道路,加快推进经济增长由粗放型向集约型方式转变。"③加快转变经济增长方式是全面落实科学发展观的要求,也是"两山"重要思想的主要内容。

在浙江率先由初步建成小康社会迈向加快全面建设小康、提前基本实现现代化阶段,省委、省政府颁发了一系列关于加快转变经济增长方式的纲要和建议,成为"两山"重要思想的政策源泉。1996 年,《浙江省国民经济和社会发展"九五"计划和 2010 年远景目标纲要》明确提出了浙江跨世纪发展战略方针:"以提高国民经济整体素质为中

---

① 习近平:《干在实处 走在前列——推进浙江新发展的思考与实践》,中共中央党校出版社 2006 年版,第 23 页。

②③ 同上,第 50 页。

心,强化农业基础,强化基础设施,强化科技教育,强化外向拓展,努力
实现经济体制和经济增长方式的根本转变,形成新的发展优势,加快
现代化建设进程。"①1997 年,《浙江省社会主义精神文明建设纲要
(1996—2010)》指出:"从 1996 年到 2010 年,是浙江在提前达到小康
基础上,实现经济体制和经济增长方式的根本性转变,大步向现代化
迈进的重要时期。"②"加强宣传教育,增强环保意识,坚持人口、经济、
社会、环境和资源相互协调、同步发展的方针。加强自然环境和自然
资源保护,改善生态环境,有效遏制自然生态恶化和环境污染。到
2000 年,全省环境恶化趋势得到控制,工业污染达到有效防治,杭、
甬、温等省辖市的城市环境质量有所提高,农村生态环境有所改善,局
部区域实现良性循环,八大水系主体水域、主要湖泊和近海海域水质
基本保持稳定,平原河网流域水质有所好转,大气环境质量优于国家
二级标准。到 2010 年实现城乡环境清洁、优美、安静和自然生态的良
性循环。"③2000 年 11 月,浙江省委十届五次全会通过的《关于制定浙
江省国民经济和社会发展第十个五年计划的建议》指出:"进入 21 世
纪的浙江,正处于由提前实现小康向提前基本实现现代化迈进的新阶
段。根据邓小平同志'三步走'的战略思想和党的十五大要求,省委第
十次党代会对浙江提前基本实现现代化作出了战略部署:到 2005 年
争取有近三分之一的市、县基本实现现代化,到 2010 年争取有近三分
之二的市、县基本实现现代化,到 2020 年全省基本实现现代化。""今
后五年发展的总体要求是,坚持党的基本理论、基本路线、基本纲领,
按照'三个代表'的要求和党的十五届五中全会精神,以加快发展为主
题,全面推进现代化建设;以结构调整为主线,促进经济发展从量的扩
张向质的提高转变;以改革开放和科技进步为动力,再创发展新优势;
以提高人民生活水平为根本出发点,实现更加宽裕的小康生活;大力

---

① 中共浙江省委、浙江省人民政府:《浙江年鉴(1996)》,浙江人民出版社 1996 年版,
第 18 页。

② 同上,第 1 页。

③ 蒋巨峰、章荣高主编:《浙江年鉴(1997)》,浙江人民出版社 1997 年版,第 7 页。

弘扬浙江精神,努力建设经济强省、科教强省和文化大省,正确处理改革、发展、稳定的关系,不断开拓有浙江特色的发展路子。"2004年7月29日,习近平同志在省委"牢固树立和认真落实科学发展观,推动浙江经济社会全面协调可持续发展"专题学习会上,对加快转变经济增长方式作了全面系统的论述。

第一,加快转变经济增长方式,要以提高经济国际竞争力为导向。随着中国加入世界贸易组织和经济全球化进程不断向纵深推进,各种资源在全球范围内加快流动,国家和地区间的市场边界日益模糊,国内市场日趋国际化。在这个背景下,地区之间的竞争,越来越表现为争夺全球资源和全球市场的竞争,表现为国际竞争力的较量。所谓经济国际竞争力,主要是指面向国际国内两个市场、两种资源,在国际范围内进行资源配置和经济扩张,参与国际分工协作和竞争的能力。这种能力,不仅着眼于规模和总量,更强调质量和效率;不仅着眼于已达到的水平,更强调潜力和后劲。世界区域经济发展的经验证明,一个资源优势并不突出的地区,完全可以通过增强国际竞争力,充分利用全球资源和市场,在竞争中脱颖而出;而一个单纯依靠资源等比较优势发展起来的地区,如果不注重培植新的竞争优势特别是国际竞争优势,也会在残酷的竞争中处于不利地位,从而走向衰败。因此,加快转变经济增长方式,定位要高一些,要坚持国际竞争力为导向。我们的企业要有进入世界500强的目标和勇气,我们的产品不能仅满足于走出国门,而且要努力打入欧美的高端市场,争创国际性品牌,我们的环境要能够吸引国际一流企业来投资落户,使我们的产业、企业、产品和投资环境具有较强的国际竞争力。[①]

第二,加快转变经济增长方式,要以产业结构战略性调整为途径。习近平指出:"按照'优农业、强工业、兴三产'的要求,着力优化产业结构,实现产业升级。要以推进农业产业化经营为载体,以发展高效生

---

① 参见习近平:《干在实处 走在前列——推进浙江新发展的思考与实践》,中共中央党校出版社2006年版,第50—51页。

态农业为主攻方向,加快发展现代农业,保护和提高粮食综合生产能力,增加粮食储备,确保粮食安全。要以推进先进制造业基地建设为载体,积极发展电子通信、软件、生物医药、新材料等高新技术产业,依托港口优势发展重化工业,做大做强高附加值特色产业,大力运用信息技术和先进适用技术改造提升传统工业,全面提高我省制造业的竞争力。要在坚持做强做优传统服务业的同时,大力发展旅游、会展、物流、信息、金融等现代服务业。"[1]必须进一步创造有利于服务业发展的政策和体制环境,扩大服务业总量,优化服务业结构,提高服务业总体发展水平。

第三,加快转变经济增长方式,要以科技进步和技术创新为动力。经济增长方式的转变,本质上要求提高经济增长的科技含量和知识含量。习近平指出:"要加快打造一流的区域科技创新体系,积极引进大院名校,大力培育企业研发中心、重点实验室、科研机构等创新主体,加快建设区域科技创新服务中心。加强共性技术、关键技术联合攻关和扩散推广,为产业升级提供强大的技术支撑。要加强技术引进、消化吸收和创新集成,努力实现变创业为创新,变仿造为创造,变贴牌为名牌,力争拥有一批自主知识产权。要加快建立高层次人才培养机制,重点培养和引进精通国际规则的国际化人才、复合型科技创业人才、企业家和职业经理人才。加强高级技工队伍建设,注重一线工人的技能培训,真正把经济增长方式转变到依靠科技进步和提高劳动者素质的轨道上来。"[2]

第四,加快转变经济增长方式,要以发展循环经济、建设集约型社会为载体。人的需求的无限性与资源的有限性之间的矛盾是人类生存的永恒矛盾。由此,节约资源、实现资源的循环利用就成为人类生存的永恒主题。习近平指出:"要深入开展宣传教育活动,采取多种

---

① 习近平:《干在实处 走在前列——推进浙江新发展的思考与实践》,中共中央党校出版社 2006 年版,第 51 页。

② 同上,第 51—52 页。

形式介绍我国、我省资源形势和节约潜力,提高全省人民的资源意识和节约意识。要大力开展资源节约活动,在全社会推广节能、节水、节材和资源综合利用方面的新技术和新办法,提高资源利用效率。要按照'减量化、再使用、可循环'的原则,大力发展循环经济,全面推行清洁生产,最大限度地减少资源消耗和废弃物排放,实现资源的循环利用。"①

加快转变经济增长方式是"两山"重要思想的战略主线,是实现经济发展与环境保护、现代化绿色转型的正确选择。"绿水青山"是人类开展生产生活的必要条件,兼有生产的物质要素属性和人类生命支持及审美要求的生态属性。粗放型增长方式只是利用了"绿水青山"的生产要素属性,却忽略了"绿水青山"人类生命生态支持和审美要求属性,并且物质要素的利用也是低效率、不友好、不可持续的。转变经济增长方式不仅要提高自然资源使用效率,尊重经济发展规律,更要珍惜和保护"绿水青山"的生命支持和审美要求,建立人与自然和谐相处的资源节约型、环境友好型社会,尊重自然发展规律。只有加快转变经济增长方式,落实"绿水青山就是金山银山"发展理念,才可能从根本上消除增长与环境保护的矛盾,才可能实现人与自然和谐共生现代化。正所谓"生态兴则文明兴,生态衰则文明衰"。

## 第四节　立足浙江绿色发展实践,引领全面建设小康社会

### 一、发挥生态优势,弘扬生态文化

浙江自然地貌独特,绿色发展源远流长,生态文化丰富多样,传统优秀生态建设经验为"两山"重要思想提供基因库和精神养料。

---

① 习近平:《干在实处 走在前列——推进浙江新发展的思考与实践》,中共中央党校出版社 2006 年版,第 52 页。

浙江 10.18 万平方千米陆域面积自西南向东北阶梯状倾斜,西南以山地为主,中部以丘陵为主,东北部则是低平的冲积平原,山地和丘陵占 70.4%,平原和盆地占 23.2%,河流和湖泊占 6.4%,向来有"七山一水两分田"之说。山区是浙江乃至华东地区自然生态系统的重要组成部分和生态屏障。2010 年,浙江林地面积 660.74 万公顷,其中森林面积 601.36 万公顷,森林覆盖率达 60.58%,居全国前列。《2010浙江省森林生态功能价值评估报告》显示,2009 年,浙江森林生态服务功能年总生态价值高达 3558.73 亿元。其中,通过调节水量和净化水质年产生生态价值 1377.71 亿元,保持土壤肥力、减少水土流失等每年能产生生态价值 320.22 亿元,吸收二氧化碳、释放氧气年产生生态价值 568.72 亿元,积累营养物质年产生生态价值 47.01 亿元,净化大气年产生生态价值 185.54 亿元,保护生物多样性年产生生态价值 875.63 亿元,森林旅游年产生生态价值 183.9 亿元。浙江国土面积只占全国的 1% 左右,竹林面积却占全国的 16%。在国内,有"世界竹子看中国,中国竹子看浙江"之说。浙江安吉、临安、龙游、德清、余杭等县(市、区)被国家命名为中国竹乡。

浙江因水而名,因水而美,因水而兴。水是生命之源,也是绿色之魂。浙江境内有西湖、东钱湖等容积在 100 万立方米以上湖泊 30 余个。全省自北向南流动的河流有苕溪、京杭运河(浙江段)、钱塘江、甬江、椒江、瓯江、飞云江和鳌江 8 条,除苕溪、京杭运河外,其余各条河均独自流入东海。钱塘江为浙江第一大河,境内流域面积 48080 平方千米,占全省陆域面积的 47%。浙江是海域大省,海域面积为 26 万平方千米,有 3000 余个面积大于 500 平方米的海岛,是全国岛屿最多的省份;海岸线(包括海岛)总长 6486.24 千米,居全国首位,其中大陆海岸线 2200 千米,居全国第 5 位;海岸绵长且水深,可建万吨级以上泊位的深水岸线 290.4 千米,占全国 1/3 以上,10 万吨以上泊位的深水岸线 105.8 千米。东海大陆架盆地蕴藏良好的石油和天然气开发前景。

浙江位于东南沿海中纬度地带,兼有南北对冲、海陆转折的过渡性和多宜性地理特征及自然条件优势。浙江地处亚热带季风气候区，四季分明，光照充足，雨量充沛，年均降水量在 1600 毫米左右，是我国降水量较丰富的地区之一；地质、地形、气候多样性交互作用，孕育的农业门类齐全，是作物品类众多的综合性农区。浙江农耕历史悠久，古老的稻作文明和精耕细作的农业技术在漫长的经济社会发展中居先导性和基础性地位，素以"鱼米之乡、丝绸之府"誉满天下。浙江山海并利、物产丰富，农、林、牧、渔各业全面发展、高产高效，主要农产品有粮油、畜禽、蔬菜、茶叶、果品、茧丝绸、食用菌、花卉、中药材等，门类齐全、特色鲜明，茶叶、蚕丝、水产品、柑橘、竹制品在全国占有重要地位。

浙江历史悠久，文化灿烂，是中华文明的发祥地之一。早在 5 万年前的旧石器时代，就有原始人类"建德人"的活动痕迹，境内已发现新石器时代遗址 100 多处，孕育了以河姆渡文化、良渚文化为代表的农耕文明。浙江人民有着悠久的治水历史，史传大禹治水"大会诸侯于会稽"；丽水通济堰、鄞县它山堰、钱塘江明清古海塘等古代著名水利工程沿用至今。浙江人创造的精耕细作治田经验，捍海浚湖筑堰的水利经验，轮作复种的耕作经验，高产优质的育种经验，积肥、造肥、用养结合的施肥经验，种桑养蚕缫丝的蚕织经验，粮畜结合的养殖经验等生态农业文明，犹如艺术瑰宝，璀璨夺目。

在农耕文明历史长河中，浙江人文荟萃，名人辈出，涌现出一大批农艺思想家、科学家，专注农业耕作，倾心人与自然和谐发展。唐上元元年(760)陆羽隐居苕溪，潜心学问，完成了世界上第一部关于茶叶的专著《茶经》。宋孝宗淳熙五年(1178)韩彦直"知温州"期间，著中国最早的柑橘专著《橘录》。明崇祯末年(1640 年前后)浙江归安(今浙江湖州市吴兴区)沈氏撰《沈氏农书》，总结杭嘉湖地区农业生产经验。明末清初学者张履祥在此基础上，根据自身体验和从山区老农那里得到的经验，约在清顺治十五年(1658)写成《补农书》。张履祥所著的《与曹射侯论水利书》，对水利失修所产生的弊害有着清醒的认识："民事不可缓，农田水利之政，百年不讲，四海安得不困穷乎？""水利不讲，农政废弛,未有如近代之甚者……海内如何不虚耗乎"①。他强调治水与农桑兼顾,在《桐乡灾异记·按语》中说,只要水源蓄积与排泄之事处理得当,就能够避免旱灾与涝害;桐乡土质优良,人口密度较大,劳动力充足,只要男子努力从事耕作,精心栽培桑树,女子重视养蚕业和缲丝纺织业,男女分工协作,就不难达到殷实的生活水平。

浙江农业文明时代源远流长,涌现了"稻田养鱼""桑基鱼塘"等生态农业模式。青田稻田养鱼至今已有 1200 多年的历史,经过长期选育形成地方特色品种——"青田田鱼"。2005 年 6 月,青田稻鱼共生系统被联合国粮农组织(FAO)确定为首批全球重要农业文化遗产(GIAHS)。稻田养鱼,投资少,收入多;鱼能除草灭虫,利于水稻生长;还能提高水田肥力,改良土壤等,稻米的品质也得到提高。2010年后,浙江各地在总结传统稻鱼共生经验的基础上,探索出一套"千斤稻百斤鱼"的沟坑式稻田养鱼模式,亩均增收千元以上,为广大农民特别是山区农民拓宽了脱贫致富道路。

浙江山川秀丽,风景优美,素有"鱼米之乡""丝茶之府""文物之邦""旅游胜地"之称,自然风光与人文景观交相辉映,特色鲜明,知名度高,为生态旅游创造良好条件。全省有各类重要景观 1000 多处,其中包括 14 个国家级风景名胜区、1 个国家级旅游度假区、16 个国家级森林公园和 42 个省级风景名胜区,有杭州、宁波、绍兴、衢州、临海 5 座国家级历史文化名城。类型多样的自然生态景观,独一无二的山水旅游资源,使浙江在全国具有无可比拟的天赋优势;悠久的历史造就了丰富的文化传统,各地独特的风土人情与好山好水一起共同营造良好的文化旅游环境。浙江是全国非物质文化遗产保护综合试点省,非物质文化遗产保护成果居全国首位,有着发展生态文化旅游业的优质资源。习近平指出:"我省'七山一水两分田',许多地方'绿水逶迤去,青山相向开',拥有良好的生态优势。如果能够把这些生态环境优势转化为生态农业、生态工业、生态旅游等生态经济的优势,那么绿水青

---

① 陈恒力、王达:《补农书校释》,农业出版社 1983 年版,第 167 页。

山也就变成了金山银山。"①

## 二、加强生态建设，打造绿色浙江

新中国成立以来，浙江历届省委、省政府一直重视生态环境保护和生态文明建设，工作思路逐渐清晰，工作力度不断加大，工作成效日益展现，为"两山"重要思想培植了厚重的实践经验。

从 20 世纪 50 年代到 70 年代末，浙江突出水利建设和荒山绿化。按照"治山要与治水相结合"的思路，全省大力开展山、水、田综合治理，兴建水库、修建海塘、疏浚河道、培修圩围、封山育林，相继建成了新安江水电站等一大批水利工程，完成京杭大运河与钱塘江沟通工程，加强莫干山等一大批名山古迹的名木保护，建成杭州植物园等园林绿地，改善了工农业生产和人民生活条件。

20 世纪 80 年代到 90 年代初，突出生态环境保护。1984 年，浙江召开第一次环境保护会议，对环境保护工作作出系统部署。1988 年，省第八次党代会号召，要求积极开展城乡环境综合治理，植树造林，保护水源，净化空气等，为实现生态系统的良性循环而努力。1989 年，省委、省政府提出"两年准备，五年消灭荒山，十年绿化浙江"目标，推行各级政府任期环境保护目标责任制和城市环境综合整治定量考核责任制。1992 年，环境保护被纳入浙江国民经济和社会发展计划。

20 世纪 90 年代初到 21 世纪初，突出加强环境保护和生态建设。1993 年 12 月，省第九次党代会提出，增强环保意识，治理环境污染，保护和合理利用自然资源，逐步改善生态环境。1998 年 12 月，省第十次党代会提出创造"天蓝、水清、山绿"的优美环境。1999 年，制定出台了《浙江省环境保护目标责任制度考核办法》，建立由"一把手"负总责、分管领导具体抓落实、环保部门统一监督、有关部门分工协作的责任体系。

---

① 习近平：《干在实处 走在前列——推进浙江新发展的思考与实践》，中共中央党校出版社 2006 年版，第 197—198 页。

2002 年以来,突出生态省建设,打造绿色浙江。2002 年 6 月,省第十一次党代会正式提出建设"绿色浙江"目标,同年省政府出台了《浙江可持续发展规划纲要》。2003 年 8 月,省政府颁发《浙江生态省建设规划纲要》,指出生态省建设的总体目标是:充分发挥区域经济特色和生态环境优势,在发展中加强生态环境建设,经过 20 年左右的努力,基本实现人口规模、素质与生产力发展要求相适应,经济社会发展与资源、环境承载力相适应,把浙江建设成为具有比较发达的生态经济、优美的生态环境、和谐的生态家园、繁荣的生态文化、可持续发展能力较强的省份。2003 年,习近平在《求是》杂志第 13 期发表《生态兴则文明兴》专论,在总结历史经验基础上,就推进生态建设、打造"绿色浙江"的必要性、重要性作了全新阐述,成为浙江生态文明建设新的指导思想。

第一,推进生态建设,打造"绿色浙江",是实施可持续发展战略的具体行动。生态环境是承载经济社会发展的基础。习近平指出:"我们说发展是硬道理,发展是第一要务,这种发展应当是经济社会在整体上的全面发展,在空间上的协调发展,在时间上的持续发展。因此,发展不仅要看经济增长指标,还要看社会发展指标,特别是人文指标、资源指标、环境指标。我省提出,到 2020 年经济总量争取比 2000 年翻两番。如果不根本转变经济增长方式,这样的高增长必然带来资源消耗和污染物排放总量的剧增,造成严重的环境问题,制约经济社会的持续发展。推进生态建设,打造'绿色浙江',走科技先导型、资源节约型、清洁生产型、生态保护型、循环经济型的经济发展之路,不仅有利于促进资源的永续利用,实现物质能量的多层次分级循环利用,改变我省资源保证程度地、环境容量小对经济发展的制约,更重要的是从根本上整合和重新配置有限的环境资源,优化产业布局,更加合理地调整产业结构,不断提升产业层次和经济质量,从而为可持续发展铺平道路。"①

第二,推进生态建设,打造"绿色浙江",是增强综合实力和国际竞争力的必由之路。习近平指出:"当今世界,生态环境已成为一个国家和地区综合竞争力的重要组成部分。我国加入世贸组织,在全面参与国际竞争过程中,生态环境对经济活动的影响越来越大。许多国家和地区都高度关注生态安全,把它作为国家安全的基本战略之一,出口贸易正越来越多地面临主要来自发达国家'绿色壁垒'的挑战。要保持浙江经济大省、出口大省的地位,吸引更多的外商来我省投资入户,就必须更加注重生态保护和环境建设,努力在更高层次和水平上谋求有力的环境支撑,通过不断优化生态环境,切实增强我省的综合实力和国际竞争力。同时,生态环境也是我省参与长江三角洲地区交流与合作的一大优势。我省要实现与长江三角洲地区的优势互补、互惠互利,必须强化山海并利、山水兼优的生态优势,加强区域生态建设和环境保护,集约利用有限资源,加快建立可持续发展的资源环境支撑体系,以区域可持续发展的有利条件,全面参与长江三角洲地区的一体化进程。"②

第三,推进生态建设,打造"绿色浙江",是加快全面建设小康、提前基本实现现代化的有效途径。人口资源环境工作是强国富民安天下的大事,是全面建设小康社会的必然要求。习近平指出:"在我省加快全面建设小康社会、提前基本实现现代化进程中,创建良好的生态环境,既是一个重要目标,又是一条有效途径。按照党的十六大精神,全面建设小康社会的一个重要目标,就是'可持续发展能力不断增强,生态环境得到改善,资源利用效率显著提高,促进人与自然的和谐,推动整个社会走上生产发展、生活富裕、生态良好的文明发展道路';全面建设小康社会一个重大举措,就是'大力实施科教兴国战略和可持

---

① 习近平:《干在实处 走在前列——推进浙江新发展的思考与实践》,中共中央党校出版社 2006 年版,第 187 页。

② 同上,第 187—188 页。

续发展战略,走出一条科技含量高、经济效益好、资源消耗低、环境污染少、人力资源优势得到充分发展的新型工业化路子';全面建设小康社会的根本目的,就是不断提高人民生活水平和质量,这自然包含着人们生产生活环境质量的提高。推进生态建设,打造'绿色浙江',正是从这些要求出发,遵循生态学原理、系统工程学方法和循环经济发展理念,充分运用现代科技,转变经济增长方式,大力发展生态效益型经济,不断改善和优化生态环境,促进国民经济和社会持续健康协调发展,并为今后的发展提供良好的基础和可以永续利用的资源和环境,真正把美好家园奉献人民群众,把青山绿水留给子孙后代,以建'绿色浙江'、造秀美山川的丰硕成果,全面推进我省的小康建设和现代化建设。从这个意义上说,推进生态建设,打造'绿色浙江',进一步丰富了全面建设小康社会、提前基本实现现代化的内涵。"[①]

### 三、统筹协调发展,全面建设小康社会

2002 年 11 月,中共十六大报告指出:"经过全党和全国各族人民的共同努力,我们胜利实现了现代化建设'三步走'战略的第一步、第二步目标,人民生活总体上达到小康水平。""必须看到,我国正处于并将长期处于社会主义初级阶段,现在达到的小康还是低水平的、不全面的、发展很不平衡的小康,人民日益增长的物质文化需要同落后的社会生产之间的矛盾仍然是我国社会的主要矛盾。""实现工业化和现代化还有很长的路要走;城乡二元经济结构还没有改变,地区差距扩大的趋势尚未扭转,贫困人口还为数不少。"[②]2003 年 10 月,中共中央十六届三中全会通过《关于完善社会主义市场经济体制若干问题的决定》,提出"按照统筹城乡发展、统筹区域发展、统筹经济社会发展、统

---

① 习近平:《干在实处 走在前列——推进浙江新发展的思考与实践》,中共中央党校出版社 2006 年版,第 188 页。

② 江泽民:《全面建设小康社会 开创中国特色社会主义事业新局面》,人民出版社 2002 年版,第 16 页。

筹人与自然和谐发展、统筹国内发展与对外开放的要求"全面建设小康社会。

如何统筹城乡、区域协调发展,这是摆在浙江各级政府面前新的课题。2001年8月,浙江省委、省政府出台了《关于加快欠发达地区经济社会发展的若干意见》,指出:"经过20多年的改革和发展,我省提前实现了由温饱向小康的跨越,正在向提前基本实现现代化的目标迈进。但是,区域经济发展还很不平衡,特别是衢州、丽水两市及所辖县(市、区),以及泰顺、文成、永嘉、苍南、磐安、武义、三门、仙居、天台、淳安等县,其经济社会发展水平远远低于全省的平均水平,而且与省内发达地区的差距有进一步拉大的趋势。加快这些欠发达地区的发展,事关全省经济社会的协调和可持续发展,事关全省提前基本实现现代化的大局。"省委、省政府要求:欠发达地区应该围绕全省提前基本实现现代化的目标,注重政府推动与市场运作相结合,外部帮扶与启动内部活力相结合,解决当前困难与增强发展后劲相结合,统筹安排与分类指导相结合,紧紧抓住全省结构调整的机遇,充分发挥后发优势,加快体制创新和科技创新,加快发展效益农业,加快培育特色支柱产业,加快推进城市化,加快基础设施建设,着力改善发展环境,逐步增强欠发达地区的自我发展能力,实现跨越式发展。在"十五"期间,欠发达地区国内生产总值增长速度力争达到或超过全省平均水平,2005年人均国内生产总值达到或超过全国平均水平;农村居民人均纯收入增长速度力争高于全省平均水平,逐步缩小与发达地区的差距;到2020年,力争达到基本实现现代化的主要指标。

浙江欠发达地区主要分布在山区,一些欠发达县的山地面积占90%以上,工业发展受交通、地形影响。然而,发展生态经济有着后发优势和比较优势。一是农林特色资源丰富。欠发达地区处于亚热带季风气候,温暖湿润,雨热同期,有利于农作物生长;复杂的地形、差异的山地气候,有利于立体农业和生态农业发展;欠发达地区经济林、竹林资源丰富,开发潜力广阔,农产品种类繁多,拥有各类名优特产品;欠发达地区的森林资源、野生动植物资源在全省占有重要地位。丽水森林资源居全省首位,林木蓄积量约占全省的 1/3,被誉为"浙南林海"。衢州森林覆盖率达 65.4% 以上,居全省第二。山区动植物资源丰富,其中不少属于国家重点保护植物,具有很强的观赏性,是发展旅游产业的重要资源。二是水资源丰富。浙江欠发达地区人均水资源占有量高于全省平均水平,而且污染相对少,水质比较好。山区降水集中,河流落差大,水力资源在全省占有重要地位。丽水市是华东最大的水资源基地,水力资源理论储藏量 260 万千瓦,水电开发潜力很大。衢州市水资源总量为 98.57 亿立方米,水力资源理论储量 65.57 万千瓦。多数欠发达县(市)具有可开发的小水电资源。水资源开发一方面可以创造区域小气候,改善小流域的生态环境;另一方面,又能提供清洁无污染的电能,弥补电力供给不足。三是矿产资源丰富,非金属矿产优势突出。丽水萤石、沸石的储量居全国首位,缙云沸石矿为全国三大沸石矿之一。衢州的石灰石、大理石、铝矾土储量均居全国首位,石灰石约占全省的 1/3,大理石约占全省的 1/2,具有品位高、分布集中等特点。苍南县明矾石储量达 2.2 亿吨,有"世界矾都"之称。四是生态环境良好,自然景观和人文历史景观较多。相对于发达地区,欠发达地区森林广布、空气清新,生态环境受人类生产生活影响较小,自然景观保护相对较好,是沿海发达地区难得的"净土"。欠发达地区分布众多的国家级、省级风景名胜区及自然保护区,自然景观独特,少数民族风情醇厚。一些山区县个性突出,部分欠发达县还有外出打工经营谋生的传统,如温州的文成县、丽水的青田县,当地居民走出国门经商务工,成为著名侨乡,这构成了县域经济的一大特色。

根据中共十六大和十六届三中全会精神,联系浙江欠发达县的特点和优势,习近平在浙江省委十一届四次会议上提出"发挥八个方面的优势""推进八个方面的举措"重大决策部署,其中"进一步发挥浙江的城乡协调发展优势,加快推进城乡一体化""进一步发挥浙江的山海资源优势,大力发展海洋经济,推动欠发达地区跨越式发展,努力使海洋经济和欠发达地区的发展成为浙江经济新的增长点"是统筹城乡、区域协调发展的重要战略构想。2006 年 7 月 29 日,习近平在丽水调研时指出:"要因地制宜,扬长避短,着力培育一批生态环境可承载的特色产业,坚持资源保障与节约利用并举,积极引导各类生产要素向重点开发区域集中,继续深入开展各类生态创建活动,加强自然生态保护区建设。省委、省政府将一如既往地关心、支持、帮助欠发达地区加快发展,切实把加大扶持力度的各项政策措施落到实处,鼓励欠发达地区因地制宜、差别发展,既要绿水青山,又要金山银山,走出一条符合科学发展观的加快欠发达地区发展的路子。"①习近平强调:"对于我省欠发达地区来说,优势是'绿水青山'尚在,劣势是'金山银山'不足,自觉地认识和把握'环境库兹涅茨曲线理论',促进拐点早日到来,具有特殊的意义。但是,要特别防止这样一种误区:似乎只要等到拐点来了,人均收入或财富的增长就有助于改善环境质量,因而对环境污染和生态破坏问题采取无所谓的消极态度。显然,这种错误认识将使我们不得不重蹈'先污染后治理'或'边污染边治理'的覆辙,最终将使'绿水青山'和'金山银山'都落空。"②

关于统筹城乡发展,2003 年 4 月 2 日,浙江省委、省政府颁发了《关于进一步加快农村经济社会发展的意见》,开展实施"千村示范、万村整治"工程。根据因地制宜、统一规划、量力而行、自力更生的原则,按照"田、林、路、河、住房、供水、排污"全面整治的要求,有计划地分期开展村庄整治,达到路硬、水清、村美、户富、班子强的目标。2005 年 1月,中共浙江省委、省政府颁发《浙江省统筹城乡发展推进城乡一体化纲要》,提出必须统筹城乡产业发展、统筹城乡社会事业发展、统筹城乡基础设施建设、统筹城乡劳动就业和社会保障、统筹城乡生态环境建设、统筹区域经济社会发展,把大力实施"千村示范、万村整治"工程作为加快农村新社区建设的重要战略举措。2004 年 7 月 26 日,习近平在全省"千村示范、万村整治"工作现场会上指出:"不少地方把环境整治和村庄建设与创建生态品牌、挖掘人文景观有机结合起来,不仅

---

①②《绿水青山就是金山银山——习近平同志在浙期间有关重要论述摘编》,载《浙江日报》2015 年 4 月 17 日。

建成了一批环境优美、具有文化内涵和区域特点的山乡村寨、海岛渔村、水乡新村,而且促进了地方特色产业的发展和农民就业增收。如安吉高家堂村、临安白沙村、绍兴新未庄、永嘉岭上村、温岭流水坑村、遂昌长濂村等将环境整治、古村落保护复建与旅游业开发紧密结合起来,'农家乐'、观光休闲农业等成为农村经济新的增长点,取得了环境建设与经济发展相互促进、生态效益与经济效益共同提高的效果。""实践证明,'千村示范、万村整治'作为一项'生态工程',是推动生态省建设的有效载体,既保护了'绿水青山',又带来了'金山银山',使越来越多的村庄成为绿色生态富民家园,形成经济生态化、生态经济化的良性循环。"①2005年8月15日,习近平赴安吉县天荒坪镇余村调研时指出:"生态资源是最宝贵的资源,绿水青山就是金山银山。不要以牺牲环境为代价推动经济增长。要有所为有所不为,当鱼和熊掌不可兼得时,要知道放弃,要知道选择,要走人与自然和谐发展之路。"②

"两山"重要思想提出的时代背景正值浙江迈向全面建设小康社会、提前基本实现现代化新阶段。此时,发达国家已转向工业化后期,呈现现代化绿色发展新趋势;发展中国家试图摒弃"先污染后治理"工业化模式,努力探索绿色现代化跨越道路;中国进入经济发展腾飞期、增长方式转变期、各项改革攻坚期、开放水平提升期和社会矛盾凸显期,正确处理增长与资源有效利用、速度与环境保护矛盾被提上议事日程。浙江经济发展水平领先于全国,较早遭遇"成长的烦恼"和"制约的疼痛",转变经济发展方式、建设生态省、打造"绿色浙江"的经验和路径在全国具有领先性和示范性。"两山"重要思想从浙江省情出发,坚持科学发展理念,创新科学发展道路和方略,不仅为浙江高水平全面建成小康社会、提前基本实现现代化提供思路、方法,也为全国全面建成小康社会、实现百年中国梦提供重要的理论指导。

① 习近平:《干在实处 走在前列——推进浙江新发展的思考与实践》,中共中央党校出版社2006年版,第161—162页。

②《绿水青山就是金山银山——习近平同志在浙期间有关重要论述摘编》,载《浙江日报》2015年4月17日。

# 第三章 "两山"重要思想的理论源泉

唯物史观认为,一切划时代的思想体系,都是以以往的思想发展为基础的,都是在吸收和继承既有的思想成果的基础上发展而来的。显然,习近平提出的"两山"重要思想也具有一脉相承的丰厚思想资源和深刻的理论渊源,它以马克思主义生态思想为重要理论基础,以邓小平理论、"三个代表"重要思想和科学发展观关于坚持经济发展与环境保护相统一、坚持走可持续发展道路等一系列思想理论为直接思想渊源,同时,积极吸收了中华传统优秀的生态发展思想和现代西方可持续发展及生态学马克思主义的合理因素,在新的实践基础上与时俱进,创新发展而成。

## 第一节 "两山"重要思想与马克思主义的生态思想

习近平提出的"两山"重要思想,忠实继承了马克思主义关于人的发展与自然发展相统一的重要理论。"绿水青山就是金山银山"的论断以通俗形象的语言,继承了马克思主义生态观关于人与自然、人与社会、人与自身关系的深刻内涵和历史意蕴,是马克思主义理论中国化的重大成果。马克思和恩格斯关于人与自然和谐发展的生态思想无疑是"两山"重要思想的重要理论来源。

### 一、马克思的生态思想

马克思的生态思想无论从理论深度还是从现实关切,无论从宏观的历史发展还是从具体的运行机制,都超越了旧哲学的唯心史观立场和狭隘的历史局限性,具有深远的前瞻性和深刻的现实性,是人类生态思想史上的一次重大变革。

#### (一) 人是自然的一部分,自然又是人的对象

绿水青山与金山银山的关系,首先体现为自然的发展与人的发展的关系,而两者的统一关系正是马克思所强调的一个基本观点。

马克思从来不是一个把人的力量凌驾于自然之上并诉诸消解自然来构建人的主体性的理论家,相反,他强调自然对于人的先在性地位和优先性,并从对自然界的肯定入手建构了其生态思想。在《1844年经济学哲学手稿》中,马克思说:"自然界,就它自身不是人的身体而言,是人的无机的身体。人靠自然界生活。这就是说,自然界是人为了不致死亡而必须与之处于持续不断地交互作用过程的、人的身体。所谓人的肉体生活和精神生活同自然界相联系,不外是说自然界同自身相联系,因为人是自然界的一部分。"①在这里,马克思明确指出了人与自然的最原初关系——"人是自然界的一部分,人靠自然界生活"。这种归属关系同时也表明了自然对于人存在和发展的重要意义,即"自然界是人的无机身体,人靠自然界生活"。同时,马克思又指出,"人直接地是自然存在物。人作为自然存在物,而且作为有生命的自然存在物,一方面,具有自然力、生命力,是能动的自然存在物;这些力量作为天赋和才能、作为欲望存在于人身上;另一方面,人作为自然的、肉体的、感性的、对象性的存在物,和动植物一样,是受动的、受制约的和受限制的存在物,也就是说,他的欲望的对象是作为不依赖于他的对象而存在于他之外的;但这些对象是他需要的对象;是表现和

---

① 《马克思恩格斯选集》(第 1 卷),人民出版社 1995 版,第 45 页。

确证他的本质力量所不可缺少的、重要的对象"①。也就是说,人是自然界的一部分,人在自然中生存,同时自然界又是人为了维持自身生存而必须与之进行持续性物质能量交换的对象,人能否存在、该如何发展都受到自然界的先在性制约。"没有自然界,没有感性的外部世界,工人什么也不能创造。它是工人的劳动得以实现、工人的劳动在其中活动、工人的劳动从中生产出和借以生产出自己的产品的材料。"②一言以蔽之,自然界的状况构成了人类社会最基本的生存空间和历史条件。

## （二）实践是人与自然关系的中介

在看待人与自然的关系时,马克思一方面承认人是自然界的一部分,并且人必须依靠自然而生活;另一方面,他又特别注意实践的中介作用,认为自然对人的优先性和制约性是人的存在的基本前提和必要条件,只有以实践为中介结合并统一起来的人与自然才使人的社会生活从抽象的可能性成为具体的现实性,即"环境的改变和人的活动或自我改变的一致,只能被看作并合理地理解为革命的实践"③。也就是说,自然是人得以存续的前提,没有自然,人就什么也不能创造;同时,自然又是人的活动的结果,在实践中不断生成,成为人化自然。这种双向互动的中介就是人的实践活动,实践使人与自然的关系总是处于一种开放性的生成状态,为人与自然共同的存在和发展提供可能性。因此,人与自然的关系不是单向的、僵死的,而是在实践活动中不断生成、变化的,只有通过实践这个中介才有可能真正理解人与自然的关系,正是人的实践活动——包括物质生产、社会关系的生产和人自身的生产等,使人与自然之间的历史性和解成为可能。

---

① 《马克思恩格斯文集》(第1卷),人民出版社2009年版,第209页。
② 《马克思恩格斯选集》(第1卷),人民出版社1995年版,第42页。
③ 同上,第55页。

## （三）人与自然的和解是"人的尺度"与"物的尺度"的统一

绿水青山与金山银山相互统一的内在根据和历史逻辑是怎样的？在马克思看来，答案就是关于"人的尺度"与"物的尺度"的历史统一关系。

马克思认为，在现实中，正是实践构成了人与自然关系的中介，而人之所以区别于其他一切存在物而成为自由的存在，其关键就在于人并非像其他动植物一样消极地被动适应自然以换取自身的存续，而是在人自己的实践活动中作为主体把握、调节、改造着人与自然的关系。马克思说："在人类历史中即在人类社会的形成过程中生成的自然界，是人的现实的自然界；因此，通过工业——尽管以异化的形式——形成的自然界，是真正的、人本学的自然界"[①]，"被抽象地理解的、自为的、被确定为与人分隔开来的自然界，对人来说也是'无'"[②]。一方面，自然对于人的优先性和先在性使人与自然构成一种客观的现实性关系，既有的自然条件和物质手段对人的需要和目的产生抵抗和否定，使人的一切活动都必须遵循"物的尺度"来进行，人与自然之间的物质能量交换构成了人类社会存在和发展的自然必然性，人的主体意愿在特定的社会历史条件下只能在自然所划定的可能性空间中有限地实现；另一方面，从宏观的社会历史发展来看，人与自然又是一种"为我而存在"的关系，人的存在不仅按照"物的尺度"更是按照"人的尺度"展开的，人通过实践活动不断改变自然的直接存在形态，把自身的目的与意志灌注并实现于自然之中，以否定的形式获得与自然的统一，使自然越来越符合人的主体要求又成为人的活动的结果，原生态的自然界只有通过人的活动才能获得对于人的意义。正如马克思所说，"工业中向来就有那个很著名的'人和自然的统一'，而且这种统一在

---

① 《马克思恩格斯文集》（第 1 卷），人民出版社 2009 年版，第 193 页。
② 同上，第 220 页。

每一个时代都随着工业或慢或快的发展而不断改变"①。正是人与自然之间这种历史性的辩证统一构成了马克思生态思想的核心内容,自然对人来说既不是不容介入的禁区,也不是可以肆意侵夺的对象,只有坚持"人的尺度"与"物的尺度"相统一,合理地保护、开发、利用自然资源,才能实现人与自然的真正和解。

### (四)"人—自然—社会"的辩证统一是一个由"异化"到扬弃、由对立到和谐的历史性进程

马克思的生态思想立足于实践的唯物主义立场,超越和扬弃了形而上学的自然观和历史观,不仅深刻揭示了人与自然的历史性辩证关系,而且为人在社会发展过程中解决生态问题指明了根本出路:人与自然的和解以及人的自由全面发展。马克思指出:"只有在社会中,自然界对人来说才是人与人联系的纽带,才是他为别人的存在和别人为他的存在,才是人的现实的生活要素。只有在社会中,人的自然的存在对他来说才是人的合乎人性的存在,并且自然界对他来说才成为人。因此,社会是人同自然界的完成了的本质的统一,是自然界的真正复活,是人的实现了的自然主义和自然界的实现了的人道主义。"②在这里,马克思通过实践活动把人类社会建构于"人同自然界的完成了的本质的统一"的基础之上,在存在论意义上实现了人、自然和社会的历史性辩证统一,使人类社会真正成为活的有机体。对于现代社会中资本逻辑及其生产方式所造成的劳动异化、人与自然的异化以及进而导致的生态危机,马克思认为其根源不在于人与自然、社会与自然的本质对立,而在于特定历史阶段内人的存在方式和活动方式发生了异化。现代社会架构中以自我增殖为核心导向的私有制造成了人对物质财富的片面追求,由于人的活动的异化,人们认识不到自然的本质,也失去了自己的本质,片面地忽略了自然界的属人性质而只把自然视为外部对象进行掠夺,于是人与自然的关系就异化了。针对这一

---

① 《马克思恩格斯选集》(第1卷),人民出版社1995年版,第76页。
② 《马克思恩格斯文集》(第1卷),人民出版社2009年版,第187页。

现象,马克思认为有异化就必然有异化的扬弃,并且异化和异化的扬弃走的是同一条道路,制度造成的异化只有通过彻底推翻造成异化的制度形式及其生产方式,建立起能够实现人向自身本质完全、自觉复归的制度形式,才能使自然的属人性质和人的自然性质得到真正统一,才能实现人、自然和社会的彻底和谐。这种制度形式就是共产主义,而共产主义社会的建立是一个由"异化"走向扬弃、由对立趋向和谐的历史性进程。

### （五）作为自由人联合体的共产主义社会是人与自然本质统一、彻底和谐的自由王国

绿水青山与金山银山的关系,在实践中,体现为从矛盾对立状态不断走向统一状态的一个历史进步过程,而其理想的统一形态,就是马克思提出的"自由人联合体"状态。

在马克思的设想里,"共产主义是私有财产即人的自我异化的积极的扬弃,因而是通过人并为了人而对人的本质的真正占有;因此,它是人向自身、向社会的(即人的)人的复归,这种复归是完全的、自觉的而且保存了以往发展的全部财富的。这种共产主义,作为完成了的自然主义,等于人道主义,而作为完成了的人道主义,等于自然主义,它是人和自然界之间、人和人之间矛盾的真正解决,是存在和本质、对象化和自我确证、自由和必然、个体和类之间的斗争的真正解决。它是历史之谜的解答"①。也就是说,共产主义社会作为自由人的联合体是人与自然的本质统一、彻底和谐,私有制不再存在,自然和自然资源也不再是任何阶级或者个人的私有物,在自由人的联合体中将根据社会化的人的需要按最集约化的方式来调节人和自然之间的物质和能量变换,以最有利于人类社会的方式实现可持续的发展,即社会化的人,联合起来的生产者,将合理地调节他们和自然之间的物质变换,把它置于他们的共同控制之下,而不让它作为盲目的力量来统治自己;靠

---

① 马克思:《1844年经济学哲学手稿》,人民出版社2000年版,第81页。

消耗最小的力量,在最无愧于和最适合于他们的人类本性的条件下来进行这种物质变换。但是不管怎样,这个领域始终是一个必然王国。在这个必然王国的彼岸,作为目的本身的人类能力的发展,真正的自由王国,就开始了。而这时,真正属人的历史才刚展开。

## 二、恩格斯的生态思想

相对于马克思立足于人类社会历史发展宏大视角的深层次理论剖析,恩格斯的生态思想在理论研究的基础上则更加注重对现实生活中具体问题和应对机制的讨论,其关于自然界的报复、对科学技术的重视以及对现代社会种种环境恶化现象的分析和应对,无疑为当今时代解决生态问题提供了更具操作性的指导和启示。应该说,习近平多次引用恩格斯有关论述,正表明了"两山"重要思想对于恩格斯生态思想的继承发展。

### (一)人与自然界的关系就是人与人之间的关系

在人与自然的关系上,与马克思一样,恩格斯也充分肯定自然对于人类而言的优先性和前提性,他在讨论人类起源的问题时就指出:"生命是整个自然界的一个结果。"[1]在恩格斯看来,自然界对于人类社会具有先在性的地位,是人类的生存之源和发展之本,离开自然界,人类也将不复存在。因此,我们绝不应该站在自然之外甚至把自我与自然对立起来,自然也不仅仅是人可以任意支配的工具,"相反地,我们连同我们的肉、血和头脑都是属于自然界和存在于自然界之中的"[2]。同时,恩格斯还更加强调把人与自然的关系纳入动态的社会有机体中进行研究,这更加丰富了其生态思想。恩格斯认为,只有在人类实践活动的基础上、在社会关系所能容纳的范围之内,谈论人与自然的关系才是有意义的。一方面,人与自然之间关系的变化、发展,不断影响

---

[1]《马克思恩格斯选集》(第4卷),人民出版社1995年版,第307页。
[2] 同上,第384页。

着人与人、人与社会之间的关系，不同的自然环境和物质条件制约着人的生产方式和存在方式，从而影响了人与人之间的社会关系；另一方面，人与人的关系、人与社会的关系又反过来影响人与自然的关系，不同的社会生产方式、制度形式都深刻地影响着人与自然之间的物质变化以及由此产生的自然观、生态观，从而影响着人类社会对待自然的价值取向。人与自然的关系以实践活动为中介同时也就形成了人与人之间的关系，这是恩格斯生态思想的一个重要论点。"人同自然界的关系直接就是人和人之间的关系，而人和人之间的关系直接就是人同自然界的关系，就是他自己的自然的规定。"①这也就是说，人与自然的关系在本质上同人与人、人与社会的关系是统一的，人与自然的关系以人与人、人与社会的关系作为规定，而人与人、人与社会的关系则以人与自然的关系作为前提。因此，人与自然的关系和人与人的关系是互动共生的，两者彼此制约、相互关联，是同一个历史过程的两个方面。

显然，上述思想正是"宁要绿水青山，不要金山银山"和"既要金山银山，也要绿水青山"的"两山"关系的重要理论根据。

### （二）人与自然的对立必然遭到自然界的报复

人类在自身经济发展过程中，在获取金山银山过程中，应该如何对待自然的绿水青山？对此，恩格斯给予了他那个时代的相应回答。

随着人类历史进入现代社会，社会生产力得到了极大发展，资本主义制度和资本市场的普遍建立使得人对自然与自身的认识和改造能力都得到了空前的提高，人在与自然的交互关系中逐渐占据了主导地位，人从自然的制约中摆脱出来并在很大程度上实现了对自然的支配，使人在与自然的双向互动中获得了一种形式上的独立与胜利。当恩格斯看到人类社会沉醉于现代化的功绩而沾沾自喜时，就敏锐地洞察到了这些胜利背后所隐藏的巨大危险，他深刻告诫道："对于每一次

---

① 《马克思恩格斯全集》（第 42 卷），人民出版社 1979 年版，第 119 页。

这样的胜利,自然界都对我们进行报复……常常把最初的结果又消除了。"①恩格斯所说的"自然界的报复"指的是人类的实践活动违背了客观规律、破坏了生态平衡,由此引起了对自然界以至整个人类社会的消极甚至破坏作用。当人的存在和发展在自然条件所能承受的界限之内时,自然界能够通过内在机制调节自身并维持相对平衡的状态;而当人的活动方式和活动范围超出自然界所能容忍的可能性限度,自然就会以极端的方式对人所取得的文明成果进行否定甚至毁灭。社会历史的发展现实有力地证明了恩格斯的担心并非多余,人类在改造自然过程中对自然界毫无节制、急功近利的过度利用已经收到了无数次的警告和惩罚,空气恶化、温室效应、资源枯竭、气候异常等天灾背后所隐藏的无一不是人祸。在恩格斯看来,大自然不是任人宰割的对象,人类在自然面前不能也不应肆意妄为,而要学会与自然和谐相处。恩格斯对西方发达资本主义国家早期为了自身发展而破坏生态环境的行为所作的分析和批判是深刻的,对我们这样后起的现代化国家无疑也具有重要的警醒意义。对这一"报复"论,习近平多次肯定,并运用于"两山"重要思想的阐发上,如"你污染环境,环境总有一天会翻脸,会毫不留情地报复你。这是自然界的客观规律,不以人的意志为转移",就体现了对于恩格斯这一思想的继承。

## (三) 实现"两个和解"是人类社会的最高价值目标

如何实现人与自然的和谐?恩格斯在《政治经济学批判大纲》中第一次提出了"两个和解",即人同自然的和解以及人同本身的和解的思想。在恩格斯那里,人与自然界的关系就是人与人之间的关系,所以人同自然的和解与人同自身的和解在本质上是同一问题的两个方面。首先,人与自然的关系是辩证统一的,两者相互影响、彼此制约,人不应该把自己与自然对立起来,也不能站在自然之外妄图去统治、征服自然,而要认识到自己本身就是自然界的一部分,自然和人是作

---

① 《马克思恩格斯文集》(第9卷),人民出版社2009年版,第559页。

为一个整体而存在的,人与自然的和解也就是人与自身和解的一部分。其次,恩格斯认为由必然王国走向自由王国是人类社会发展的终极目标,在自由王国里"每个人的自由发展是一切人的自由发展的条件"[①],人将实现自由全面发展,人们不仅能够按照自然规律实现人与自然的和解,更能按照社会规律实现自身与他人、与社会的和解,创造出完全属于人类自己的历史。马克思主义关于"两个和解"的思想,无疑为"两山"重要思想关于为何以及如何实现绿水青山与金山银山的统一和谐提供了一个重要依据。

（四）对社会制度及其生产方式的变革是解决生态问题的根本所在

把生态问题与社会问题紧密联系起来加以考察是恩格斯生态思想的一大特色。在恩格斯的理论视野中,解决生态问题的关键并不在于自然本身,而在于社会形态、社会制度及其相关的生产方式,只有克服了人类社会和人本身的异化状态,才有可能解除自然界的异化状态。在恩格斯那里,导致生态问题的原因是多方面的,如政府没有环保意识、相应的法律法规没有建立、各种环境公害没有得到遏制等,但其中最重要的原因还在于资本主义生产方式无节制追逐经济利润的狂热冲动,此时,历史发展的可持续性被完全忽视了。正如恩格斯自己所说:"到目前为止的一切生产方式,都仅仅以取得劳动的最近的、最直接的效益为目的的。那些……较远的结果,则完全被忽视了。"[②]因此,虽然解决人与自然之间的对立、冲突的途径和方法是多维度、多层次的,但是其中最为根本的手段是变革整个资本主义制度及其生产方式,只有推翻以资本增殖为逻辑内核的资本主义制度及其生产方式,并建立起人的尺度与物的尺度相统一的共产主义制度,生态问题才能从根本上得到有效解决,生态文明的实现才成为可能。

---

① 《马克思恩格斯选集》（第1卷）,人民出版社1995年版,第294页。
② 《马克思恩格斯文集》（第9卷）,人民出版社2009年版,第562页。

## （五）科学技术是改善生态问题的重要力量

除了在宏观视域内对社会制度的变革,恩格斯还十分注重在现实的社会生活中运用科学技术的力量来改善生态问题。在《马克思墓前的讲话》中,恩格斯就指出:"在马克思看来,科学是一种在历史上起推动作用的、革命的力量。"[①]他认为,随着社会生产能力的飞速发展,人口会出现快速增长,人的现实生活中,生产与消费活动的排泄物、废弃物必然与日俱增,这些都将成为造成环境污染的重要原因,依靠科技的力量来科学合理地处理好这些废弃物是改善环境的有效手段。另外,通过发展先进的科学工艺技术能够使得那些原有形式上不能利用的废料获得新的使用方式,以实现消耗最小的资源来进行人与自然之间的物质能量交换,这些思想无疑成为通过大力发展现代生态科技、生态经济,从而推动绿色经济绿色财富的发展,实现既有金山银山,又不失绿水青山的"两山"重要思想的理论依据。

# 第二节 "两山"重要思想与中国特色社会主义
# 生态文明理论

中国特色社会主义生态文明理论,作为中国特色社会主义理论体系的重要组成部分,从改革开放后的30多年里,它经历了从一个初步形成到不断丰富完善的发展过程。从邓小平强调"环境保护",到江泽民提出"走生产发展、生活富裕、生态良好的文明发展道路",再到胡锦涛正式提出建设生态文明和美丽中国,最后到习近平的"两山"重要思想,这一过程真实反映和体现了中国特色社会主义现代化实践从绿水青山换金山银山,到既要绿水青山又要金山银山,再到绿水青山就是金山银山的现实发展历程,生动再现了中国特色社会主义生态文明理

---

[①]《马克思恩格斯选集》(第3卷),人民出版社1995年版,第777页。

论和美丽中国建设思想不断形成、发展和完善的逻辑进程。

## 一、邓小平的生态文明思想

改革开放初期,我国进入社会主义现代化建设时期。这一时期,为了改变落后面貌,坚持"发展是硬道理","不管白猫黑猫,抓住老鼠就是好猫",集中力量进行经济建设,粗放式的发展方式开始形成并推行。此时,虽然环境问题总体上尚未严重凸显,但在实践上已经呈现出部分先发地区以绿水青山换金山银山的状况。邓小平作为中国改革开放和现代化建设的总设计师,高瞻远瞩,敏锐地认识到,环境问题直接关系到人民群众的生活安宁与国家的社会稳定,是一件不可忽视的大事。他开始考虑环境保护和节约资源方面的问题,并由此提出了一系列生态思想原则。这些生态思想是对马克思主义生态思想的继承与发展,是中国共产党在改革开放初期探索生态建设的最新理论成果,它开启了中国特色社会主义生态文明理论建设的首要环节,也构成了"两山"重要思想的直接来源。

### (一)"环境保护是我国的一项基本国策",应"努力开拓有中国特色的环境保护道路"

注重保护自然是马克思主义者邓小平的一贯思想。早在 1950 年,他就注意到环境保护的重要性,"当前,农民的生产积极性有了提高。但是开荒不要鼓励,开荒要砍树,现在四川最大的问题是树林少"①。进入 20 世纪 70 年代以后,邓小平更加重视自然资源和生态环境的保护,他多次指出,要因地制宜,保护与合理利用土地资源,不要过分开荒,大面积开荒而破坏植被的传统农作方式不利于生产的发展。1981 年,四川发生重大水灾,人民生命财产蒙受重大损失,邓小平指出,乱砍滥伐是导致环境破坏和人民利益受损的重要原因,必须改变粗放的林业发展模式。此外,良好的生态环境能够给社会发展带

---

① 《邓小平文选》(第 1 卷),人民出版社 1994 年版,第 148 页。

来更大的经济效益。邓小平在 1973 年、1978 年两次考察桂林时都提到,要保护好桂林山水;在考察黄山、西湖等地时也多次提出,保护优美的环境,打造好旅游品牌,能够带来巨大的经济效益。

作为社会主义现代化建设的总设计师,邓小平密切关注着环境问题,认识到环境保护的意义与地位,深刻思索着经济发展与环境保护的关系,考虑着把环境保护逐步纳入国家的社会经济发展的规划之中。从 1978 年开始,为保护和改善生态环境,实现资源的合理、持续利用,我国先后规划了一系列林业生态工程,开展大河湖泊流域的水土流失综合治理,加大"三废"的综合利用力度,加强工业污染的治理。1983 年,全国第二次环境保护工作会议确立了"经济建设、城乡建设、环境建设要同步规划、同步实施、同步发展,实现经济效益、社会效益、环境效益的统一"的战略方针。环境保护被确立为一项基本国策。我国明确摒弃了西方"先污染后治理"的发展道路,努力探索一条具有中国特色的新的发展之路。1989 年,全国第三次环境保护工作会议确立了"预防为主、防治结合""谁污染谁治理""强化环境管理"的三大政策体系以及"环境保护目标责任制"等八项环境管理制度,形成了一套比较完整的环境保护体系。[①] 环境保护在国家的政治生活中获得了高度重视,环境保护工作在社会主义现代化建设中方兴未艾。

（二）号召并实行"植树造林,绿化祖国"

邓小平不仅强调保护自然环境,而且重视环境建设工作,倡导全民义务植树。"植树造林,绿化祖国,是件大好事,是建设社会主义,造福子孙后代的伟大事业,要坚持二十年,坚持一百年,坚持一千年,要一代一代永远干下去。"[②]1981 年,他在同万里副总理谈话时提出:"开展义务植树,保护和发展森林资源。"[③]在邓小平的推动下,全国五届人

---

① 参见郭正编:《环境法规》,化学工业出版社 2003 年版,第 7 页。

②《新时期环境保护重要文献选编》,中央文献出版社、中国环境科学出版社 2001 年版,第 39 页。

③ 同上,第 27 页。

大四次会议通过了《关于开展全民义务植树运动的决议》，植树造林成为全民的法定义务。1982年，邓小平在会见美国前驻华大使时讲道："我们准备坚持植树造林，坚持它二十年，五十年……黄河所以叫'黄'河，就是水土流失造成的。我们计划在那个地方先种草后种树，把黄土高原变成草原和牧区，就会给人们带来好处，人们就会富裕起来。生态环境也会发生很好的变化。"①同年底，邓小平在林业部关于开展全民义务植树运动情况报告上作了如下批语："这件事，要坚持二十年，一年比一年好，一年比一年扎实。为了保证实效，应有切实可行的检查和奖惩制度。"②

邓小平在倡导全民义务植树的同时，自己更是身体力行，积极投入到植树活动中去。1982年植树节，邓小平带头义务植树。仅1982年，全国近2亿人种植树木10亿株。③此后，无论多忙，也不管天气如何，邓小平都坚持履行植树的义务。不仅如此，他还带领家人尤其是子孙参加植树活动，用实际行动昭示着"无私奉献""持之以恒""一代一代干下去"的精神。因此，邓小平倡导的不仅是一种植树的义务，更是一种对中国未来社会主义现代化建设的期许与希望。

（三）重视依靠科学技术，"解决农村能源，保护生态环境"

在强调和推动环境保护的过程中，邓小平十分重视科学技术的作用。他提出"科学技术是第一生产力"④，科学技术不仅是推动经济发展的重要引擎，同时也是控制和治理环境污染、保护与改善生态环境的重要支撑。"下一个世纪是高科技发展的世纪"，生产的发展、生态环境的保护、农村能源问题的解决，等等，都要依靠科学技术，"科学技术的发展和作用是无穷无尽的"⑤。在邓小平的倡导和推动下，1978

---

① 《十三大以来重要文献选编》（上），人民出版社1991年版，第57页。
② 《邓小平文选》（第3卷），人民出版社1993年版，第21页。
③ 参见孟红：《邓小平的植树情结》，载《文史月刊》2004年第12期。
④ 《邓小平文选》（第3卷），人民出版社1993年版，第274页。
⑤ 同上，第17页。

年第一次全国环境保护科研工作会议成功召开,制定了全国环境科学技术 5 年规划。1985 年,我国第一部《环境保护技术政策要点》颁布,环保技术的应用与发展进入新阶段。

我国人口基数大、资源相对短缺,是一个能源消费大国,我们必须依靠科学技术来解决发展中的环境与资源能源问题;同时,我国又是一个农业人口大国,农村能源消耗大,利用率低。因此,邓小平尤其关注农村环境与能源问题。他强调,要合理开发,综合利用,减少资源浪费。过度开发会导致浪费,因地制宜,提高产量与质量是最大的节约,也有利于环境保护。在"节流"的同时,他又强调"开源",即要推动科学技术的发展,积极开发与使用新能源、清洁能源。"包括煤、电、油、水利、沼气、太阳能、风力。要全面进行研究、规划","长期规划第一位的问题是能源"①。他曾提出,如果火电上不去,可以积极搞水力发电;20 世纪 80 年代,他鼓励农村抓科研,利用沼气发电。这既"可以解决农村的大问题……节省煤炭,还能改善环境卫生"②。1990 年,他提出:"核电站我们还是要发展……自然环境保护等,都很重要。"③可见,邓小平深刻地认识到,解决能源问题,保护生态环境,必须充分运用科学技术的先进成果,充分发挥"第一生产力"的作用。

### (四) 重视制定环境保护法等法律制度,推进环境保护

邓小平不仅强调科学技术在生态环境保护中的作用,而且十分重视生态环境保护的法制建设。总体而言,20 世纪 70 年代早期,我国关于环境保护的法律还不健全,环境保护的法制化进程处于起步阶段。1978 年,邓小平指出,"现在的问题是法律很不完备,很多法律还没有制定出来……应该集中力量制定刑法、民法、诉讼法和其他各种必要的法律,例如工厂法、人民公社法、森林法、草原法、环境保护法、劳动

---

① 《邓小平年谱》(下),中央文献出版社 2004 年版,第 150 页。
② 同上,第 852 页。
③ 《邓小平文选》(第 3 卷),人民出版社 1993 年版,第 363 页。

法、外国人投资法等等"①。作为主要倡导者,邓小平开始推动国家生态建设与环境保护工作的制度化、法律化进程。1978 年,环境保护被列入《宪法》;五届全国人大常委会第十一次会议通过了《中华人民共和国环境保护法(试行)》。伴随着新中国第一部环境保护基本法的诞生,中国环境保护工作开始步入法制化的轨道。随后,环境保护方面的立法全面开花,《森林法》《草原法》《水污染防治法》《矿产资源法》《大气污染防治法》等一系列环境保护的法律、法规相继出台,我国生态环境保护的法律制度体系不断完备。

总之,邓小平的生态文明思想是在改革开放之初,在粗放式发展带来的重污染尚未充分显现的前提下提出的。尽管如此,他仍然眼光敏锐地洞察到经济繁荣背后可能带来的能源危机、生态破坏、环境污染等问题,在思考环境保护的过程中提出了一系列生态思想,这些思想为既要金山银山又要绿水青山的"两山"重要理论提供了重要的思想基础。

## 二、江泽民的生态文明思想

作为第三代领导核心的江泽民同志,坚持"发展是执政兴国的第一要务",积极推进中国特色社会主义现代化建设,使我国的经济、政治、文化和社会建设获得了快速发展。同时,伴随着经济的发展,我国粗放式的发展方式,也导致了越来越多的环境污染和资源破坏的问题,广大人民群众也越来越强烈地希望在经济发展收入增加的同时,能够切实改善环境。可以说,这一时期,我们国家总体上开始进入一个"既要金山银山,也要绿水青山"的实践阶段。江泽民同志充分认识并顺应这一发展大势,在积极继承邓小平环境保护思想的基础上,根据当时的现代化建设实际情况,积极借鉴可持续发展的国际化经验,进一步提出了富有新鲜内容和时代活力的生态文明思想,从而丰富发展了邓小平环境保护思想,推进了中国特色社会主义生态文明建设理

---

① 《邓小平文选》(第 2 卷),人民出版社 1994 年版,第 146 页。

论的进一步发展,为"两山"重要思想的诞生奠定了更为坚实的基础。

(一)"促进人与自然的协调和谐",并"实现经济建设和生态环境协调发展"

自改革开放以来,我国始终坚持以经济建设为中心的发展战略,人民的生活水平有了极大的提高。但是,粗放型的经济增长方式与环境污染、能源紧张、资源浪费的发展特征仍没有从根本上得到转变,因而我国在经济发展的过程中付出了昂贵的"环境代价"。水土流失、森林覆盖率日益减少等生态问题不断加剧,人与自然之间的矛盾日趋激烈。面对这样复杂而严峻的现实,江泽民多次强调,我国"污染物排放总量远远超过环境承载能力,一些城市、地区和流域的环境污染仍然相当严重。水土流失、土地沙化、荒漠化、沙尘暴等问题仍很突出"①。究其原因,主要是人们对于自然的认识不够,没有正确处理好人与自然之间的关系。

江泽民十分重视马克思主义关于人与自然相统一和谐的思想理论,他指出,作为自然的孩子,人类既拥有认识与改造自然的非凡能力,同时也有保护和珍惜自然的理性能力与责任。"如果在发展中不注意环境保护,等生态环境破坏了以后再来治理和恢复,那就要付出更沉重的代价,甚至造成不可弥补的损失。"②西方发达国家"先发展,后治理""重经济,轻环境""用环境、资源换经济发展"的老路已经给我们提供了鲜活的例证,这种形式的经济繁荣的背后是伤痕累累的痛楚。因此,我们在现代化建设的过程中,必须处理好人与自然、经济建设与生态环境之间的关系,既要集中力量发展社会经济,又要尊重自然规律,努力走出一条经济发展、环境和谐的可持续发展之路。唯有如此,才能进一步解放生产力、发展生产力,在社会主义现代化建设中实现人与自然的共赢。

---

① 《江泽民文选》(第3卷),人民出版社2006年版,第463页。
② 《江泽民文选》(第1卷),人民出版社2006年版,第532页。

（二）"保护环境的实质就是保护生产力"，强调实现可持续发展的基本国策

在邓小平的倡导与推动下，第二次全国环境保护会议宣布，环境保护是社会主义现代化建设的"战略任务"，环境保护成为我国的一项基本国策。伴随环境保护工作的开展与推进，江泽民在第四次全国环境保护会议上，进一步提出保护环境的实质就是保护生产力。江泽民的这一科学论断是从全局与战略的高度对环境保护重大意义的丰富与发展，是对邓小平环境保护思想的深化与升华，是在新时期对经济发展与环境保护关系的实践总结与高度概括。改革开放以来的实践表明：人的聪明才智（科学技术）是生产力，同样，人保护环境、维护生态平衡的能力也是一种生产力。后一种生产力的解放与发展，在新时期会带来更大的经济效益、社会效益。将环境保护纳入生产力的范畴内，既是对新时期环境保护重要性的深刻揭示，也是对马克思主义关于生产力理论的新发展。"破坏资源环境就是破坏生产力，保护资源环境就是保护生产力，改善资源环境就是发展生产力。"[①]这一富有创造性的"新生产力观"，为我国在新时期解放生产力、保护生产力、发展生产力指出了新方向，提供了新思路。

"走可持续发展之路"是江泽民在新时期反思与总结人类历史发展进程所做出的科学抉择。自 20 世纪 80 年代国际上一些学者或组织提出可持续发展概念以来，可持续发展理念获得全世界越来越多国家的认同与推崇。1992 年召开的联合国环境与发展大会又进一步把可持续发展理论推向实践。基于我国的现实国情，走可持续发展道路更具有紧迫性。我国人口基数大，资源能源相对不足，粗放型发展模式更使得资源能源利用率低，环境污染与生态破坏严重，已经严重影响我国现阶段经济与社会的可持续发展。因此，在党的十四届五中全会上，江泽民强调，"在现代化建设中，必须把实现可持续发展作为一

---

① 《江泽民论有中国特色社会主义（专题摘编）》，中央文献出版社 2002 年版，第 282 页。

个重大战略"①,使可持续发展成为我国新时期的一项基本国策。党的十五大进一步重申了可持续发展战略的重要性。在党的十六大报告中,江泽民同志进一步宣告"全面建设小康社会"的一大重要目标就是"可持续能力不断增强,生态环境得到改善,资源利用效率显著提高,促进人与自然的和谐,推动整个社会走上生产发展、生活富裕、生态良好的文明发展道路"③。可持续发展战略的确立与发展,为我国社会主义现代化建设指明了方向。

### (三) "走生产发展、生活富裕、生态良好的文明发展道路"

为贯彻可持续发展战略,江泽民倡导制定了一系列重要方针政策,如开源节流、节约为首,努力"走出一条适合我国国情的资源节约型的经济发展新路子"④;防治污染与生态保护并重,努力发展循环经济;辩证统筹经济发展与人口、资源、环境的关系,防止走"先污染后治理""以环境换发展"的老路,等等。概括来说,我国制定并实施可持续发展战略及其一系列方针政策,是在工业文明大背景下,努力"走生产发展、生活富裕、生态良好的文明发展道路"。选择一条正确的发展道路直接关系着国家、民族的发展,而良好的环境质量更是承担文明发展道路的关键因素。因此在现代化建设的过程中,我们不仅要高度重视并切实解决经济增长方式转变的问题,正确处理经济发展同人口、资源、环境三者之间的关系;而且还要拥有一种"历史的眼光",处理好当前发展与子孙未来发展的关系,不吃"祖宗饭",不断"子孙路",努力走好生产发展、生活富裕、生态良好的文明发展道路。

江泽民指出:"世界发展中一个严重的教训,就是许多经济发达国家走了一条严重浪费资源、先污染后治理的路子,结果造成了对世界

---

① 《江泽民文选》(第 1 卷),人民出版社 2006 年版,第 463 页。

③ 《江泽民文选》(第 3 卷),人民出版社 2006 年版,第 544 页。

④ 《江泽民论有中国特色社会主义(专题摘编)》,中央文献出版社 2002 年版,第 294 页。

资源和生态环境的严重损害。"①中国是世界上人口最多的发展中国家,这个问题更具有紧迫性。不顾自然界的承受能力,为追求经济的高速度增长而一味索取,这是竭泽而渔的做法。这种做法是有害的,我们决不能走这样的发展道路。发展不仅要看经济的指标,同时也要看环境、资源的指标,要走一条资源有效利用、环境合理保护的循环经济之路。显然,江泽民提出的"生产发展、生活富裕、生态良好"的新"文明发展道路",既是对我国社会主义现代化建设经验的科学总结,同时也为我国今后实施可持续发展战略指明了前进的方向。同时,它也为实现金山银山与绿水青山有机统一的"两山"重要思想提供了更为直接坚实的理论来源。

（四）　"从源头上防止环境污染和生态破坏"，"从促进发展与保护环境相统一的角度"完善相应的决策规划机制和法律法规

江泽民强调,必须"从源头上防止环境污染和生态破坏"。这就要求党和政府充分发挥主导作用。"要从宏观管理入手,建立环境和发展综合决策的机制,制定重大经济社会发展政策,规划重要资源开发和确定重要项目,必须从促进发展与保护环境相统一的角度审议利弊,并提出相应对策。"②换句话说,要从全局高度完善相应的决策机制,辩证考虑局部与整体、眼前利益与长远利益、经济效益与环境效益的关系。各级党委和政府在进行经济决策时,要注意综合考虑决策对生态环境的影响,唯有如此,才可能从源头上防止污染。

把环境保护工作纳入依法治国的轨道上来。一方面,要继续加强环境保护方面的立法与执法力度。生态环境的保护既需要道德情感与社会责任感的"软力量"来约束,又需要法律这样的"硬力量"来规制。离开法律的保障,环境保护工作将难以推进。另一方面,关于保护生态环境的法律规范必须在经济发展与保护环境相统一的前提下进行。在社会主义现代化建设过程中,要把经济发展作为首要目标,

---

① 《江泽民文选》(第1卷),人民出版社2006年版,第533页。
② 同上,第534页。

但应当同时尊重客观的自然规律。如果环境遭到破坏,再制定法律法规来对其进行修复,不仅代价巨大,而且绝非易事。所以,只有把依法治国与环境保护有机统一起来,才能实现从源头上防止污染,实现经济与环境协调发展。

江泽民立足中国国情,继承和发展了马克思主义生态思想,深化了全党对生态环境保护的认识,第一次从生产力、从全面建设小康的视角阐释生态环境保护,并把生态环境保护提升到可持续发展和"文明发展道路"的高度,这些都成为后来提出"两山"重要思想的重要理论来源。

### 三、胡锦涛的生态文明思想

党的十六大以后,在以胡锦涛为总书记的党中央领导下,中国特色社会主义建设继续高歌猛进,各大领域和各个方面继续得到迅速发展,但由于粗放式的发展方式尚未有效转变,因此,全国的环境问题日益突出,生态破坏现象愈加严重。严峻的现实,迫使广大人民群众更加关注和重视生态环境,更加理性地思考经济发展与环境保护之间的平衡关系。也就是说,越来越多的人反对在发展中只要金山银山而无视绿水青山,而是要求"既要金山银山,也要绿水青山"。而在一些先发地区已经开始在实践上积极推进"绿水青山就是金山银山""让绿水青山源源不断地带来金山银山"的新尝试。胡锦涛顺势而为,基于新世纪新阶段的世情国情,提出科学发展观,强调"建设生态文明",实现"人与自然和谐发展",从而进一步推动了中国特色社会主义生态文明思想的发展,丰富了中国特色的发展理念,并为"两山"重要思想提供了坚实的理论基础。

(一)明确可持续发展战略是科学发展观的基本原则,首次明确提出"建设生态文明""建设美丽中国"

自党的十六大以来,为实现社会经济健康持续发展,我国越来越重视生态环境建设。在党的十六大上,胡锦涛指出,要"推动整个社会走上可持续发展的道路"①。2003年,胡锦涛明确提出坚持以人为本,树立全面、协调、可持续的科学发展观,促进经济社会和人的全面发展。这一发展观是"从新世纪新阶段党和国家事业发展全局提出的重大战略思想"②,其核心是发展,目标是实现经济社会的可持续发展。2004年,他又强调,坚持科学发展观要牢固树立"以人为本的观念""节约资源的观念""保护环境的观念""人与自然相和谐的观念"③。此后,在历次重要会议的讲话中,胡锦涛始终把科学发展观、可持续发展战略、生态环境建设紧密联系起来,把生态环境建设摆在重要的战略地位。

2005年,在人口资源环境工作座谈会上,胡锦涛首次提出了"生态文明"概念。2007年,胡锦涛在党的十七大报告中指出:"建设生态文明,基本形成节约资源和保护生态环境的产业结构、增长方式、消费模式。"④ 2009年,党的十七届四中全会明确提出中国特色社会主义"五位一体"的总体布局,即生态文明建设同经济建设、政治建设、文化建设、社会建设一起构成中国特色社会主义总体布局。2012年,党的十八大上胡锦涛再次强调要"全面落实经济建设、政治建设、文化建设、社会建设、生态文明建设五位一体总体布局"⑤。生态文明建设已经被提升至国家战略地位。十八大报告中首次提出"建设美丽中国"概念,认为生态文明建设关系"美丽中国建设",必须"把生态文明建设放在突出地位,融入经济建设、政治建设、文化建设、社会建设各个方面和全过程"⑥。

---

① 《十六大以来重要文献选编》(上),中央文献出版社2005年版,第15页。

② 《深入学习实践科学发展观活动领导干部学习文件选编》,中央文献出版社2008年版,第22页。

③ 同上,第26—27页。

④ 《胡锦涛文选》(第2卷),人民出版社2016年版,第628页。

⑤ 《胡锦涛文选》(第3卷),人民出版社2016年版,第619页。

⑥ 同上,第644页。

（二）首次提出"推动绿色增长，发展循环经济，建设资源节约型、环境友好型社会"

胡锦涛不仅倡导、推动树立科学发展观的先进理念，而且也在经济发展方式、社会转型与建构方面为贯彻科学发展观，推进生态文明建设提出了重要的思想指导。在经济发展方式上，倡导绿色增长，发展循环经济。"虽然我国环境保护和生态建设取得了不小成绩，但生态总体恶化的趋势尚未根本扭转，环境治理的任务相当艰巨。"[①]要继续努力调整经济结构，抓好资源能源的利用与节约，彻底改变粗放型的经济增长方式，努力发展资源利用率高、环境污染小的绿色经济、循环经济。

在社会转型与建构上，胡锦涛提出要建设"资源节约型，环境友好型社会"。他指出，我们党历来强调资源节约，党的十六届五中全会更是把节约资源作为我国的基本国策，节约资源与环境保护直接关系着生态文明建设，关系着人民的切身利益。全社会要树立资源节约意识与环境保护意识，要清醒地认识到，节约资源、保护环境是一件关系到每个人生存、发展的大事，对资源环境负责就是对人类自己负责。经济的发展必须充分考虑自然的承载力，否则人类将无幸福可言。他强调，"建设生态文明，实质上就是要建设以资源环境承载力为基础、以自然规律为准则、以可持续发展为目标的资源节约型、环境友好型社会"[②]。对生态文明的本质作了进一步揭示，增进了对生态文明的科学认识。

（三）"良好的生态环境是社会生产力持续发展和人们生存质量不断提高的重要基础"

2004年，在中央人口资源环境工作座谈会上，胡锦涛强调，要坚持和贯彻科学发展观，建设生态文明，建设资源节约型、环境友好型社

---

① 《十六大以来重要文献选编》（中），中央文献出版社2006年版，第312—313页。
② 《十七大以来重要文献选编》（上），中央文献出版社2009年版，第109页。

会,实现经济社会又好又快可持续发展,就要求我们必须"牢固树立保护环境的观念",就必须清醒地认识到"良好的生态环境是社会生产力持续发展和人们生存质量不断提高的重要基础"。① 显然,这是对江泽民同志"新生产力"论的继承和发展。由此出发,胡锦涛同志进一步强调指出,要"彻底改变以牺牲环境、破坏资源为代价的粗放型增长方式",决不能"以牺牲环境为代价去换取一时的经济增长""以眼前发展损害长远利益""用局部发展损害全局利益"②。相反,要"坚持节约优先、保护优先、自然恢复为主的方针"③,充分考虑自然的承载能力和承受能力,给自然留下更多的自我修复空间,给子孙后代留下青山、绿水与蓝天。显然,这些观点无疑是"两山"重要思想中"宁要绿水青山,不要金山银山"观点的直接理论渊源。

### (四) "要牢固树立人与自然相和谐的观念"

马克思主义认为,自然是人们生产活动的对象,人通过自然提供的资料、资源、能源造福人类,推动社会的发展与文明的进步;但同时,自然也是人类生存的家园、发展的根基。自然系统平衡遭到破坏,必然会危害经济社会发展,环境污染、自然灾害必然会威胁人们的生命健康与财产安全。因此,从自然是生命的摇篮的观念出发,胡锦涛同志强调指出:"保护自然就是保护人类,建设自然就是造福人类。要倍加爱护和保护自然,尊重自然规律。"④

胡锦涛认为,我国经济社会建设虽然取得了快速发展,但也要清醒地认识到,经济发展资源能源消耗大、利用率还不高,生态破坏与环境污染严重,这些严重影响着我国可持续发展战略的实现。正是在这个意义上,胡锦涛明确指出:"必须树立尊重自然、顺应自然、保护自然的生态文明理念"⑤,"要牢固树立人与自然相和谐的观念"。一味索取

---

① ②《十六大以来重要文献选编》(上),中央文献出版社 2005 年版,第 853 页。

③《胡锦涛文选》(第 3 卷),人民出版社 2016 年版,第 644 页。

④《十六以来重要文献选编》(上),中央文献出版社 2005 年版,第 853 页。

⑤《胡锦涛文选》(第 3 卷),人民出版社 2006 年版,第 644 页。

与利用而不讲投入与建设的做法是不可取的,发展经济必须充分考虑资源环境的承载能力,坚决反对过度开发与利用,努力建立和维护"人与自然相对平衡的关系"。

### (五)"要完善有利于节约能源资源和保护生态环境的法律和政策"及政绩考核体系

第一,生态文明建设的推进需要依托法律建设。改革开放以来,我国环境保护的相关法律法规体系建设不断完善,但是,仍存在一些不健全之处,如节约资源与环境保护的外部威慑力不够,环境违法成本较低等。正是基于对这一状况的清醒认识,胡锦涛强调,"要完善有利于节约能源资源和保护生态环境的法律和政策,加快形成可持续发展体制机制"[①]。"要加强建设项目和有关规划的环境影响评价,坚决防止产生新的污染。要加快制定和完善环境法律法规和标准,提高环境监管执法能力,建立健全生态补偿机制。"[②]加强节约资源、保护环境专项检查与监察力度,严肃查处违反相关法律法规的行为。实行重大环境事故责任追究制度、行政问责制,做到有法必依,执法必严,违法必究,切实发挥法律法规在生态文明建设中的重要作用。

第二,节约资源与保护生态环境"必须依靠制度",尤其是考核奖惩机制。胡锦涛强调,要"把资源消耗、环境损害、生态效益纳入经济社会发展评价体系,建立体现生态文明要求的目标体系、考核办法、奖惩机制"[③]。完善干部考核体系,把生态文明建设作为干部考核与奖励的重要指标。加强监管力度,实施并健全环境保护责任追责制、环境损害赔偿制。加强生态文明的教育宣传力度,努力提供全社会的节约意识、环保意识,形成符合节约资源、保护环境的消费形式。总之,要建立健全符合生态文明建设要求的政策决策体系、考核与奖惩机制,努力形成生态文明建设的长效机制,为生态文明建设提供制度保障。

---

① 《胡锦涛文选》(第 2 卷),人民出版社 2016 年版,第 631 页。
② 《十六大以来重要文献选编》(中),中央文献出版社 2006 年版,第 1100—1101 页。
③ 《胡锦涛文选》(第 3 卷),人民出版社 2016 年版,第 646 页。

胡锦涛提出科学发展观、建设生态文明、建设两型社会、建设美丽中国,极大地丰富了中国特色社会主义生态文明理论,从总体上奠定了"绿水青山就是金山银山"的坚实思想基础,并且"绿色增长""循环经济"也为实现"绿水青山就是金山银山"提出了实际的途径和手段。可以说,科学发展观的生态文明思想是"两山"重要思想的直接而深厚的思想基础。

# 第三节 "两山"重要思想的传统文化基础

习近平高度重视中华优秀传统思想文化的传承弘扬,其"两山"重要思想的提出也有着深厚的传统文化的基础,吸收了进步的传统发展理论和传统生态主义思想。习近平总书记多次指出,中华文明传承五千多年,积淀了丰富的生态智慧。"天人合一""道法自然""休养生息"等哲理思想,"劝君莫打三春鸟,儿在巢中望母归"的经典诗句,都是古人质朴睿智的自然观,至今仍能给人深刻的警示和启迪。正确理解和把握习近平提出的"两山"重要思想,不仅需要从当代中国特色社会主义的时代实践为基础,而且还必须高度重视其所内蕴的中国传统生存智慧和历史经验。正是中华传统生态思想和生存智慧,成为"两山"重要思想不可或缺的理论渊源。"两山"重要思想包含着丰富的发展内容,与积极入世的儒家的天人合一思想及其他相关思想更具有理论契合性和历史渊源性。下文就以儒家天人合一思想为主线,简述与"两山"重要思想有渊源的三种古代思想理论。

## 一、《易传》的大生态主义思想

《易传》是中国古代发展哲学的经典,集中体现了中国古典的发展观。然而,《易传》中独特的天人合一的思想,揭示了一种中华传统的大生态主义思想,这一思想的实质就是人与天地万物共存共荣,就是人的发展与天地万物的发展并行不悖。它包含着丰富深厚的既要绿水青山又要金山银山的思想内涵，是"两山"重要思想的理论渊源。

《易传》首先肯定了天地宇宙的本性就在于生生日新，天地之道根本上就是生生之道，就在于不断地形成和推进一个生机勃勃的生命发展世界。它提出"天地之大德曰生"，"日新之谓盛德，生生之谓易"。天地是本体，而这一本体的实质就是生命万物之本。《庄子·天地》解生生之德说："物得以生，谓之德。"《易传》强调天地生生，然而，天地如何生生？如何促进和维护生态万物的产生与发展？《易传》进一步提出了阴阳八卦的动态平衡思想，这一动态平衡思想就是生生的机制，其实质是主张生态平衡论，使自然界形成和维持"绿水青山"的良好生态环境。《易传》主张，宇宙生态世界由阴阳八卦构成为非生命形态的生态环境基本要素，它们相互之间形成了一种平衡有序的动态关系，从而就形成了一个充满生机活力的"绿水青山"的自然世界，以及生生不息的生态万物。首先，《易传》提出"一阴一阳之谓道"，天道的根本就在于实现动态的一阴一阳的平衡，而这阴阳动态平衡原则，实质就构成了生态平衡的中心法则。所谓"日往则月来，月往则日来，日月相推而明生焉。寒往则暑来，暑往则寒来，寒暑相推而岁成焉。往者屈也，来者信也，屈信相感而利生焉"。日月寒暑的正常交替才能带来正常的自然更替以及万物的四季变换。否则，日月颠倒，寒暑错乱，就会导致类似臭氧层破坏、温室效应以及温度上升、冬天不寒等异常天象，从而造成一系列地球生态事件，使大量的物种消亡。所以，庄子在其《天下篇》中概括说"易以道阴阳"，并揭示《易传》的"阴阳调和"及其生态功能说："太和万物，四时迭起，万物循生，一盛一衰，文武伦经，一清一浊，阴阳调和，流光其声，蛰虫始作，吾惊之以雷霆。"①

其次，《易传》在首重阴阳平衡的基础上又重八卦平衡。由阴阳两爻组成三画的八卦：乾、坤、震、坎、艮、巽、离、兑，是四种对偶性很强的范畴，每对范畴都有其相对的意义，它们共同组成支撑地球生命系统

---

① （清）王先谦撰，沈啸寰点校：《庄子》，中华书局2008年版，第123—124页。

和生态系统的八种物质形态和气候现象:乾为天,坤为地;震为雷,巽为风;坎为水,离为火;艮为山,兑为泽。它们提供了生命系统和生态系统所需的物质、资源、能源和其他要素的生态环境总和。《说卦》论:"乾"为天,"天"提供着一切生命生长的能量;"坤"为地,"地"提供着一切生命生长的土壤;"震"为雷,万物因"雷"震而惊起,代表着正常的气候气象条件;"巽"为风,"风"行八方,吹掉万物,起着传播生命、调节气候等生态功能;"坎"为水,"水"资源是最基本的生态系统的构成内容;"离"为火,"火"提供了生命所需的能源;"艮"为山,"山"代表着生态森林系统;"兑"为湖泽,"湖泽"养育了鱼禽蚌蛤、莲藕菱茭,滋润万物,是生态系统的重要环节。这里,八卦所代表的阴阳二气形成的八种基本物质形态和气候现象,其中任何一种的缺少或膨胀都将导致正常的万物生长即生态系统和环境的异常变化。这八种物质性的地理环境和气候气象皆是两两相对产生的,反映生态环境的对偶性、平衡性。八种物质形态交互重叠,构成天地间生命万物产生的根源,它们正常而平衡地发挥各自的功能和作用,就形成有助于万物生长发展的生态环境,"然后能变化既成万物也"。《说卦》揭示说:"天地定位,山泽通气,雷风相薄,水火不相射……雷以动之,风以散之,雨以润之,日以烜之,艮以止之,兑以说之,乾以君之,坤以藏之。"实际上,不仅八卦系统,而且由八卦重叠而来的六十四卦,也是一个相互平衡的生态系统。《序卦》所列的六十四卦的动态顺序,实际上就是一个动态平衡的体系和过程。

《易传》以"生生"为核心,揭示了生态世界的客观必然性。由此它进一步揭示了人类对于这样一个"生生"的生态世界的生存态度和价值立场,提出了一系列有益的生态伦理观和生态价值观,其核心是天地之生与人类之生相互促进相互协同的天人合德、共生共荣的大生态主义思想,是一种既有绿水青山又有金山银山的人类理想的生存模式。

《易传》以"生生"为最高原则,提出了一种有别于道家的发展型的生存方式。《易传》高度重视人类的"生生"发展。可以说,《易传》是中国传统思想宝库中,真正以"发展"为核心精神加以全面阐发的哲学经典,是一部中国古代真正的发展哲学。它提出"富有之谓大业,日新之谓盛德,生生之谓易"的命题,倡导人类"富有""日新"的发展目标。这种"富有""日新"的发展中包含着丰富的创造"金山银山"的实质内容。《易传·系辞上》说:"夫《易》,圣人所以崇德而广业也。"《易传》所要阐发的就是作为当政者的"圣人"通过一系列创新变通推动经济发展以改善民生的"大业"。《易传》说:"天地之大德曰生,圣人之大宝曰位。何以守位?曰仁。何以聚人?曰财。"积极发展经济,努力创造财富,用"金山银山"让百姓过上富足日子,这就是《易传》的主题思想。《易传》赞美古代的圣人包牺氏的发明:结绳为网罟,以佃以渔;赞美神农氏发明了耒耜之利,交易之市;赞美黄帝、尧、舜等圣贤所发明的一系列文明技术成果:舟楫之利、服牛乘马、杵臼之利、弧矢之利、宫室栋宇、结绳书契、棺椁丧葬。《易传》将这些圣贤的创造发明称为"变通",其"变通"的实质就是创造"金山银山"的物质财富,其目标就是为百姓创造美好生活。"通其变,使民不倦;神而化之,使民宜之。""化而裁之谓之变,推而行之谓之通,举而措之天下之民谓之业。"《易传》反复强调了一系列包括舟车等的"变通"创新发明,根本上就是为了"天下之民",为了解决百姓面临的各种民生困难,使百姓生活得更好。这充分体现了中国优良的民本政治传统。

《易传》提倡人类要积极"变通"发展,而其重要的目标指向不仅是为了百姓更美好地生活,还在于推进大生态的优化,实现生命万物一体化更好地发展。《易传》认为,天地以生生为大德,而天道地道人道本质是一道,人道以天地之道为依据,因此,人类也必须以生生为大德,这就是《易传》的天人合一思想。"夫大人者,与天地合其德,与日月合其明,与四时合其序,与鬼神合其吉凶。先天而天弗违,后天而奉天时。"这就是说,一方面,人类要与"天地合其德",要以"生生"为自己的"德"性,人类不仅要使自己"生生",更要以自己特有的智慧促进万物的顺利生存发展,人类必须始终坚持一个基本的原则:"与日月合其明,与四时合其序","奉天时"而"弗违",即人类一切行为必须切实顺应自然天地日月四时的变化,不能违背自然运行节律,打乱自然气候顺序,破坏自然生态环境。这里,《易传》突出了一个"合"字,"合"一是忠实符合,二是积极配合,它强调了人类始终与自然协调一致、积极维护环境平衡的根本原则。也就是说,人类在"变通"创造物质财富的时候,坚决不能以破坏和毁灭自然万物作为代价,不能只要自己有"金山银山",而不要"绿水青山"。恰恰相反,促成万物生存,保护生态环境,是智慧的人类必须应尽的神圣使命,这就是《易传》强调的"知周乎万物而道济天下……范围天地之化而不过,曲成万物而不遗,通乎昼夜之道而知"。《易传》表达了与儒家《中庸》所说,人与天地相参等同样的一个伟大观点:通过人类的智慧和努力,实现人类与生态万物的共同发展,积极推进人与自然的同生共荣。在"道济天下"的生态伦理原则下,努力促成"范围天地之化""裁成天地之道、辅相天地之宜"的宏大目标,实现"周乎万物""曲成万物",使自然万物更加欣欣向荣、生机盎然的生态图景。这也就是《坤卦》说的"君子以厚德载物"。

总括以上,《易传》实质提出了一种大生态主义:整个《易传》呈现为一个以宇宙生生的大生态系统何以可能、何以必要、何以实现而展开的思想体系。主要内容为:一是以生生日新为天地人万物一体的本质内容和核心目标,强调一切生命系统生态系统的日新发展是世界的本来状态和必然规律;二是以万物生生为天地之道的实质,天地以生生万物为根本职能,天地以及雷风山泽水火八卦构成的自然生态环境都以"妙万物"即有效促进生命生态系统的繁盛为目标,给出了实现大自然生态系统有序平衡的根本方式和机制——中和;三是以生生载物为人类的根本使命,强调人类要以中和变通的主动态度,发挥好"辅相天地""曲成万物"、促进整个生态系统发展的重任,实现人与自然的共存共荣。

显然,《易传》的大生态主义由于其天地人生生合德的核心思想,就既不是人类中心主义的,也不是自然中心主义的或非人类中心主义的,而是一种天地人万物生生一体的大合主义,即大生态主义。人类生生发展,其根本出发点和归宿就是"与天地合其德",人类自身的生存发展与天地万物的生存发展在其价值目标和实现途径上,都是内在合一、不可分割的。人类之生和万物之生在天地生生中合而为一。人类生生既是自身之生,更是"载物"之生。这种以"生生"为核心的强调天地万物之生与人类生存发展之生相统一的思想,无疑包含了绿水青山就是金山银山的思想。

## 二、《尚书》的"六府三事"论和《洪范》的"五行""庶征"论

### (一)《尚书》的"六府三事"论

古代中国第一部政治哲学著作《尚书》记载着古代尧、舜、禹圣王的"大经大法",为儒家著名的经典。在《尚书》所记载的一系列治国大法《洪范》中,包含着丰富深刻的发展生产、发展经济的发展思想,其中蕴含着经济发展与环境保护相统一的观点,包含着有益的既要金山银山又要绿水青山的思想。《尚书·大禹谟》中有集中体现:"德惟善政,政在养民。水、火、金、木、土、谷,惟修。正德、利用、厚生,惟和。""地平天成,六府三事允治,万世永赖,时乃功。"《左传·文公七年》解说:"六府三事,谓之九功。水、火、金、木、土、谷,谓之六府。正德、利用、厚生,谓之三事。"孔颖达疏:"府者,藏财之处;六者,货财所聚,故称六府。"①宋代思想家王禹偁在其《拟封田千秋为富民侯制》称:"是故朝有八政,货食为先;世修六府,土穀在列。"无疑,《尚书》在这里提出了一个十分重要的执政理念,即"养民"之政就是"善政",而"养民"的实质就是"利用""厚生",所谓"利用"就是"利民之用",所谓"厚生"就是"厚民之生"。因此,"利用""厚生"根本上就是发展经济,丰厚百姓生活,就是为百姓打造"金山银山"。清初思想家颜元就说:"利用者,工作什器、商通货财之类,所以利民之用也;厚生者,衣帛食肉,不饥不寒之类,所以厚民之生也。"而如何"利用""厚生",其根本和关键就在于做好"六府"。因为"六府",包藏聚集着百姓日用"货财",包藏着百姓所

---

① 孔颖达疏:《十三经注疏》,上海古籍出版社1997年版,第135页。

需的"金山银山"。《尚书》提出要"允治""六府",就是强调合理科学地利用"六府",主要是合理利用构成生态环境和自然资源的五行的水资源(水)、能源(火)、矿藏资源(金)、森林资源(木)和土地资源(土),做到源源不断地为百姓带来生活所需的"货财",实现"万世永赖"的永续利用发展的目标。显然,《尚书》提出的"允治""六府"的思想观念,内在要求不能掠夺性地、破坏性地利用各种自然资源,从而导致资源耗竭、环境破坏。这就叫"正德",就是"惟修",就是"惟和"。它讲究执政者要加强修养生生之德,实现自然生存与人类发展的和谐、绿水青山与金山银山的和谐。

### (二)《洪范》的"五行""庶征"论

《洪范》,《尚书》篇名,旧传为箕子向周武王陈述的"天地之大法",今人或认为系战国后期儒者所作,或认为作于春秋。《汉书·五行志》曰:"禹治洪水,赐《洛书》,法而陈之,《洪范》是也。"故亦称"洛书"。相传为周灭商后二年,箕子向周武王陈述"天地之大法"的记录,提出了帝王治理国家必须遵守的九种根本大法,即"洪范九畴"。它有自己的一套体系,其中第五畴"皇极"(君主统治准则)是全部统治大法的中心,其他各畴大多是为了建立好这一"皇极"所施的各种统治手段与方法。而在围绕"皇极"提出的治国大法中,包含着深刻的自然发展与人类发展、绿水青山与金山银山相统一的思想观点。

《洪范》:"箕子乃言曰:'我闻在昔,鲧堙洪水,汩陈其五行。帝乃震怒,不畀洪范九畴,彝伦攸致。鲧则殛死,禹乃嗣兴,天乃锡禹洪范九畴,彝伦攸叙。'""初一曰五行,次二曰敬用五事,次三曰农用八政,次四曰协用五纪,次五曰建用皇极,次六曰乂用三德,次七曰明用稽疑,次八曰念用庶征,次九曰向用五福,威用六极。"

上述箕子提供的"洪范九畴"中,涉及丰富的治国理政思想。

一是箕子提出的第九畴为"向(享)用五福",五福即一曰寿,二曰富,三曰康宁,四曰攸好德,五曰考终命。这里,实际上,箕子提出了治国理政的目标就是要实现全体人民的富裕安宁长寿。这里包含着重要的发展经济、政治和社会的内容。如何发展经济、政治、社会？箕子提出了"次三农用八政"。何为"农用八政"？八政者：一曰食，二曰货，三曰祀，四曰司空，五曰司徒，六曰司寇，七曰宾，八曰师。也就是管理八种政务：一是管理民食，二是管理财货，三是管理祭祀，四是管理居民，五是管理教育，六是治理盗贼，七是管理朝觐，八是管理军事。显然，"八政"中特别是"食""货"二政，包含着大力发展农业和工商业的内容，可以说，"农用八政"的实质和核心就是发展经济，就是要有"金山银山"。这是非常了不起的观点。然而，如何才能很好地发展经济，以保证全体人民能够过上富裕康宁的生活和国家社会的稳定？箕子提出了多种"大法"，其中就包含着必须正确处理人与自然环境的关系，必须合理利用自然资源的思想观点。

二是箕子提出第一畴"五行"和第八畴"庶征"的思想。箕子提出的"洪范九畴"第一畴为五行，何为五行？"一曰水，二曰火，三曰木，四曰金，五曰土。水曰润下，火曰炎上，木曰曲直，金曰从革，土爰稼穑。润下作咸，炎上作苦，曲直作酸，从革作辛，稼穑作甘。"这里，箕子提出并阐释了"五行"，实际上提出了农业发展也包括其他发展必须重视自然环境，必须合理利用自然资源。箕子认为：水向下润湿，火向上燃烧，木可以弯曲、伸直，金属可以顺从人意改变形状，土壤可以种植百谷。向下润湿的水产生咸味，向上燃烧的火产生苦味，可曲可直的木产生酸味，顺从人意而改变形状的金属产生辣味，种植的百谷产生甜味。这里提出了构成环境和资源的 5 种基本组成部分，即水资源、能源、森林、矿藏、土壤。箕子认为，人们只有积极正确地认识环境资源的性质，并加以合理利用，才能为人类的粮食生产和经济发展发挥积极功效，否则，违背自然规律，违背"五行"的属性，不能很好地保护和利用水、火、木、金、土的环境资源，就不能带来农业和工商业的发展，就不能产生"金山银山"，就会形成一系列的洪涝干旱等自然灾害。箕子认为，鲧之所以犯错，就错在"汩陈其五行"，即胡乱处理、不恰当地利用了水、火、木、金、土五种用物。所以，合理保护利用"五行"的"绿水青山"是带来"民食""财货"的"金山银山"的基础。

箕子不仅提出了重视"五行"的思想,而且还进一步提出"念用庶征"的观点。何为"庶征"?"庶征:曰雨,曰旸,曰燠,曰寒,曰风。曰时五者来备,各以其叙,庶草蕃庑。一极备,凶;一极无,凶……岁月日时无易,百谷用成,乂用明,俊民用章,家用平康。日月岁时既易,百谷用不成,乂用昏不明,俊民用微,家用不宁。庶民惟星,星有好风,星有好雨。日月之行,则有冬有夏。月之从星,则以风雨。"箕子在这里认为,有自然的天象征兆:一叫雨,一叫晴,一叫暖,一叫寒,一叫风。一年中这五种天气齐备,各根据时序发生,百草就茂盛,一种天气过多就不好,一种天气过少也不好。并且认为,假若日、月、岁、时的关系没有改变,百谷就因此成熟,政治就因此清明,杰出的人才因此显扬,国家因此太平安宁。假若日、月、岁、时的关系全都改变,百谷就因此不能成熟,政治就因此昏暗不明,杰出的人才因此不能重用,国家因此不得安宁。虽然,箕子没有明确指出"绿水青山就是金山银山"的观点,但实际上,他在传统农业生产的基础上,提出了自然环境保持风调雨顺、山清水秀,就可以获得好的收成,就有"庶草蕃庑""百谷用成""家用平康",就有"金山银山"。

显然,上述《尚书》中的有关思想,虽然缺少现代意义上发展生态经济以有效实现绿水青山与金山银山统一的内容,但其尊重和合理利用环境资源和自然现象以获得人类生存发展的物质生活资源的观念,无疑构成"两山"重要思想的古典思想的理论资源。

### 三、传统的可持续生产生养思想

除了上述儒家经典中具有的深厚"两山"重要思想资源外,中国古代的生产生养思想中也包含着丰富的理论资源。

中国古代以农立国,使粮食作物获得持续稳定的收获是中华民族先人赖以生存和发展的基础。为此,就必须是一种可持续的农业生产经营方式。所以,中国的传统农业也被人称为是持续农业。而这种可持续的农业生产方式,必然强调农业生产主体必须充分认识并尊重自然气候环境和土地资源禀赋,必须重视和保护自然生态和水土环境。

可以说,这体现着传统的农业形态中"绿水青山就是金山银山"的思想。

中国古代可持续农业生产方式强调顺时宜地的原则。古代的政治思想家们和传统农学观始终认为,农业生产的发展、粮食作物的丰收,必须建立在尊重并顺应自然天地环境的基础上,违背自然气候,破坏绿水青山,必然破坏农业生产的可持续,势必失去粮食丰收的"金山银山"。《吕氏春秋·审时》中说:"夫稼,为之者人也,生之者地也,养之者天也。"①因此,尊重天和地,保护自然环境,是实现农业发展,获得粮食丰收的基本要件。传统农学观高度重视经济系统和生态系统的有机统一,也即重视金山银山与绿水青山的有机统一,认为农业生产必须建立在顺应自然的天时季节气候和地理土壤结构,否则,就不能实现可持续发展,就不能持续获得粮食丰收。明代著名农学家马一龙就说:"故知时为上,知土次之。知其所宜,用其不可弃;知其所宜,避其不可为,力足以胜天矣。知不逾力者,虽劳无功。"②这里强调"知时""知土",强调要"用其不可弃""避其不可为",不仅要求顺应天时变化和保障土壤肥力以促进农业生产的思想,也内在包含着合理利用自然资源的思想。

中国古代很早就提出"以时禁发"的可持续发展观,强调人们必须合理利用自然资源,必须依据动植物的生长规律和规模,适时有限地采集猎用,才可以实现可持续利用。如荀子说的:"谨其时禁,故鱼鳖优多而百姓有余用也;斩伐养长不失其时,故山林不童而百姓有余材也。"③夏之时就有专门的法令:"禹之禁,春三月,山林不登斧,以成草木之长;夏三月,川泽不入网罟,以成鱼鳖之长。且以并农业力,执成男女之功。"④唐朝时有法律规定:"凡采捕畋猎,必以其时。冬春之交,水虫孕育,捕鱼之器,不施川泽;春夏之交,陆禽孕育,馇兽之药不入原

---

① 李春玲译注:《吕氏春秋》,青海人民出版社 2002 年版,第 374 页。
② 马一龙辑:《农说》,中华书局 1985 年版,第 1 页。
③《荀子》,中华书局 2015 年版,第 129 页。
④ 黄怀信等撰:《逸周书汇校集注》(卷四),上海古籍出版社 1995 年版,第 430 页。

野;夏苗之盛,不得蹂籍;秋实之登,不得焚燎。"《明史·职官志》记载了更详尽的保护生态的律令和政策:"虞衡典山泽采捕陶冶之事,凡鸟兽之肉皮革骨角羽毛,可以供祭祀、宾客膳馐之需,礼器军实之用,岁下诸司采捕:水课禽十八,兽十二;陆课兽十八,禽十二,皆以其时。冬春之交,网罟不施川泽;春夏之交,毒药不施原野;苗盛禁蹂躏,谷登禁烧燎。"①所有这些,都说明我国古代在自然动植物的繁殖和利用上是严格按照其生长规律的,是严格按照可持续发展的要求进行的。总之,"凡所行事,皆范模于天地阴阳之端,至如树木以时伐,禽兽以时杀,春夏则生育之,秋冬则肃杀之,使物遂其性,民安其所,是范围天地之道而无过越也"。这里"范围天地之道而无过越"的观点正体现了中国古代高度重视人类的生产生活实践必须与自然生态规律保持一致,经济活动必须与自然环境相一致,人们对于自然环境和资源的利用开发必须"无过越",决不能违背自然生育规律,超越自然资源的承载力。这也是孟子总结牛山林木受到破坏的教训时说的:"苟得其养,无物不长;苟失其养,无物不消。"②中国古代不仅提出了"以时禁发"的思想,而且进一步提出了"地力有限"的观点。中国古代思想家农学家已认识到自然资源的有限性及其对于农业的制约性,因此,提出了"地力有限论""资源有限论"和"财富有限论"。他们强调土地资源有限、土壤肥力有限,因此,人们不可过度开发利用"地力"资源,进而不可过度消费生活资源:"地力之生物有大数,人力之成物有大限,取之有度,用之无节,则常不足。""夫地之利有限也,人之欲无穷也;以有限奉无限,则必地财耗于僭奢,人力屈于嗜欲……地之生财有常力,人之用财有常数。"同时,还提出了一系列"节用"思想。

显然,上述思想都已经包含着古人的一种生态哲思:由于"地之生财有常力""时之生财有常数",因此人类的经济活动,决不能"失其养",一定要"无过越"。否则,就会导致丧失绿水青山,最终也不再有

---

① 参见王俊良撰:《中国历代国家管理辞典》,吉林人民出版社2002年版,第191页。
② 方勇译注:《孟子·告子上》,中华书局2010年版,第222页。

金山银山；这里的"得""失"与"长""消"的一致性，实质上揭示的是一种农业社会形态下"绿水青山就是金山银山"的真理，强调的就是生态环境与经济发展的一致性规律。

总之，中华传统优秀思想文化中包含着丰富深刻的关于人与自然相统一、人类经济发展与自然环境资源相统一、金山银山与绿水青山相统一的思想观点，这些思想观点无疑是"两山"重要思想的重要理论渊源。

## 第四节 "两山"重要思想与西方可持续发展理论

"两山"重要思想不仅继承了马克思主义生态思想、中国特色社会主义生态文明理论和中国传统优秀生态文化，也批判继承了西方现代化发展理论的一些成果，是对其积极成果的中国化运用。特别是西方可持续发展理论和生态学马克思主义思想，在"两山"重要思想的理论来源中必须加以重视。

### 一、西方可持续发展理论

西方可持续发展理论的形成经过了一个相当长的时期。总的来说，可持续发展理论是指既满足当代人的需要，又不对后代人满足其需要的能力构成危害的发展，它谋求人与自然之间、人与人之间、人与社会之间的全面协调发展。可持续发展理论以经济的可持续发展为基础，以社会的可持续发展为目标，以生态的可持续发展为条件；可持续发展理论坚持公平性、持续性、共同性原则，其标志是资源的永续利用和良好的生态环境。这些发展理念本质上是对西方现代化进程实践的理论总结，因此，对于中国的现代化进程，无疑具有重大的启迪意义。多年来，习近平总书记通过各种场合，表达了对源于西方的可持续发展理论的重视，并通过科学发展观而予以继承发展。因此，批判地汲取西方可持续发展思想的合理因素,是提出"两山"重要思想的一个理论源头。

## (一) 可持续发展理论的形成

千百年来,发展始终是人们所追求的最基本、最崇高、最普遍的永恒主题。当人类历史进入现代社会,人的存在方式、社会结构和生活环境都较之传统社会发生了翻天覆地的变化,传统的发展观显然已经难以维系。发达国家为了满足经济的高速增长而对资源能源无节制地利用产生了一系列严重的生态问题,尽管人们的生活水平有显著提高,但这是以生态环境的恶化为代价的;亚非拉众多新兴的发展中国家,由于后发外生型的现代化模式,往往难以在短时间内解决由粗放经营带来的对资源能源的高消耗难题,也对整个世界的生态环境造成了严重威胁。这种迫切的生态问题和严峻的资源危机,使得国际社会开始了关于人类发展的战略性思考。

从可持续发展理论的思想源头来看,可以追溯到斯密的"人口与经济增长的限度论"、李嘉图的"资源相对稀缺论"、穆勒的"静态经济论"和马尔萨斯的"资源的绝对稀缺论"等西方古典经济学派,而现代可持续发展理论则始于 20 世纪 60 年代《寂静的春天》的问世。工业革命后,人类生存发展所需的环境和资源遭到日益严重的破坏,西方发达资本主义国家首先开始用全球的眼光看待环境问题,并对人类发展的前途问题展开了激烈的论战。到了 20 世纪中期,环境的污染日趋严重,公害事件在西方国家不断发生,生态环境日益成为困扰人类生存和发展的一个突出问题。1962 年,美国海洋生物学家蕾切尔·卡逊经过对杀虫剂危害的长期研究发表了《寂静的春天》,她在书中向世人呼吁,在人类长期以来所走的发展道路的终点有着严重的灾难在等待,现在需要开始探寻另一条道路——为我们提供了最后唯一的机会以保住地球的道路。卡逊虽然没有明确地提出这"另一条道路"到底是什么,但作为可持续发展理论的先行者,卡逊的思想依然在世界范围内引发了人类对自身发展模式和发展理念的深入反思。1968

年,几十位科学家、教育家和经济学家聚会罗马,宣告了罗马俱乐部的成立,旨在研究和探讨人类面临的共同问题,并于 1972 年提交了俱乐部成立后的第一份研究报告——《增长的极限》。报告深刻阐明了环境的重要性以及资源与人口之间的基本关系,认为如果目前人口和资本的快速增长模式继续下去,世界将会面临一场"灾难性的崩溃",要避免因超越地球资源极限而导致世界崩溃的最好方法是限制增长,即"零增长"。《增长的极限》得出的结论和观点虽然存在明显的缺陷,却有力地促进发展理念由"片面增长"向"全面发展"的转变,其所阐述的"合理的、持久的均衡发展"思想为可持续发展理论的产生奠定了基础。

1972 年,在瑞典斯德哥尔摩召开的联合国人类环境会议,第一次将生态问题纳入了世界各国政府和国际政治的事务议程。大会通过的《人类环境宣言》向全球呼吁:保护和改善人类环境是关系到全世界各国人民的幸福和经济发展的重要问题,是世界人民的迫切希望和各国政府的重大责任,也是人类的紧迫目标,各国政府和人民必须为着全人类及其后代的利益而做出共同的努力。《宣言》正式吹响了人类共同迎接环境挑战的号角,使全人类的环境保护意识在广度和深度上都向前迈进了一大步。为了更加有效地制定和实施长期的环境问题对策,帮助国际社会确立解决生态危机的途径和方法,世界环境与发展委员会于 20 世纪 80 年代宣告成立。该委员会于 1987 年向联合国大会提交了研究报告——《我们共同的未来》,并在报告中正式提出了"可持续发展"的概念,指出人类需要有一条崭新的发展道路,这条道路不是只能在若干年内、在若干地方支持人类进步的道路,而是一条直到遥远的未来都能确保全人类共同进步的道路——"可持续发展道路",把人们从狭隘的环保视角引到了生态问题与人类发展相结合的高度,宣告了可持续发展理论作为全新发展模式的正式问世。

（二）可持续发展理论的基本内容

严格说来,可持续发展理论并不是一个学术流派或严密的理论体系,而是一种涉及政治、经济、社会、文化、科技及生态环境的、对综合发展理念的思考,它试图立足于环境和自然资源角度提出的关于人类长期发展的战略和模式。就其基本内容来说,可持续发展理论可以简单地归纳为经济可持续发展、生态可持续发展和社会可持续发展三个方面。

首先,可持续发展理论以经济的可持续发展为基础。经济发展是人类社会存在和发展所必需的物质前提,也是整个人类文明得以延续、生态得以改善的物质保障。可持续发展理论并不排斥经济增长的必要性,认为既然环境恶化的根源存在于经济行为之中,其解决办法也只能从经济行为中去找寻。可持续发展理论强调"发展"比"增长"的概念更具意义,若不能使社会经济结构发生质的改变,不能使经济的增长体现于社会的进步,就很难称其为"发展"。而要克服现存经济发展模式中所存在的片面和异化现象,推动传统的经济增长模式逐步向可持续发展模式过渡,就不仅要重视经济增长的数量,更要追求经济发展的质量。毕竟,单纯数量的增长是有限的,而依靠科学技术进步,提高经济活动中的效益和质量,采取科学的经济增长方式才是可持续的。

其次,可持续发展理论以生态的可持续发展为条件。可持续发展以经济增长为基础,但其本身又绝不仅仅是经济问题,单纯追求经济的增长显然无法包含和体现可持续发展的全部内涵。可持续发展理论所追求的是一种人与自然和谐共生的状态,充分肯定良好的自然环境和生态文明的正向价值,这种价值不仅表现在对经济增长的支撑和服务层面上,更重要的是体现在对人的生命系统和生存状态的支持和保障上。"一流的环境政策就是一流的经济政策"的主张已经被越来越多的国家所接受,这成为可持续发展理论在本质上区别于传统发展观的一个重要标志。事实证明,在经济决策中将环境影响、生态保护等因素综合考虑进去,通过适当的经济措施、技术手段和政府调控实现生态发展的可持续性是完全可能的;相反,如果生态环境恶化,即使已经取得的文明成果也会遭到破坏甚至抵消。

再次,可持续发展理论以社会的可持续发展为目标。可持续发展理论认为,尽管世界各国家、各民族的发展阶段和具体目标各不相同,但发展在本质上至少都应当包括社会的可持续进步及其与之相关方面的同步发展,包括人们生活质量的改善、健康水平的提高和能够保障人们平等、自由、教育及免受暴力的社会环境。也就是说,在人类可持续发展系统中,经济发展是基础,生态良好是条件,社会进步才是目的。而经济、生态和社会又是一个三位一体的综合系统,只有社会的进步在特定的历史阶段内能够保持与经济、环境和人自身的发展同步协调,才是符合可持续要求的现代发展理念。

最后,可持续发展以资源的永续利用和良好的生态环境为标志。可持续发展是以自然资源为基础、同生态环境相协调的发展模式,它要求在资源永续利用和生态环境良好的前提下实现经济发展、社会进步,经济和社会发展不能超越自然资源和生态环境的承载能力,既追求社会生产尽量符合人的本性要求,又追求以可持续的方式保证消耗最小的自然资源和环境成本。这就要求我们不能狭隘地只从环境保护的角度看待生态问题,还必须认识到生态环境是关系到人类生存的大问题;不能只着眼于各国、各民族的局部利益来处理生态问题,还必须认识到全球化背景下的世界整体性和人类的相互依存性;不能只依靠环境治理解决环境问题,还必须把生态保护与经济增长、社会进步和人的发展统一起来思考。

## (三) 可持续发展理论的方法论原则

尽管可持续发展理论的核心理念至今仍然处于不断讨论和探索之中,各种流派的主张也比较零散和杂糅,但是基于其主要的内容,我们依然可以就其共同的方法论原则进行归纳,总体说来主要集中于公平性、持续性和共同性三大原则。

首先是公平性原则。整个世界的发展由于各国家、各民族发展水平的差异而造成的层次性是人类历史发展进程中始终存在的大问题,这种发展水平的层次性决定了公平性原则的必要性。可持续发展理论所倡导的公平性原则主要是指机会选择的平等性,这包括两个基本的方面:一是时间意义上的公平,当代人的发展不能以损害后代人的发展能力为代价;二是空间意义上的公平,一个国家或地区的发展不能以损害其他国家或地区的发展能力为代价。

其次是持续性原则。这里的持续性是指生态系统受到某种干扰时能保持其生产力的能力,不仅是一般意义上时间和空间的连续,更是强调环境承载能力和资源永续利用对发展进程的重要性和必要性。持续性原则要求人们根据可持续性的生态环境条件来调整自己的生活方式,在生态可能承受的范围内合理开发、合理利用自然资源,使再生性资源能保持其再生产能力,非再生性资源不至过度消耗并能得到替代资源的补充,环境自净能力能够得到维持。

再次是共同性原则。人类世界是一个复杂而庞大的系统,每个国家、民族或地区都是这个系统中不可分割的一部分,其最根本的发展特征就是其整体性。在全球化背景下,世界系统中的每一个部分都和其他部分相互联系、彼此制约,任何部分的问题都会上升并放大直至直接或间接地影响到整个人类社会的共同发展。因此,可持续发展追求的是整体发展和协调发展,即共同性原则。正如第八届世界环境与发展委员会发布的《我们共同的未来》中所写的,"今天我们最紧迫的任务也许是要说服各国,认识回到多边主义的必要性","进一步发展共同的认识和共同的责任感,是这个分裂的世界十分需要的"。因此,实现可持续发展就是人类要共同促进国与国之间、人与人之间、人自身与自然之间的协调,这是人类共同的道义和责任。

显然,上述可持续发展理论所强调的人的发展与自然的发展的一致性、经济的发展与社会的发展的一致性、经济发展繁荣与资源环境永续利用的一致性等基本观念,无疑为习近平总书记提出中国特色的"两山"重要思想提供了重要启迪。

## 二、生态学马克思主义

生态学马克思主义是 20 世纪中叶以来兴起的一种社会思潮,旨在运用马克思主义的基本原理及其批判功能为日益严峻的生态问题寻求解决之道,试图实现人的发展和生态问题之间的和解。特别是进入 21 世纪之后,随着全球生态环境的不断恶化以及与之相关的各种新的社会问题层出不穷,马克思主义重新回到了西方主流理论的视野之中,其批判功能在剖析社会问题与生态问题方面的深刻价值再次引起人们的重视。由此,生态学马克思主义作为社会批判学说所持有的生态关怀立场也日益引起关注,成为当代西方马克思主义理论中最有影响力的思潮之一。生态学马克思主义以马克思主义经典理论为基础,对当代社会的生态问题和人类发展的困境进行哲学反思,是马克思主义与生态学相结合的产物。其理论基点在于运用生态学的相关内容发展和补充马克思主义理论,力图通过分析资本主义社会生态危机的根源来开拓一条既能解决生态危机又能实现社会主义的新道路,并由此构建一种人与自然和谐发展的社会主义新型模式。就其基本主张来看,主要包括以下内容。

## （一） 生态危机是当代社会的最大危机，应以生态危机理论取代经济危机理论

马克思主义认为,资本主义社会的基本矛盾在资本主义制度内部是无法克服的,由此引发的经济危机的不断发生是资本主义必然灭亡的重要原因。对此,生态学马克思主义则认为,"虽然马克思和恩格斯在研究资本主义发展对社会造成的破坏方面属于一流的理论家,但他们两人确实没有把生态破坏置于资本积累和社会经济转型理论的中心位置","马克思所处的时代有关自然或者外部条件的理论阐述不是建立在自然稀缺性或有限性的思想基础之上"[1]。他们主张"把矛盾置于资本主义生产与整个生态系统之间的基本矛盾这一高度加以认识"[2]。在生态学马克思主义的理论家们看来,资本主义经过多次自我

---

① [美]詹姆斯·奥康纳:《自然的理由——生态学马克思主义研究》,唐正东、臧佩洪译,南京大学出版社 2003 年版,第 124 页。

② [美]本·阿格尔:《西方马克思主义概论》,慎之等译,中国人民大学出版社 1991 年版,第 475 页。

调整依然得以生存、发展的事实,说明当代社会需要新的理论来解释资本主义社会向社会主义社会转变的必然性,而这种新的理论就是生态危机理论。他们认为当代资本主义社会的经济危机已经从生产领域转移到消费领域,生态危机这种全球性的综合危机正成为当代人类社会的最大危机,而资本主义生产方式的无政府状态才是生态危机的总根源,所以在资本主义制度内部是不可能找到解决生态危机的根本出路的。

（二）消费异化是生态危机的罪魁祸首,应以生态理性取代经济理性

生态学马克思主义继承了马克思在《1844 年经济学哲学手稿》中关于资本主义消费行为的相关思想,并借用马克思的"异化"概念提出了"消费异化"理论。消费异化是指"人们为补偿自己那种单调乏味的、非创造性的且常常是报酬不足的劳动而致力于获得商品的一种现象","劳动中缺乏自我表达的自由和意图,会使人逐渐变得越来越柔弱并依附于消费行为",[①]其实质是消费对人的操纵和控制,是对消费行为本意的背离。消费异化虽然缓解了资本主义社会阶级之间的矛盾和冲突,推动了资本积累和资本的再生产,但它建立在对生态系统无限消耗的假设之上,最终必然导致生态危机。针对这种消费异化的现象及其严重后果,生态学马克思主义提出必须用生态理性取代经济理性。他们认为经济理性的危害在于使人的生活世界殖民化、使人的生存方式和行为方式狭隘化,人会因此失去活动的自主性,生产劳动也就沦为纯粹出于谋生的手段,这样必然会与生态环境产生冲突;对消费最大化的追逐与需求必然引起新一轮的过度生产和过度消费,从而导致对资源的过度开发和对生态的肆意破坏。生态理性则致力于使社会生产与生态保护相一致而非以利润为动机,提倡一种适可而止的消费方式,尽量把有限的劳动、资本和能源用于生产耐用的、具有高

① ［美］本·阿格尔:《西方马克思主义概论》,慎之等译,中国人民大学出版社 1991 年版,第 493—494 页。

使用价值的东西。在生态学马克思主义看来,摆脱生态危机的根本出路是建立一种生态的社会主义模式,让人们到生产活动而不是到消费活动中去寻求满足,把消费植根于人同自然和谐统一的基础之上。

### (三) 资本主义制度及其生产方式是生态危机的深刻根源,应以社会主义道路取代资本主义道路

随着社会实践的发展和理论探讨的深入,生态学马克思主义者们从 20 世纪 90 年代开始逐渐把理论批判的视野从资本主义国家内部的生态危机转向了全球性的生态危机,揭露了当代发达资本主义国家把生态危机转嫁给发展中国家的罪恶行径,并尖锐地指出资本主义生产方式的内在矛盾是导致全球化生态危机的深刻根源,世界欠发达国家和地区之所以产生生态问题正是由于当代西方发达国家对不发达国家长期进行的生态掠夺和剥削。生态学马克思主义认为,资本主义生产方式本身不可能解决其固有的生态矛盾,在资本主义社会现有的制度框架内是没有办法解决生态危机的。就如马尔库塞所说,"空气污染和水污染、噪音、工业和商业抢占了迄今公众还能涉足的自然区,这一切较之于奴役和监禁好不了多少……我们必须反对制度造成的自然污染,如同我们反对精神贫困化一样"[①]。生态学马克思主义坚持必须通过一场与农业革命、工业革命同等规模的、旨在改变现行生产方式的生态革命来突破资本主义制度,并建立起新的生态社会主义模式以阻止生态环境的继续恶化,由此建立起来的生态社会主义必须坚持社会主义公有制、坚持计划与市场相结合的生产与分配制度,改变现行的资本主义商品生产、消费形式和整个资本主义生活方式,是一种对自然环境有科学理解的社会计划和一种在动态上可持续的社会形态。

生态学马克思主义对于西方现代化发展模式造成的一系列生态问题进行了深度剖析,认为资本主义制度和生产方式的非正义,以及

---

① [德]马尔库塞:《工业社会和新左派》,任产编译,商务印书馆 1982 年版,第 129 页。

由此带来的科学技术的非理性运用和消费主义价值观与生存方式是当代生态危机产生的根源,并主张解决生态危机的途径在于通过激进的生态政治变革,实现向生态社会主义社会的过渡;它强调社会主义必须用生态理性取代经济理性,生态理性是指社会生产目的不再以利润为动机,而是与生态保护相一致,提倡一种适可而止的需求方式,尽量少用劳动、资本和能源,努力生产耐用的、具有高使用价值的东西;同时,生态学马克思主义认为要实施生态理性,就必须突破资本主义生产方式,建立新的社会主义生产方式。虽然其理论主张本身具有诸多局限性,但生态学马克思主义强调人与自然的和谐统一,倡导社会经济与生态环境的协调发展,丰富了可持续发展理论;它坚持以"人类尺度"来认识生态环境问题,为生态环境保护运动提供了正确的导向;它倡导生态保护,把解决生态危机的希望寄托于社会主义,从生态保护的角度论证了建立社会主义的必要性。显然,生态学马克思主义的基本思想,对"两山"重要理论的提出起了启迪作用。习近平曾经说道:"人类社会巨大的生产力创造了少数发达国家的西方式现代化,但已威胁到人类的生存和地球生物的延续。西方工业文明是建立在少数人富裕、多数人贫穷的基础上的;当大多数人都要像少数富裕人那样生活,人类文明就将崩溃。当今世界都在追求的西方式现代化是不能实现的,它是人类的一个陷阱。所以,必须在科学发展观指导下,探索一条可持续发展的现代化道路。"[1]习近平上述关于资本主义制度与生态危机存在内在本质关系的观点,表明了其生态文明与可持续发展的思想与西方生态学马克思主义的某种一致性,也可以说,西方一系列发展理论所具有的"合理内核",构成了习近平提出"两山"重要思想的必要理论背景。

---

① 习近平:《之江新语》,浙江人民出版社 2007 年版,第 118 页。

# 第四章 "两山"重要思想的理论创新

"两山"重要思想在狭义上,是关于"绿水青山就是金山银山"的集中论述;在广义上,是习近平总书记治国理政思想中的绿色文明观、发展观、政绩观等。"两山"重要思想贯穿马克思主义理论精髓,融汇中国文化传统,借鉴西方先进理论,体现在习近平总书记的一系列重要讲话、经典文献中。"两山"重要思想继承并发展了科学发展观,在发展理论层面作出了创新;"两山"重要思想融汇了古今中外先进思想,在生态文明建设理论层面作出了创新;"两山"重要思想既以马克思主义为指导思想,又发展了马克思主义生态文明思想,丰富了马克思主义理论宝库。一言以蔽之,"两山"重要思想对西方发展模式作出变革性思考,对传统发展方式作出反思性突破,与科学发展观一脉相承,是一种卓越的理论创新,因而具有重大的理论意义。

## 第一节 "两山"重要思想对发展理论的创新

发展理论是发展行动的先导,是发展思路、发展方向、发展着力点的集中体现。习近平总书记系列重要讲话指出,"运用辩证唯物主义和历史唯物主义世界观和方法论,既部署'过河'的任务,又指导如何解决'桥或船'的问题,贯穿了科学思想方法和工作方法,为我们认识问题、分析问题、解决问题提供了有效的方法'钥匙'"①。"两山"重要思想是习近平总书记治国理政思想体系中发展理论的有机组成部分,对发展理论作出了时代创新。

## 一、"两山"重要思想为发展理论转型提供了新思路

在历史发展新时期,我国发展面临许多新情况新问题,最主要的就是经济发展进入新常态。在新常态下,我国发展的环境、条件、任务、要求等都发生了新的变化。适应新常态、把握新常态、引领新常态,保持经济社会持续健康发展,必须坚持正确的发展理念。从2005年"两山"重要思想提出以来的十余年间,习近平一直主张绿色发展。"两山"重要思想坚持"绿水青山就是金山银山"的发展路子,倡导创新、协调、绿色、开放、共享的发展理念,是新阶段的发展理论创新。

### (一) 从西方式发展到中国特色发展

如果站在人类中心主义的立场,发展仅限于人类社会封闭系统的发展。然而,如果突破人类中心主义的阈限,从生态学的视角审视传统伦理学,发展理论便不能不增添生态维度。现代生态伦理学已发展为系统化的生态伦理学理论。生态学是德国生物学家恩斯特·海克尔于1869年定义的一个概念,它是研究生物体与其周围环境(包括非生物环境和生物环境)相互关系的科学。生态学是研究生物与其环境之间相互关系的科学,并有着独立研究对象、任务和方法的比较完整的学科。从英国哲学家A.利奥波德(Aldo Leopold)的"大地伦理学"到挪威哲学家阿伦·奈斯(Arne Naess)的"深层生态学",再到美国哲学家克里考特(J. Baird Callicott)的"两条二阶原则"(Two Second-Order Principles,简写为SOP),西方的生态伦理学日渐丰富并成体系。譬如,深层生态学批评了支撑现代工业社会占统治地位的个体主

---

① 中共中央宣传部:《习近平总书记系列重要讲话读本》,学习出版社、人民出版社2014年版,第174页。

义和还原论,赞同一种"形而上学的整体主义":"人基本上是其环境的一部分,他与其环境密不可分。人是由他与环境中的其他部分的联系造就的。在某种重要的意义上,环境决定着人的存在和人的本性,如果在人与人之间、人与自然之间不存在某种特定的关系,那么,人的存在将肯定是另外一种样子"①。

"两山"重要思想不仅体现了跳出人类中心主义的思想方法,也融入了中国传统文化特色的因子。习近平总书记说:"要体现尊重自然、顺应自然、天人合一的理念,让城市融入大自然,让居民望得见山、看得见水、记得住乡愁;要融入现代元素,更要保护和弘扬传统优秀文化,延续城市历史文脉;在促进城乡一体化发展中,要注意保留村庄原始风貌,慎砍树、不填湖、少拆房,尽可能在原有村庄形态上改善居民生活条件。"②2015年1月,在云南洱海,习近平总书记说,这里环境整洁,又保持着古朴形态,这样的庭院比西式洋房好,记得住乡愁。"记得住乡愁",就是守望我们共有的家园,就是要诗意地栖居于中国大地。

从"大地伦理学"到"深层生态学",从马克思主义生态学到生态学马克思主义,从环保行动到"绿党",西方的生态伦理理论逐渐转化为实践行动。环境(生态)伦理思想方法可以概括为:"道德扩展的思维和论证方式,其基本观念是,道德应包含人与大自然的关系,伦理学应从只关心人扩展到关心动物、植物、大地,甚至一般意义上的大自然或环境。"③西方环境伦理学的代表人物、被誉为"环境伦理学之父"的罗尔斯顿认为,"人类是一个有道德的物种,是地球上的道德监护人。人类应当从道德上关心其他物种,欣赏并尊重自然的内在价值。环境伦理学是最具有利他主义的伦理学,它真正地热爱他者,并把人类残存

---

① 何怀宏主编:《生态伦理——精神资源与哲学基础》,河北大学出版社2002年版,第507—508页。

② 《中央城镇化工作会议公报》,载《人民日报》2013年12月14日。

③ 李晔、苗青:《环境伦理学的理论方法、思想基础与论证逻辑》,载《吉首大学学报》2007年第9期。

的私我提升为地球中的环境利他主义者。作为成熟的公民,我们每个人都应把这种环境伦理应用于自己的生存环境,从而诗意地栖居于地球"①。诺贝尔和平奖获得者阿尔贝特·施韦泽提出"敬畏生命"伦理思想。也有学者基于此提出"后敬畏生命观":从敬畏一切生命体的生命,尤其是人的生命的高度来强调环境保护和环境支持,"人们在处理一切与生命体相关联的关系,即人与人、人与社会、人与自然的关系过程中持有的以敬重生命、珍惜生命、关爱生命为价值评判原则的基本立场、观点和方法。这一全新的生命价值观强调生命至高无上性,敬畏一切生命体生命,提倡人的生命优先性,引领人们关爱自然、关爱人类、关爱社会,树立生态和谐观、社会和谐观和文化和谐观"②。然而,人类中心主义与非人类中心主义的争论并未止息。在思想层面上,是因为西方生态文明思想中还缺乏辩证发展思维。

## (二) 从线性式发展到辩证式发展

"两山"重要思想体现出辩证唯物主义思维方式,而辩证唯物主义立足于坚实的大地。马克思在《政治经济学批判》(1857 年)中指出:"土地是一个大实验场,是一个武库,既提供劳动资料,又提供劳动材料,还提供共同体居住的地方,即共同体的基础。"③"货币天然是金银",货币作为人类发展史上特定历史时期出现的产物,必然消亡。因此,用黑格尔的话语来讲,"金山银山"是"定在",是有限的存在;而"绿水青山"是伴随人类发展过程始终的"实存",是与人类相依相伴的永恒财富。

根据黑格尔的"三段论"辩证法思想,可对"绿水青山"与"金山银山"的关系诠释如下:

肯定:虽有绿水青山,没有金山银山(原始的、自发的生态文明)。

---

① 杨通进编:《生态十二讲》,天津人民出版社 2008 年版,第 310 页。
② 夏东民、陆树程:《后敬畏生命观及其当代价值》,载《江苏社会科学》2009 年第 5 期。
③《马克思恩格斯文集》(第 8 卷),人民出版社 2009 年版,第 124 页。

否定：只要金山银山，不要绿水青山（为了经济的发展忽视了生态文明）。

否定之否定：既要绿水青山，也要金山银山（双重扬弃）。

习近平的"两山"重要思想，体现了历史与逻辑的辩证统一，体现了人类认识自然、利用自然、认识自我、发展自我所应遵循的辩证准则。再借用黑格尔的"三段论"可表述为：

正题：既要绿水青山，也要金山银山（双重肯定）。

反题：宁要绿水青山，不要金山银山（肯定一否定）。

合题：绿水青山就是金山银山（着力肯定生态文明本身的价值）。

由上可见，"绿水青山"与"金山银山"的关系问题指涉生态文明的核心问题，即人与自然的关系问题。在人与自然与时偕行的进程中，要在合规律性的同时合目的性，就必须达致"人化自然"与"自然人化"之间辩证的平衡。

系统论是辩证法的现代发展。习近平总书记强调，环境治理是一个系统工程，必须作为重大民生实事抓在手上。要按照系统工程的思路，抓好生态文明建设重点任务的落实，切实把能源资源保障好，把环境污染治理好，把生态环境建设好，为人民群众创造良好的生产生活环境。这突破了线性思维，揭示了辩证式发展之路。这条发展道路，要求从为了解决生存问题到为了实现幸福转变。

## （三）从生存式发展到幸福式发展

在农业时代，人类祖先创造了辉煌灿烂的中华文明，中华文化传统中蕴藏着"天人合一"为主导的深厚生存智慧。道家的"养生""贵生"、孔子的"吾与点也"、阴阳家的顺应天时、禅宗的寄情于山水，均体现出对"绿水青山"的高度珍视。例如，"儒家生态伦理学思想作为儒家在理解和处理人与自然关系问题上的立场、观点和方法的有机统一，是以'仁'为核心，以'亲亲'为基础，以'爱物'为指向，以'亲亲而仁民，仁民而爱物'为思想进路和关系原理的生态伦理学人文主义的思想体系"①。然而,传统文化中朴素的"人与自然和谐相处"的思想,建立在农业生产方式基础之上。这种"和谐"不时地被天灾人祸所打破,在王朝轮回中自我复制。

习近平总书记曾深情地说道:"在漫长的历史进程中,中国人民依靠自己的勤劳、勇敢、智慧,开创了各民族和睦共处的美好家园,培育了历久弥新的优秀文化。我们的人民热爱生活,期盼有更好的教育、更稳定的工作、更满意的收入、更可靠的社会保障、更高水平的医疗卫生服务、更舒适的居住条件、更优美的环境,期盼孩子们能成长得更好、工作得更好、生活得更好。人民对美好生活的向往,就是我们的奋斗目标。"②而"绿水青山"是"更优美的环境"的重要体现,是"生活得更好"的重要前提,是人生幸福的重要依托。

马克思在《1844年经济学哲学手稿》中写道,正像一切自然物必须形成一样,人也有自己的形成过程即历史。如何成为幸福的存在问题是人类社会的永恒主题,"绿水青山"与"金山银山"是解决人类如何成为幸福的存在问题的两个向度。在解决存在问题的历程中,人类实现了一次次文明跃迁。在传统生存样式中都蕴藏着危机:人类解决了蛮荒时代的性命危机,又经历了农业时代的食物危机,正在面临着工业时代的生态危机。这种危机发生在敬畏自然之后,处在有能力改变自然基础之上,凸显出深层的关乎幸福的"存在论"层面的危机——"两山"重要思想体现出勇于面对危机、转危为机的担当精神。

## 二、"两山"重要思想为经济发展理论拓宽了新视野

经济发展不同于经济增长,而是满足人民对美好生活追求的永续发展。这就要求走向生态文明新时代,坚持走生产发展、生活富裕、生态良好的文明发展道路。"两山"重要思想将经济发展与生态文明统

---

① 余卫国:《儒家生态伦理思想的核心价值和出场路径》,载《西南民族大学学报》(人文社会科学版)2014年第2期。

② 习近平:《习近平谈治国理政》,外文出版社2014年版,第4页。

筹规划,从而拓宽了经济发展理论新视野。

（一）经济生态化与生态经济化辩证统一

所谓经济生态化,即经济发展生态化,是指经济发展要遵循生态规律,要把生态的理念融入经济工作中去,用生态的理念来发展经济,使经济成为一种具有自我可持续发展动能和活力的体系。所谓生态经济化,一是指生态建设要遵循经济规律,即对生态的保护与建设按照市场经济的规律办事;二是把生态本身作为一项产业来抓,实现资源资产化,使优良的生态资源优势转变为发展经济的现实生产力。经济生态化与生态经济化是辩证关系,其矛盾关系只能在历史实践中才能真正加以解决。"两山"重要思想具有世界历史视野,依托在历史实践中渐次展开的辩证逻辑。

人类历史的第一阶段是原始的、自发的生态文明阶段,这个阶段有生态,但是处在短缺经济时代。在此阶段,是多"绿水青山",少"金山银山",因为人类改造自然能力有限。在这个阶段,生态环境是一个外在要素,人类社会的发展很少会顾及自身对生态环境的影响,抱守"绿水青山"奋力争取"金山银山"。人类历史的第二阶段是用"绿水青山"换"金山银山",但是较少关注环境承载力。在此阶段,虽然告别了"短缺经济",走向了"消费经济"阶段,但是为了经济的发展忽视了生态文明。这是工业文明阶段,紧盯"金山银山"却不顾"绿水青山",并最终对生态环境造成无以复加、不可估量的破坏。而人类历史的第三阶段则是对前两个阶段的双重扬弃,意味着要实现经济生态化与生态经济化的和合建构。当代生态危机的出现促使我们重新思考生态环境与经济发展、工业文明与生态文明的关系。这个阶段是自觉意识到生态危机的阶段。所以,当开采"金山银山"与保护"绿水青山"发生冲突时,舍前者而取后者,是"宁要绿水青山、不要金山银山"。这个阶段也是自觉认识到"绿水青山"可以化为"金山银山"的阶段,所以种"常青树"就是栽下"摇钱树",生态优势可以变成经济优势。在现代社会,以生态技术、循环利用技术、系统管理科学、复杂系统工程、清洁能源以及环保技术等为特色的科学技术方兴未艾,日益成为生产力发展和生产方式转变的决定性要素,直接催生和引发了生态文明这种新型文明形态的兴起与实践。在此意义上,"两山"重要思想并不是纯粹的思辨,而是切合发展新常态的现实选择。

总之,"两山"关系三个阶段的嬗变,反映了人类发展理念和价值取向从单纯经济观点、经济优先,到经济发展与生态保护并重,再到生态价值优先、生态环境保护成为经济发展内生变量的变化轨迹,标志着发展理念的深刻变革、价值取向的深度调整、发展模式的根本转变。这是对客观规律的把握不断深化的过程,是人与自然关系不断调整、趋向和谐的过程,是在新高度上对发展道路的自觉选择过程。

### (二)三次产业协同建构

一、二、三次产业,是根据社会生产活动的顺序对产业结构的划分。而三次产业结构,是国民经济中产业结构问题的第一位重要的关系。在世界经济发展史上,人类经济活动的发展有三个阶段:第一阶段即初级阶段,人类的主要经济活动是农业和畜牧业;第二阶段开始于英国工业革命,以机器大工业的迅速发展为标志,纺织、钢铁及机器等制造业迅速崛起和发展;第三阶段开始于 20 世纪初,大量的资本和劳动力流入非物质生产部门。第一阶段的产业称为第一产业,处于第二阶段的产业称为第二产业,处于第三阶段的产业称为第三产业,即产业门类可划分为第一、第二和第三产业。也就是说,第一产业的属性是取自于自然界,第二产业是加工取自于自然的生产物,其余全部经济活动统归第三产业。

在传统社会,重视第一产业(农业),轻视其他产业;在现代社会,重视工业,同时造成对农业文明的挤压;而在"后工业社会",一、二、三次产业融合发展乃是大势所趋。"两山"重要思想要求推进经济结构战略性调整和经济发展方式转变,顺应了调整优化产业结构的时代潮流。习近平总书记 2012 年 12 月 9 日在广州经济工作座谈会上指出:"加快推进经济结构战略性调整是大势所趋,刻不容缓。国际竞争历来就是时间和速度的竞争,谁动作快,谁就能抢占先机,掌控制高点和主动权;谁动作慢,谁就会丢失机会,被别人甩在后边。"他强调,要充分利用国际金融危机形成的倒逼机制,积极推进产能过剩行业调整,坚决遏制产能过剩和重复建设。要把使市场在资源配置中起决定性作用和更好发挥政府作用有机结合起来,坚持通过市场竞争实现优胜劣汰。同时,要推动战略性新兴产业发展,支持服务业新型业态和新型产业发展,加快传统产业优化升级,扎实推进产业结构转型。

"两山"重要思想立足中国式的现代化,看准了三次产业叠加的优势,坚持大力发展美丽经济,形成生态经济优势。积极探索绿水青山转化为金山银山的现实路径,着力推动生态环境优势转化为经济发展优势,努力创造条件把"美丽现象"转化为"美丽经济"。《中共中央关于制定国民经济和社会发展第十三个五年规划的建议》着重指出,要把生态文明建设贯穿于经济社会发展的各个方面和全过程,推动形成绿色发展方式和生活方式,协同推进人民富裕、国家富强、中国美丽;提出推动新技术、新产业、新业态蓬勃发展,建设现代产业新体系;推动粮经饲统筹、农林牧渔结合、种养加一体、一二三产业融合发展。[①]在此意义上,"两山"重要思想揭示出三次产业相互包容、相互渗透、相得益彰的"后现代"特质。

## (三)经济发展"绿""富""美"

"两山"重要思想把生态纳入民生范畴,突出彰显了习近平总书记心系群众、为民造福的伟大情怀。"两山"重要思想反映了改善生态环境的群众心声。我国发展起来以后,人民群众对生态环境的要求更加迫切,全民环保意识日渐觉醒。正如习近平总书记所指出的,"环境就是民生,青山就是美丽,蓝天也是幸福"。人们过去"求生存",现在"求生态";过去"盼温饱",现在"盼环保";过去希望尽快富起来,现在不仅

---

①《中共中央关于制定国民经济和社会发展第十三个五年规划的建议》,人民出版社 2015 年版,第 13 页。

希望生活更"富",而且希望生态环境更"绿"、更"美"。希望蓝天常在、青山常在、绿水常在,这也是中国梦中很重要的内容。"两山"重要思想指明了全面建成更高水平小康社会的努力方向。习近平总书记指出,"小康全面不全面,生态环境质量是关键","良好生态环境,是最公平的公共产品,是最普惠的民生福祉"。①他明确提出要创新发展思路,让"绿水青山"充分发挥经济社会效益,切实做到经济效益、社会效益、生态效益同步提升,实现百姓福、生态美有机统一。这些重要论述充分表明,全面建成小康社会,创造美好生活,必须坚持走"绿水青山就是金山银山"的发展路子。

"两山"重要思想内蕴着"美丽中国"实践的理念。"两山"重要思想把生态文明建设放在突出地位,融入经济建设、政治建设、文化建设、社会建设各方面和全过程,努力建设美丽中国,实现中华民族永续发展。"美丽中国"的"美丽",体现在"绿水青山"和"金山银山"的交相辉映,体现在物质文明与精神文明的和谐变奏。建设美丽中国,就是通过生态文明建设,带动经济发展、政治文明、文化繁荣以及社会和谐——这是极具生存论智慧而又落实到实践的全新理念。

总之,"金山银山"有良好的物质环境、充盈的物质财富以及富足的物质生活之意涵,"绿水青山"有优良的生态环境、优质的生态产品以及优雅的生态生活之意蕴。因此,"绿水青山就是金山银山"的论断,蕴含着物质与精神的相互促进,物质生活与精神生活的相得益彰——这是经济发展新境界的开启,为经济发展增添了"绿""富""美"的浓墨重彩。

### 三、"两山"重要思想为创新驱动发展敞开了理论新空间

中国经济长期向好的趋势不会改变。"十三五"规划指出,要大力推动产业结构优化升级,实施创新驱动发展战略,加快农业现代化步

---

① 《良好生态环境是最公平的公共产品 是最普惠的民生福祉》,载《海南特区报》2013 年 4 月 11 日。

伐,走绿色循环低碳发展之路,更加注重发展质量和效益。而绿色是创新的重要动力,"两山"重要思想围绕绿色作出了诸多精彩阐述,为创新驱动发展敞开了理论新空间。

### (一) 创造绿色生产力,转变经济发展方式

一般来说,一个国家或地区的经济发展方式对其生态环境具有决定性影响,有什么样的经济发展方式就会有什么样的生态环境。

粗放型经济发展方式,是造成生态危机的重要根源。要不断提高资源产出效率,转变经济发展方式是必由之路。而是否转变经济发展方式,其衡量的重要标准之一就是能否从以过度消耗资源、破坏环境为代价的发展模式,向可持续发展方式转变。这就要求加快培育以新能源、新材料等为重点的绿色技术、绿色产业,改善生态环境,提升生态质量。

"两山"重要思想为我们展现了"绿色生产力观":转变经济发展方式,保护自然、善待自然、与自然理性交往,才能创造出生产力发展的不竭动力。而转变经济发展方式,内在要求强化绿色创新,创造绿色生产力,从而驱动经济健康发展。如果粗放型的发展方式得不到根本改变,我们的人口、资源、环境压力就会越来越大。因此,创新驱动不仅是形势所迫,也是历史发展的必然选择。

习近平总书记从世界科学技术革命以及未来经济社会发展的大视野,审视科技创新、创新驱动。他深刻指出:"一个国家只是经济体量大,还不能代表强。我们是一个大国,在科技创新上要有自己的东西。"[①]他强调,我们这么大的国家,不能做其他国家的技术附庸。我们引进技术,进行消化、吸收和创新,但不是什么东西都可以引进,"关键技术要靠自己"。如果说创新驱动发展是面向未来的一项重大战略,那么创造绿色生产力则是创新驱动发展的新空间——"两山"重要思想为我们打开了这种新空间。

---

① 《习近平指引科技创新路》,载新华网 2016 年 2 月 16 日。

## （二）倡导绿色文化，推动绿色文化繁荣发展

绿色文化作为一种文化现象，是与环保意识、生态意识、生命意识等绿色理念相关的，以绿色行为为表象的，体现了人类与自然和谐相处、共进共荣共发展的生活方式、行为规范、思维方式以及价值观念等文化现象的总和。绿色文化是绿色发展的灵魂。作为一种观念、意识和价值取向，绿色文化不是游离于其他系统之外，而是自始至终渗透贯穿并深刻影响着绿色发展的方方面面，并在其中起到灵魂的作用。

生态文明从某种意义上说，也是文明消费、消费文明。而文明是文化的结晶，故此，生态文明有赖于绿色文化的创造。奢华的消费文化，不仅超出人的生理需求，而且超出自然界的承受限度。在"舌尖上的浪费"的同时，给人类自身带来一系列严重后果。高污染指数、低健康指数的"异化消费"，不代表先进文化的前进方向。

党的十八大以来，大力倡导绿色消费、服务消费等先进的绿色文化发展理念。党的十八届五中全会公报指出："全面节约和高效利用资源，树立节约集约循环利用的资源观，建立健全用能权、用水权、排污权、碳排放权初始分配制度，推动形成勤俭节约的社会风尚。"①习近平总书记积极倡导推动绿色文化繁荣发展，要求树立绿色文化价值观。习近平指出，要"像保护眼睛一样保护生态环境，像对待生命一样对待生态环境"。他还要求推广绿色生活方式和消费文化，指出"用之无节、取之无时"将后患无穷。因此，要树立绿色 GDP 文化，不能把 GDP 作为衡量经济发展的唯一指标。实践方面，单纯依靠刺激政策和政府对经济大规模直接干预式增长，建立在大量资源消耗、环境污染的基础上，难以持久。而要提高经济增长质量和效益，就要避免单纯以国内生产总值增长论英雄。

总之，绿色文化是人与自然和谐共存、协同发展的文化，是融合古

---

① 《中国共产党第十八届中央委员会第五次全体会议公报》，载新华网 2015 年 10 月 29 日。

今中外文明成果与时代精神、促进人与自然和谐共存的重要文化载体,是推进生态文明建设不可或缺的重要力量。深入领会"两山"重要思想,有助于进一步弘扬绿色文化,让绿色价值观深入人心。这对于促进绿色发展、建设美丽中国的实践具有重要的指导意义。

### (三) 构建绿色谱系,积累绿色发展动力

我国已经成为全球经济大国,但必须正视现实:经济规模"大"而不"强",经济增长"快"而不"优"。创新是引领发展的第一动力,国家崇尚创新才有光明前景,社会崇尚创新才有蓬勃活力。而作为顶层设计而言,如何创新、如何让经济持续发力是必要的考量。

"十三五"时期,绿色是创新驱动的鲜明特色,"两山"重要思想引领着各个层面的绿色创新,从而构建起绿色谱系。"十三五"规划有十个任务目标,加强生态文明建设(美丽中国)首度写入五年规划。"两山"重要思想中"绿水青山就是金山银山"式的发展,说得透彻一些就是以"绿水青山"为动力的发展,是"经济要上台阶,生态文明也要上台阶"的发展,是"生产发展、生活富裕、生态良好"的发展。这意味着发展不仅要讲速度讲效益,更需要在增长与保护、局部与整体、当前和长远之间找到最佳平衡点。正如习近平所指出:"推进生态文明建设,解决资源约束趋紧、环境污染严重、生态系统退化的问题,必须采取一些硬措施,真抓实干才能见效。"[①]这些"硬措施",是由促进人与自然和谐共生、加快建设主体功能区、推动低碳循环发展、全面节约和高效利用资源、加大环境整治力度、筑牢生态安全屏障等方面构成的绿色谱系。

党的十八大以来,以绿色为动力创新科技,进而促进经济持续发展,是经济发展新常态下的鲜明特色。习近平总书记指出,"增长必须是实实在在和没有水分的增长,是有效益、有质量、可持续的增长",经济工作"要以提高经济增长质量和效益为中心","增强经济增长的内

---

① 《〈中共中央关于制定国民经济和社会发展第十三个五年规划的建议〉辅导读本》,人民出版社 2015 年版,第 78 页。

生活力和动力"。他强调,要以科学发展为主题,把推动发展的着力点转到质量和效益上来,下大气力推进绿色发展、循环发展、低碳发展。习近平总书记特别强调,要"牢固树立保护生态环境就是保护生产力、改善生态环境就是发展生产力的理念,更加自觉地推动绿色发展、循环发展、低碳发展,决不以牺牲环境为代价去换取一时的经济增长"[1]。

构建绿色谱系,积累绿色动力,集中体现在新修订的《环境保护法》中。2015年初,被称"史上最严"的新环保法实施。环保理念的变革,由立法目的的表述可见一斑:过去是"促进社会主义现代化建设的发展",现在则是"推进生态文明建设,促进经济社会可持续发展"。对于"美丽中国""绿色化"的一系列探索,联合国副秘书长阿奇姆·施泰纳如此评价:"中国在生态文明这个领域中,不仅是给自己,而且也给世界一个机会,让我们更好地了解朝着绿色经济的转型。"

总之,在"两山"重要思想的指引下,生态文明建设有了顶层设计、总体部署和严格措施,为发展构筑起"绿色谱系",为转型积累下"绿色动力"。

## 第二节 "两山"重要思想对生态文明建设理论的创新

"两山"重要思想遵循自然规律、社会规律、经济规律,体现了发展观、生态观、价值观、政绩观的转变和提升,是新常态下发展的一种更高境界。习近平总书记多次强调,要清醒认识保护生态环境、治理环境污染的紧迫性和艰巨性,清醒认识加强生态文明建设的重要性和必要性,以对人民群众、对子孙后代高度负责的态度和责任,真正下决心把环境污染治理好、把生态环境建设好。因此,任何再以"绿水青山"去换取"金山银山"的做法,都是不明智的,也是不道德的。"两山"重

---

[1] 《坚持节约资源和保护环境基本国策 努力走向社会主义生态文明新时代》,载《人民日报》2013年5月25日。

要思想在哲学、科学与美学,在制度、体制与机制等多层面体现了新常态下发展方式要求的观念变革,是生态文明建设理论多视角、多层面、多学科的立体创新。

## 一、文化哲学层面:"两山"重要思想建构了生态文明发展的新理论

地球已经有 46 亿年的历史,从 300 万年前开始称为"人类纪"。从文化与文明差异性的角度看,有了人就有了人类文化(有 300 万—700 万年的历史)。① 但是,人类文明迄今只有 5000 多年的历史,又可分为约 300 年之前的古代、300 年以来的近现代,以及当下所处的当代。而作为对人类文化进行思考与反思的文化哲学,相应地也分为古代文化哲学、近现代文化哲学与当代文化哲学。大体看来,这三种文化哲学构造出不同的生态文明思想理论。

### (一) 古代文化哲学: 既要"绿水青山"也要"金山银山"的悖论

"文明"与"蒙昧"、"野蛮"相对应,是指人类社会发展中的进步状态,是人类社会发展到高级阶段的产物。它在物质层面的主要标志是铁的冶炼和铁器的使用,以及伴随而来的对"金山银山"的开采。

从铁矿的冶炼开始,加上文字的发明与应用,人类从蒙昧时代过渡到文明时代。在这个时代,人与自然没有明确的界限,人基本上以动物的生存方式适应自然,过着像动物一样茹毛饮血的生活。经过与自然界长期艰苦卓绝的斗争,随着人对自然的胜利,人类才把自己同动物和自然界分离出来,"明于天人之分",并逐步产生以自我为中心的自觉意识和文化哲学。这种文化哲学,一方面,表达出人类战胜自然的渴望;另一方面,又因无法真正驾驭自然而表达出人与自然的天

---

① 这种划分方法,参见黄承梁:《以人类纪元史观范畴拓展生态文明认识新视野——深入学习习近平总书记"金山银山"与"绿水青山"论》,载《自然辩证法研究》2015 年第 2 期。

然和谐思想。前者如我国古代哲学家荀子倡导的"有用为人"和"制天命而用之"的思想,后者如道家的"养生""贵生"、孔子的"吾与点也"、阴阳家的顺应天时和禅宗的寄情于山水等。儒家的"亲亲而仁民、仁民而爱物"的思想,化育出源远流长的生态伦理,凝结成融入民族血脉的生态智慧。

然而,传统文化哲学中朴素的"人与自然和谐相处"思想是建立在农业生产方式基础之上的。这种和谐不时地被天灾人祸所打破。

因此,既要"金山银山",也要"绿水青山",成为古代文化哲学自身蕴含而无法破解的悖论。这种悖论的解决,是在近现代科学技术大行其道掌控自然之后。

### (二)近现代文化哲学:宁要"金山银山"不要"绿水青山"的扭曲

在工业文明社会,人类运用科学技术的伟大力量发展社会生产力,运用现代化的社会物质生产力,大举向自然进攻,向自然索取,创造了巨大的物质和精神财富。马克思、恩格斯指出,"蒸汽、电力和自动纺机是……危险万分的革命家……(它)产生了以往人类历史上任何一个时代都不能想象的工业和科学的力量"。"资产阶级在它不到一百年的阶级统治中,创造了比过去各代加起来还更多更大的生产力。"他们说:"自然力的征服,机器的采用,化学在工业和农业中的应用,轮船的行驶,铁路的通行,电报的使用,整个整个大陆的开垦,河川的通航,仿佛用法术从地下呼唤出来的大量人口——过去哪一个世纪料想到在社会劳动里蕴藏有这样的生产力呢?"[1]这就是人类学的自然界。马克思高度肯定了工业文明的伟大成就,指出是工业文明开创了真正意义上的人类学的自然界。德国大气化学家、诺贝尔奖获得者保罗·克鲁芩将这个"人类学的自然界"解释为人类的一个新地质时代——"人类世"时代。克鲁芩认为,地球地质的人类世,开端于1784

---

[1]《马克思恩格斯文集》(第2卷),人民出版社2009年版,第36页。

年,即瓦特发明蒸汽机的那一年。但是,人类世地质时代是"地球新突变期",是"人类与自然界的逆向巨变",即"地球结构畸变、功能严重失衡的新突变期"。

然而,"地球新突变"既满足了人类的大量需要,同时对人类生存造成了严重挑战。在整个地球史上,包括"人类世"以前的地质时期,地球的自然价值朝不断增殖的方向发展。工业革命以来,人类过度开发利用乃至掠夺自然价值,导致自然价值严重透支。全球性生态危机表明:自然价值已经朝负值的方向发展——"人类与自然界的逆向巨变"绝非危言耸听。

在这种情况下,共同拥有一个地球,生活在地球村中的人类,开始反思工业文明给人类带来的恶果,并提出应对策略:一方面,用"金山银山"来反哺"绿水青山",投入大量人力和物力来挽救已经十分脆弱的生态系统;另一方面,抓住经济全球化初期的一些困境,将高污染、高耗能的工业转移到其他地区,通过破坏其他地区的"绿水青山"来维持自己的"金山银山"。这种"掩耳盗铃"式的做法,的确起到了短期的效果。但是从长期来看,无法获得人类文明的可持续性发展。

"两山"重要思想超越了以往文化哲学,达到了历史新高度。习近平总书记纵观世界发展史,概括出保护生态环境就是保护生产力、改善生态环境就是发展生产力的哲学思想,从而在文化哲学意义上,破解了文化发展的两难问题。

（三）"两山"重要思想:"绿水青山"就是"金山银山"的辩证

工业文明以后,呼唤"后工业文明"的人类文明新时代到来。美国生态哲学家赫尔曼·格林认为,人类将进入"生态纪元"时代。这是人类文明的一个转折,一个新起点。在这个转折点上产生新的文明。这时,旧的衰退中的工业文明的文明与新的上升中的生态文明的文明,两者相交将使世界发生一次根本性的变革。奥地利裔美籍思想家(兼具科学家、哲学家和生态学家等特质于一身)弗里特约夫·卡普拉

(Fritjof Capra)在其著作《大转折》(*The Turning Point*)一书中,给我们呈现出一种新文化替代旧文化的文化图景。20世纪60年代和70年代的社会运动代表着上升的新文化,现已正在通往"太阳时代"(The Solar Age)。然而,"当这种转换发生的时候,没落的文化却拒绝变革,仍然固守着陈腐的观念。其把持的社会机构,也并不情愿让渡领导权。但是,新文化的上升与旧文化的没落是不可抗拒的历史潮流,新文化终以领导角色的身份出现"。这个希望,就是生态文明新时代。

英国著名历史学家汤因比认为,人类史上有两个主要过渡时期。人类自我意识的产生,表示人类在生物学方面的提升获得成功,这是第一个过渡时期;现在人类面临第二个过渡时期,即向"新意识的过渡"。它以人的新意识的产生为特征,这种新意识是超越人类中心主义之后,以"人类与自然界和谐发展"为目标的意识,以承认"自然界的价值"为关键的生态意识或环境意识。作如是观,"两山"重要思想表达出全新的生态文明世界观、人生观与价值观,并且将观念形态与实践形态完美结合——以生态产业为社会的重要产业,但不否定农业、工业和第三产业。"两山"重要思想以人与自然和谐发展为核心理念,以"自然—社会—经济"大生态系统的动态平衡为目标,尊重生态文明规律,从而形成"生态农业—生态工业—生态信息业—生态服务业"的新型物质文明、精神文明与制度文明。

根据"两山"重要思想观点,生态环境保护的成败归根结底取决于经济结构和经济发展方式。经济发展不应是对资源和生态环境的"竭泽而渔",生态环境保护也不应是舍弃经济发展的"缘木求鱼",而是要坚持在发展中保护、在保护中发展,实现经济社会发展与人口、资源、环境相协调,不断提高资源利用水平,加快构建绿色生产体系。在此意义上,"两山"重要思想是对以往文明的扬弃,是历史上文化哲学的辩证。

"两山"重要思想"究天人之际","通古今之变","成一家之言",用深邃而又高远的文化哲学思想增亮了人类文明之光。

## 二、体制改革层面:"两山"重要思想设计了生态环境保护的新方案

"两山"重要思想从某种意义上关系到生态文明体制改革层面。因此,我国把生态文明建设放到更加突出的位置,着力在治气、净水、增绿、护蓝上下功夫,设计了一系列生态环境保护的新方案,为人民群众创造良好的生产生活环境。

### (一)实行"最严格的制度",变革粗放型增长方式

"两山"重要思想的产生离不开世界范围内的生态制度建设。工业革命的高歌猛进,一方面给人类带来了巨大的物质财富,另一方面也引起了人与自然关系的"剑拔弩张"。人与自然之间的对撞和冲突,导致生态破坏、资源短缺、能源匮乏、环境污染、人口爆炸、粮食危机。这些危机,一言以蔽之就是生态危机。日益恶化的生态环境如果不能尽快得到改善,人类社会可能面临"终极衰退"。为此,西方发达国家开始重新思考人与自然的关系,纷纷把保护生态环境、促进人与自然的和谐作为一项不可或缺的施政纲领,实行严格的制度监管。

"两山"重要思想放眼深刻的国际背景,基于破解我国现代化进程中的生态难题。在推进社会主义现代化建设的进程中,我国取得了举世瞩目的经济建设成就。然而,在"发展＝经济增长＝GDP 增长"观念指导下,粗放型经济增长方式使得生态环境超负荷运转,导致资源短缺、能源匮乏,水污染、土壤污染、空气污染,以及土地荒漠化、植被破坏和生物多样性锐减等生态破坏。人与自然关系的不和谐,表面上是生态环境问题,深层上却是人与人关系的不和谐,根本上是体制性、制度性的原因。

我国生态环境保护中存在的一些突出问题,大多与体制不完善、机制不健全、法治不完备有关。因此,解决生态环境问题,就要从人与人关系密不可分的社会制度层面寻找突破口。党的十八大报告指出,"保护生态环境必须依靠制度"。习近平总书记在中央政治局第六次

集体学习时也提出,只有实行最严格的制度、最严密的法制,才能为生态文明建设提供可靠的保障。建设生态文明,必须建立系统完整的生态文明制度体系。实行最严格的源头保护制度、损害赔偿制度、责任追究制度、完善环境治理和生态修复制度,用制度保护生态环境。

党的十八大以来,中国不再简单地以国内生产总值增长率来论英雄,而是把资源消耗、环境损害、生态效益等体现生态文明建设状况的指标纳入经济社会发展评价体系,增加考核权重,使之成为推进生态文明建设的重要导向和约束,并且建立责任追究制度。

可见,"两山"重要思想把生态环境保护提到了新的高度,形成了推动生态环境保护和生态文明建设的巨大正能量。

### (二)设置"生态红线",确保人民生态安全

长期以来,我国社会的基本矛盾亦即人民群众日益增长的物质文化需要同落后的社会生产之间的矛盾运动,推动着我国社会的发展。然而在社会生产力快速发展的今天,环境污染影响到了人民群众的生态权益以及生态民生问题。民众要求有干净的水、清新的空气、安全的食品和优美的环境,生态环境在群众生活幸福指数中的地位不断凸显,良好的生态环境产品日益成为人民追求高品质生活的需要。

习近平总书记指出,全党面临的一个重要课题,就是如何正确认识和妥善处理我国发展起来后不断出现的新情况新问题。保障生态安全首当其冲的是严守一条条"生态红线"。"生态红线"是国家生态安全的底线和生命线,这个红线不能突破,一旦突破必将危及生态安全、人民生产生活和国家可持续发展。他在中央政治局第六次集体学习时指出:"牢固树立生态红线的观念。在生态环境保护问题上,就是要不能越雷池一步,否则就应该受到惩罚。"①我国的生态环境问题已经到了很严重的程度,非采取最严厉的措施不可,不然不仅生态环境

---

① 《坚持节约资源和保护环境基本国策 努力走向社会主义生态文明新时代》,载《人民日报》2013 年 5 月 25 日。

恶化的总态势很难从根本上得到扭转,而且我们设想的其他生态环境发展目标也难以实现。因此,要精心研究和论证,究竟哪些要列入"生态红线",如何从制度上保障"生态红线",把良好的生态系统尽可能保护起来。

老百姓过去盼温饱,现在盼环保;过去求生存,现在求生态。民众对蓝天、白云、净水的热切期盼,将生态民生摆上了格外重要的地位。头顶着蓝天白云,在清洁的河道里畅快游泳,田地里生产安全的瓜果蔬菜……这些是人民群众对生态文明最朴素的理解和对环境保护最起码的诉求。而能否正确认识生态民生问题的重大影响并着力解决它,直接关系到执政党、政府与人民群众的关系,影响当代中国的政治进步、政治发展和社会稳定,并对人民群众的各项权益以及人的自由和全面发展产生重大影响。

牛津大学教授诺曼·梅尔斯曾在《环境与安全》一书中指出:"生态完整是国家安全的核心",它作为自然安全的"纬线",串起军事、政治、经济、文化安全的"经线",对一个国家和民族的盛衰产生广泛而持久的全方位影响。因此,生态安全是一切安全的基石。没有生态安全,军事、政治、经济等的安全也就无从谈起。为保障生态安全,我国设定了 18 亿亩"耕地红线"、37.4 亿亩"森林红线"、8 亿亩"湿地红线"——这些"生态红线",其实就是广大人民群众的命运线。这种厚道发展观既体现当代人的切身利益,又关乎子孙后代的长远利益。在此意义上,"两山"重要思想具有"为生民立命"的伟大情怀。

### (三) 对子孙后代的"厚道",促进中华民族永续发展

厚道是美德,厚道发展是生态美德,也是对子孙后代负责。有学者指出:"厚道发展是在生态文明理念指导下,对传统发展模式的扬弃。它是以人的幸福为目的,谋求人与自然的和谐,主张经济、生态和社会互利共赢的可持续发展。"① 与之相对,不厚道的发展,表现为对自

---

① 刘海霞、王宗礼:《习近平生态思想探析》,载《贵州社会科学》2015 年第 3 期。

然的不厚道(对自然的疯狂榨取)、对他人的不厚道(贫富鸿沟的产生)、对后代的不厚道(严重透支子孙后代的生存资源)。厚道发展实质是顾及自然资源承载能力的发展,是发展经济与保护环境并举的发展,是考虑到子孙后代幸福的发展。

习近平总书记站在全局和战略的高度,十分关注中华民族的永续发展。他指出,建设生态文明,关系人民福祉,关乎民族未来。他要求加大环境治理和保护的力度,保障民众热切渴望的生态民生权益。要破解当前的生态环境问题,就要正确处理好经济发展和环境保护的关系,突破传统"不厚道"的体制障碍。也正像他所指出的,中国社会的发展再也不能以 GDP 论英雄,要既看发展又看基础,既看显绩又看潜绩,把民生改善、社会进步、生态效益、环境损害程度等指标和实绩作为重要考核内容。

习近平总书记将生态环境保护作为功在当代、利在千秋的事业,将良好生态环境作为人和社会持续发展的根本基础,将蓝天白云、青山绿水作为长远发展的最大本钱。

### 三、战略举措层面:"两山"重要思想作出了生态制度保障的新部署

习近平总书记强调指出,要清醒认识保护生态环境、治理环境污染的紧迫性和艰巨性,清醒认识加强生态文明建设的重要性和必要性,以对人民群众、对子孙后代高度负责的态度,真正下决心把环境污染治理好、把生态环境建设好。"两山"重要思想,不仅表明了我们党加强生态文明建设的坚定决心,也在战略举措层面作出了生态制度保障的新部署。

#### (一)出发点:从生态系统整体性出发统筹规划

生态系统具有整体性特征。人类是生态规律的运用者,是生态系统的参与者,而绝非生态系统的控制者。我们要认识到,山水林田湖是一个生命共同体,人的命脉在田,田的命脉在水,水的命脉在山,山

的命脉在土,土的命脉在树。自然界的规律,不以人的意志为转移。

"两山"重要思想体现了符合生态规律的系统性、整体性的生态思维。习近平指出:"必须加快推动生产方式绿色化,构建科技含量高、资源消耗低、环境污染少的产业结构和生产方式,大幅提高经济绿色化程度,加快发展绿色产业,形成经济社会发展新的增长点。必须加快推动生活方式绿色化,实现生活方式和消费模式向勤俭节约、绿色低碳、文明健康的方向转变,力戒奢侈浪费和不合理消费。"坚持绿色发展,必须坚持节约资源和保护环境的基本国策,坚持可持续发展,坚定走生产发展、生活富裕、生态良好的文明发展道路,加快建设资源节约型、环境友好型社会,形成人与自然和谐发展的现代化建设新格局,推进美丽中国建设。

"两山"重要思想体现出对资源、能源的统筹规划。在发展道路方面,坚定走绿色发展道路,让资源节约、环境友好成为主流的生产生活方式。在能源生产和消费革命方面,优化能源结构,落实节能优先方针,推动重点领域节能;推动低碳循环发展,建设清洁低碳、安全高效的现代能源体系,实施近零碳排放区示范工程;全面节约和高效利用资源,树立节约集约循环利用的资源观,建立健全用能权、用水权、排污权、碳排放权初始分配制度,推动形成勤俭节约的社会风尚。在国土资源方面,用途管制和生态修复必须遵循自然规律,由一个部门负责领土范围内所有国土空间用途管制职责;对山水林田湖进行统一保护、统一修复;加快建设主体功能区,发挥主体功能区作为国土空间开发保护基础制度的作用。

"两山"重要思想还体现了对环境治理的谋划。习近平指出:"着力扩大环境容量生态空间,加强生态环境保护合作,在已经启动大气污染防治协作机制的基础上,完善防护林建设、水资源保护、水环境治理、清洁能源使用等领域合作机制。"[①]在此方针指导下,政府部门加大

---

① 《优势互补互利共赢扎实推进 努力实现京津冀一体化发展》,载《人民日报》2014年2月28日。

环境治理力度,以提高环境质量为核心,实行最严格的环境保护制度,深入实施大气、水、土壤污染防治行动计划,实行省以下环保机构监测监察执法垂直管理制度。

从党的十八大到十八届五中全会,"两山"重要思想为实现绿色发展提出一系列统筹规划。十八届五中全会提出:"促进人与自然和谐共生,构建科学合理的城市化格局、农业发展格局、生态安全格局、自然岸线格局,推动建立绿色低碳循环发展产业体系。"十八届五中全会还提出:"筑牢生态安全屏障,坚持保护优先、自然恢复为主,实施山水林田湖生态保护和修复工程,开展大规模国土绿化行动,完善天然林保护制度,开展蓝色海湾整治行动。"这进一步吹响了整体保护生态系统的"集结号"!

### (二)着力点:用新理念、新思路、新方法综合治理

西方国家的现代化进程,走了一条先污染后治理的老路。我国是世界上能源消耗量较大的国家之一。如果继续沿袭粗放型发展模式,实现党的十八大确定的到 2020 年国内生产总值和城乡居民人均收入比 2010 年翻一番的目标,那么生态环境恶化的状况将难以想象,全面建成小康社会的奋斗目标也将化为泡影。因此,一些西方发达国家曾走过的"先污染后治理、牺牲环境换取经济增长"的老路在我国走不通,也走不起。"两山"重要思想摒弃西方的老路,要求发挥再造生态环境新优势,加快转变经济发展方式,作出了用新理念、新思路、新方法综合治理的战略部署。

第一,对推进生态文明建设提出了更加丰富、更加系统、更加明确的指导思想和总体要求。习近平总书记指出:"走向生态文明新时代,建设美丽中国,是实现中华民族伟大复兴的中国梦的重要内容。"① 推进生态文明建设,必须树立尊重自然、顺应自然、保护自然的生态文明

---

① 刘毅、孙秀艳:《绿色发展,走向生态文明新时代(治国理政新实践)——党的十八大以来加强生态文明建设述评》,载《人民日报》2016 年 2 月 16 日。

理念,坚持节约资源和保护环境的基本国策,坚持节约优先、保护优先、自然恢复为主的方针,着力树立生态观念、完善生态制度、维护生态安全、优化生态环境,形成节约资源和保护环境的空间格局、产业结构、生产方式、生活方式。这是指导生态文明建设的总方向、总要求、总措施。我们必须坚定不移地朝着这个总方向努力,严格按照这个总要求进行部署,抓紧细化这个总措施,全面开创生态文明建设新局面。

第二,经济发展与环境保护同时并举。习近平总书记提出"保护生态环境就是保护生产力,改善生态环境就是发展生产力"的理念,深刻揭示了经济发展与环境保护的辩证关系。实践证明,脱离环境保护搞经济发展是"竭泽而渔",离开经济发展抓环境保护是"缘木求鱼"。经济发展决定人们的生活水平,生态环境决定人们的生存条件。要坚持保护优先方针,在保护中发展、在发展中保护。坚持以环境保护优化经济发展,利用好改善环境质量、增进民生福祉的倒逼机制,实行从严从紧的环境政策,把生态环境保护要求传导到经济转型升级上来。习近平总书记强调,决不以牺牲环境为代价去换取一时的经济增长。用生态文明的理念来看环境问题,其本质是经济结构、生产方式和消费模式问题,决不走先污染后治理、牺牲环境换取经济增长的老路,要探索走出一条环境保护新路。我们既要借鉴西方发达国家治理污染的经验教训,又要结合我国国情和发展阶段,改革创新,用新理念、新思路、新方法来进行综合治理,发挥体制和制度优势,尽量缩短污染治理进程,以最小的资源环境代价支撑经济社会持续健康发展。

第三,以解决损害群众健康的突出环境问题为重点,坚持预防为主、综合治理,强化水、大气、土壤等污染防治,着力推进重点流域和区域水污染防治,着力推进重点行业和重点区域大气污染治理。推进环境管理战略转型,就是坚持以人为本,以生态环境质量为目标导向,从单纯防治一次污染物向既防治一次污染物又防治二次污染物转变,从单独控制个别污染物向多种污染物协同控制转变。在此意义上,"让生态系统休养生息是在更高层次上推进环境管理战略转型,使生态保护与污染防治有机融合、统筹实施,为人民群众创造良好的生产生活环境"①。

我国面临的环境问题比世界上任何国家都要复杂,解决起来的难度比任何国家都要大,任务更加艰巨。"两山"重要思想提出打好攻坚战的同时又要取得阶段性成果,这让我们看到党和政府的决心,看到环境问题解决的希望!

### (三) 落脚点:让透支的资源环境逐步休养生息

让生态系统休养生息,就是充分运用法律、经济、技术和必要的行政手段,给自然生态以必要的人文关怀和时间空间,使自然生产力逐步得以恢复,促进人与自然和谐发展,建设美丽中国。让生态系统休养生息具有现实必然性,它是谋求经济社会长远发展的重大策略,是中华传统治国理政智慧的重要体现。让生态系统休养生息是摒弃"先污染后治理、以牺牲环境换取经济增长"的老路、积极探索环境保护新路的内在要求。因此,让一些不堪重负的江河湖泊、海洋、湿地、森林、草原和耕地等生态系统休养生息,具有重要意义。

习近平总书记站在中国特色社会主义事业"五位一体"总布局的战略高度,对生态文明建设作了系统阐述,鲜明提出"让透支的资源环境逐步休养生息"。这一重要思想,体现出新时期我们党对生态文明建设规律认识的进一步深化。

让生态系统休养生息,体现出"两山"重要思想的巨大理论勇气。习近平总书记强调,决不以牺牲环境为代价去换取一时的经济增长。用生态文明的理念来看环境问题,其本质是经济结构、生产方式和消费模式问题。要从宏观战略层面切入,搞好顶层设计,从生产、流通、分配、消费的再生产全过程入手,制定和完善环境经济政策,形成激励与约束并举的环境保护长效机制,走出一条环境保护新路。

让生态系统休养生息,体现出"两山"重要思想吸纳中华传统生态

---

① 周生贤:《开辟人与自然和谐发展新境界的重大方略——深入学习贯彻习近平同志关于生态文明建设的重要论述》,载《人民日报》2014 年 5 月 14 日。

智慧,借鉴国内外环境治理经验教训的理性认识。中华文明传承五千多年,积淀了丰富的生态智慧。我国古代对鱼鳖类捕捞、材木苇蒲采伐等活动实行严格季节限制,对"犯禁者执而诛罚之"(《周礼》)。《淮南子》中有"不涸泽而渔,不焚林而猎"的警示。汉初采取宽刑薄赋、军功授田、奴婢复民、逃者归产等措施,迅速恢复了社会经济秩序,为汉武帝时期开疆拓土奠定了基础。唐代贞观时期倡导节俭,实行均田制和租庸调制,轻徭薄赋,出现牛马布野、谷价低廉、路不拾遗的社会升平景象。由经济社会的休养生息到自然生态的休养生息,是对"休养生息"理念策略的进一步丰富和发展。改革开放以来,我国推行大规模退耕还林、退牧还草以及休渔禁渔、林木限伐等政策措施,收到很好的效果。

让生态系统休养生息,体现出"两山"重要思想的战略前瞻性思维方式。让生态系统休养生息,不是消极怠工、被动等待,不是不要发展、无所作为,而是一个积极主动进取、察势、蓄势、扬势的过程,是一个创造发展条件、积聚发展力量,把再造生态环境优势转化为进一步推动经济社会持续健康发展的过程。从现阶段来说,就是要让生态系统得以恢复,由失衡走向平衡,"治病祛疾",进入良性循环;从长远来讲,就是增强耕地、江河湖泊、湿地、森林等自然生态系统的修复能力和自我循环能力,"强身健体",提高生态服务功能。让生态系统休养生息的核心是"生息",基本要求是"休"和"养",停止过度开发和破坏活动,主动保育,促进生态环境质量持续改善。

让生态系统休养生息,是立足推进国家治理体系和治理能力现代化的宽广视野,是对生态文明建设方法论的丰富拓展。目前面临的一个重要现实课题,就是实现经济社会与资源环境协调发展,提升国家生态环境治理能力现代化的水平。让生态系统休养生息,是重大的理念创新和战略抉择,极大地丰富并拓展了保护生态环境的方式和策略,为推进生态文明、建设美丽中国开辟了广阔空间。

## 四、环境正义层面："两山"重要思想赋予了公正的新意蕴

西方文明的两大起源,无论是古希腊哲学中"人是世界万物的尺度",还是《圣经》中亚当最初作为伊甸园的守护者曾经给所有的动物命名,都显示出人类是神界之外的宇宙中最高级的存在。当环境污染、生态危机呈现在世人面前时,人类中心主义遭遇了非人类中心主义的挑战。"两山"重要思想并不是简单地宣扬非人类中心主义,而是融入了中华文明固有的血脉与崭新的生态正义思想。

### (一) 种际正义：对自然存在的公正

在相当长历史时期,西方文明囿于人类中心主义,人与自然的关系并不对等。从亚里士多德到罗尔斯,虽然在正义理论上卓有建树,但对正义的考量并没有将自然纳入。罗尔斯将正义理论奠基于自由平等的理性主体,自然并没有资格成为这样的"主体"。因此,传统正义理论中正义与生态几乎无勾连,传统生态文明思想中也缺失正义关照。而现代生态文明思想注重环境正义,强调在人类和自然共存的背景下,人类的价值不应超越生态共同体的价值。因此,要实现环境权利保障与环境分配正义。

几千年来,人类中心主义造就了人类的繁荣和强盛,同时也导致了非人类生命的衰败甚至灭绝。人类中心主义被当代环境主义者批评为人类沙文主义(Humanchauvinism)和物种歧视主义(Speciesism),罗尔斯顿(Holmes Rolston)则称其为"主体癖"(Subjective Bias)。20 世纪 50 年代以后,以自然保存主义(Preservationism)、生物中心论(Biocentrism)、生态中心论(Ecocentrism)、生态整体主义(Ecologicalholism)、深层生态学(Deep Ecology)和动物权利/解放论(Animal Liberation/Right Theory)等为代表的生态主义伦理学纷纷登场,对人类中心主义进行了猛烈的抨击,也引发了传统宪政伦理观的变革。阿尔伯特·史怀泽(Albert Schweitzer,1875—1965)是生物中心论伦理学的创始人,他提出了敬

畏生命的伦理观。在他看来,有道德的人应该把植物、动物的生命看得与人一样神圣。奥尔多·利奥波德(Aldo Leopold,1887—1948)是土地伦理学的创立者,他指出:"迄今还没有一种处理人与土地,以及人与在土地上生长的动物和植物之间关系的伦理观。土地,就如同俄底修斯的女奴一样,只是一种财富。人和土地之间的关系仍然是以经济为基础的,人们只需要特权,而无须尽任何义务。"①作为自然价值论的提出者,罗尔斯顿视大自然为所有事物的"生命子宫或生养环境"。深层生态学的创立者奈斯和塞欣斯于1984年提出的八项平台性原则②也将矛头直指人类中心论。

从文化传统来说,人类中心主义是西方个体主义的必然结果。盛行伦理整体主义(Ethical Holism)的东方文化从一开始就带有反人类中心主义的特征,例如,中国道家认为人与万物共存共在共荣共辱,庄子谓之"天地与我并生,而万物与我为一"。道家提倡的简约生活方式:"是以圣人去甚,去奢,去泰",故而"不贵难得之货"——与深层生态哲学主张的"手段简单,目的丰富"的新生产价值观不谋而合。

习近平总书记对传统文化的熟稔令人惊叹,他的"两山"重要思想正是根植于深厚的传统文化积淀。青山绿水养育了中华儿女,中华文明在五千多年传承中积淀了丰富的生态智慧。"天人合一""道法自然"的哲理思想,"劝君莫打三春鸟,儿在巢中望母归"的经典诗句,"一粥一饭,当思来之不易;半丝半缕,恒念物力维艰"的治家格言——这些虽然是质朴的自然观,但是包含着对自然的敬畏之心、感恩之情和

---

① 利奥波德:《沙乡年鉴》,侯文蕙译,吉林人民出版社1997年版,第192—193页。

② 这八项原则的最新版本是:第一,任何存在都具有内在的价值。第二,生命的丰富性和多样性具有内在的价值。第三,除非为了满足必不可少的需求,人类无权减少这种丰富性和多样性。第四,人口的减少对人类有好处,对其他生物更有好处。第五,目前人类的干涉程度破坏了生态系统的可持续发展,并且这种过度的干涉正处于扩展上升中。第六,重大改进要求在社会领域、经济领域、技术领域和思想领域进行深刻变革。第七,观念的改变本质上要求人们追求更好的"生活质量"而不是高"生活标准"。第八,认可上述观点的人们有责任直接或间接地为实现这些必要的转变贡献力量。参见 Arne Naess, "Life's Philosophy:Reasonand Feeling in a Deeper World," Athens,GA:University of Georgia Press, 2002,pp.107-108。

报恩之意,以及对自然存在的公正之心。

"两山"重要思想揭示出,要想使人类彻底摆脱目前的生态危机,就必须超越人类中心主义的局限,扩展伦理关怀的范围,确立非人类存在物的道德地位,用公正的伦理规范来调整人与自然的关系。

### (二)代内正义:对他人自然权利的公正

代内正义问题最早发端于 20 世纪 80 年代美国的"沃伦抗议"(Warren County Protest)[①]。随着全球气候变暖、物种减少速度加快、原始森林被大面积砍伐等问题日益严峻,整合世界各国力量挽救生态危机已是当务之急。在某种意义上,世界性的环境问题比各个国家的环境问题的总和要大。

中国作为遭受气候变化不利影响最为严重的国家之一,长期以来高度重视气候变化问题,主动承担相应责任,支持发展中国家应对气候变化,积极参与国际对话,努力推动全球气候谈判。习近平以"人类命运共同体"的宽广视域,提出中国坚持正确义利观,积极参与气候变化国际合作。习近平在气候变化巴黎大会开幕式上发表了题为《携手构建合作共赢、公平合理的气候变化治理机制》的讲话,再次重申了中国在应对气候变化中将采取的"中国举措"。

2012 年,"里约+20"峰会通过了会议成果《我们憧憬的未来》,该文件重申了"共同但有区别的责任"原则。虽然全球范围内的代内正义实现之路崎岖而漫长,但在"两山"重要思想指引下,尊重他人(他国人)自然权利的思想必将跨越国界、深入人心,并转化为切实的行动。

### (三)代际正义:对子孙后代生存需要的公正

世界环境与发展委员会于 1987 年首次明确界定了"可持续发展"

---

① 沃伦是美国北卡罗来纳州的一个县,是北卡罗来纳州的有毒工业垃圾的倾倒和填埋点。这个县的主要居民是非裔美国人和低收入的白人。1982 年,上百名非裔妇女和孩子以及少数白人组成人墙封锁了装载有毒垃圾的卡车的通道,并由此引发了国内一系列穷人和有色人种的类似抗议行动,被称为"沃伦抗议"。

概念,1992 年里约会议后,"可持续发展"成为全球性的发展战略。该战略或发展方式的定义是:"既满足当代人的需要,又不对后代人满足其需要的能力构成危害的发展"。事实上,环境的代际正义不仅是可持续发展的注释,更是后者产生和存在的伦理依据。

与代内正义是从横向上共时的考察角度不同,代际正义则是从纵向上历时地反映和体现人与人之间所应具有的伦理关系。代际正义的产生源于代际不正义现象的广泛出现,世代之间正义的问题预设了我们能够确定的一种己代与后代之间的利益冲突。虽然未来人并不在场,虽然在世者拥有独霸的对周遭生物及资源环境的话语权和处置权,问题是,我们应该如何应用这种特权或霸权? 正是在这种思考中,代际正义理论在罗尔斯的《正义论》中最早出现了。社会契约论者扩展原初状态各方共同体、社群主义者扩展道德与文化共同体、权利论者扩展权利共同体,它们都为代际正义的成立提供了丰富的理论源泉。如果说,代际正义是当代人和后代人之间所应具有的正义关系的话,那么环境代际正义则是当代与后代人在利用环境资源问题上保持恰当的比例,既不能为了当代人的利益过度利用自然而使后代人无资源可用,破坏甚至毁坏他们的生存基础,也不能为了子孙后代的需要而使当代人生活在贫困之中。

"两山"重要思想在现实层面超越了西方学者的代际正义观,并化为可持续发展战略的具体行动。生态环境是经济社会发展的基础。发展,应当是经济社会整体上的全面发展,空间上的协调发展,时间上的持续发展。习近平强调,经济发展、GDP 数字的加大,不是我们追求的全部,我们还要注重社会进步、文明兴盛的指标,特别是人文指标、资源指标、环境指标;我们不仅要为今天的发展努力,更要对明天的发展负责,为今后的发展提供良好的基础和可以永续利用的资源和环境。

正义是人类社会的首要美德,环境正义也应作如是观——"是人类面对人与自然关系的新变化所作出的制度安排与权利配置。坚持以伦理为基础,是环境权利保障与分配正义的实现,是种际正义、代内正义与代际正义的统一"①。不管任何人,不管哪代人,能够呼吸到新鲜的空气,能够喝到干净的水,能够吃上放心的食物,都是最基本的生存需求;不管任何人,不管哪代人,都有权利欣赏大自然的美丽风景。生态环境是关乎生存之根本,"生态红线"是人民大众的生命线,也是人民大众的幸福线。没有良好的生态环境,一切都无从谈起。由是,"两山"重要思想包含着空间上的种际正义、代内正义,更拓展至时间上的代际正义。

### 五、生态美学层面:"两山"重要思想展开了人与自然和谐相处的新画卷

生态美学是生态学和美学相应而形成的一门新型学科。生态学是研究生物(包括人类)与其生存环境相互关系的一门自然科学学科,美学是研究人与现实审美关系的一门哲学学科。这两门学科在研究人与自然、人与环境相互关系问题上的特殊结合点,就是生态美学。"两山"重要思想在生态美学层面,展开了人与自然和谐相处的新画卷。

#### (一)自然美层面:阐扬原生态文明美的价值

在人类历史的辩证发展过程中,如何处理人与自然的关系始终是一个重大课题。人类社会的历史是人与自然交互作用、相互制约的历史,是人化自然与自然人化的辩证发展史。人化自然表现为客观自然界不断进入人的活动,亦即人的对象性活动在客观世界的展开过程。由于人的对象性活动,越来越多的天然生态系统变为人工生态系统。自然人化包含外在自然和内在自然,前者是指客体世界为人所认识,而成为人类主体的工作对象;后者是指人类主体的理性世界,通过实践从客体世界获得审美情感和审美体验。

习近平总书记指出,在对大自然进行改造的同时,也要高度肯定

---

① 陈寿灿:《宪政伦理视野下的环境正义》,载《浙江工商大学学报》2013 年第 7 期。

原生态美的价值。要体现尊重自然、顺应自然、天人合一的理念,让城市融入大自然,让居民望得见山、看得见水、记得住乡愁;要融入现代元素,更要保护和弘扬传统优秀文化,延续城市历史文脉;在促进城乡一体化发展中,要注意保留村庄原始风貌,慎砍树、不填湖、少拆房,尽可能在原有村庄形态上改善居民生活条件。①

在人类社会的发展过程中,人化自然与自然人化是辩证统一的。一方面,人类的本质力量越来越在自然界中对象化;另一方面,自然界的力量、原生态的魅力越来越影响到人类内心世界的构成。"绿水青山就是金山银山"的新论断,就是在对人与自然关系的整体性思维中更加欣赏原生态的魅力,更加承认审美体验,更加强调化入自然中。

### (二)生活美层面:关注人民群众的审美体验

在一定意义上,能够在"绿水青山"的环境中审美也是人的权利。正如奥尔多·利奥波德所著的《沙乡年鉴》中指出:能有机会看到大雁要比看电视更为重要,能有机会看到一朵白头翁花就如同自由地谈话一样,是一种不可剥夺的权利。

人生的意义不全然是功利的,还有超功利的一面。人生除了劳作,还需要终极关怀。人生劳作与关怀的合一,就是在对象性活动中确立文化自信、文化自觉。在此意义上,人都有挥之不去的乡愁。乡愁是诗,是文化,是人的情结,是人的境界,乡愁既挥之不去,也不可避免。"两山"重要思想赋予自然环境以审美意蕴,更加强调人与自然的"气息相通"——审美的视界在于环境正义与生态文明相统一,在于尊重每个人与生俱来的乡愁。在更深层意义上,"两山"重要思想以最广大人民群众的根本利益为实体公正追求,以"老乡"的幸福感为"美善",超越了西方的环境正义与生态美学思想。

宋代画家郭熙论画山水时说,"山水有可行者,有可望者,有可游者,有可居者。画凡至此,皆入妙品,但可行可望不如可居可游之为

---

① 《中央城镇化工作会议在北京举行》,载《人民日报》2013年12月15日。

得"。"两山"重要思想关注人民群众的审美体验,其价值旨在为了让广大人民都能"可居可游"绿水青山。

### (三)美美与共:勾勒出生态共同体美的画卷

正义是善的,环境正义也表征了人与自然共生之美。环境政治学家安德鲁·多布森(Andrew Dobson)说:"至少从 20 世纪 70 年代开始,任何没有对将未来世代纳入正义共同体的可能性进行讨论的正义理论,都是不完整的。"至今,正义理论派别不一,但大致都力图证明代际不正义的不合理性以及代际正义理论的强大逻辑生命力。权利论者乔尔·范伯格(Joel Feinberg)以利益为出发点为未来世代进行辩护,他说:"能够拥有权利的存在物,就是那些具有(或者能够具有)利益的存在物。由于未来世代拥有'生活空间、肥沃的土壤、清新的空气诸如此类'的利益,因此他们有实现这些利益的权利。"

马克思在《1844 年经济学哲学手稿》中作出论断:"不仅五官感觉,而且连所谓精神感觉、实践感觉(意志、爱等等),一句话,人的感觉、感觉的人性,都只是由于它的对象的存在,由于人化的自然界,才产生出来的。五官感觉的形成是迄今为止全部世界历史的产物。"①"两山"重要思想在理论与实践的复合建构中,将人的本质力量对象化视为不断跃升的历史过程,在当代展现为从工具理性向价值理性的提升过程,展现为人在自然审美中创造幸福感的过程。

费孝通先生曾针对人与人的关系说:各美其美,美人之美;美美与共,天下大同。这同样适用于人与自然的关系。

## 第三节 "两山"重要思想对马克思主义理论的创新

马克思主义理论包括马克思主义创始人的理论,也包括中国特色

---

① 《马克思恩格斯文集》(第 1 卷),人民出版社 2009 年版,第 191 页。

社会主义理论;既是理论运用于实践的创造,也是实践提升为理论的创新。我们知道,马克思确立了历史唯物主义。历史唯物主义是唯物辩证法的母体。"两山"重要思想立足中国特色社会主义实践,在坚持和发展马克思主义理论的基础上,体现了马克思主义基本原理的创造性运用,丰富了马克思主义理论宝库,并增添了中国特色社会主义新论断。

## 一、"两山"重要思想体现了马克思主义基本原理的创造性运用

马克思主义基本原理是实践唯物主义、辩证唯物主义和历史唯物主义的统一。它以唯物辩证法为"活的灵魂",以历史唯物主义为根本,以实践为核心概念。梳理"两山"重要思想不难发现,其中处处闪耀着马克思主义理论的创造光芒。

### (一)辩证法智慧的精彩演绎

作为一种方法,辩证法的揭示对于用范畴把握事物具有重要意义。人要想表达感觉,就需要用超感性概念去规定具体事物(如这朵花是红色的或白色的)。如果我们还想用这些概念表达客观存在,那么就必须克服各种概念之间的差异和对立,用辩证的理性范畴去把握感性世界,这就是辩证的方法。有学者指出,自然辩证法,既是自然的辩证法,也是自然中的存在本性的辩证法,而人类在特定意义上也是自然的存在。[①]

唯物辩证法既唯物又辩证。费尔巴哈的思想唯物不辩证,黑格尔的思想辩证不唯物。习近平的"两山"重要思想则是唯物论与辩证法的统一。

黑格尔在《精神现象学》中揭示出:生命不是无差别的、僵死的"实

---

① 参见于希勇:《马克思恩格斯伦理思想的展开维度》,中国社会科学出版社 2015年版,第46—47页。

体",而是产生差别、克服差别、重建自身的同一性的"活的实体",是自我实现、自我认识和自我发展着的主体。

作如是观,现实世界是生命发展历程的外化,人类的自我意识的觉醒要经历一条"螺旋式"上升的道路。这条道路的终点,也就是"绝对精神"的"秘奥",即由"主观精神"到"客观精神"进展到"绝对精神"——自在性与自为性相统一的"自由王国"。在《小逻辑》中,黑格尔对生命从"潜在的族类"到"自由的族类"进行过推演:"生命的理念不仅必须从任何一个特殊的直接的个体性里解放出来,而且必须从这个最初的一般的直接性里解放出来。这样,它才能够达到它的自己本身,它的真理性。从而,它就能进到作为自由的族类为自己本身而实存。"①然而,这个"自由王国"在黑格尔那里不过是"变戏法"的主观幻象。

"两山"重要思想体现出辩证逻辑。这种辩证逻辑不是主观辩证法,而是在历史实践中渐次展开:第一阶段,是多"绿水青山",少"金山银山",因为人类改造自然能力有限;第二阶段,是用"绿水青山"换"金山银山",但是较少关注环境承载力;第三阶段,是意识到生态危机的阶段。所以,当开采"金山银山"与保护"绿水青山"发生冲突时,舍前者而取后者,就是"宁要绿水青山不要金山银山"。不仅如此,还认识到"绿水青山"可以化为"金山银山"。

从"虽有绿水青山,没有金山银山",到"只要金山银山,不要绿水青山",到"既要绿水青山,也要金山银山",再到"宁要绿水青山,不要金山银山"以及"绿水青山就是金山银山","两山"重要思想生发出本体论与认识论辩证统一的历史意义。

### (二)历史唯物主义大视野

有两种不同的历史唯物主义解读方式。一种是狭义的历史唯物主义解读,将历史唯物主义视为辩证唯物主义在社会历史领域的推广

---

① 黑格尔:《小逻辑》,贺麟译,商务印书馆1980年版,第409页。

("推广论")。另一种是广义的历史唯物主义解读,即历史唯物主义研究的社会不是一个局部性概念,不是自然之外的另一个应用性领域,而是一个全局性概念;在一定意义上,历史唯物主义是马克思主义哲学的根本方法。

习近平总书记非常重视历史唯物主义,他说:只有坚持历史唯物主义,我们才能不断把对中国特色社会主义规律的认识提高到新的水平,不断开辟当代马克思主义发展的新境界。什么是历史唯物主义?主义,即坚定不移的信仰;历史唯物主义,即坚定不移地相信,人类在历史演进过程中,通过不断地发展生产力、改变生产关系的实践活动,能够不断改变自身生存状态。历史唯物主义认为人已经在变化的"现成世界"之中,人的一切感觉来自于人化的自然界以及人化的社会(世界历史)。正如马克思认为,历史是人的真正的自然史。恩格斯在《自然辩证法》中说:"我们不要过分陶醉于我们人类对自然界的胜利。对于每一次这样的胜利,自然界都对我们进行报复。每一次胜利,确实取得了我们预期的结果,但是往后和再往后却发生完全不同的、出乎预料的影响,常常把最初的结果又消除了……我们统治自然界,决不像征服者统治异族人那样,决不是像站在自然界之外的人似的,——相反地,我们连同我们的肉、血和头脑都是属于自然界和存在于自然之中的;我们对自然界的全部统治办量,就在于我们比其他一切生物强,能够认识和正确运用自然规律。"①

因此,自然辩证法是研究"自然"的辩证法,也是研究"天道"的辩证法。在人类历史上,如何寻找"天道"即人与自然关系的"平衡点",经历了相当长的辩证发展过程。在此意义上,"人化自然"与"自然人化"的过程,同时也是文明自我否定的过程。在原始文明时期,有"绿水青山",无"金山银山";在农业文明时期,多"绿水青山",少"金山银山";在工业文明时期,多"金山银山",少"绿水青山"。那么,根据历史与逻辑相统一的原则进行推演,接下来的文明必将是:既要"绿水青

---

① 《马克思恩格斯选集》(第4卷),人民出版社1995年版,第383—384页。

山",也要"金山银山"。

从历史的辩证眼光来看,改革开放近 40 年来,我国社会生产力快速发展起来,老的问题得到相当程度的解决,但新的矛盾和问题又显现了。过去老百姓要吃饱穿暖而关注"金山银山",现在基本实现小康的老百姓更关注"绿水青山"。根据以往对历史唯物主义的理解方式,生产方式就是物质生产方式,与对人的理解疏离了。然而,生产力的发展始终与人自身能力的发展保持一致,生产力的提高实际上就是人的劳动能力的提高;生产力不是一种外在于人的某种力量,而是改善人类生存境遇的内在支撑。

### (三) 鲜明的实践关切

实践是历史唯物主义的基本概念,历史唯物主义高度重视实践活动。

哲学学者俞吾金在看待广义的历史唯物主义概念与实践唯物主义概念的关系时指出:"实践唯物主义概念所凸显的'实践性'与'广义的历史唯物主义'概念所凸显的'历史性'及与这一概念同义的辩证唯物主义概念所凸显的'辩证性'都具有同样的始源性,而且它们相互之间是不可分离的,不能说其中哪个概念是另外两个概念的基础……把实践唯物主义概念作为'广义的历史唯物主义'概念的同名词保留下来,具有同样重要的意义。"[1]

实践是历史唯物主义的重要概念,也是现实落脚点。"历史唯物主义不仅是解释世界的方法,也是改变世界的方法。一方面,通过这种方法,我们可以洞察到物质生产活动不仅提供人类在自然界中存活所必需的生活资料,更为社会世界提供来历的动因;物质生产不仅生产生活资料亦即物质产品,也生产人与人之间的关系。另一方面,社会关系被物质生产活动生产出来了,并且正在不断地进行这种关系的

---

① 俞吾金:《实践与自由》,武汉大学出版社 2010 年版,第 184 页。

构建。"①

"绿水青山"与"金山银山",在形式逻辑上是不能直接画等号的。但是在实践逻辑上,是可以画等号的——前提是正在从事实践活动。"两山"重要思想立足中国特色社会主义实践,在根本上超越了西方生态文明思想以及生态学马克思主义。"两山"重要思想一方面继承了西方各种生态学说关于环境理论的合理因素(如"库兹涅茨环境曲线"等理论),另一方面通过中国特色社会主义实践活动破解了经济发展和环境保护这一"两难"选择。它阐明:只有从传统现代化向绿色现代化转型,只有走中国式现代化之路,才是符合中国和平发展要求的正确选择。

## 二、"两山"重要思想丰富了马克思主义理论体系的宝库

"两山"重要思想作为既具中国特色又有世界关怀的时代精神之精华,丰富了马克思主义理论体系宝库,为世界范围内的社会主义思想创造和制度发展带来重要启示。

### (一)在马克思主义理论中融合了中国传统生态文明理念

每个民族都有自己的历史,历史唯物主义建立在各民族固有的文明基础之上。中华文明传承五千多年,积淀了丰富的生态智慧。"两山"重要思想汲取了中国传统文化的养料,如"天人合一""道法自然"的哲理思想等。

从历史与文化的角度来看,中华文明是我们共同的家园。在农耕时代,中华文化实践传统中蕴藏着"天人合一"为主导的生存智慧。我国早在西周时期,便对采伐林木和猎取鸟兽等行为进行严格的规定和监督管理。后来,逐渐形成了"休渔""休猎""封山育林"等保护生态的传统。

---

① 于希勇:《马克思恩格斯伦理思想的展开维度》,中国社会科学出版社 2015 年版,第 55 页。

马克思、恩格斯在《德意志意识形态》中指出："历史的每一阶段都遇到一定的物质结果，一定的生产力总和，人对自然以及个人之间历史地形成的关系，都遇到前一代传给后一代的大量生产力、资金和环境，尽管一方面这些生产力、资金和环境为新的一代所改变，但另一方面，它们也预先规定新的一代本身的生活条件，使它得到一定的发展和具有特殊的性质。由此可见，这种观点表明：人创造环境，同样，环境也创造人。"①由此可见，文明的演进意味着文明的超越，也意味着文明的扬弃。扬弃就是批判继承，就是既否定又肯定。从历史而又辩证的角度来看，生态兴则文明兴，生态衰则文明衰——生态元素应该也必须被保留在各种文明之中。

历史不过是追求自己目的的人的活动而已。中国历史遵循了历史唯物主义的基本原理，实现了近现代的生产方式变革。中国历史演进到当代，已经步入了社会主义生产方式。"两山"重要思想站在新的生产方式的高度，在与传统文化的生态智慧的对接中，创造出历史唯物主义的新理念："绿水青山"不仅是"小写的自然"，更是"大写的自然"，是人生要符合人性、人道要合乎天道的自然。

### （二）在马克思主义理论中融入了现代生态文明理念

马克思主义经典作家在创立历史唯物主义过程中，也对生态文明予以关注。例如，在马克思的"自然主义与人本主义相统一"思想中，在恩格斯的"自然辩证法"中，都对人与自然关系异化、资本主义生产方式对自然环境的破坏进行过批判研究。但是，由于历史的原因以及实践的需要，马克思和恩格斯更加强调如何通过社会变革实现"人与人的和解"；我们对历史唯物主义的解读，长期停留在生产力与生产关系、社会存在与社会意识相互作用关系的认知范式与认识水平上。在承认生产力的决定性作用时，理所当然地视改造自然、征服自然为"能力"。然而，历史唯物主义是不断发展着的。"绿水青山就是金山银

---

① 《马克思恩格斯选集》（第 1 卷），人民出版社 1995 年版，第 92 页。

山"的论断,表达出实现"人与自然和解"也是一种"能力"。"两山"重要思想融合了中国传统生态文明理念,融入现代生态文明理念,内蕴着美丽中国实践的理念,丰富了马克思主义理论将现代生态文明新理念融入其中。

习近平总书记说:"环境治理是一个系统工程,必须作为重大民生实事抓在手上。"将良好的生态环境视为最惠普的民生福祉,是将人与自然视为一荣俱荣、一损俱损的命运共同体,是将现代生态文明理念融入历史唯物主义之中。如是,创造出历史唯物主义的新理念。

历史唯物主义本来就承认自然、大地、山水等物质资源的价值。马克思在《政治经济学批判》、恩格斯在《自然辩证法》中都有相关的论述。值得一提的是,马克思还提出了关于自然生产力的概念,马克思认为:"它既包括土壤的肥力、盛产丰富渔产的水域等等为人类提供生活资料的自然富源,也包括奔腾的瀑布以及煤炭、金属、河流、森林等等为人类提供劳动资料的自然富源。"[①]

"两山"重要思想立足中国特色社会主义实践,同时将现代生态文明理念融入历史唯物主义,从而将历史唯物主义立足于坚实的大地:在大地上创造生产力,通过生产力发展彰显人的力量,在"人的本质力量对象化"的过程中回归大地,实现人与自然的和解与统一。如是,"两山"重要思想为历史唯物主义增添了浓浓的"绿色"。

## (三)开辟了马克思主义与生态文明的实践统一之境界

生态文明建设是理论,更是实践。认识真理永无止境,实践发展永无止境,理论创新永无止境。习近平总书记正是在理论与实践的复合建构中,坚持、发展而又践行着历史唯物主义,从而开辟马克思主义与生态文明的实践统一之境界。

"两山"重要思想坚持真正的马克思主义思想和社会主义道路,所以不同于"绿党"的执政理念;"两山"重要思想坚持"四个全面"战略布

---

① 徐水华、陈璇:《习近平生态思想的多维解读》,载《求是》2014 年第 11 期。

局以及依托中国特色社会主义"五位一体"总布局,所以不同于"生态学马克思主义"。在根本上说,"两山"重要思想是一场涉及生产方式、生活方式、思维方式和价值观念的革命性变革,具有在"人与人和解"过程中实现"人与自然和解"之实践意涵。

因此,"两山"重要思想具有重建"绿水青山"与"金山银山"关系的实践意义。"绿水青山"蕴含着生命的自然维度,"金山银山"蕴含着生命的社会维度。人类正是在自然维度与社会维度的张力中,不断扬弃原有的生存方式,辩证展开着自身的生存向度。在实践活动中"诗意地栖居于大地",这开启了马克思主义理论与生态文明实践统一的新境界。

### 三、"两山"重要思想进一步丰富了中国特色社会主义理论

中国特色社会主义理论是马克思主义中国化的成果,是一以贯之的思想体系。它围绕什么是社会主义、怎样建设社会主义,建设什么样的党、怎样建设党,实现什么样的发展、怎样发展等基本问题展开,在建设中国特色社会主义的思想路线、发展道路、发展阶段、发展战略、发展动力以及根本目的等问题上,提出了一系列紧密联系、相互贯通的思想理论观点,构成了一个科学的理论体系。"两山"重要思想作为中国特色社会主义理论体系最新成果的有机组成部分,根植中华文化优秀传统,对中国特色社会主义在新时期怎样发展、发展什么、为什么发展作出了一系列重要论述,从而站在新的历史起点上开启了中国特色社会主义理论的新境界。

### (一) "两山"重要思想将中国传统生态智慧提升到新境界

一方面,"两山"重要思想往往以中国化的诗意语言道出。譬如,在城镇建设方面要求:"体现尊重自然、顺应自然、天人合一的理念,依托现有山水脉络等独特风光,让城市融入大自然,让居民望得见山、看

得见水、记得住乡愁。"①

另一方面,"两山"重要思想立足中国特色社会主义实践,将现代生态文明理念融入文化传统中,注重保护和发展生产力,从而将生态文明立足于坚实的中国大地。因此,习总书记没有单纯地提保护环境,而是将"保护环境"与"保护生产力"一道提出:"保护生态环境就是保护生产力,改善生态环境就是发展生产力。"②也就是说,只有在大地上创造生产力,通过生产力发展彰显人的力量,才能在"人的本质力量对象化"的过程中回归大地,从而真正实现"人与自然的和谐相处",让人民群众更好地栖居,更好地繁衍生息。

因此,"两山"重要思想不同于传统生态文明思想之处,在于具有重建"绿水青山"与"金山银山"关系的实践意义。"记得住乡愁",就是人性的辩证回归,就是人类的历史回归,就是在思想感情上守望我们共有的家园,就是在实践活动中"诗意地栖居于大地"——这是传统与时代耦合之崭新理念,是习近平总书记的高明之处与伟大创造。

综上所述,"两山"重要思想站在新的生产方式的高度,在与传统文化的生态智慧的对接中,开启了中国特色社会主义理论的新境界。

### (二) "两山"重要思想将"经济建设中心论"提升到新境界

"以经济建设为中心",是邓小平理论的重要观点,是党在社会主义初级阶段基本路线最主要的内容之一。它回答了社会主义的根本任务,体现了发展生产力的本质要求。离开经济建设这个中心,中国特色社会主义社会的一切发展和进步就会失去物质基础。

然而需要注意的是,"以经济建设为中心",不等于把 GDP 当作衡量经济发展的唯一标准,不能将"经济建设中心论"解读为"唯 GDP论"。因此,应对经济进行全面而又深刻的理解。经济是价值的创造、

---

① 《中央城镇化工作会议在北京举行》,载《人民日报》2013 年 12 月 15 日。

② 秦光荣:《改善生态环境就是发展生产力——深入学习贯彻习近平同志关于生态文明建设的重要论述》,载《人民日报》2014 年 1 月 16 日。

转化与实现;人类经济活动就是创造、转化、实现价值,满足人类物质文化或精神文化生活需要的活动。经济可以定义为在有限的边缘范围内,如何获得最大利益的一种艺术。在此意义上,"经世"的目的是"济民",是为了最广大人民群众的根本利益。"两山"重要思想由此在"经世济民"的深切关照中,展现出了其深刻的内涵。

改革开放以来,中国经济持续高速增长,取得了举世瞩目的巨大成就。然而,生态安全依然是高悬在中国人民头顶上的"达摩克利斯之剑"。不科学的经济观、政绩观,导致一些地方自然资源遭到严重破坏,经济增长模式扭曲,人民群众面临生存危机。中国共产党要始终代表中国先进生产力的发展要求,始终代表中国先进文化的前进方向,始终代表中国最广大人民的根本利益,就必须创造"绿色生产力",打造"绿色文化",维护人民的生态利益。

"两山"重要思想体现了建设中国特色社会主义的根本目的——一切为了人民。只有关注人民的诉求,社会主义事业才能立于不败之地。习近平总书记主政以来,以人民群众的向往作为党的奋斗目标,把生态文明建设放到更加突出的位置,着力在治气、净水、增绿、护蓝上下功夫,设计了一系列生态环境保护的新方案。在此意义上,"两山"重要思想关系到广大人民群众的健康福祉,反映了改善生态环境的群众心声,因而也赢得了人民群众的衷心拥护。

在战略举措层面,"两山"重要思想把生态纳入民生范畴,彰显了习近平总书记心系群众、为民造福的伟大情怀。人们过去"求生存",现在"求生态";过去"盼温饱",现在"盼环保"。而环境治理、改善生态的终极目的,是为人民群众创造良好的生产生活环境,给子孙后代留下可持续发展的"绿色银行"。可见,"两山"重要思想既坚持了以经济建设为中心,又注重经济质量和效益,更突出了经济发展的目的,从而开启了中国特色社会主义理论的新境界。

(三)"两山"重要思想将科学发展观提升到新境界

在全面建成小康社会的进程中,我们必须坚持科学发展观,坚持以人为本、全面协调可持续发展,着力保障和改善民生,加快生态文明建设。

中国特色社会主义理论体系是不断发展的。习近平总书记高瞻远瞩、总揽全局,创造了包括"两山"重要思想在内的中国特色社会主义理论的最新成果,进一步提升了科学发展观。党的十八大以来,从新的历史起点,将生态文明建设与经济建设、政治建设、文化建设、社会建设并列,"五位一体"地建设中国特色社会主义,要求大力推进生态文明建设,强调建设美丽中国,努力走向社会主义生态文明新时代。

建设美丽中国之"美",是"绿""富""美"的集合体。建设美丽中国,就是通过生态文明建设,带动经济发展、政治文明、文化繁荣以及社会和谐。也就是说,"两山"重要思想将发展界定为:发展不走西方式的老路,而走中国特色的发展之路;发展不是线性发展,而是辩证发展;发展不是为了满足生存,而是为了幸福生活。

只有科学发展才是真正的发展,才是为民造福的发展,才是建设美好家园的发展。"两山"重要思想开启了科学发展"绿""富""美"的新境界。

# 第五章　浙江践行"两山"重要思想的战略举措

改革开放给浙江经济社会带来了难得的发展机遇,经过几十年的发展,"在全国经济社会发展等方面均取得了'走在前列'的骄人成就,创造了从贫穷落后到富裕和谐的'浙江奇迹'"①。历史发展和现实表明,浙江实现了从资源小省向经济强省的历史性跨越,呈现出经济社会全面可持续发展的良好势头。然而,在 20 世纪 80 年代以后,环境污染、生态恶化与经济发展相伴而行。这是由于浙江市场取向的改革起步早,在很多方面不可避免存有"矛盾先有、问题先发、经验先出"。习近平总书记提出"两山"重要思想以来,浙江人的发展理念实现了从"用绿水青山换金山银山",到"既要金山银山也要绿水青山",再到"绿水青山本身就是金山银山"的历史性飞跃。浙江人民在生态文明建设的认识上亦实现了升华,形成了包括生态兴则文明兴,生态衰则文明衰;破坏生态环境就是破坏生产力,保护生态环境就是保护生产力,改善生态环境就是发展生产力;经济增长是政绩,保护环境也是政绩等先进的科学理念。在推进"绿色浙江"建设、生态省建设、生态浙江建设、"两美"浙江建设等各个时期,均在生态文明建设方面作了积极探索,取得了显著成效,形成了"浙江样本"。

---

① 李崇富、赵智奎:《浙江经验与中国发展》,社会科学文献出版社 2007 年版,第 2 页。

# 第一节　顶层设计:"八八战略"

## 一、"绿色浙江"的提出

### (一) 历史背景

浙江以"两山"重要思想的浙江实践为主体的生态文明建设的发展历程,可以概括为发展理念的提升、发展思路的拓展、发展实践的突破和制度的创新。

浙江陆域面积只有 10.18 万平方千米,是中国面积最小的省份之一,但山河湖海皆备。改革开放近 40 年来,作为市场经济先发省份,浙江的工业化、市场化、城镇化迅猛发展,经济社会发展水平跃居全国前列,然而环境承载力受到了极大挑战。1979—2014 年,全省 GDP 年均增长 12.4%,财政总收入年均增长 16.9%,城镇居民人均可支配收入年均增长 8.1%,农村居民人均可支配收入年均增长 8.5%。[①] 随着经济总量不断扩大,资源、能源消耗日益增加,面临的生态环境压力也与日俱增。作为一个资源小省、经济大省,如何处理好环境和发展之间的关系,真正实现可持续发展,这是浙江历届省委一直在思考的重大问题。

党的十六大报告明确指出:必须把可持续发展放在十分突出的地位,坚持计划生育、保护环境和保护资源的基本国策。为了贯彻落实党的十六大的基本精神,2002 年召开的浙江省第十一次党代会提出了建设"绿色浙江"的目标任务,把生态价值观上升到前所未有的新高度。2002 年 12 月,时任浙江省委书记习近平在主持省委十一届二次

---

[①] 浙江省统计局、国家统计局浙江调查总队:《2014 年浙江省国民经济和社会发展统计公报》。

全体(扩大)会议时指出,要"积极实施可持续发展战略,以建设'绿色浙江'为目标,以建设生态省为主要载体,努力保持人口、资源、环境与经济社会的协调发展"。

2003年是浙江生态文明建设关键的一年。在习近平的重视和推动下,浙江于2003年1月成为全国第五个生态省建设试点省。5月,省委、省政府成立浙江生态省建设工作领导小组,习近平亲自担任领导小组组长。当月,他主持召开省委常委会议,讨论并原则通过《浙江生态省建设规划纲要》。6月,省十届人大常委会第四次会议通过了《关于建设生态省的决定》。8月,指导全省生态省建设的纲领性文件《浙江生态省建设规划纲要》正式颁布。这标志着浙江生态省建设全面启动。

## (二)启动一系列重点工程

在习近平的倡导和组织下,浙江把有序推进循环经济作为生态省建设的一个中心环节。2003年启动"千村示范、万村整治"工程;2005年又启动"发展循环经济991行动计划",即发展循环经济九大领域,打造九大载体,实施包括生态工业与清洁生产、生态农业与新农村环境建设、生态公益林建设、万里清水河道建设、生态环境治理、生态城镇建设、下山脱贫与帮扶致富、碧海建设、生态文化建设、科教支持与管理决策等生态省建设"十大重点工程"。

## (三)打造全国生态文明示范区

2010年6月30日,浙江省委十二届七次全会通过《中共浙江省委关于推进生态文明建设的决定》,强调坚持生态省建设方略,以深化生态省建设为载体,打造"富饶秀美、和谐安康"的生态浙江,努力把浙江省建设成为全国生态文明示范区。

浙江根据资源环境承载能力,实施全省主体功能区规划和生态环境功能区规划,确定不同区域的主体功能,统筹谋划人口分布、经济布局、国土利用和城市化格局,以加快建设产业集聚区,打造现代产业集群,促进产业集聚和产业升级;以加快发展绿色经济、循环经济,推广低碳技术,着力形成生态经济为导向的发展方式。

浙江省按照各市、县(市、区)主体功能定位,实施分类考核评价,突出强调生态建设、改善民生、统筹协调发展。主体功能定位为优化开发区域的市、县(市、区),要率先转变经济发展方式,着力提高经济增长质量和效益。主体功能定位为重点开发区域的市、县(市、区),要加强产业集聚,着力提高城市化、工业化水平和质量。主体功能定位为生态经济、生态保护区域的市、县(市、区),要加强生态环境保护,大力发展生态农业、生态旅游等绿色产业,实施"小县大城"战略,努力成为富裕的生态屏障。浙江主体功能区的规划明确了区域布局和分工,使得各个地区均可以在经济生态化和生态经济化的绿色发展中找到适合自己的道路。

通过以上的种种举措,既推进了"绿色浙江"的建设,也反映了浙江在思想上已把生态文明建设从理论推向实践,生态文明建设已作为自己实现生态环境的有效保护和自然资源的综合利用,"绿色浙江""生态省"的意识已经深入人心,生态价值观已经从把生态保护作为一种意识上升为一种思想,为生态浙江的全面建设奠定了良好的基础。

## 二、"八八战略"的提出

"八八战略"是浙江生态文明建设各项事业"走在前列"的主要抓手。在2003年7月的浙江省委十一届四次全会上,习近平把进一步发挥浙江的生态优势,创建生态省,打造"绿色浙江"作为"八八战略"的重要一条正式提出。在总结浙江多年来的发展经验的基础上,全面系统地概括了浙江省发展的八个优势,提出了面向未来发展的八项举措,统称"八八战略"。

"八八战略"的具体内容包括:进一步发挥浙江的体制机制优势,大力推动以公有制为主体的多种所有制经济共同发展,不断完善社会主义市场经济体制;进一步发挥浙江的区位优势,主动接轨上海、积极参与长江三角洲地区交流与合作,不断提高对内对外开放水平;进一步发挥浙江的块状特色产业优势,加快先进制造业基地建设,走新型工业化道路;进一步发挥浙江的城乡协调发展优势,加快推进城乡一体化;进一步发挥浙江的生态优势,创建生态省,打造"绿色浙江";进一步发挥浙江的山海资源优势,大力发展海洋经济,推动欠发达地区跨越式发展,努力使海洋经济和欠发达地区的发展成为浙江经济新的增长点;进一步发挥浙江的环境优势,积极推进基础设施建设,切实加强法治建设、信用建设和机关效能建设;进一步发挥浙江的人文优势,积极推进科教兴省、人才强省,加快建设文化大省。

（一）战略思想

"八八战略"着眼长远,坚持的是发展这个第一要义,解决的是浙江走什么路和率先基本实现现代化的问题。"八八战略"强调的是要坚持发展是硬道理的战略思想,抢抓发展机遇,创新发展思路,拓展发展空间,赢得更好发展。而要赢得更好发展,就要坚决摈弃粗放型发展老路,更加注重城乡、区域、经济社会、人与自然协调发展,加快形成新的经济发展方式,把推动发展的立足点转到提高质量与效益上来。

（二）战略目标

浙江省以深化改革解决前进中的矛盾问题,以推进创新增添新的发展动力,努力在制度创新、技术创新和结构调整中构筑发展新优势。坚持以经济建设为中心,扎实推进工业化、信息化、城镇化和农业现代化同步发展,以工业化致富农民、以城市化带动农村、以产业化提升农业,促进城乡和区域协调发展,统筹推进经济强省、文化强省、科教人才强省和法治浙江、平安浙江、生态浙江建设,加快形成全面协调可持续发展新格局。进而实现"四个翻番",即到 2020 年全省生产总值、人均生产总值、城镇人均可支配收入、农村人均纯收入分别比 2010 年翻一番。

### （三）战略重点

"八八战略"以人为本,以提高人民生活水平为根本目的,强调的是重民生、办实事。"八八战略"要求强省与富民相结合,支持和鼓励群众创业创新,千方百计促民富裕,让人民群众共享改革发展成果;强调群众利益无小事,尽心尽职解民忧,把为民办实事纳入制度化轨道;强调走共同富裕道路,建立健全社会保障体系,切实解决困难群众的生产生活问题;强调把维护社会稳定作为第一责任,妥善处理人民内部矛盾,促进社会和谐稳定。

### （四）战略布局

"八八战略"涵盖经济、政治、文化、社会和生态文明建设各领域,体现的是"五位一体"总布局在浙江的实践。不断完善社会主义市场经济体制,提高对内对外开放水平,推动城乡一体化和欠发达地区跨越式发展,加快发展海洋经济,走新型工业化道路;加强法治建设、信用建设和机关效能建设,构建服务型政府,建设法治浙江;积极推进科教兴省、人才强省,加快建设文化大省;建立为民办实事长效机制,提高城乡居民生活水平,建设平安浙江;创建生态省,打造"绿色浙江"。

"八八战略"作为践行"绿水青山就是金山银山"的科学论断的总纲,为浙江的可持续发展指明了方向。"八八战略"是破解发展难题的关键选择,发挥浙江市场化改革的先发优势,积极推动民营经济新飞跃;加大统筹兼顾的力度,增强城乡、区域、经济、社会和环境发展的协调性;坚持"走出去、引进来","跳出浙江发展浙江",同时在长三角地区的交流与合作中扮演积极角色,积极在全球范围内开拓市场、配置资源;利用"倒逼机制",建设先进制造业基地,加快"腾笼换鸟""凤凰涅槃",以"浴火重生"的气魄,率先推进产业结构调整和经济转型升级。

毫无疑问,坚持不懈地深入实施"八八战略",对全省落实科学发展观要求和提前基本实现现代化意义重大。实践证明,"八八战略"是践行"绿水青山就是金山银山"的有力保障,大大增强了浙江发展的动力和活力,提高了发展的平衡性与协调性。"八八战略"的核心就是以人为本、全面协调可持续的发展。"八八战略"的重要性在于确立了一种战略思想和发展理念,即追求以人为本,经济、政治、文化、社会和生态全面协调可持续的发展。坚决摈弃那些把发展等同于经济发展,把经济发展等同于经济增长,把经济增长等同于 GDP 增长的观念;坚决扭转那种过多依赖物质资源投入、过多依赖低成本劳动力、过多依赖外需拉动、过多依赖环境消耗的发展局面;大力发挥已有的优势,转化潜在的优势,培育新兴的优势,增强科技创新能力,优化产业结构,协调城乡区域发展,把立足点切实转到提高质量和效益上来;坚持以改革为统领,突出加快转变经济发展方式的主线,守住百姓增收、生态良好、社会平安三条"底线",推动"八八战略"的进一步深化与具体化,加快实现"四个翻番"目标和建设"两富"现代化浙江的进程。

## 第二节　久久为功:从"两富"到"两美"

### 一、"两富"浙江的提出

2010 年 6 月,浙江省委十二届七次全体会议审议通过了《中共浙江省委关于推进生态文明建设的决定》,这是浙江建设生态文明的新篇章,标志着浙江的生态文明建设进入了新的发展阶段,为进一步推进生态文明建设提供了强大动力和行动纲领。依照党的十七大报告对生态文明建设的要求,《决定》深入分析了推进生态文明建设的重要性和必要性,对今后浙江生态文明建设的新目标、新要求和新举措作了具体的规划。

《决定》提出,要"坚持生态省建设方略、走生态立省之路","打造'富饶秀美、和谐安康'的生态浙江,努力实现经济社会可持续发展,不断提高浙江人民的生活品质"。这是浙江省继提出打造"绿色浙江"、建设生态省的目标之后,在生态文明建设的新要求下,对生态文明建设作出的新部署。《决定》对生态经济、生态环境、生态文化和生态制度等涉及生态文明建设的方方面面都进行了详细的阐述、规划和指导。是年9月,浙江省十一届人大常委会第二十次会议决定,将每年的6月30日设立为浙江生态日,生态浙江日益深入人心。

根据《中国省域生态文明建设评价报告(2011)》的数据显示,浙江省位居各省份生态文明指数排行榜第3名。这表明,浙江在迈向生态文明建设的道路上实现了经济发展与生态保护双赢的良好局面。2012年6月,浙江省第十三次党代会胜利召开,大会主题为努力建设物质富裕精神富有的现代化浙江。大会首次把生态文明渗透到物质文明和精神文明之中,并且把生态文明建设与提高人民生活水平、道德水平结合起来,贯穿于人民群众的日常生活之中,进一步坚持生态立省方略,这标志着浙江省在继生态环境建设、"绿色浙江"建设后,生态文明建设进入了一个新的阶段,努力建设"富饶秀美、和谐安康"的生态浙江。

### (一) 山海协作工程

山海协作工程是浙江省委、省政府为推进全省区域协调发展而作出的重大战略决策,其要旨在于按照"政府推动、市场运作,互惠互利、共同发展"的原则,加强沿海发达地区与浙西南山区、海岛等欠发达地区在产业开发、新农村建设、劳务培训就业、社会事业发展等方面的项目合作,努力推进欠发达地区加快发展和发达地区产业结构优化升级,促进全省区域协调发展、同步实现现代化。

山海协作工程在2001年全省扶贫暨欠发达地区工作会议上提出,2002年4月正式实施。山海协作工程是一种形象化的提法,"山"主要指以浙西南山区和舟山海岛为主的欠发达地区,"海"主要指沿海发达地区和经济发达的县(市、区)。

山海协作工程突破了长期以来以输血帮扶为主的传统扶贫模式,

探索建立了符合市场经济条件下扶贫开发以对口造血帮扶为主的新模式。实践证明,山海协作工程是把欠发达地区培育成为新的经济增长点的有效抓手,是科学发展观在区域发展战略中的具体体现,是推进社会主义和谐社会建设的有效途径。

### (二)重点欠发达县特别扶持政策

特别扶持政策的实施,作为广义的生态补偿政策的延续,是浙江省支持欠发达地区发展的又一重大举措。2011 年起,浙江省财政连续三年、每年筹资 16.8 亿元,对泰顺等 12 个重点欠发达县(市、区),分类实施特别扶持政策(其中泰顺等 6 县每县补助 2 亿元、磐安等 6 县每县补助 8000 万元)。省特扶资金由省财政及部分发达地区专项筹集,经省统筹后,用于特定的欠发达县、特定的扶持重点,实现特定的政策目标,是一种"多点—中心点—多点"的沙漏型扶贫模式。特扶资金也是浙江公共财政转移支付制度和财政扶贫方式的一次重大创新。

### (三)欠发达乡镇奔小康工程

为进一步加快全省欠发达地区的发展,2003 年 3 月,浙江省委、省政府决定,将原"百乡扶贫攻坚计划"的乡镇和 2001 年农民人均纯收入低于全国平均水平的乡镇列入欠发达乡镇,实施"欠发达乡镇奔小康工程"。以增强农民致富能力和增加农民收入为中心,在依靠群众自力更生、艰苦奋斗的同时,加大区域协作、结对帮扶和政府支持的力度,做大做强特色优势产业,扩大劳务输出和引导农民下山脱贫,改善生产生活条件和生态环境,提高农民素质和农村文明程度,通过 5 年的努力,为欠发达乡镇基本实现小康目标打下扎实的基础。

### (四)三轮"811"行动

2004 年启动了连续三轮的"811 环境整治行动"工程,通过对重点区域、流域、企业、行业的整治,对污染物排放的总量进行控制,加强环境保护基础设施的建设,规范生态执法和环境监测。"8"指的是浙江省八大水系;"11"既是指全省 11 个设区市,也指当年浙江省政府划定的区域性、结构性污染特别突出的 11 个省级环保重点监管区。浙江省政府提出,通过三年的努力,基本实现"两个基本、两个率先"的总体目标,即全省环境污染和生态破坏趋势基本得到控制,突出的环境污染问题基本得到解决,在全国率先全面建成县以上城市污水、生活垃圾集中处理设施,率先建成环境质量和重点污染源自动监控网络。首轮"811"环境污染整治三年行动,针对全省环境污染和生态破坏趋势狠狠踩了脚刹车。

2008 年,第二轮"811"行动启动。此时的"8"已演化成环保工作 8 个方面的目标和 8 个方面的主要任务;"11"则既指当年提出的 11 个方面的政策措施,也指省政府确定的 11 个重点环境问题。浙江省将重点防治工业污染向全面防治工业、农业、生活污染转变,进一步提出"一个确保、一个基本、两个领先"的目标,即确保完成"十一五"环保规划确定的各项目标任务,基本解决各地突出存在的环境污染问题,继续保持环境保护能力全国领先、生态环境质量全国领先。

随着六年两轮"811"行动的实施,浙江省生态环境保护进入投入最多、力度最大、成效最明显的新时期。浙江省委继出台《关于推进生态文明建设的决定》之后,决定再度开展"811"生态文明建设推进行动(2011—2015),计划用五年时间,基本实现经济社会发展与资源环境承载力相适应,环境质量与民生改善相适应,生态省建设继续保持全国领先,生态文明建设走在全国前列。2011 年 5 月,浙江省委、省政府召开"811"生态文明建设推进行动电视电话会议。此时的"811"行动,已从全面推进环境保护转为立体推进生态文明建设上来。"党委领导、政府负责、部门协同、企业主体、社会参与"的生态环保工作格局基本形成。

总之,三轮"811"行动展示了浙江省生态环保事业循序渐进、不断深入的演进过程,实际上也是我们不断向生态文明迈进的轨迹。

### 二、"两美"浙江的提出

党的十八大报告提出了建设美丽中国的宏伟蓝图,首次全面系统地阐释了生态文明建设,指明了我国生态文明和美丽中国建设的现实路径。为落实贯彻党的十八大精神,2012 年 12 月浙江省委召开十三届二次全会,全会通过的《中共浙江省委关于认真学习贯彻党的十八大精神,扎实推进物质富裕精神富有现代化浙江建设的决定》,将"坚持生态立省之路、深化生态省建设,加快建设'美丽浙江',作为建设物质富裕、精神富有现代化浙江的重要任务,吹响"美丽浙江"的集结号,肩负起建设'美丽中国'义不容辞的责任"①。2013 年 1 月,省十二届人大一次会议,发出在浙江全省上下建设美丽城镇和美丽乡村的号召,由此浙江全面进入"美丽浙江"建设新时期。

为了深入贯彻党的十八大、十八届三中全会和习近平总书记系列重要讲话精神,积极推进美丽中国这一任务在浙江的实践,加快生态文明制度建设,浙江省第十三次党代会报告提出"建设物质富裕精神富有的社会主义现代化浙江"新的战略部署。2014 年 5 月 23 日,省委十三届五次全会通过《中共浙江省委关于建设美丽浙江创造美好生活的决定》。《决定》指出,建设美丽浙江、创造美好生活,是建设美丽中国在浙江的具体实践,也是对历届省委提出的建设"绿色浙江"、生态省、全国生态文明示范区等战略目标的继承和提升。要坚持生态省建设方略,把生态文明建设融入经济建设、政治建设、文化建设、社会建设各个方面和全过程,建设"富饶秀美、和谐安康、人文昌盛、宜业宜居的美丽浙江"②。《决定》深刻阐明了建设美丽浙江、创造美好生活的重大意义、总体要求、主要目标和重点工作,并对改革举措、主要任务和组织保障作了详细的规划,是现阶段和今后一个时期内全面推进浙江

---

① 夏宝龙:《以党的十八大精神引领物质富裕精神富有的现代化浙江建设》,载《今日浙江》2012 年第 23 期。

② 参见夏宝龙:《建设美丽浙江 创造美好生活》,载《今日浙江》2014 年第 10 期。

生态文明建设和改善民生的指导性文件。

"两美"战略是"两富"战略的深化和提升。从"生态省"到"生态浙江",从"美丽浙江"到"两美"浙江,体现了历届省委对走"绿水青山就是金山银山"发展之路的高度共识,是推动浙江绿色发展、循环发展、低碳发展的一贯追求,体现了在美丽中国建设实践中,浙江"干在实处、走在前列"的政治担当、历史担当、责任担当。

从城市到乡村,从平原到山区,退耕还林、生态公益林建设、废矿复绿、水土保持、公路绿化、清水河道、湿地保护、自然区保护等一个个生态保护大手笔次第展开。全省环境质量持续保持稳中向好势头,生态环境状况指数继续处在全国前列。

### 三、打好转型升级组合拳

党的十八大以来,省委认真贯彻中央"四个全面"战略布局,以"八八战略"为总纲,围绕干好"一三五"、实现"四翻番",建设"两富""两美"浙江,针对制约浙江发展的一系列突出问题,以钢铁般的意志和决心,打出了一套以治水为突破口,以浙商回归、"五水共治"、"三改一拆"、"四换三名"、"四边三化"、"一打三整治"、创新驱动、市场主体升级、小微企业三年成长计划、"七大产业培育"、特色小镇为主要内容的转型升级组合拳。2013 年,也是习近平同志在浙江部署开展"千村示范、万村整治"工程的第 11 个年头。在当年 11 月 21 日的全省"深化千万工程建设美丽乡村"现场会上,省委主要领导提出,要以农村生活污水治理为突破口,不断拓展村庄环境整治和美丽乡村建设的内涵与外延,力争用四五年时间把农村污水治理好,加快走出"绿水青山就是金山银山"的发展新路。省委、省政府坚持问题导向,既抓战略、又抓战术,既倒逼而"破"、又顺势而"立",对准制约经济社会发展的"顽疾"要害,一套以治水为突破口的转型升级组合拳有条不紊地施展开来。

浙商回归——吸引在外闯荡的浙商回浙江投资创业,反哺家乡建设,共享发展成果。2011 年 10 月,浙江省委、省政府发出了"创业创新闯天下、合心合力强浙江"的总动员令,把浙商回归作为经济工作的一号工程来抓。全省各级党委、政府牢固树立亲商、安商、富商理念，大力营造让每一位浙商都能在家乡安心、顺心、舒心兴业的良好环境。而广大浙商积极响应省委、省政府号召，回归热情空前高涨，为浙江经济发展注入了持续不断的活力源泉。

"五水共治"——治污水、防洪水、排涝水、保供水、抓节水。2013年1月，浙江省第十二届人大一次会议提出并落实"全面推进'美丽浙江'建设"的任务。这一年浙江发生的三件与水相关的事引起了省委的高度关注：年初，网上出现"多地市民邀请环保局长游泳"的舆论事件；夏天，出现罕见大旱；因"菲特"强台风引发了洪涝灾害。在应对和处置好这三件事的过程中，省委逐渐形成了以治水为突破口倒逼转型升级的战略思路：水污染表象在水里，根子在岸上。在浙江这样的江南水乡，水环境综合治理与转型升级紧密相连、互为表里，只有把治水作为转型升级最关键的突破口，才能真正实现有质量、有效益、可持续发展。治水成为转型升级组合拳的关键一招。

2013年11月召开的省委十三届四次全会作出了"五水共治"的重大决策，并制定了详细的"三步走"时间表。从2014年起，全面开展治污水、防洪水、排涝水、保供水、抓节水"五水共治"，并以此为突破口，深化改革，促进转型，推动升级。省人大常委会、省政府、省政协贯彻省委的重大决策部署，迅速行动起来，作出了一系列积极有效的工作部署。"五水共治"从群众反映最强烈的臭河、黑河、垃圾河这三类河流整治入手，陆续消灭了超过5000千米的黑臭河；11个设区市的主要集中式饮用水水源地达标率超过90%；新增2000千米排污水管网；城市内涝明显改善；越来越多的河道水绿岸青，亲水平台、河畔绿道、滨河公园成为城乡群众钓游休憩的好去处……①

"三改一拆"——强力推进改造旧住宅区、旧厂区、城中村和拆除违法建筑工作。顺应群众对整治私搭乱建的强烈呼吁，同时也作为撬动转型升级的抓手，从2013年开始全省全面依法开展"三改一拆"。

---

① 参见邓崴、颜伟杰：《绿水青山就是金山银山》，载《浙江日报》2015年9月22日。

到2014年底,全省共改造旧住宅区、旧厂区、城中村3.73亿平方米,拆除违法建筑3.17亿平方米。对拆改后的土地,宜垦则垦、宜绿则绿、宜建则建。在宁波,海曙区16个村旧村改造腾出来的土地成为新兴产业、电子商务的孵化基地;北仑区新碶街道外洋新村老小区整治完成后,昔日的"烂泥地"如今变身公共健身绿地。

"四换三名"——腾笼换鸟、机器换人、空间换地、电商换市,培育名企名家名品。"腾笼换鸟",实质是产业选择创新,主动淘汰落后产能,培育和引进吃得少、产蛋多、飞得高的"俊鸟"。"机器换人",实质是产业技术创新,推进技术改造、设备更新和减员增效,切实提升劳动生产率。"空间换地",实质是要素配置方式创新,提高土地的使用效率和单位亩产。"电商换市",实质是商业模式创新,把线上线下"两个市场大省"融合起来,实现"买全球、卖全球"。培育名企名家名品,就是花大力气培育一批知名企业、知名品牌和知名企业家,用优势龙头企业支撑浙江制造。"四换三名"工程,涵盖了产业创新、科技创新、管理创新、要素利用方式创新、商业模式创新、组织创新等,是实施创新驱动战略的一个主要抓手,是推动经济转型升级的一套重要组合拳。①实施"四换三名"工程,是打造浙江经济升级版的必由之路。

"四边三化"——在全省开展公路边、铁路边、河边、山边等区域的洁化、绿化、美化行动。为了扎实推进生态文明建设,浙江省生态办在2012年5月制定了完善的组织协调、指导服务、督办、考核激励、全民参与、宣传教育六大推进机制,着力实现"811"生态文明建设推进行动常态化、规范化、制度化。6月,在全省开展公路边、铁路边、河边、山边等区域的洁化、绿化、美化行动,并在此基础之上大力开展平原绿化,创建"森林城市",护绿八大水系,"绿化浙江"、"彩化浙江"……让浙江大地更加郁郁葱葱,斑斓美丽。截至2015年,全省已拥有林地面积近亿亩,森林覆盖率超过60%。

---

① 李强:《深入实施"四换三名"工程 推动浙江经济转型升级》,载《政策瞭望》2014年第2期。

"一打三整治"——从 2014 年开始,用 3 年左右时间,在沿海组织开展以严厉打击涉渔"三无"船舶及其他各类非法行为、整治"船证不符"捕捞渔船和渔运船、整治禁用渔具、整治海洋环境污染等为主要内容的"一打三整治"专项执法行动。我省是海洋捕捞大省,海洋捕捞业是我省沿海渔民、渔区群众赖以生存的重要产业。当前,我省海洋捕捞产能严重过剩,涉渔"三无"(无船名号、无渔业船舶证书、无船籍港)船舶量大面广,违法违规捕捞屡禁不止,海洋环境污染不断加剧,致使海洋渔业资源日益衰退。围绕干好"一三五"、实现"四翻番"和建设美丽浙江、创造美好生活的总体部署,以推进海洋经济强省、生态文明建设为统领,"一打三整治"是保障沿海渔民群众长久生计、保护海洋生态环境、促进海洋渔业可持续发展的必然选择。

创新驱动——全面实施创新驱动发展战略,大力发展创新型经济,建设创新型省份。创新驱动是浙江省立足全局、面向未来的重大战略抉择,是深入实施"八八战略"和"创业富民、创新强省"战略的重要举措,是建设经济强省、文化强省、科教人才强省和平安浙江、法治浙江、生态浙江的有力支撑,是干好"十三五"、实现"四翻番",建设物质富裕精神富有现代化浙江的重要保证。从 2013 年开始,全省全面实施创新驱动发展战略,开启现代化浙江建设新的强大引擎,坚持以优化产业结构为主攻方向,着力打造浙江经济"升级版";坚持以企业为主体,着力推进产学研协同创新;坚持以市场为导向,着力从需求端推动科技成果产业化;坚持以创新平台为载体,着力拓展转型升级和创新发展空间;坚持以人才为根本,着力加强创新团队和创新人才队伍建设;坚持以深化改革开放促创新,着力激发创新活力和提升创新效率;坚持以优化环境为保障,着力形成党委领导、政府引导、各方参与、社会协同的创新驱动发展格局。

市场主体升级——"个转企、小升规、规改股、股上市"。2013 年,省委、省政府明确提出要大力推进以"个转企、小升规、规改股、股上市"为主要内容的市场主体升级,强调推进经济转型升级,必须优化市场主体结构,提升市场主体层次。省委、省政府针对一些个体工商户和企业主不想转、不敢转、不能转的问题,切实加大对个体经济和小微企业转型提升的支持服务力度,增强业主转型提升的内在动力。力争到 2017 年,新增信息、环保等七大产业小微企业 10 万家,新增"个转企"和"小升规"各 2 万家,新增科技型小微企业 1 万家以上,重点扶持 1000 家小微企业成为细分行业的领军企业。

"七大产业培育"——培育发展信息、健康、环保、旅游、时尚、金融、高端装备七个支撑浙江未来发展的万亿级产业。浙江省相继出台了浙江省信息经济发展规划,浙江省促进健康服务业发展的政策意见,浙江省金融产业发展规划,浙江省高端装备制造业发展规划等,到 2020 年,浙江信息经济核心产业主营业务收入将超过 3 万亿元;基本建立覆盖全生命周期、内涵丰富、形式多样、结构合理的健康服务体系,形成万亿朝阳产业;未来金融产业主要布局五大类型:主力金融、浙商总部金融、私募金融、互联网金融和草根金融;旅游业利用良好的生态优势增加百姓收入,践行"绿水青山就是金山银山"发展理念,跻身七大万亿级产业;培育 50 家百亿级骨干企业、5000 家"专、精、特、高"的装备制造业科技型中小企业、100 家集成制造企业和工业工程公司;培育形成 50 个具有较强创新能力和市场竞争力的高新技术产业化基地,10 个现代装备产业高新园区;重点发展新能源汽车及轨道交通装备、高端船舶装备、光伏及新能源装备、高效节能环保装备、机器人与智能制造装备及关键基础件等十个领域。

小微企业三年成长计划——大力促进小型微型企业持续健康发展,更好地促进浙江经济转型升级和质量效益提升,充分发挥小微企业在深化改革、搞活经济、保障民生、扩大就业等方面的重要作用。自 2015 年起,把"小微企业三年成长计划"作为经济转型升级组合拳的重要一招,牢牢把握扶优汰劣、结构优化的要求,着力推动小微企业由"低、散、弱"向"高、精、优"迈进。力争用三年的时间,构建起有利于小微企业成长、升级的有效工作机制和平台,有效破解制约小微企业发展的瓶颈和难题,显著优化小微企业整体发展环境;全省小微企业的科技创新活力与核心竞争力持续增强,产业结构不断优化升级,品牌意识和品牌创建能力明显提高,发展质量效益全面提升,经济社会贡献不断加大,为打造浙江经济"升级版"作出贡献。

特色小镇——产业特色鲜明、人文气息浓厚、生态环境优美、兼具旅游与社区功能的小镇。为适应与引领经济新常态,2015年浙江全面启动建设特色小镇,支撑浙江长远发展的信息经济、环保、健康、旅游、时尚、金融、高端装备七大产业,以及茶叶、丝绸、黄酒、中药、木雕、根雕、石刻、文房、青瓷、宝剑等历史经典产业,通过产业结构的高端化推动浙江制造供给能力的提升,通过发展载体的升级推动历史经典产业焕发青春、再创优势。这是贯彻落实习近平总书记对浙江"干在实处永无止境、走在前列要谋新篇"指示精神的具体实践,是经济新常态下加快区域创新发展的战略选择,也是推进供给侧结构性改革和新型城市化的有效路径,有利于加快高端要素集聚、产业转型升级和历史文化传承,推动经济平稳健康发展和城乡统筹发展。

## 第三节 走在前列:不断创新体制机制

### 一、率先开展区域之间的水权交易

水资源的重要性是不言而喻的,因为它是一种不可替代的资源。优化水资源配置和提高水资源利用率的一项重要制度就是水权交易。早在2000年11月,浙江就发生了水权转让协议的实例:义乌市水资源短缺,东阳市水资源丰富,两地通过多次商讨,最终签署了水权转让协议。该协议的主要内容就是义乌一次性出资购买东阳横锦水库每年5000万立方米水的永久使用权。由于是首次开展区域之间的水权交易,因此也引来很多关于这个交易是好是坏的争论。最后在有关职能部门和政府的协调下成功解决了交易中的缺陷和争议,顺利实施了水权交易。

有了以上成功交易的实施经验,浙江省其他地区以及其他省份也都先后开展了水权交易。例如,慈溪市自来水总公司在 2002 年与绍兴一公司签订了水权转让协议;甘肃省张掖市 2003 年实施了首例区域内农户之间的水权交易,该交易实施的背景是黑河流域分水;黄河沿线的 5 个省份 2006 年在内蒙古自治区政府协调下从巴彦淖尔市河套灌区调整出 3.6 亿立方米的水量,主要满足他们的工业用水,实现了跨区域和跨行业的水权交易。全国不断涌现水权交易的案例。水权交易的精髓就在于:根据水资源边际收益的差异性,通过富水地区和缺水地区之间的转让交易,实现稀缺水资源的优化配置,同时提高水资源的利用率。

## 二、率先实行排污权有偿使用制度

浙江虽然不是最早进行排污权交易的省份,却是最早实施排污权有偿使用的省份。浙江排污权制度的改革大致经历了区级层面的自主探索、市级层面的深化实践和省级层面的推广应用三个阶段。[①] 开始先是在嘉兴市秀洲区进行区内企业排污权有偿使用和交易制度试点。2007 年,嘉兴市在全国首创了排污权交易制度,实现了排污权从不可交易到可以交易、从无偿使用到有偿使用的转变,其显著成果是使得排污权有偿使用和交易制度演化成招商选资的机制,同时还建立了全国首个排污权交易平台——嘉兴市排污权储备交易中心。嘉兴成功实践之后,浙江其他城市也陆续开始试点。2009 年 3 月,环保部、财政部批准了《浙江省主要污染物排污权有偿使用和交易试点工作方案》,浙江按照该方案正式启动了全省范围内排污权有偿使用和交易试点工作。2009 年 3 月,浙江省排污权交易中心正式挂牌。随后,省政府出台了《浙江省排污权有偿使用和交易试点工作暂行办法》。2004 年至 2014 年,省级层面共制定政策文件 11 个,各地文件有 68

---

① 参见沈满洪、谢慧明、周楠:《排污权制度改革的"浙江模式"》,载《中共浙江省委党校学报》2013 年 6 期。

个,基本建立了排污权有偿使用和交易政策法规体系的框架。这些新的探索,无不体现生态环境是稀缺资源,稀缺资源要优化配置的理念,而当这些理念通过制度建设深入企业、深入人心、融入生活后,生态文明建设就能蓬勃推进。

### 三、率先实施省级生态补偿机制

生态补偿的目的是实现生态系统的保护和可持续利用,以经济手段为主调节相关者利益关系。更具体地说,生态补偿机制是以保护生态环境,促进人与自然和谐发展为目的,根据生态系统服务价值、生态保护成本、发展机会成本,运用政府和市场手段,调节生态保护利益相关者之间利益关系的公共制度。

浙江不仅是最早进行市场化改革并且程度最高的省份,同时也是我国首个出台生态保护补偿制度的省份。2005 年,杭州市就出台了《关于建立健全生态补偿机制的若干意见》,在全国首创采用政府令的形式具体规定了生态补偿机制的相关内容。8 月,省政府印发了《关于进一步完善生态补偿机制的若干意见》。2007 年 4 月,省政府办公厅印发了《钱塘江源头地区生态环境保护省级财政专项补助暂行办法》,加大对钱塘江源头地区生态环境保护的财政转移支付力度。2008 年,通过对钱塘江源头地区试点工作经验的总结,浙江又对全省八大水系源头地区的 45 个市县实施了生态环保财力转移支付政策,在全国第一个实施了省内全流域生态补偿。同年,省政府出台《浙江省生态环保财力转移支付试行办法》。2012 年,按照"扩面、并轨、完善"的要求,对生态环保财力转移支付的范围、考核奖罚标准、分配因素和权重设置等作了进一步修改完善,将转移支付范围扩大到了全省所有市县。不论是保护水源保护区,还是建设生态公益林的举措,都体现了"保护生态就是保护生产力"的基本精神,完成了生态保护从无偿到有偿的历史性变革。省财政 2007 年到 2013 年总共安排了 84 亿元的生态转移支付资金。通过实践经验的累积,不断深化生态补偿机制:一方面,将单一的生态补偿机制拓展为生态保护补偿与环境损害赔偿相结合的科学制度；另一方面，在多年的生态补偿制度的实践基础上，不断进行深化和完善。

生态补偿机制为区域内的生态安全提供了保障，调动了生态屏障地区内群众进行生态保护的积极性，使区域生态、社会、经济实现了全面协调可持续发展。正因此，浙江在生态建设的评价指标上处于全国领先的地位。

## 四、率先编制生态环境功能区规划

2008年，浙江省环保厅根据省国民经济和社会发展的中长期规划，编制完成了全省生态环境功能区规划。本次规划是根据主体功能区规划的要求，整合各市县的生态环境功能区规划编制完成的；并逐步在相关的环保法规中加入了规划的相关要求，明确生态环境功能分区的环境准入政策和污染防治要求，以此作为建设项目环境准入、严格环境监管、落实污染减排的基本依据和重要手段。

在实践的基础之上，2013年8月，浙江省率先在全国发布《浙江省主体功能区规划》，将浙江版图划分为优化开发区域、重点开发区域、限制开发区域和禁止开发区域，明确"生态红线"，在空间上管制生态环境，形成刚性约束。与此同时，浙江11个地级市分别在其区域内制定了生态环境功能规划，并且把规划作为落实污染减排、严格环境监管、建设项目环境准入的重要手段和基本依据。杭州、丽水、淳安、开化等市县根据本地的实际情况划定了不同类型的生态功能区，以此来保护生态环境，实现可持续发展，实现生态保护和经济发展双赢，坚定不移地走"绿水青山就是金山银山"的发展之路。

## 五、率先创立新型的环境准入制度

2008年，浙江省环保厅就指出单个项目环境准入制度存在不足，即很少或基本不考虑区域环境影响的累积性和环境容量，只根据单个项目对环境的影响来判断其是否符合环保要求。这种有缺陷的环境准入制度是不利于经济和生态的可持续发展的。

经过几年的大胆探索，浙江在全国率先提出了由过去单纯的专业机构评价向公众、专家评价"两评结合"的环境决策咨询机制转变，由过去单纯的项目环评审批，向项目、总量、空间"三位一体"的环境准入制度转变，并把相关内容以政府规章的形式确定下来，写进了 2012 年出台的《浙江省建设项目环境管理办法》。

浙江在全国率先实行空间准入、总量准入、项目准入"三位一体"制度。浙江认识到单个项目环境准入无法体现区域环境容量。空间准入、总量准入、项目准入"三位一体"，就是把区域空间管理、总量控制纳入到审批制度当中来，建立规划环评和项目环评联动机制，通过管理更好地促进经济发展与资源环境承载力相适应。浙江省空间环境准入制度的实施载体是省、市、县三级生态环境功能区规划，以及以生态环境功能区规划为基础的主体功能区划。通过分区环境管理，实施差别化的资源环境准入和管理政策，以优化产业空间布局，提高区域建设开发活动环境决策的科学性，促进区域生产力布局与生态环境承载力相协调。总量环境准入，并不代表要控制项目的总量，而是指将各行业和地区的规划环评结论作为项目环评的依据和前提条件，对依法应当开展而未进行环评的规划，规划范围内的项目环评不予受理，最终实现规划确定的行业、区域发展整体规模、布局等与环境承载能力相适应。

新型环境准入制度有效发挥了环境保护参与宏观调控的先导功能和倒逼作用，有利于从源头上保护环境，优化经济增长。

自 2003 年以来，浙江省人大常委会和省政府制定和修订了《浙江省大气污染防治条例》《浙江省森林管理条例》《浙江省海洋环境保护条例》《浙江省自然保护区管理办法》《浙江省水污染防治条例》等 40 多部地方性法规、规章，初步形成了与国家生态法制体系相适应的地方立法体系，为更好地建设生态省提供了良好的制度环境，也为生态文明建设的长远推进奠定了基础。

总之，浙江生态文明制度建设的历程，一直伴随着发展理念的深刻变革和成功升华,实现了从"用绿水青山换金山银山",到"既要金山银山也要绿水青山",再到"绿水青山本身就是金山银山"的历史性飞跃。历届浙江省委、省政府一以贯之的治省方略和决策部署——"绿色浙江"、生态省建设、"两美"浙江建设——汇聚为生态文明建设,从而为中国生态文明建设的理论和实践增添了浓墨重彩的"浙江元素"。

## 第四节　模式供给:从城乡统筹到美丽乡村

### 一、"千村示范、万村整治"工程

2003 年,浙江省委、省政府统筹城乡发展,作出了实施"千村示范、万村整治"工程的决策。历届省委、省政府均十分重视这项工作,多年来在广大农村开展了以改善农村生态环境、提高农民生活质量为核心的村庄整治建设大行动,农村面貌和生产生活条件有了很大改善。2010 年,按照党中央提出的生态文明建设精神,省委十二届七次全会作出了《关于全面推进生态文明建设的决定》的重大决策,全面推进农村环境"五整治一提高",大力创建生态文明村,加快建设美丽乡村。2010 年 12 月,浙江省委、省政府制定实施了《浙江省美丽乡村建设行动计划(2011—2015 年)》,标志着全省美丽乡村建设全面启动。浙江着力建设科学规划布局美、村容整洁环境美、创业增收生活美、乡风文明身心美,宜居、宜业、宜游的"四美三宜"美丽乡村。

(一)示范引领

作为全国美丽乡村建设的先行区,"千村示范、万村整治"工程是浙江推动现代化建设成果惠及全省人民的重要路径。2003 年开始,浙江启动"千村示范、万村整治"工程,把农民反映最强烈的环境"脏、乱、差"问题作为突破口,至 2007 年,经过 5 年的努力,对全省 10303

个建制村进行初步整治,并把其中的 1181 个建制村建设成"全面小康建设示范村"。这一过程称为示范引领阶段,是浙江"美丽接力"决胜起跑的关键一棒。它为深化"千万工程"建设美丽乡村开好了头、引好了路。不仅促进了村容整洁、乡风文明,推动了生产发展和农民增收,还带动了统筹城乡、利民惠民的系列工程在农村"开花结果"。浙江农村局部面貌发生了大的变化。

### (二)普遍推行

从第一阶段开始,浙江美丽乡村建设"一届接着一届干、一年接着一年抓、一级抓一级、层层抓落实"的推进机制开始形成。省委、省政府每年围绕一个重点,召开"千万工程"现场会。省委主要领导亲自做报告,抓检查、抓推进、抓落实。以政府主导和农民主体并重、投入机制不断健全的城乡共建共享帮扶模式在浙江推开。2008 年起,浙江在"千万工程"树立"示范美"的基础上,按照城乡基本公共服务均等化的要求,把"全面小康建设示范村"的成功经验深化、扩大至全省所有乡村。这一过程称为普遍推行阶段,是浙江"美丽接力"的第二棒。以生活垃圾收集、生活污水治理等工作为重点,浙江从源头上推进农村环境综合整治,逐步形成了农民受益广泛、村点覆盖全面、运行机制完善的整治建设格局。截至 2012 年,浙江又完成环境综合整治村 1.6 万个,农村整体面貌发生了变化。

### (三)深化提升

2010 年,浙江省委、省政府进一步作出推进美丽乡村建设的决策。浙江"美丽接力"进入了深化提升阶段。按照生态文明建设和全面建成小康社会的要求,浙江明确了美丽乡村从内涵提升上推进"科学规划布局美、村容整洁环境美、创业增收生活美、乡风文明身心美"和"宜居、宜业、宜游"的建设要求,成功培育了 35 个美丽乡村创建先进县,农村面貌逐步发生质的变化。从树立"示范美"、力争"大家美",到提升"内涵美",浙江新农村建设呈现了树品牌惠民生的特点,美丽乡村建设得以与"本土化"建设有机结合,促进了农村特色产业发展和农民增收。2013年,省委、省政府号召全面推进美丽乡村建设,美丽乡村成为浙江美丽中国实践的发展脉搏。

浙江省坚持不懈推动"千村示范、万村整治"工程,不仅改善了农村环境面貌,而且带动了农村经济社会发展。浙江省第十一次党代会以来完成了从单一的生态环境建设到综合的绿色浙江建设的转型;省第十二次党代会以来进一步完成了从综合的绿色浙江建设到高度文明的生态浙江建设的转型;省第十三次党代会,首次把生态文明融入物质文明和精神文明之中,并且把生态文明建设与提高人们生活水平、道德水平结合起来,把生态文明建设贯穿于人们的生活之中,进一步坚持生态立省方略,标志着浙江在继生态环境建设、"绿色浙江"建设后,生态文明建设进入了一个新的阶段。美丽浙江越来越成为美丽中国的一个最好诠释和亮丽篇章。

## 二、美丽乡村建设领跑全国

### (一)美丽乡村的"安吉模式"

安吉县认真贯彻落实"两山"重要思想,立足自身的资源禀赋和县情民情,确立大生态、大循环、大和谐的科学理念,坚持用大生态的发展战略推进新农村建设,以美丽乡村建设为抓手,探索创新新农村建设的体制机制,积极实践现代农业功能拓展、农业产业"接二连三",实现经济、社会和自然环境的和谐统一,形成了从自然的绿水青山,到产业、文化、制度和社会的一座座"金山银山",建构了县域生态文明建设的"安吉模式"。

1. 自然的绿水青山。安吉县坚持"保护优先、科学规划、合理开发、综合利用"原则,把加强相融的自然生态建设作为新农村建设的根本出发点,统筹规划城乡布局。一是加强生态环境建设。新农村建设由以工业化、农业产业化、城镇化为主驱动向以工业化、农业产业化、城镇化、生态化为主驱动转型,实现工业、农业、乡村与生态相融合、相协调。大力实施"蓝天、碧水、青山、绿地"工程,强化森林植被"润肺"功能、湿地"强肾"功能和生物多样性"免疫"功能,着力改善城乡居民生产生活环境,建设人与自然和谐相处的生态环境。二是加强生态环境保护。按照"自然山水,宜居、度假的创业之地"县域定位,以创建"全国生态示范区"为载体,坚持生态优先原则,不断加强对原生态山林资源的保护,加大治山、治水、治污力度,着力维护和强化整体山水格局的连续性,建设人与自然和谐发展的生态环境,彰显"山水最美、生态最优、环境最好"县域个性。三是加强生态环境治理。积极治理工业污染、生活污染和农业面源污染,推广应用新型节能农村住宅和清洁能源,倡导以节能减排和低碳循环为特征的清洁生产、绿色生活和消费模式;大力推进省道和县乡公路沿线集中整治,建立完善农村环境卫生整治长效机制,着力形成风格各异的优美小镇、功能齐全的和谐社区、独具特色的诗意庭院。

2. 产业的金山银山。金山银山来自绿水青山,关键在于要让青山绿水的价值得到最大化体现,提高单位"绿水青山"的附加值。安吉县按照"一产接二连三"的总体思路,整合资源,多业态联动,推动产业转型、经济转型、社会转型,建立具有生态系统特征的经济发展模式,全面增强县域可持续发展能力。一是加快发展以健康休闲为主的绿色产业。围绕安吉白茶、竹产业等农业主导产业,大力推进绿色农业提升工程,加快建设全国最知名的有机绿色食品生产供应基地。二是大力发展生态工业经济。立足于"生态、高效"目标,把好项目入园关,按照"高科技、无污染、环保型"的要求,对所有入园项目均进行环境评估,主要承接技术含量高、市场前景好、生态环保型的工业产业群。三是促进一、二、三产业的深度融合。整合农业、林业、旅游业等资源,设计新型的生态化产业,由单一的生产性功能产品向商务度假、休闲养生、观光体验等多功能产品联动发展转变。

3. 文化的金山银山。一切文明都是文化的文明,文化的金山银山是绿水青山的最美呈现。安吉新农村建设注重充分挖掘、利用和开发移民文化,保护、促进民族文化,传承、弘扬民间文化,培育、拓展乡土文化,不断满足农民的精神文化需求,提升新农村建设的软实力。一是积极整合多元文化元素。针对安吉特有的移民文化特征,加快实现文化与经济、不同区域文化、传统文化与现代文化、东方文化与西方文化的互相融合,打造特色鲜明的多元文化生态,提升安吉特色文化感召力。二是打造以生态文化为主题的多元化乡村。充分把握安吉移民特色的历史和现状,注重挖掘和提炼,找准乡村建设与文化内涵的有机结合,彰显浓郁的乡土文化色彩。三是提高广大农民的人文素质。组织开展"感动安吉""孝敬公婆好儿媳""最美家庭"评选和"书香进万家"等活动,大力培育学习知识型、致富创业型、环境保护型、诚信道德型、家庭和睦型农民,提高农民的综合素质,激发农民的创新意识。

4. 制度的金山银山。制度的金山银山指的就是良政,是"小政府、大社会"的服务理念。安吉历届县委、县政府"一任接着一任干""一张蓝图绘到底",以"功成不必在我"的气魄,着力营造县域干部群众能干事可创业的良好氛围。以远谋近施的发展愿景鼓舞人,以不拘一格的用人理念吸纳人,以科学发展的绩效考核机制激励人,以协作共事的工作氛围感染人,以科学民主的决策程序信服人,真正让科学发展的战略思路和决策部署,成为广大农村干部和全体农民的普遍共识,形成共力共为的政治生态和强大合力。进一步加强基层民主政治建设,贯彻落实村(社区)自治制度,大力推进互联网+阳光村务,强化农村"三资"管理,实现了阳光村务工程触摸屏查询系统全覆盖,广大群众可实时准确查询各村资金、资产和资源情况。积极推广村民理事会制度,美丽乡村建设工程全部由农民自建、自管、自用,充分保障农民的知情权、参与权、监督权、决策权,充分调动广大农民投入新农村建设的积极性和创造性。

5. 社会和谐的金山银山。安吉美丽乡村建设模式的一个重要亮点是重视民生和社会和谐,这是社会的金山银山。安吉立足于提升农民的幸福指数,将新农村建设与统筹城乡发展紧密结合,切实保障和改善民生,不断增进民生福祉,努力建设更加美丽、更加和谐、更加幸福的现代化新农村。一是以农民生活更加富裕为工作着力点,努力提高农民收入。通过拓展现代农业功能,提升农业产业化水平,提高农民家庭经营性收入;深入推进土地制度改革,组建农村土地专业合作社,让土地资源变为土地资本,提高农民财产性收入;积极探索医疗、养老等补贴及保障方式,建立健全农民社会保障机制,提高农民的转移性收入;加强农民转移培训,提升农民职业化水平,把农民转化成职业工人,以此增加农业产出效益,提高农民工资性收入。二是以充分尊重广大群众意愿为基本立足点,形成"政府主导,农民主体,部门服务,社会参与"的美丽乡村建设机制。美丽乡村建设中,无论是示范点的选择,还是建设内容、建设形式等,均充分遵循广大群众意愿,尊重农民的主体地位。三是持续加大保障和改善民生力度,提高民生福祉。加快城乡统筹发展步伐,不断完善覆盖城乡的基本公共服务体系,让人民享受更健康的自然生态系统、更完善的县域功能配套、更福利的公共服务产品。

"安吉模式"主要是指在国家推进生态文明建设的大背景下,在社会主义新农村建设的过程中,结合本地实际,坚定不移地实施"生态立县"战略,走出了一条既具时代特征,又有安吉特色的科学发展路子,初步积累了县域生态文明建设的有益经验,创造了环境优美、经济繁荣、发展协调、社会和谐等诸多方面的优势。以"村村优美、家家创业、处处和谐、人人幸福"为总体目标,以"尊重自然美、侧重现代美、注重个性美、构建整体美"为主要原则,以"环境提升、产业提升、服务提升、素质提升"四大工程为基本路径,从农村入手,全面开展中国美丽乡村建设行动,积极探索建设"环境优美、生活甜美、社会和美",实现环境保护与经济社会的协调发展,从而形成城乡和谐的发展格局。

（二）美丽经济的浙江特色

"安吉模式"表明:只有坚持"两山"重要思想,才能更好地推进县域生态文明建设;只有坚持生态立县方略,才能保持健康有序发展;只有坚持体制机制创新,才能永葆发展活力;只有坚持统筹城乡战略,才能实现区域均衡发展;只有坚持集聚集约发展,才能形成发展合力。

统计资料显示,无论是城市居民的人均可支配收入,还是农村居民的人均可支配收入,践行"两山"重要思想以来,浙江老百姓始终引领全国各省(区)。以经济建设为中心,落到实处,就是让普通老百姓富裕起来。建设生态浙江,必须实现发展模式与绿色转型统一起来,必须突出以环保优化发展,以改变生产方式和调整产业结构为着力点,着力协调好经济与环境的关系。

1. 涉农业态整合、联合、融合。进入 21 世纪,我国依然是世界上最大的发展中国家,特殊的国情决定了农业具有远比世界上其他国家更为重要的地位。当今世界上,没有哪一个国家的农业像中国这样长期困扰着整个经济的发展,成为左右中国政治、经济、生活的持久因素。浙江省经过连续十几年的"绿水青山"综合建设,许多市(县)均逐渐具备了农业三产化同步进行的条件,而农业的三产化发展,大大提高了农业生产水平和可持续发展的能力,有力地促进了农业发展战略的转移和加速农业现代化的进程。

首先,制订生态农业产业化发展总体规划,培育了以彰显特色名牌产品为主体的立体化生态农业开发格局。出台鼓励发展生态高效农业的政策,构建立体化生态农业开发格局。如在山地开发有机笋、有机茶,在平原种植无公害稻米,在河网养殖优质水产等。面向沪、杭等大都市需求,建立绿色农产品基地。以建设高效化的生态农业为总目标,通过实施产业升级工程、品牌培育工程、竞争力提升工程、生态环境改善工程和科技兴农工程,进一步做强地方特色产业、做精品牌产业、做大优势产业、做亮观光农业,推进特色优势农产品规模化、产业化和品牌化,打造国家级生态农业示范县(市)。

其次,通过建设农业功能区、农业园区,进一步完善现代农业产业体系,壮大主导产业优势,扩大特色产业规模,提升品牌价值,显著提高了农业组织化程度,培育了一大批农业龙头企业、农民专业合作社,实现了资源整合、经营联合、产业融合。把许多地区所忽视的生态资源转化成了资本,大力发展农业三产化,把有限资源利用最大化,让农民分享到了第三产业的资本收益,使农民转向靠三产增收,而不是靠一产增收,产业发展融合度进一步增强,实现了跨越式发展。

再次,找准农业经济的"龙头",实施了"三步走"战略:第一步是开发一产并致力于产品的升级换代;第二步是实施向二产延伸,发展高效循环经济;第三步是扩大产业规模,构建产业集群。从单纯的农业到发展加工业,再到利用天然的风景搞生态旅游,做足了名优特产这篇文章,形成了一产、二产、三产相得益彰、联动发展的格局。

2. 县域业态集中、集约、集聚。为了"生态""高效"和"优质"的目标,浙江各个市(县)加快转型升级步伐,推进新兴产业发展,减少传统"低、小、散"项目,放大科技和管理创新的乘数效应,坚决淘汰高能耗、高污染产业。具体做法是:一是推进企业集中,所有企业全部集中进园区;二是推进产业集聚,提升运营效率、节约土地和公共设施成本;三是推进要素集约,特别珍惜土地资源。强调产业的"亩均产出率"、建筑容积率和开工投产率"三率考核法",引入项目建设强制性标准。以经济实力的提升为核心,以产业的生态化发展为手段,通过重点培育高新技术产业,促进主导产业的提档升级,壮大新兴产业,建设县域先进特色制造业集聚区。

各地政府突出可持续发展这一第一要务,努力探寻保护生态与发展工业之间的和谐关系,走集中布局、集聚产业和集约发展的路子,促进产业链向两头延伸、价值链向高端攀升、生态链向循环再生。在世界金融危机的严峻形势之下,政府出台了一系列帮扶政策:加大技术创新政策鼓励力度,加快创新公共服务平台建设,加大区域品牌宣传力度,提高龙头企业品牌建设的支持力度;整合资源、拓展产业,集聚政府资源,扶优扶强,通过企业结构调整,形成规模效应,提升产品档次;同时加快国外新兴市场拓展,有序拓展国内市场,加强知识产权的保护。

3. 休闲业态经营品质、品位、品牌。紧紧围绕"品质、品位、品牌"的建设思路,发挥绿水青山资源优势,加快发展市(县)现代都市生态旅游农业,强化建设产品特色鲜明、竞争优势明显、品牌效应突出、经济效益领先的特色农业精品园;规划建设基础设施完善、农业高效示范、田园风光展示、农史农具展览、旅游休闲观光、农村生活体验、主题特色鲜明的休闲农业与乡村旅游示范点;包装开发具有农事采摘经验、科技教育示范、品牌效应突出的休闲旅游农产品,乡村旅游蓬勃兴起。

完成旅游业向休闲产业的转型,建成一批休闲设施完善、休闲项目多样、休闲环境优化、休闲消费合理、休闲市场广阔、休闲经济持续健康发展的全省乃至全国范围内最具活力、品牌的大众休闲旅游目的地、大都市人群的第二居住养生目的地、休闲度假胜地和区域总部经济(创意经济)的发展高地。休闲经济发展成为当地优势产业、富民产业和生态产业。在城乡经济社会发展的整体布局中,以生态建设的成果为基础,经营环境、经营村庄、经营品牌,真正实现了生态资源的资本化、休闲化发展。

4. 循环经济低耗、低排、高效。以政策创新为先导,以技术创新为支撑,以制度创新为保障,注重产业的循环链接与节能减排。启动国家可持续发展实验区建设,重点抓主要工业园区生态化改造,推进废弃物循环综合利用,加快循环经济建设。生态环境的改善,夯实了可持续发展的基础,一些好项目也纷至沓来:电子信息、新材料、新型生物医药、绿色食品、特色新产业投资比重和产值贡献率明显提高;一批大好高项目相继入驻;传统产业加快提档升级,推进了产业链延伸和价值链提升,拉动了县域绿色经济跨上新台阶。

把实施品牌战略列为县域经济发展的重要战略,举县域之力提升区域品牌竞争力,对积极打品牌、创名牌、重视自主品牌建设的企业予以奖励;并在项目立项、技术开发、用地用电、信贷融资等方面给予优惠扶持。多地出台了地方品牌扶持文件,拨出专项资金奖励创牌企业。初步形成了以国家级品牌为龙头,省、市级品牌为主体的"金字塔"品牌梯队。

2014年,全省投入美丽乡村建设资金达208亿元。截至2015年上半年,共开展6120个村的农村生活污水治理,受益农户(已接入和正在接入)150万户;开展农村垃圾减量化资源化处理村1901个。全省97%的村实现生活垃圾集中收集处理,37%的村实现生活污水有效治理,农村生活污水治理农户受益率达到42%。村庄环境更加优美,基础设施、公共服务逐步完善,为浙江省各地农村巧借山水、盘活资源、经营村庄创造了机遇。美丽乡村孕育出多彩多姿的"美丽经济"。到2014年底,全省已有农家乐休闲旅游村856个、乡村旅游点2336个。2015年上半年,全省旅游总收入超过6300亿元,比上年增长13.8%。其中乡村旅游的贡献功不可没。不少地区不但激活了"花果经济""苗木经济",更兴起了"美丽产业"和"美丽经济先行区"等超前理念。以休闲观光、度假体验为主的旅游经济,以民宿避暑、养老养心为主的养生经济,以运动探险、拓展训练为主的运动竞技和以寻根探史、写生创作为主的文创经济,大大丰富了浙江农村的新型业态。

### (三)生态城市的全面创建

推进城市森林建设。浙江省致力于加强园林绿化交流合作,实现公园、风景区等园林资源共享。统筹城乡接合部镇村绿化、开敞绿地的规划、设计和建设,协同建设沿江、沿河、沿路防护林和绿化带,实现交界地区绿化景观融合,提高城市道路绿化管养水平,促进杭沪绿脉相通,共筑"区域生态走廊"。围绕丰富植物品种和群落、增加园林绿地文化含量两大重点,大力增加公园绿地面积,努力提高建设质量。同时,对广场绿地进行以增植乔木为主的充实改造,建设绿荫广场,进一步改善城市人居环境。在城区外围道路实施绿色通道建设,塑造各具特色的道路绿化景观;要加快高速公路、环城公路林网建设,城区间绿色通道要通过丰富植物品种和群落体现植物造景特色。借力"四边三化",在立交桥等道路空间节点处,建设大面积、高品质的游园绿地,形成景观亮点。在城市河流、水库、湖泊等自然湿地与人工水体周边区域建设大面积生态保护绿化带,塑造生态驳岸,避免人工砌筑河堤与河床,形成浮水植物、挺水植物、滨水植物、陆生植被组成的水系植被系统,推动湿地公园建设,促进城市生态环境改善。

建立以循环经济为主体的生态产业体系。浙江生态工业发展应在三个层次上进行构架：企业内部，主要是推行清洁生产、实行污染全过程控制；生态工业园区建设，实现企业间物质、能源、信息的循环；区域工业经济范围内，用高新技术改造现有产业，延长产业链，提高产品的附加值，并以此为基础，实现县域经济内部与外部经济的整体循环。(1)生态型企业。清洁生产是工业企业发展循环经济、建设生态企业的有效措施，主要包括清洁的能源、清洁的生产过程和清洁的产品三方面内容。在方法和手段上，注重7个环节：资源的合理利用、改革工艺和设备、组织厂内物料循环、产品体系改革、加强环境管理、必要的末端处理、合理的生命周期设计，在积极开展清洁生产宣传的基础上，选择重点污染企业和大中型企业，通过工艺改造、设备更新、废弃物回收利用等途径，实现"节能、降耗、减污、增效"，从而降低生产成本，提高企业的综合效益。(2)生态工业园区。充分发挥现有优势，积极建设现有工业园，进一步按照循环经济理念，寻求区内企业之间的链接点，形成企业组群，延伸产业链，逐步形成具有强势效益和良好生态的生态工业园。

优先发展现代服务业。浙江省大力发展以生产性服务业为重心的现代服务业，着力建设一批现代服务业集聚区，精心打造浙江品牌，建成面向世界、服务全国、在国内外具有较强影响力和辐射力的现代服务业中心。实施改造提升、名牌带动、以质取胜、转型升级战略，加快以先进适用技术和高新技术改造提升汽车、家电、家具、食品、医药、纺织、服装、陶瓷及建材等传统优势产业，着力打造一批具有知名品牌的龙头企业，推动优势传统产业向品牌效益型转变，提升浙江传统产业的国际竞争力。

浙江省在践行"两山"重要思想的过程中，特别重视美丽乡村、特色小镇、生态城市建设的无缝对接，形成了各具特色、层次分明的生态文明建设的空间结构。浙江在美丽乡村建设基础上，全面启动历史文化村落保护利用工作。把"修复优雅传统建筑、弘扬悠久传统文化、打造优美人居环境、营造悠闲生活方式"作为历史文化村落保护利用的建设方向,整体推进古建筑与村庄生态环境的综合保护、优秀传统文化的发掘传承、村落人居环境的科学整治和乡村休闲的有序发展。这既保存了历史文化村落风貌的完整性和历史真实性,也体现了它们当下生命的延续性和可持续性。

实践证明,浙江省坚持"两山"兼顾、走"生态立省"的发展路子是符合地方实际的正确决策,是实现省域经济可持续发展的战略抉择。概括说来,浙江坚持"两山"重要思想,十年来大致经历了"环境资源化、资源经济化、经济生态化"三个发展阶段。这三个阶段的阶梯式发展,鲜明地反映了浙江人民思想观念和发展理念上的转变。让人们从生态保护中受益,让经济在生态保护中发展,已经成为浙江全体人民的共识。如今,浙江正开始新一轮的变革升级,高新技术产业、自主创新和"互联网＋"已经成为浙江的新名片,融入"浙江模式"的内涵之中,成为中国创造新的"金山银山"的典范。

# 第六章 浙江践行"两山"重要思想的典型样本

2006年3月8日,习近平在中国人民大学的演讲中,深刻论述了"两山"之间的辩证关系,"在实践中对这'两座山'之间关系的认识经过了三个阶段:第一个阶段是用绿水青山去换金山银山,不考虑或者很少考虑环境的承载能力,一味索取资源。第二个阶段是既要金山银山,但是也要保住绿水青山,这时候经济发展与资源匮乏、环境恶化之间的矛盾开始凸显出来,人们意识到环境是我们生存发展的根本,要留得青山在,才能有柴烧。第三个阶段是认识到绿水青山可以源源不断地带来金山银山,绿水青山本身就是金山银山,我们种的常青树就是摇钱树,生态优势变成经济优势,形成了一种浑然一体、和谐统一的关系,这一阶段是一种更高的境界"[①]。由此可见,辩证认识"绿水青山"和"金山银山"的关系,也是辩证认识"经济发展"和"环境保护"的关系。实践"两山"重要思想,浙江省精选了11个县(市、区)样本,各县(市、区)资源要素禀赋不同,所处的发展阶段不同,做法也各有特色,但大致上可以分成三类:一类是经历过发展与生态的矛盾冲突后的县(市、区),跨入了生态保护与经济发展的良性循环阶段;一类是生态资源丰富但发展相对滞后的县(市、区),不再走"先污染后治理"的老路,找到了生态资源与经济发展对接的发展路子;再一类是工业发达而环境问题中水污染突出的县(市、区),在治水中出实招,倒逼产业升级,在实现"金山银山"的同时重返"绿水青山"。当然,以上分类的

---

① 习近平:《之江新语》,浙江人民出版社2007年版,第186页。

标准并不完全独立,在样本中也互有交叉。这三大类样本,就像三个同心圆,有共同的交叉部分。三大类样本中都有以"山水"为代表的生态环境,这是不可复制替代的资源,最终的目标都要实现"绿水青山就是金山银山"。11个样本立足各自不同起点,朝着共同的目标,形成了三大类实践路径。

# 第一节 "放弃金山保青山,保得青山换金山"的典型样本

经济发展与环境保护不是简单的替代关系,而是复杂的辩证关系。正如"环境库兹涅茨曲线"所指,经济发展的初期,生产力水平较低的时候,资源要素成为获取经济发展的重要来源,人们不惜牺牲资源和环境来换取经济发展。但是,生产力发展到一定阶段,人们发现资源利用有更好的技术手段,资源有价值更高的使用途径,意识到"绿水青山"的重要性。生产力水平提高到一定程度,也对经济社会制度提出了新的要求,对现代化治理提出了新的要求,从而实现"绿水青山"和"金山银山"的双赢。

## 一、都市圈县(市、区)绿色发展升级之路

安吉、桐庐和鄞州这三个样本,是杭州、宁波两大都市圈的组成部分,在"绿水青山"到"金山银山"的发展过程中,绿色发展处于较高的水平。首先,这三地的资源禀赋较为类似,安吉、桐庐的山地和水域面积占比很高,鄞州区的比重相对低一些,俗称"五山四田一分水",三地的生态资源禀赋在都市圈范围内具有一定优势。其次,这三个县(市、区)或者是都市区的一部分,或者是都市圈的组成部分,受到都市圈经济辐射的影响,有利的区位是绿色发展的优势条件。三地都高度重视接受都市的产业扩散,将都市圈的区位与生态资源优势结合,发展生态友好型产业。

安吉县在"两山"重要思想的实践样本中,有着特殊的地位和意义。2005年8月,时任浙江省委书记习近平首次在安吉余村系统阐述了"绿水青山就是金山银山"的思想,肯定了余村关停矿山和水泥厂的做法,肯定了余村保护环境和利用环境资源发展乡村旅游的路子。此后,安吉县更加坚定地"朝着这条路走下去"。习近平在谈话中特别强调了安吉的区位优势。安吉在上海、杭州这两个大城市的两小时交通圈范围里,长三角都市圈中优越的地理位置是安吉实现"绿水青山就是金山银山"的客观有利条件。但是,即使拥有同样优越的地理位置,安吉也一样经历过以"绿水青山"换"金山银山"的发展阶段,也在保护"绿水青山"和"金山银山"之间痛苦地抉择过。但是,安吉忍住了短痛,换来了长远的可持续绿色发展。

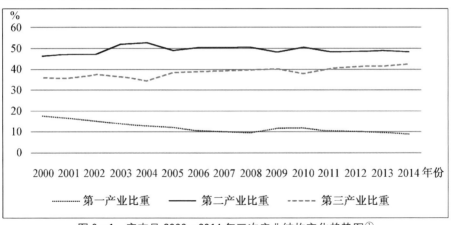

图6-1 安吉县2000—2014年三次产业结构变化趋势图①

安吉县虽然处于长三角,但是偏居长三角边缘的山区,一直以来受制于落后的交通设施,在工业化快速发展的浪潮中,安吉大部分时间都是默默无闻的。和杭嘉湖的大多数百强县、工业强县相比,安吉的工业并不突出。如图6-1所示,安吉的第二产业比重在2000年前后还不到50%,而第一产业的比重接近20%,明显是一个工业弱县。在一个工业为王的年代里,要致富离不开工业,要强县离不开工业。俗话说,靠山吃山,在工业化起步阶段,安吉也跳不开常规思路,无奈

---

① 数据来源:《浙江统计年鉴》2001—2015年版。

之下,用"绿水青山"来换"金山银山"。图 6-1 显示,2000 年后一段时间内第二产业比重有所上升,而同时期第一产业比重下降,但是第三产业的比重并没有提高。2005 年后,在"两山"重要思想的指引下,安吉大力建设美丽乡村和发展乡村旅游,进而延伸到高端服务业,第三产业比重持续增加,有超过第二产业的势头。安吉从美丽乡村建设开始做起,扛起了"中国美丽乡村"大旗,把一个县域的地方特色实践上升为全省战略,继而推广到全国,打响了"安吉模式"的品牌。

桐庐位于浙江西部,地处钱塘江中游,隶属杭州,富春江斜贯县境。历史上桐庐一直是浙西经济中心,但在工业化为主的"县域经济"版图中,桐庐是一个地理位置相对偏远、矿产资源相对匮乏、政策扶持相对缺乏而且发展空间相对有限的山区县。随着杭千高速公路等一批重大基础设施的建成,桐庐逐渐成为杭州都市圈的组成部分。尤其是深入实践"两山"重要思想以来,桐庐重新发现自身优势,重新寻找自己的发展定位,以"生态美、城乡美、产业美、人文美、生活美"为内涵,打造"中国最美县"。

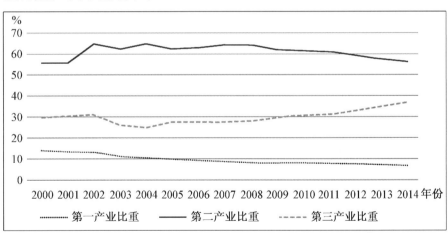

图 6-2 桐庐县 2000—2014 年三次产业结构变化趋势图①

如图 6-2 所示,2000 年以后,工业化进程明显加速,第一产业的比重延续了不断下降的趋势。然而,第二、三产业的发展,出现了结构

---

① 数据来源:《浙江统计年鉴》2001—2015 年版。

性的变化,此消彼长。在第一个阶段(2000—2002年),第二产业比重快速上升,第三产业比重上升相对缓慢,甚至有所下降。这表明桐庐也沿袭了工业强县的发展路子。在第二个阶段(2002—2005年),第二产业比重有所波动,第三产业比重也经历了短期的波动和下降,工业化加速期的矛盾有所显现,不得不面临工业粗放式增长带来的环境破坏,桐庐陷入了"金山银山"和"绿水青山"的痛苦抉择中。第三个阶段大致从2005年前后开始,第二产业比重持续下降,而第三产业比重稳步上升,三次产业正朝着"绿水青山就是金山银山"的方向演进,第三产业发展速度更快,有超越第二产业的势头。桐庐县2000年以来三次产业结构的变迁,从一个侧面反映了"两山"重要思想不同践行阶段的转换。

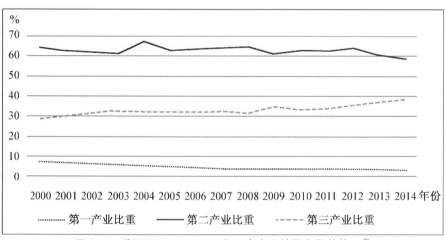

图6-3 鄞州区2000—2014年三次产业结构变化趋势图①

鄞州区东、南、西三面连接宁波中心城区,2002年撤县设区,是浙江11个"两山"样本县中经济发展水平最高的。2014年,鄞州区实现地区生产总值1297.8亿元,公共财政预算收入连续7年位居全省第一。制造业比重长期保持在60%以上,城市化水平快速推进。和一些山区海岛欠发达县相比,作为一个工业化、城市化水平较高的县(区),

---

① 数据来源:《浙江统计年鉴》2001—2015年版。

鄞州的基础条件不同,发展阶段不同,"两山"重要思想实践的目的和路径也有区域特色。鄞州区大力践行"两山"重要思想,努力做到生态建设与经济发展同步。三次产业结构不断优化,制造业领域抓住"产业生态化"改造,在比重下降的同时层次不断提升,服务业比重增加明显,逐步走出一套"经济生态化"的鄞州发展之路。鄞州区先后获得了全国首批"绿色小康县"、全国首批"生态城市中国奖""联合国人居优秀范例奖""省级文明区"等荣誉。

## 二、回归青山绿水

安吉、桐庐和鄞州三地,尽管工业化水平有一定差异,但发展的阶段基本相似,都曾经历过工业化起步阶段以自然资源和生态环境为代价的发展过程。以县域为整体发展空间的县域经济,从农村工业化起步,县域经济的高速增长,一部分是以不可弥补的生态破坏为代价换取的。传统产业不升级,不进行产业的生态化改造,不发展生态友好的新兴产业,绿水青山难免被破坏殆尽,更不可能实现"绿水青山就是金山银山"的共同目标。

在20世纪80年代,"七山二水一分田"的安吉作为浙江20个贫困县之一,为摘掉贫困县"帽子",也曾"村村点火,户户冒烟"。安吉民众在本地矿山资源的基础上,模仿起了工业强县走农村工业化的老路,吸收了相当比重的农村剩余劳动力。结果是财政上去了,贫困县"帽子"如愿摘掉,但青山被毁,污水横流。

在工业化初期,在与外界尤其是经济发达的大中城市由于交通制约而缺少经济交流的条件下,不可再生的矿产资源的确是一个偏僻山区县的比较优势。在"两山"重要思想的发源地——安吉余村,也曾经历过一段资源开采、环境破坏的掠夺式开发时期。青灰色的石灰岩曾是余村最重要的创富资源,村里就地办起了水泥厂,每年村里可以收入好几百万元。但是,这也是余村的疮疤痛处,矿山开采、水泥石灰烧制带来了环境污染、生态破坏,还造成了多起安全事故。余村的资源型农村工业,是安吉经济发展初级阶段的缩影。人们逐渐认识到,粗放式的外延扩张虽然让当代人的口袋满了,但绝了子孙后代的路,生态环境被破坏到了接近无法逆转的严重地步。

照着"绿水青山就是金山银山"这条路走下去,不仅需有很大的勇气,而且需有很大的毅力。在"两山"重要思想的指引下,在省委领导的支持下,安吉经受住了跨越式发展阶段带来的阵痛,花大力气整治资源掠夺式开发的产业,整治那些对环境破坏严重的传统产业,回归绿水青山的发展路子。

鄞州是典型的县域经济发达县(市、区)的样本,也是浙江省最发达的工业强县之一。农村工业化进程中,鄞州人发挥本地优势,一批传统产业兴起,形成了较为完整的制造业体系,造就了鄞州的工业强区地位。工业经济为全区贡献了60%的GDP、50%以上的财政收入和就业岗位,但是鄞州同时又是一个资源小区,对工业的环境承载力接近极限。2002年撤县设区,开始了县域经济向城市经济转型的征程,同时创建现代化强区,建设生态鄞州成为发展目标。

铸造、印染、电镀、化工、食品等传统产业曾经是支撑鄞州工业化快速发展的优势产业,是县域经济重要的财政来源。铸造业是能耗大户、排放大户,传统铸造业创造了大量"黑色GDP",仅2008年云龙镇就有大大小小49家铸造企业。由于铸造业的传统工艺中需要烧煤,云龙镇耸立起了近百根烟囱,黑黑的浓烟污染了空气,云龙镇居民对此反映强烈。由于铸造业在生产过程中要产生酸性的石英废砂,不易处理,云龙镇里堆起了两座"小山",全部是石英废砂,占地20多亩。铸造企业排放的废气、废水,给区域环境带来了严重污染,铸造企业车间内游离二氧化硅含量极高的粉尘,也危害了劳动者的健康,尘肺病的潜在危险不容忽视。随着全社会的环保意识、效率意识不断增强,这一类传统制造业的生存空间越来越狭窄。曾经是县域经济的支柱产业,现在越来越成为县域经济的"效率负担"。痛定思痛,从"十一五"起,鄞州就开始大力整治污染较大的五大传统产业,"十二五"期间又淘汰一大批"三高一低"的落后产能和末端产业。

桐庐虽然是一个山区县,但第二产业比重在2000年后达到并超过 60%。这一方面说明了桐庐在浙江西部处于工业化进程的领先地位,一贯以来保持着较高的工业化水平,是浙江西部农村工业化比较发达的县域;另一方面也说明传统产业粗放式的增长即将达到环境和生态的极限。当桐庐人的认识还停留在宁要"金山银山"的阶段,就会不惜牺牲生态环境,把眼光局限在"绿水青山"中不可再生的、又可以简单开发的、但会不断衰竭的自然资源。在县域经济的工业化格局下,桐庐兴办了以矿石为原材料的水泥产业、石灰产业、石材加工业,也和其他县(市、区)一样发展一些制造业必备但又会造成污染的电镀产业。民众也习惯于从自然资源中获得收入,挖沙采石、伐木加工、填塘造厂。为了金山银山,只看到眼前现实的经济利益,完全不顾生态环境的长远利益。

"两山"重要思想以及安吉等县的实践,给桐庐的科学发展带来了很大触动。新思想和旧习惯不断交锋,必须在"金山银山"和"绿水青山"中做个选择。桐庐出产的石材,曾给山乡百姓带来了充实的钱袋子,但是,石材加工带来了大量的废渣、粉尘、废水、噪音,还破坏了自然景观。桐庐的电镀行业也是重要的支柱产业,是机械加工不可缺少的,对经济发展做出了重大贡献,但是对环境的威胁也很大。为了可持续发展,桐庐还是毅然决然地选择了保护绿水青山,决心加快淘汰石材、电镀、铸造等落后产能,以更严格的标准来整治污染、修复环境、保护生态。

### 三、建设美丽乡村

在传统的发展思路下,经济发展必然会牺牲资源和生态环境;经济发展的成果大多惠及城市,而往往由农村承担生态环境遭受破坏带来的后果。"绿水青山就是金山银山"则是一条绿色发展的道路,是一条城乡统筹协调发展的道路,是一条城乡居民共享绿色生态和优美环境的发展道路。"绿水青山"这一类生态资源,主体不是在城市,而是在乡村。中国几千年的文化积淀主要在农村,中国人的乡愁也在农村,人与自然最亲近的接触和宜居地同样在农村。可以说,没有城乡统筹协调发展,没有把城市和农村看成一个整体来发展,"绿水青山"的生态资源就不可能造就"金山银山",生活富裕的城市居民也不可能共享到"绿水青山"的诗意生活。拥有都市圈有利区位的桐庐、安吉、鄞州三地,在"千村示范、万村整治"的基础上,把统筹城乡发展、建设美丽乡村作为实践"两山"重要思想的重要途径,为绿色发展、为美丽经济打开了城乡协调发展的广阔空间。

与城市对比,农村的落后,首先是基础设施和公共服务的落后。在城乡分割的体制下,农村的基础设施投资严重不足,广大山区农村的自然资源难以走向外部市场。农村是"绿水青山"和生态资源的富集地,同时也是生态资源最脆弱、最容易遭到破坏性开发的区域。归根结底,城乡发展不协调,发达地区与欠发达地区的经济发展不协调是"绿水青山"转变为"金山银山"的主要阻碍。安吉县先后编制了《安吉县生态文明建设纲要》《安吉县农村环境保护规划》,以"环境提升、产业提升、素质提升、服务提升"四大提升工程为切入点和主要抓手,协调推进城乡基础设施建设、经济发展、生态建设和文化建设,构建城乡一体化发展新格局。持续推进农村环境治理,实施农村环境连片整治、饮用水源保护、垃圾分类和无害化处理,生活污水处理以及农村危房改造等基础建设工作。美丽乡村建设使安吉从根本上改变了农村环境脏乱差、农村发展滞后于城市的状况。

美丽乡村建设的产业依托是乡村休闲旅游。安吉面向长三角都市圈发展旅游和农家乐,体验式、开放式的乡村旅游在绿水青山间蓬勃兴起。乡村休闲旅游的发展也带动了对第一产业的生态化、产业化改造。保护好了青山绿水,把自然资源纳入生态的自我循环和可持续发展轨道,才能为当代人和后代人创造出源源不断的财富,才能把农民从世世代代的传统农业中解放出来。其中的典型是安吉的竹产业、茶叶产业和转椅产业,这三个产业"接二连三",把制造业和服务业相衔接。"一竿毛竹富了一县农民,一片叶子富了一方百姓,一把转椅富了一方经济",竹子、白茶和转椅,三大生态绿色产业为安吉农村经济打下了产业基础,让广大农民就地转移到了第二产业。

生态资源的产业化还可以帮助农民直接从第一产业跨到第三产业。在新农村建设中,农村基础设施得到改造,山区与都市圈连接的交通设施得到改善,再依托丰富的生态资源,旅游休闲产业在美丽乡村迅速崛起,休闲产业和农家乐处处可见,农民多了一条途径把"绿水青山"转变为实实在在的"金山银山"。

在县域经济和传统制造业的版图下,桐庐在区位、资源上都是劣势。2005 年 12 月 26 日,随着杭千高速公路的通车,桐庐进入了杭州市"一小时半交通圈、旅游圈、经济圈"。在都市圈的经济版图下,从"两山"重要思想的角度来看,桐庐最大的优势是生态。保护好生态是基本要求,在生态得到有效保护的前提下,实现与生态保护相容的发展道路,这是桐庐重要的任务;发展的最终目标是惠民,环境保护和经济发展让民众得到实实在在的好处。桐庐做足了"美丽"文章,从最美乡村到最美县城,形成了城乡美丽经济。

桐庐首先从建设"洁化乡村、绿化乡村"抓起。2008 年启动了"清洁桐庐"三年行动,建成了县、乡、村三级联动的保洁设施体系,配备了1700 余名农村保洁员,实行"户集—村收—镇中转—县处理"的城乡一体化的生活垃圾无害化处置模式,实施了环境卫生四级网格的网格化管理制度。强化农村生活污水处理工程运行监督,大力推进农村生活垃圾分类收集机制,推进生活垃圾资源化综合利用和池塘生态化改造工程。改善农村人居环境的成果引起了主流媒体的关注,《人民日报》头版头条刊登了《夜访环溪看治污》的报道。对全县范围内的国省道、县乡道,甚至村道进行了全面整治和绿化,打造了城镇入城口景观工程、元川村等村口精品景观,打造了分水江边江东绿化景观工程,完成了钟山乡歌舞溪河道整治绿化工程。

在洁化、绿化的基础上美化乡村。按照"最美城乡"标准,推进风景城镇、风景村落、风景庭院、风景工厂建设,逐步实现"处处是景、时时见景"的美丽城乡风光,桐庐扎实推进了美丽乡村建设的全覆盖。有序推进了 50 个市级美丽乡村精品村、32 个中心村和 3 个风情小镇建设,富春江镇芦茨慢生活体验区成为全国首个乡村慢生活体验区,江南古村落风景区成功创建为国家级 AAAA 级景区。"栽得梧桐树，自有凤凰来"，美丽乡村建设奠定了蓬勃兴起的美丽乡村休闲旅游的基础。

## 四、发展生态友好型产业

"绿水青山"不仅可以转变成"金山银山"，而且本身也是"金山银山"，关键是如何把生态资源的价值挖掘出来，并且得到发扬光大。安吉县在 10 年的坚持和摸索中，找到了一条让"绿水青山"和"金山银山"互动互促的产业发展路子。

第一产业"接二连三""跨二连三"，安吉形成了多元化的现代农业发展路径。以经营乡村的理念盘活农村资源，积极探索乡村休闲旅游发展新模式。全县分层次推进了美丽乡村休闲旅游的培育，推动"农村变景区、农业变商业、农民变股民"。拓展山区农村的观赏、休闲、娱乐、文化、美食、养生等多种业态，把山区的竹子、茶叶、碧水等生态资源激活，实现"一产跨二连三"的跨越式发展。

安吉制造业正在发生凤凰涅槃式的变化。资源性产业关停后，竹产业、白茶产业、转椅产业挑起了安吉人的制造业，转椅产业还是安吉的特色产业、重要的出口创汇产业。但就产业的高度和市场的竞争力而言，这些产业难以支撑安吉的"金山银山"。安吉人在 10 年生态环境大投入的基础上，加大了招商选资。

安吉立足得天独厚的生态优势和处于长三角腹地的区位优势，全面推进"接沪融杭"战略，深度融入杭州都市经济圈，在基础设施、要素市场、产业平台、民生事业等方面与杭州实现了互联互融、共建共享，成为杭州都市经济圈重要的节点城市。没有污染、属于资金技术密集型产业的装备制造业已经成为安吉经济发展的新增长点，以生态立县的安吉需要的就是这类企业。

从无到有的安吉装备制造业也创造了许多惊喜，甚至在全国装备制造行业已抢占一席之地。有些企业的规划雄心勃勃，如浙江安工机械有限公司，计划在安吉打造占地近 2000 亩的装备制造业特色产业基地,发展工程机械、新能源城市环卫保洁机械、交通运输及各种多用途专业化特种车辆改装生产,并努力使产业基地成为国内超一流的重工装备制造产业基地和安吉重要的工业旅游观光产业园。

安吉的现代服务业发展环境吸引了海内外投资者的眼光。都市圈重要节点叠加乡村休闲游的环境优势,吸引了上海电影集团投资兴建影视文化产业基地。全球首个凯蒂猫主题乐园和乐翻天欢乐风暴入驻并相继开业,"大年初一"等浙商回归工程提升了安吉的乡村休闲游的档次,还吸引了一批文化影视、会展场馆等知识服务业落户安吉。安吉县与浙江科技学院合作,引进了"中德工程师学院",是安吉融入杭州都市圈的又一成果,使安吉实现了大学梦,将为安吉的美丽经济输送高级人才,助推服务业、制造业不断升级。

桐庐接轨都市圈,为吸引生态友好型产业落户建设了三大产业平台。以富春江科技城为主体的桐庐经济开发区,全面启动国家级经济开发区创建。科技城专门瞄准"大、好、高"项目招商,百亿级智慧安防产业海康威视基地、英飞特等优质项目落户园区,"桐庐省级医疗器械高新技术产业化基地"正式落户开发区,大力发展医疗器械、先进装备、生物医药等新兴产业。建设浙江省首个县级商务区——迎春商务区,入驻企业业态主要包括企业总部类、金融服务类、文化创意类、信息科技类、中介服务类、住宿餐饮娱乐类、贸易实业类等。2013 年 9 月16 日,浙江省公布桐庐迎春商务区正式列入第三批浙江省服务业发展集聚区,2014 年获得"国家级电子商务拓展区"称号,并成为首个获得杭州市命名的电子商务产业园。依托绿水青山的生态资源和都市圈的优势区位,大力建设大众健康产业平台。桐庐富春山健康城完成总体规划等编制,被列为杭州市第三批现代服务业培育类集聚区,"健康小镇"被列入全省首批"特色小镇"培育单位。打造健康产业,是绿水青山直接转化为金山银山的最短路径。

宁波推进城市经济的发展,为鄞州区发展生态友好型产业提供了契机。鄞州区东、南、西三面紧依宁波中心城区,是宁波都市圈的核心部分,"三高一低"的传统产业急需依托都市圈加快升级。县域经济向现代城市经济转变,需要通过"腾笼换鸟",一增一减,完成县域经济的大换血,让城市经济的种子在传统产业腾挪出来的空间里生根发芽。

鄞州抓牢撤县设区、宁波大都市区拓展等机遇,着力打造"先进制造业强区、现代服务业新区、现代农业示范区",拓展"绿水青山"的效益空间和城乡发展空间。大力实施产业生态化改造的同时,壮大新材料、新能源等五大战略性新兴产业,培育环保科技、生物医药、激光光电等前瞻性朝阳产业。例如,引进了中国中车产业基地,攻关超级电容储能技术,试点投运全国首条储能式无轨电车线路。加快产业结构战略性调整,倒逼传统产业、块状经济转型升级,推广"机器换人、技术换代、腾笼换鸟"等改革创新,大力推进服装纺织、家用电器、汽车配件、机械制造等五大传统产业升级。2014 年,全区传统产业比重从过去的 50％下降到 20％以下,高新技术行业产值比重迅速提升。

鄞州抓牢二、三产业融合机遇,大力发展以低碳、节能、集约为特点的新型城市经济,在新城区重点发展"总部经济、电子商务、移动互联网、生产性中介服务业"四大新业态,打造区域性总部基地、电子商务示范基地、优质资本集聚基地、设计创意基地四大新基地。依托南部商务区和商务楼宇建设,构筑长三角南翼区域性总部经济高地,2014 年以全区企业法人单位总数的 0.5％的企业(47 家),实现了全区 16％的地方财政贡献。电子商务、移动互联网、生产性中介服务业发展强劲,促进了传统制造企业与互联网的融合。2014 年鄞州区第三产业增长 9.1％,快于制造业,比重上升到 37.6％,发展势头良好,成为浙江省首批现代服务业集聚示范区、省级电子商务示范区。

受都市新区建设和总部经济基地打造的拉动,鄞州城市基础设施和城市功能有了很大提升,城市的集聚力和辐射力大大增强,有力推进了文化旅游的深度融合。依托鄞州深厚的人文底蕴,充分利用散布于各乡镇街道的地方文化资源,大力发展都市游、文博游、文化游和体验游,天童—阿育王、梁祝等一批"十亿级旅游集群"正在建设之中。文化产业也迅速崛起,动漫产业进入了全国第一方阵,文化产业增加值连续稳居宁波各县(市、区)第一。

### 五、"绿水青山就是金山银山"需要制度和机制保障

在经济发展的特定阶段，"绿水青山"并不一定就是"金山银山"，"绿水青山"也有可能被破坏成穷山恶水。"绿水青山就是金山银山"代表着更高水平的发展阶段，是生态和发展和谐的阶段，这不仅取决于生产力水平的提高，也取决于生产关系的进步。

由于工业化的推进，工业社会的生产力较之于农业社会有了很大的提高。在农业社会被看作生存资源的"绿水青山"，在工业社会里渐渐降低了地位，甚至可以被看作"金山银山"的交换物。可见，生产力水平的提高，并不必然带来生态的改善，也不必然带来大众福利的改善。根本的问题还是在于生产关系，过度强调技术的进步，而忽视了制度和体制的改进，并不能从根本上保证"绿水青山就是金山银山"。生态文明的制度和机制，体现了生态福利的公共性，体现了生态权利的平等性和开放性，是一种比追求利润最大化、追求个体权益最大化的工业文明更高的文明制度。

鄞州区作为浙江省的工业强县（区），而且也是都市新区和总部经济的集聚区，传统产业在技术上得到了明显提升，战略性新兴产业的体系也粗具形态，县域经济向城市经济的转变，同时也需要转变发展的目的、发展的目标、发展的绩效考核制度，真正跳出工业文明单纯追求局部经济利益最大化的狭隘格局，从而为"绿水青山就是金山银山"探索出一套生态文明的制度与机制。

从发展的目的来讲，"绿色鄞州""美丽鄞州"代表着全体民众的公共福祉，是以人为本的发展，超越了发展单纯追求 GDP 的狭隘目的，让鄞州的民众可以平等地从"绿水青山"中感受到生活的美好。"绿色鄞州""美丽鄞州"必然要求在经济社会发展目标上实现"生态鄞州"。生态环境保护、生态环境整治是保障生态权利平等的一条底线、一条红线，以红线来倒逼"三高一低"的传统产业淘汰落后产能，加快转型升级。

超越 GDP 考核，保障平等的生态权利，需要在制度上得到保障，

尤其是政府的绩效考核要调整并适应生态文明建设的需要。鄞州区把经济类和环境类乡镇区别开来,把乡镇和街道的发展目标区别开来,降低工业经济指标的考核权重,提高城市经济、生态建设、城市管理指标的考核权重,综合经济效益和生态效益进行考核。实施差别电价政策,推进排污许可证、排污权有偿使用和交易制度。生态文明的制度和机制向社会公众、市场主体传达了生态建设的极端重要性,传达了创新发展和绿色发展的理念和趋势,必然会倒逼企业增强生态责任意识,加快技术进步和产业升级,为社会创造出更多绿色 GDP,给全体老百姓带来更多平等分享的生态福利。

## 第二节　"宁保绿水青山,发展山水产业"的典型样本

工业化和生态保护是一种两难选择,无论是发达地区还是欠发达地区都必须面对并作出抉择。浙江欠发达的山区县以及远离陆地的海岛县,工业化水平普遍较低,工业化进程大大落后于发达县(市、区)。有两条路摆在它们面前:一条是传统的发展路子,模仿农村工业化模式,就地取材发展资源性产业,或者接受发达地区的产业转移来发展工业。不管以何种方式,走传统的发展路子,虽然可能获得资本和技术,但以消耗资源环境来换取经济增长,势必与环境保护产生严重冲突。另一条是走绿色发展之路,以"绿水青山"换"金山银山"。以下山区、海岛的样本县(市、区),都选择了保护"绿水青山"、发展山水产业的发展路子。

### 一、山区海岛县绿色发展跨越之路

在经济发展的初期,尤其是工业化起步阶段,"绿水青山"往往不被认为是优势。"绿水青山"总是与山区恶劣的交通条件相联系,总是与狭窄的生产空间相联系,也和偏远的区位相联系。仙居、开化、遂昌

和定海,是 11 个样本中的山区县或者海岛县。它们的资源禀赋非常相似,都有大面积的山地丘陵,丰富的绿色资源,人口密度相对较低,村庄分布散落。四地也有类似的区位特点,不仅离大都市距离较远,而且所在区域的中心城市的经济总量也较小,甚至处于中心城市的边缘。受制于山地、丘陵,又被溪流河道分割,大多交通基础薄弱,无论是县域内部还是县域与中心城市、都市圈,都缺少有效的要素辐射和产业分工。在传统的发展理念下,这些生态资源丰富但又区位偏远的县域,经济发展相对滞后与生态环境保护的矛盾始终无法解决。在"两山"重要思想的指引下,"绿水青山"被放置于更大的开放空间,统筹协调好城乡的生态资源,认准了为城市、为大都市、为全世界保护"绿水青山"的路子,耐得住寂寞,借着开放发展的大平台,绕过传统发展模式下"大开发、大破坏"的怪圈,打开绿色发展的大思路。

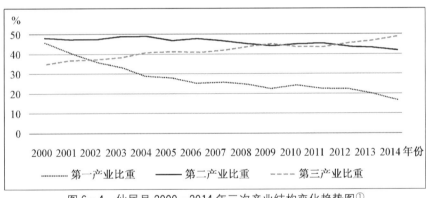

图 6-4 仙居县 2000—2014 年三次产业结构变化趋势图①

仙居位于台州市西部,素有"八山一水一分田"的说法,是国家级生态县和国家公园试点县,获批为全省首个绿色化发展改革试点。2005 年至今,始终如一地贯彻和践行"绿水青山就是金山银山"重要思想,努力写好山水文章,积极打造山水城市,走出了一条新的绿色化发展道路。如图 6-4 所示,2005 年以前,仙居的第二产业比重有一些波动,这显示着产业发展和区域发展在思路上处于两难之中。2005 年以后,第二产业比重保持相对稳定且缓慢下降,在现有第二产业的

---

① 数据来源:《浙江统计年鉴》2001—2015 年版。

基础上,加大了提质增效的努力。实践"两山"重要思想,走绿色发展道路的显著成效,集中体现在产业结构的优化上。从图6-4可以看出,第三产业和第一产业在差不多的占比水平上同时起步,而第三产业比重稳步提高,已经超越了第二产业,第一产业比重持续下降并稳定在10%左右。产业结构在最近一两年中继续优化,第三产业加速发展,第二产业比重明显下降。2015年,中共台州市四届四次党代会提出,响应省委十三届五次全会"建设美丽浙江、创造美好生活"的要求,建设山海宜居美城,创建更加宜业、宜游、宜居和山美、水美、人更美的大美台州。仙居作为台州市重要的生态经济区,将充分发挥最大的优势和潜力。

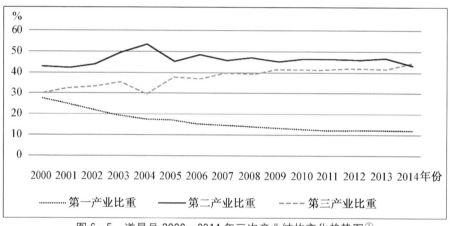

图6-5 遂昌县2000—2014年三次产业结构变化趋势图①

遂昌县地处浙江西南部,隶属于浙江省丽水市,作为钱塘江、瓯江的两江源头,是全省重要的生态屏障。遂昌林多地少,森林覆盖率在80%以上,拥有全国首个以县域命名的国家森林公园。在早期发展中,山与水曾经阻隔了遂昌的工业化进程,但在生态经济的背景下,山与水成了遂昌致富之源。遂昌实践"两山"重要思想,表现在产业结构调整上有自己的特色。如图6-5所示,2000年后,遂昌的第一大产业是工业,而且第二产业的比重在工业强县的思路指导下,接受了发达地区的产业转移,一度快速上升。但是随后工业比重在相当一段时间

① 数据来源:《浙江统计年鉴》2001—2015年版。

内上下波动。2005 年后,产业结构的变动相对稳定下来,第一产业比重迅速下降,工业制造业保持稳中有降,而第三产业保持了良好的发展势头。如图 6-5 所示,2012 年起第三产业快速发力,实现了对第二产业的超越。遂昌与仙居比较类似,第三产业和第一产业的发展起点相同,但发展态势迥然不同。遂昌在"绿水青山就是金山银山"重要思想的指导下,重新审视自己,立足生态,敢想敢干,通过绿色化发展实现了美丽蜕变。乡村休闲旅游、原生态精品农业、农村电子商务等一系列遂昌模式,用事实证明了"两山"重要思想的科学性。

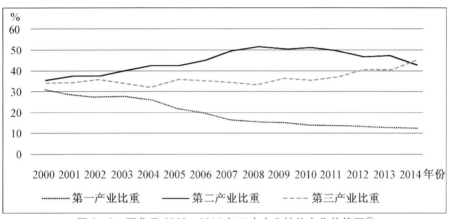

图 6-6　开化县 2000—2014 年三次产业结构变化趋势图①

开化地处浙皖赣三省七县交界处、浙江母亲河——钱塘江的发源地,是全国 9 个生态良好的地区之一,被国家环保部确定为"华东地区重要的生态屏障","国家级生态乡镇"全覆盖。2000 年前后,开化正处于发展阶段的关键时期,工业化即将启动,三次产业比重处于均衡水平。这是一个关键的选择时点,当时浙江省发达县(市)的二产比重都在 60% 上下,而开化还只有 30% 左右,且与第一产业的比重相当。随后,第二产业的比重一路上扬,第一产业的比重不断下降,但是第三产业的比重停滞不前。开化在大力发展传统产业的同时,不可避免地遭遇到了资源和环境的制约。2006 年 8 月,时任省委书记习近平到开化调研,对开化生态环境资源给予高度评价,要求开化发挥绿水青山

---

① 数据来源:《浙江统计年鉴》2001—2015 年版。

这一最大优势,走绿色发展之路。在实现区域经济发展的同时,提高老百姓的收入,所谓"人人有事做,家家有收入"。开化的绿色发展开始启动,产业结构调整向着"绿水青山就是金山银山"的方向发生转变。在整治污染、产业整顿和环境保护的诸多努力下,也是在"两山"重要思想的鼓舞下,立足于山水生态的旅游业和发展迅速的文化产业,第三产业稳步上升,而第二产业比重持续下降。2012年起,第三产业的发展势头迅猛,超越了第二产业。作为一个欠发达的生态县,实现了绿色发展的产业结构调整,实现了从传统工业化到绿色发展的大跨越。

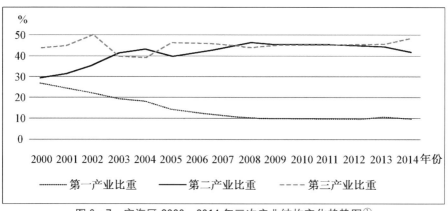

图6-7 定海区2000—2014年三次产业结构变化趋势图[①]

定海是舟山市的县级区,"千岛城市"的舟山的桥头堡。2011年后,国家先后批准了浙江省海洋经济发展示范区和舟山群岛新区的改革发展试点方案,舟山市成为浙江海洋经济"一个中心、四个示范区"发展战略的重心所在。《海洋经济发展示范区规划》要求舟山以深化改革为动力,着力优化海洋经济结构,加强海洋生态文明建设,统筹海陆联动发展,推进海洋综合管理。在建设国际物流中心的同时,也要成为我国海陆协调发展示范、我国海洋生态文明和清洁能源示范区。定海区在海洋经济发展的背景下,抓住群岛新区改革发展的形势,开发海洋经济、保护海洋资源,以自身独特的山海资源,践行"两

---

① 数据来源:《浙江统计年鉴》2001—2015年版。

山"重要思想,探索出了一条蓝色的海洋生态文明的道路。

定海区并不在欠发达地区行列,它是个海岛县(区),资源禀赋独特。在 2009 年舟山连岛大桥通车之前,海岛与大陆的交通仅靠速度较慢的水运,自然也就与中心城市、都市圈等经济增长极的经济联系并不紧密,受到的经济辐射有限。定海区实践"两山"重要思想,很注重保护和利用独特的海岛资源、渔农资源,这一点非常类似于山区欠发达地区。如图 6-7 所示,定海区的第二产业比重在 40%—50% 之间,大大低于一些工业强县 60% 的比重,但比欠发达县(市)的 30% 要高。而且,2007 年以后,第三产业比重开始提高,并超越了第二产业,成为海岛区的第一大产业。鉴于资源独特性、区位偏远性和绿色发展的共性,定海区更加适合走保护独特资源、做大山水产业的路子。

## 二、跨越式发展思路

仙居曾经是一个典型的欠发达山区县,经济总量小,产业结构单一,粗放的发展不仅没有带来太多好处,反而使得山清水秀的仙居变得越来越面目全非。面对这样的情况,仙居县委、县政府开始思考,到底什么路才是适合仙居的发展道路,是像许多地方一样"先发展后治理",走一条拿绿水青山换金山银山的老路,还是立足于生态优势,走一条科学跨越的新路? 仙居人通过深刻的反省与讨论,认识到守好绿水青山,最终将得到金山银山,生态就是仙居的优势和潜力。传统工业化的老路只会把仙居的优势截长为短,发展生态经济才能扬长补短。仙居将改革和治理双管齐下,破除各自为政的弊端,整合各部门的力量,促进各区域协调有序发展,树立正确的政绩观,逐渐构建起生态型战略体系。仙居找准城市个性,硬件软件同步提升,利用文化积淀在特色鲜明的旅游业上做足文章。"仙闲"是仙居的生活方式,是城市个性。仙居拥有下汤新石器、佛道儒、建筑、岩画、商贸、耕读、民俗等多种独具特色又和谐互融的文化,厚重的文化底蕴赋予其巨大的包容性。仙居通过不断做大生态产业,不断完善经济开发区、旅游度假区、台创园等为主体的产业平台,杨梅经济、油菜花经济等为代表的三次产业融合发展,乡村旅游与节庆旅游为农民增加了收入,工业、农业、文化等与旅游的协调互融,带动了城乡发展。

遂昌创新发展理念,走了一条不一样的路。生态文明的发展也是为了使老百姓更富裕、更幸福,遂昌顺应"互联网＋"的时代潮流,借助现代科技,发展农村电子商务,让优质资源走向更大市场,也把更好的服务送到农村。不同于义乌等地的淘宝村,在遂昌模式的农村电子商务中政府扮演了很重要的角色,培训、管理、物流、经贸等部门的协调中都有政府的大力扶持。但政府没有把全部环节一手包办,而是花钱买服务,运用市场手段,让最适合的人做最适合的事,与市场形成了良好互动。2010年,遂昌网店协会成立,为本地电商公共平台提供服务,帮助网商零成本开店,实现农副产品的集约化营销。依托阿里巴巴集团的影响力,遂昌与淘宝网开展战略合作,淘宝网首家县级特色馆——"特色中国·遂昌馆"于2013年1月8日上线,开馆当日产品销售额达250万元。遂昌馆不仅卖特产和原生态农产品,还卖景点门票、酒店等旅游产品,探索"以销定产"的销售模式。遂昌先后承办了中国农产品电子商务高峰论坛、农业部的信息进村入户试点工作推进会和商务部、财政部的农村电子商务现场会等一系列活动,进一步提高了对外的知名度。遂昌县行政推动力和市场活力两手抓,积极推广"农村互联网＋生态＋""草根创客＋乡村工匠"模式,大力发展生态经济,构筑起"赶街"、嘉言民生、企协网并驾齐驱的电商化格局。"赶街"实现了"农产品下乡"与"消费品进城"的双向流通,已建成2000个村级服务点,并在全国推广构建农村网购模式。遂昌开始探索"智慧农业"新模式,把"互联网＋"运用到了生产、储藏和销售全领域。高坪乡的高山蔬菜"智慧基地"引进了物联网,生产、销售全过程都变得可视化。传统韵味与现代智慧完美融合的遂昌农村,展现出生态经济发展的无限前景。

开化作为欠发达山区县践行"两山"重要思想,要逾越发展理念这一关。开化在"生态立县""生态强县"的目标指引下上升到建设国家公园体制试点,这一过程对于一个欠发达的山区县来讲是一个艰难的转型过程和痛苦的调整过程。如图 6-6 所示,2000 年左右,开化的三次产业比重都比较接近,处于一个工业化进程加快的黄金时期。随后,开化的第二产业比重不断提高,第一产业比重快速下降,给开化百姓带来了就业和发展的机会。但是开化作为钱塘江水源地,是一个重要的生态屏障功能区,传统产业与环境保护的矛盾不断加深。开化为了保证水源地的生态环境,做出了不小的牺牲。开化关停了一大批砖窑、工矿、造纸、化工等污染企业,告别了"吃木头、吐污水"和"靠山吃山"的做法。第二产业上升的势头,在"生态立县"的理念指引下自然也就难以为继。县域发展的轨迹开始转向,避免了省内工业强县先污染后治理的老路,为欠发达地区跨越式发展保留了宝贵的生态环境资源,为开化保留了真正属于自己的独特的资源。在"生态强县"的新路子下,第三产业的比重不断上升,第一产业保持稳定,并且与第三产业紧密结合,成为践行"两山"重要思想的开化样本。

开化提前谋划了全域性生态功能布局和八大功能体系。开化早在 1997 年就提出"生态立县"理念,2013 年启动浙江首个国家公园建设,围绕"全域景区化、景区公园化、经济生态化"来谋划县域经济和生态保护的双赢格局。在空间布局上把整个开化划分为生态保护区、生态农林区和产城集聚区三大区域,并根据生态约束、开发基础、管理方式等差异性特征,进一步细分为自然保护区、森林公园区、风景名胜区、水源保护区等 10 类功能分区。开化的生态文明建设,重点构建绿色产业体系、低碳开发体系、美丽城乡体系、公园架构体系、生态涵养体系、生态人文体系、公共服务体系、行政管理体系八大体系。在功能布局和功能体系的支撑下,力求提供更多更好的休闲度假、养生慢行的生态产品。

开化 10 年来践行"两山"重要思想,形成了自身的特色体系,"全域景区化、景区公园化、经济生态化"、三大功能区、十大细分功能区、八大体系等县域发展格局,为创新提升"两山"道路打下了坚实基础,探索全县域建设国家公园是开化生态文明建设和绿色发展水到渠成之举。开化 2013 年提出建设国家公园的宏伟设想,对开化进一步保护绿水青山并做足做优山水文章,是一个很大的促进和提升。首先是在更高的战略平台上调整巩固县域生态文明建设的发展规划。坚持把建设开化国家公园作为"生态立县"发展战略的创新和延续,作为强县富民的有效抓手,作为山区科学发展试验区建设的"开化样本"。着力打造成中国东部生物基因库、浙江水源保护地、长三角休闲养生大公园。对三大主体功能区域进一步细分为 10 类功能分区,细化主体功能分区到乡、到村,形成人口、经济、资源、环境相协调的空间格局。

开化勾勒国家公园构架,以国家公园建设来推进生态文明的制度建设。推行"区政合一"管理体制,建立了与国家公园建设管理相适应的行政管理体制。构建了"大发改、大经贸、大文旅、大卫生、大市场、大执法"为重点的大部制运行体系。推动新一轮行政区划调整和乡镇内设机构设置,全县 19 个乡镇、园区撤并整合为 14 个。建立和完善了生态奖惩机制和生态文明考核机制。设立省级重点生态功能区示范区建设试点资金和财政奖惩机制,完善了生态补偿机制。加大了对生态文明的考核力度,淡化了对工业经济和 GDP 的考核。国家公园发展战略是区域经济协调发展的战略,开化县作为生态资源丰富地区,把国家公园与生态农业经济、乡村旅游经济、生态旅游经济有机结合,使生态文化、农耕文化、民俗文化和民族文化相融合并得到传承,为山区县域提供了可持续的发展动力。

定海发挥海洋资源优势,谋划未来战略格局。定海的"十二五"规划纲要,坚持了"两山"要求,统筹定海的海陆、城乡资源,形成了"南生活、中生态、北生产"的空间发展基本构架。定海城区是核心,重点发展以现代服务业为核心的城市经济,三条带状空间划分为南部服务经济带、中部生态经济带和北部临港产业带。"一核三带"的空间布局,合理利用"海、港、桥、岛"生态环境资源,大力发展符合生态可持续要求的港航物流、海洋旅游、海洋文化创意等现代服务业。作为一个海岛区(县),集聚产业是综合发挥海洋资源优势、实现可持续发展的关键。通过四大产业平台,利用好"海"的优势,逐步形成了粮食物流、海洋水产品加工、海洋装备、石化加工等海洋优势产业。利用好"港"的优势,深化发展绿色船舶产业。定海集聚了一批规模化的船舶企业,并且设立了船舶设计研发中心。龙头企业建设了拆解港池,规模在国内最大,推动了绿色拆船业发展。利用深水岸线和水道,集聚了一批海工装备企业,有能力提供最先进的海洋石油钻探生活辅助平台,正逐步成为定海的战略性支柱产业。利用好大桥连通海岛的优势,打造独具特色的国际休闲岛。依托海洋历史文化资源发展千年古城游,依托美丽海岛乡村资源,发展乡村生态旅游,发展海岛休闲游。

### 三、环境整治、生态保护是跨越式发展的前提

"绿水青山"要变成"金山银山",工业化不是唯一的道路,传统的发展模式更不可取。欠发达山区县(市、区)最大的资本是生态环境资源,最有优势的是这里的阳光、空气、土壤和水。但是,这些资源非常脆弱,如果当地政府和老百姓难以抵挡工业化和传统发展模式的利益诱惑,这些资源优势、环境优势、文化优势会荡然无存,过去走过的一段弯路已经付出了沉痛的教训。

仙居落实"五水共治、五治齐抓"(治水、治气、治土、治山、治废),以坚定的决心和铁腕手段采取一系列措施,关、停、取缔一批小化工企业,整体搬迁4家大型医化企业,分类分批整治477家工艺品企业,全面整治"三废银"行业,清理取缔了338个非法冶炼点。实践证明,不能以短浅的目光看待仙居的发展,虽然县财政主要依赖于医药化工和工艺品行业,但强力的治理促进了产业转型升级,工艺美术变得多样化,医药企业迈入高新化。母亲河永安溪,一度因为丰富的砂石资源而遍体鳞伤。对此,仙居县进行了综合治理和生态修复,集中整治了其沿线的采砂和石材加工企业,关停采制砂场45家,关停非法石材矿山17家,同时加强防治力度,控制水环境污染。永安溪的生态绿道,以"低碳生态、以人为本、文化挖掘"为原则,开发与保护相结合,采用"粉墙黛瓦、绿树红花、小桥流水人家"的意象设计沿线驿站和村庄建筑,高标准完善配套设施,合理布局主题酒店、民宿、农家乐和创意农业,不仅满足了市民和游客的多种服务要求,更直接和间接地创造了

大量就业岗位。仙居县永安溪绿道成了一条幸福道,获得了全国人居环境建设领域的最高荣誉——"2015 年中国人居环境范例奖"。

遂昌注重护山林,保水源,让美丽乡村展新颜。在坚守生态的道路上,遂昌深切认识到自身的最大优势就是生态,为护住绿水青山做出了巨大努力。遂昌通过《关于生态林业建设的决定》,严格限制砍伐,既大面积扩增公益林,又加强运材索道监督管理。生态建设已初见成效,自 2008 年到 2014 年减少了进山索道 433 条。以传统林区黄沙腰镇为例,2015 年该镇实现运材索道的零审批、安装,原有的索道也全部拆除完毕。为了让山更青,遂昌已经坚持了 7 年"全民义务植树"活动,利用各种节假日,成立志愿者小组,鼓动群众积极投入到义务植树的热潮中,共同承担护绿责任。到 2014 年底,全县已建成 7 个省森林村庄、59 个市级绿化示范村。2015 年,义务植树 18 万株,现有省级以上公益林面积 223.6 万亩。2016 年初,遂昌高坪桃源十里杜鹃古道、濂竹小岱古松古道获选浙江省最美森林古道。

遂昌把治山和治水相结合,打好践行"两山"重要思想的持久战。2014 年 5 月,遂昌率先出台全省第一个县级"五水共治"总体规划——《遂昌县"五水共治"总体规划》,预期投资 53 亿元,上马城镇污水处理设施建设、工业企业排污治理、农村生活污水和农业面源污染治理、水源涵养和饮用水源地保护、防洪排涝和生态河道建设等"五水共治"十大工程。开启"有偿回收、源头追溯"新模式处理垃圾,整治畜禽养殖污染,关停拆除内河上游 30 家养殖场,治理农村生活污水,完善污水管网。整治竹木加工行业,引导企业转型升级,美化、绿化、亮化河道景观。完善河道管理机制,与"河长制"有机结合,运用市场机制,构建保洁长效机制。制定《遂昌县河道保洁长效管理实施方案》,公开招投标河道的保洁权,综合提升河道保洁质量。饮用水源地坑口乡的大山村垃圾资源化利用站,引进垃圾处理设备,将有机垃圾变成肥料,实现了与环境的和谐互融。"五水共治"不单单是治环境,还要促转型、惠民生。遂昌县东南部的十八里翠国家水利风景区,是浙江省第一个"总体规划"通过水利部批复的水利风景区,促进了水利资源的保护和利用,推进了旅游业发展。

开化大力推进工业污染和城乡生活污染治理。对于发达地区而言,发展的底线是环境保护,而对于欠发达的山区县,生态资源和生态环境保护恰恰是跨越式发展的起点。开化清醒地认识到,要实现跨越式发展,首先要从污染环境的产业着手治理,于是对一大批"高耗能、高污染、高排放"的企业实行了"关、停、并、转、破","十一五"以来累计关闭污染企业200多家。2013年起,开化对62家企业实施环境污染整治,关停污染企业30多家,外迁17家光伏企业,全面关停了黏土类企业,钱江源两岸机制砂厂40多家被关闭,整顿改造了一批水上乐园、亲水公园。同时,要用精神文化来引领开化民众的生态环保理念,形成良好的生态保护习惯。推动"三改一拆""五水共治"等重点行动,制定生态环境管护村规民约,彻底改变农村"脏、乱、差"的生活陋习,以及公众恣意破坏山水植被的不文明行为。

定海做好资源和产业的"加减法",要发展,先保护,先改造整治。随着舟山海岛连接大陆的各项交通基础设施逐渐完善,海岛区(县)的发展环境得到了质的提升。空间上更加接近了大都市,带来了潜在的市场。但是要实现海岛资源持续转变为可以共享的发展成果,首要的条件是海岛资源要保护先于开发,而不是等到污染和破坏之后再来保护。定海区从农房集聚、海岛保护、渔农村改造等方面,全方位推进生态、生活环境的整治和保护工作。先做减法,节约资源。作为一个海岛区(县),土地资源稀缺,定海认准了抓农房集聚建设,土地集约开发。编制完成《定海区村庄及农村住宅建设补点规划》,在城乡设置住房禁建区、控制区、保留区、集聚区和特色保护区。基本形成了"重点突出、梯次合理、特色鲜明"的村庄和农房布点规划体系,加大引导农房向集聚区集中。严格控制农村私人在非集聚区扩建新建住房,尤其是绿水青山的生态保护区严格禁止。建成一批农渔村集聚小区、拆迁安置小区、整村搬迁改造项目,切实改变了农民渔民传统居住方式,改善了居住环境,提高了资源共享率。做好减法,关、停、并、转了一批环境污染问题突出的企业和项目。做好海岛资源的保护,也需要禁止破坏性行为。例如,在鸟岛保护区海域范围内,不允许任何船只和人员上岛,不准在保护区内取土取沙采石,五峙山鸟岛已经建成了鸟类"生态环境示范教育基地"。在做减法的基础上,做好加法。做减法是减少资源浪费,减少环境破坏;做加法是加强渔农村的改造,加强渔农村的建设和管理。定海区重点推进美丽海岛社区建设,已经启动了45个美丽海岛社区创建。充分考虑各镇、村的条件,因地制宜,围绕"宜业、宜居、宜游"主题,打造精品社区。美丽海岛社区的典型就是干览镇的新建社区,以它为范本,海岛社区要做到"科学规划布局美,村容整洁环境美,增效增收生活美,乡风文明素质美,社会发展和谐美"。

## 四、做大山水产业

欠发达海岛山区把发展眼光跳出了山区,面向都市圈,面向国际化,不可移动的山水资源、农耕文化资源不仅是山区独特的资源,而且还是有广阔市场的资源,把这些资源用产业化的思路运作起来,做好山水产业的文章,发展各种形式的休闲体验旅游业、文化产业,"绿水青山"就可以变成"金山银山"。

仙居以开放理念、国际化视野推进旅游业发展。随着国民收入的提高和内需的启动,旅游业引来了新一轮大发展,国家不断出台促进旅游业发展的相关政策。仙居顺应形势,紧跟步伐,以国际视野谋划县域发展,制定了国际旅游目的地城市的战略目标,坚持"五化同步"(国际化、高端化、品牌化、集团化、信息化)的发展路径,将仙居名片推向世界。仙居作为长三角最佳慢生活旅游名城,地处台金温丽四市交界,随着杭温高铁、台金铁路的修建,交通将更为便捷。在景城一体、全域景区化要求下,城市的综合建设和服务水平有了极大提升,已开启世界自然遗产申报工作,正在创建国家公园,这些将为仙居扩大国际性品牌影响。仙居优化宣传策略,加大宣传力度,通过中央电视台、新华社等一批有影响力媒体的宣传推介,拓展国际市场。成功开发韩国市场,创造了旅游业界奇迹。以旅兴城,旅游人次高速增长,旅游业已经成为仙居绿色化发展的主引擎,已成为仙居国民经济的重要战略性支柱产业。对外开放,充分利用台湾农民创业园,不断增加与波兰扎克帕内等友好城市的文化交流活动。对内搞活,引进海亮有机农业、湿地主题酒店、养生综合体等众多项目,营造世界吸引力,大踏步迈向国际旅游目的地城市。

开化县乘势借力探索国家公园体制创新和综合开发,以国家公园为大平台,发展山水休闲产业、美丽乡村休闲产业。按照"全域公园化"要求,构建实施"一心、五条旅游走廊、五大功能区、五条精品线路、十大公园集群"的"1+5+5+5+10"公园架构体系。"一心",即以钱江源省级旅游度假区为核心(含根宫佛国文化旅游区、中国根艺产品交易区、南湖旅游综合体、旅游集散中心);"五条旅游走廊",即开化—黄山、开化—淳安、开化—玉山、开化—婺源、开化—衢州等开化至周边五大著名景区 1 小时休闲旅游走廊;"五大功能区",即东部拓展体验区、南部休闲度假区、西部科普体验区、北部康体养生区、中部创意农业观光区;"五条精品线路",即源味山水线、民俗文化线、山地体验线、观光农业线、康体运动线五条乡村休闲旅游精品线路;"十大公园集群",即根艺文化公园、龙顶茶实景园、森林博览园、花卉主题公园、动漫创意园、康体养生园、城市水景公园、红色公园等。

开化以国家公园的公共服务与经济效益包容的原则来提升和布局旅游产业发展。设立国家公园的首要价值目标是生态保护,这是生态资源产业化的前提,而确立生态文化价值理念是国家公园建设中另一重要目标,即要向社会公众传播生态保护的现代文明理念,并在国家公园的经济价值开发中得到有效贯彻。开化县开发生态资源,将旅游业作为推动"产业高新"的有效抓手,将三次产业深度融合做强生态旅游,通过宣传品牌、塑造文化等提升绿色产业的经济价值和社会价值。以"开化国家公园"作为城市的品牌形象,深度挖掘生态资源的文化价值。例如,给根雕旅游区赋予道法自然的生态伦理,给龙顶茶产业赋予绿色环保的文化,给钱江源的旅游赋予生态担当的文化。通过举办重大国际国内赛事及万人畅游钱江源、钱江源油菜花节等主题旅游活动,在传播生态文化的同时,用开化国家公园的品牌抬升了开化钱江源旅游在长三角都市圈的知名度。

定海通过文化提升"绿水青山"在山水产业中的社会价值,充分挖掘海岛固有的海洋文化元素来提升渔家乐品质,提升海洋旅游品质。新建社区成立于2004年,拥有良好的生态资源、自然野趣和海岛民风。社区居民大多务农和外出务工,没有更多稳定的收入来源。2009年起,以建立全国艺术院校大学生实践基地、南洞艺谷为契机,先后将多元文化与海岛社区建设相结合,建成了渔人码头、火车广场、明清老街、文化礼堂等生态与文化相融合的绿色休闲基地。南洞艺谷是海岛社区建设的范本,新建社区已经列入了省级文化小镇,该镇还计划借助创意壁画、乡村音乐等形式,扩大宣传推广,把美丽社区建成作家、艺术家、影视创作的基地。推广好渔民画、绳结、剪纸等具有本土特色的文化产品,带动当地的观光旅游升级为文化旅游,真正实践"绿水青山就是金山银山"的重要思想。

遂昌认准生态优势就是经济优势,做强主导产业,做优特色产业。生态优势不等于产业优势,但能转变成产业优势,变成实实在在的生产力。遂昌有4个国家AAAA级景区和5个AAA级景区,依托景区资源,开发设计出具有深厚内涵的养生旅游产品,把中国传统文化中的金、木、水、火、土融进县域旅游品牌,开发中国黄金之旅、森林养生之旅、竹炭之旅、温泉漂流之旅、红色之旅、乡村旅游与原生态农业之旅。随着乡村休闲和农耕文化开始兴起,遂昌抓住时机,开展了"六边三化三美"工作,结合美丽乡村建设,整合闲散资源,完善乡村相关配套设施,培育乡村休闲旅游,响应丽水市组建"农家乐综合体"号召,积极促进同质化较高、层级较低的农家乐向精品民宿转变,遂昌一跃成为浙江旅游业界的"黑马"。美丽的乡村风景吸引了大量投资者的目光,成了在遂昌投资创业的"新金矿"。保守估计,从北界镇到王村口镇,一条全长80多千米、串联9个乡镇街道的乡村风景线,已吸引亿元以上民间投资,大量外来资本也纷至沓来。2015年以来,这条风景线旅游人次达180多万,营业额近2亿元。山水的阻隔保留了遂昌的农耕和乡土文化,"原生态"就是特色的县域品牌,就是卖点。遂昌规划产业布局,配套基础设施和统筹管理,致力于发展原生态精品农业。为了保证品质,严格制定农产品标准规范和技术规范,开办新型职业农民茶叶培训班和中药材培训班等帮助农民提高种植技术,打响了山茶油、龙谷香茶、龙谷丽人茶、红心猕猴桃、烤薯、竹炭、石练菊米等一系列遂昌特产品牌。在工业转型和生态治理结合的实践中,遂昌变废为宝,发展矿区旅游,将废弃的矿山成功改造为国家 AAAA 级景区——遂昌金矿国家矿山公园,为全国矿山公园的开发建设提供了范本。遂昌的绿色发展赢得了多方肯定和支持,成功入选国家可持续发展试验区和全国旅游标准化试点县。

## 第三节　"五水共治"倒逼产业转型升级的典型样本

嘉善、浦江、新昌、永嘉四县样本,在"绿水青山"到"金山银山"的发展阶段转变中,呈现一些共同的特点。这四个县的三次产业结构中,工业占了大半边天,基本保持在 60% 左右,第一产业比重持续下降,表明这些样本属于典型的工业强县,以工业为主导,正处于工业化加速时期。但是,结合制造业的行业分布来看,也有一定的同构性,传统制造业是主角,共性的问题是"高污染和高耗能"。结果是显而易见的,这四个样本县水系发达,或平原或山区,水资源、水系是传统农村工业化和农村城市化污染最集中的伤疤。省委、省政府发出"五水共治"的号召,首要是治污水,把治污水当作牛鼻子,牵一发而动全身,倒逼了传统产业转型升级,带动了美丽乡村建设,推进了城乡社会一体化的现代治理。

### 一、工业强县的绿色发展转型之路

嘉善县地处浙江省与上海市、江苏省的交界,具有特殊的区位优势,是全国第一批沿海开放县之一,制造业比重超过 60%,是全国城乡经济发达的百强县。地处平原水系末梢的嘉善县,环境保护和经济发展一直是一对矛盾,尤其是河流水系容易受到工农业活动的污染。嘉善是 2008 年深入学习实践科学发展观活动期间习近平同志的联系点,也是全国唯一一个县域科学发展的示范点。在示范点建设过程中,在"绿水青山就是金山银山"重要思想的指引下,坚持把生态文明建设作为推动县域科学发展的重要抓手,开创了平原地区、工农业发达地区治理水污染、建设生态文明的样本,成功创建为国家级生态示范区,2012 年通过了国家级生态县验收。

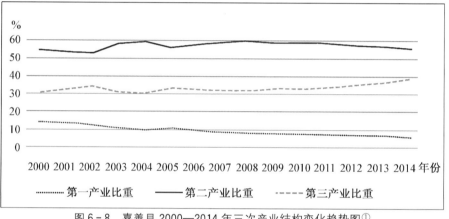

图 6-8 嘉善县 2000—2014 年三次产业结构变化趋势图①

嘉善提供了一个县域经济转型升级与环境保护同步推进的实践样本。如图 6-8 所示,2000 年以后,第二产业在波动中比重有所提高,接近了 60%,奠定了工业强县的地位。工业比重在 2008 年金融危机中达到峰值,随后进入了下降通道。尤其是 2010 年以来,第一产业效益提升,比重持续下降;第二产业比重稳定,略有下降;第三产业比重持续上升,势头迅猛。一产、二产比重双降,三产比重上升,"绿水青山就是金山银山"的经济结构正在形成之中。

浦江地处浙中,与义乌、诸暨等县(市)接壤,受义乌小商品市场、浦江水晶市场等专业市场的带动,市场导向的块状经济发达,完成了农村工业化的原始积累。如图 6-9 所示,2000 年,三次产业结构中工

① 数据来源:《浙江统计年鉴》2001—2015 年版。

业的比重超过 60％，农业的比重在 10％左右，但是第三产业比重不高，仍处于工业化快速发展阶段。以水晶制品为代表的块状经济层次低下，废水、废料对浦江的水环境造成了严重破坏。较高的工业化比重与低下的经济生态效益形成鲜明对比，经济发展缺乏后劲，生态环境严重破坏。水晶产业长期根植于浦江的乡村，关系到当地村民和几十万外来人口的生计，如何在经济可持续发展、生态保护和民生福祉之间取得平衡，浦江交出了一份让群众满意的答卷。

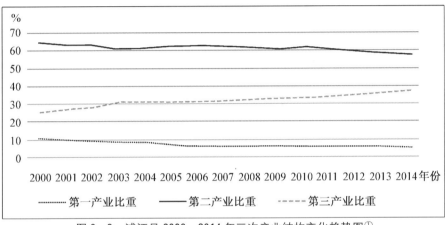

图 6-9　浦江县 2000—2014 年三次产业结构变化趋势图[①]

事实证明，水晶产业的整治，并没有从根本上动摇浦江的县域经济。水晶产业作为一种地方特色产业，随着工业化不断推进，其对县域经济的贡献越来越小，而负面作用越来越显著，即使如此，要进行彻底整治，一直是个难题，因为涉及各方利益。从图 6-9 中可以看到，在水晶产业大范围扩张之时，浦江的制造业比重并没有明显提升，而整治水晶产业，也没有致使制造业比重大幅下滑。浦江的成功实践表明，水环境治理倒逼传统产业转型升级，背后必须有政府治理体系和治理能力提升作为基础。

新昌是个山区小县，面积 1200 多平方千米，人口 43 万，地貌特征俗称"八山半水分半田"。新昌自然风光优美，森林覆盖率达 64％。改革开放之初，新昌的工业基础非常薄弱。20 世纪 80 年代初，新昌确立

---

① 数据来源:《浙江统计年鉴》2001—2015 年版。

了"工业立县"的发展战略,凭借着仅有的一点手工工业的基础,新昌抓住了农村工业化进程的机遇,机械、化工、制药等产业的发展为新昌的工业化打下了基础。"工业立县"渗透了新昌人实干和专注的"工业精神",是一个山区资源小县发展成为全国百强县的精神原动力。一个缺少资源的山区县,走"工业立县"路子,资源取之于区域之外,产品市场在区域之外,通过工业化把新昌人的实干苦干转变成了"金山银山"。

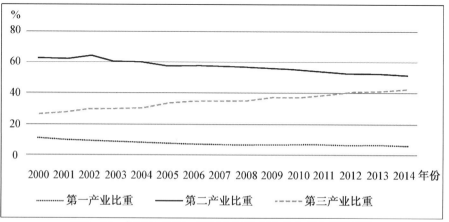

图 6-10　新昌县 2000—2014 年三次产业结构变化趋势图①

作为一个山区县,在"工业立县"思路的指导下,新昌抓住机遇,大力发展工业,成绩喜人。但是工业快速发展的亮丽成绩,无法掩盖新昌的好山好水被破坏的严峻事实。新昌拥有数个国家级风景名胜区,在工业快速发展的事实面前,也没有发挥出促进服务业发展的作用。如图 6-10,从新昌县 2000 年以来三次产业结构变迁的折线图来看,新昌毫无疑问是一个工业县,这是改革开放以来新昌坚持"工业立县"的成果。在工业产值比重最高的时点,同时也是第三产业比重最低的时点。但是新昌敢于大胆调整发展战略,由"工业立县"转变为"生态立县"。尤其是当新昌人民认识到"绿水青山"的重要性要远远高于"金山银山"后,工业比重一路下降,第三产业比重稳步上升。新昌的

---

① 数据来源:《浙江统计年鉴》2001—2015 年版。

第一产业和第二产业比重双降,而第三产业比重上升,三次产业结构"两降一升",这是结构转型的可喜局面。新昌走上了一条扎扎实实的"绿水青山就是金山银山"的发展道路,实现了从全省小康县到全国百强县的跨越,实现了从浙江省重点污染县到国家级生态县的跨越,被评为中国十佳宜居县。10年间,照着"两山"之路往前走,新昌在收获了经济发展的同时,留住了优美的生态环境,而且增强了发展的承载力。

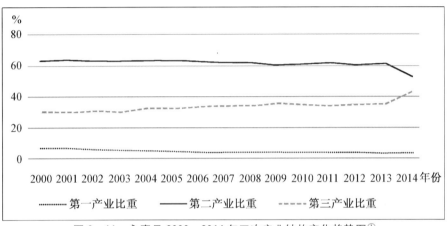

图6-11　永嘉县2000—2014年三次产业结构变化趋势图①

温州市永嘉县境内的楠溪江是温州市乃至全省重要的战略水资源,该县坚持生态立县,践行"两山"重要思想,不仅成功创建省级生态县、省级森林城市,全省首个"中国长寿之乡",同时还成功跻身于全国县域经济发展潜力百强县,取得了生态保护和经济发展的双赢。观察永嘉县三次产业结构的变化,如图6-11,可以看出永嘉的经济发展没有大起大落,工业经济一直是县域经济的支柱,在2000年后,第二产业的比重稳定在60%以上。2012年以后,随着"五水共治"的深入推进,服务业比重快速提高,有超过制造业的趋势,正逐步形成"绿水青山就是金山银山"的经济结构。楠溪江是永嘉的名片,永嘉县的治水历程树立了一个创建生态县倒逼传统产业转型的典范。永嘉建设"美

---

① 数据来源:《浙江统计年鉴》2001—2015年版。

丽浙南水乡",其亮点在于把境内发达的水系及其流域治理好,着力加强污水治理、河道美化的同时提升防洪排涝能力。永嘉坚持抓产业提升,抓水系"水岸同治",用"两美"建设来践行"两山"重要思想。

## 二、治污水与治产业两手并举

这四个样本县抓住了工业化快速发展的机遇,都成为工业发达的强县。同时,这四个样本都有自身的生态资源特色,尤其是新昌、永嘉、浦江,都有属于自己的母亲河,嘉善的平原水系发达,是典型的鱼米之乡风貌。粗放式的快速工业化必然会遭遇到资源环境的瓶颈,尤其是水环境容易遭到破坏,造成沿岸群众和下游地区的诸多生态灾难。污染问题真正的根源是低层次的传统产业,以及长期以来严重缺失的生态环境公共治理体制。治污水不仅是在响应民众的民生诉求,同时也是在顺应传统产业转型升级的经济需求,治污水和治产业必须两手并举。

2013年黄浦江死猪事件触发了公众对水体环境污染的关注,嘉善县等地生猪产业的粗放式生产管理深受诟病。同年,省委、省政府推出"五水共治",形成了对传统产业升级的倒逼。其实,早在2008年嘉善县作为浙江省14个试点县,编制完成了生态功能区规划,划定了自然生态红线,其中有太浦河饮用水源保护区、西塘古镇保护区。嘉善县作为经济发达地区,同时又处于太湖流域的末梢,承接上游大量的生产生活污染物。本地的工农业生产发达,是重要的农产品生产基地,还承接上海、杭州等大都市制造业转移的基地,有限的环境容量难以承受经济活动中大量低层次产业企业的排放。嘉善特殊的地理位置和水域特性,再加上当地发达的传统产业大量排放,水环境污染特别严重,黄浦江死猪事件发生后,"黑臭河""牛奶河""黄河"等水体污染情况引起了省委、省政府的高度重视。嘉善县更加坚定了"五水共治"的决心。

嘉善严格执法,加大集中整治力度。一是陆续开展了电镀行业回头看"零点行动"、生猪养殖污染治理专项行动、喷水织机行业专项执法检查等。二是加大重污染行业退出力度。2012 年起,先后对电镀、印染、造纸、化工等高耗能、高污染、高排放行业,喷水织机、纽扣等特色行业,淘汰一批、提升一批、集聚一批。电镀行业、造纸行业的排放量得到有效控制,行业集中度提高。1374 家企业的喷水织机全部完成整治,关停淘汰了三分之一以上。纽扣行业新建废水处理设施 217套,废气处理设施、粉尘收集装置 100 多套,倒逼纽扣企业(户)关闭或转产 342 家。三是在农业生产领域,科学划定了禽畜养殖禁养区限养区范围,将占全县土地面积 42% 以上的区域划定为畜禽禁养区。大力开展实施禽畜养殖的污染整治。拆除违章猪舍,打击泔水养殖,减污治污。截至 2015 年上半年,嘉善县断面水质得到了显著改善,交接断面水质考核达到优秀。2014 年作为嘉兴市唯一一个省级"五水共治"先进县,嘉善被授予"大禹鼎",多年难治理的"黑臭河"得到全面治理。

浦江水晶产业的水污染由来已久。伴随着水晶产业的成长壮大,相关企业和加工作坊众多。水晶产业水污染的治理,不仅仅是关闭个别污染企业这么简单。水晶产业作为典型的传统块状经济,粗放式生产是污染的根源。水晶加工产业在浦江个别乡镇发展起步之时,污染问题还不是很突出。2009 年后,随着水晶加工全产业链在浦江全县扩展,小型的家庭加工作坊大量涌现,加工废弃物对水环境的破坏近乎失控。首先,废弃物排放没有任何约束,生产主体对环境的破坏不需要承担任何责任;其次,家庭作坊式生产布局分散,乡村的生活和生产边界模糊,水晶产业治理排放物的公共设施缺乏;再次,水晶产业是劳动密集型产业,小规模的市场主体分散,给产业的环境整治和环境执法监督带来很大困难。

粗放生产和污染的背后是长期形成的利益格局和发展理念。水晶产业处于粗放的发展阶段,对应的是较低的工业化水平,但水晶产业在很多人眼里是致富的"金山银山",比暂时没有经济效益的"绿水青山"更加实惠。面广量大的污染制造者不需要为水环境的恶化承担责任,浦江地处上游不需要为下游承担水源污染的损失,这就形成了污染者在获取利益的同时,对治理污染不负责的利益格局。治理水晶产业的水污染,切断产业的污染源可以动用行政资源,但是要使落后的粗放生产转向清洁生产,就需要从根本上转变根深蒂固的理念,打破既有的利益格局。要让老百姓意识到,浦江的环境破坏已经到了无以复加的地步,必须放弃短期利益,放弃眼前的"金山银山",把"绿水青山"做成"金山银山"。

水晶产业的污染要通过产业提升来解决,治污和提升必须并举、双管齐下。壮士断腕,但又不能伤筋动骨。水晶产业作为一个区域的特色产业、富民产业,关系到就业等民生问题。只有提升产业的规模化、集聚化和集约化,解决好水晶产业的污染问题,才能破解产业发展与生态环境、局部利益与社会整体利益的矛盾。浦江县敢于壮士断腕,对水晶加工污染和安全隐患实行最严厉的监管和治理。全面取缔无照水晶加工户,坚决淘汰"低、小、散"落后产能。截至2014年9月底,浦江县共取缔违法水晶加工户10670家,完成"个转企"水晶加工户448家,撤走机器5万余台,拆除违法水晶加工房舍45万平方米。

"工业立县"在帮助新昌人挖到了第一桶金的时候,也暴露出了诸多矛盾。两头在外的"工业立县"发展路子,固然可以突破新昌缺少矿产资源和原材料的瓶颈约束,但是无法逾越生态环境的天花板。同时更是一道无法回避、也无法突破的约束瓶颈。新昌不仅需要坚持实业的发展方向,还需要看到新昌拥有的"绿水青山"也是一笔宝贵的资源,在工业化快速发展的阶段,"工业立县"与"绿水青山"之间的矛盾就越发突出。"工业立县"的资源瓶颈可以借助于市场机制来克服,但是生态瓶颈是刚性约束无法逾越。"工业立县"碰到了发展的天花板。

自2000年起,新昌江城关段两岸集聚大量医药化工企业,排污总量较大,城市快速扩张和人口集聚,也给新昌江带来了日益严重的污染。江水发黑发臭,区域内阵发性臭气令人窒息,最后导致了2005年7月与嵊州市村民冲突的群体性事件。公共生态事件的爆发,表面上是不同县域、上下游之间的利益矛盾,深层次的原因是发展模式与生态环境的紧张对立。这一事件更加坚定了新昌转变发展战略的决心,县委、县政府果断调整发展战略,由过去的"工业立县"战略调整为"生态立县"战略。以税收减少 2 亿元的代价,新昌江两岸 40 多家重污染的医化企业被关停或搬迁。同时,严格产业准入退出政策,淘汰落后产能,否决不符合环保要求的项目。

永嘉抓住城乡污水的源头,坚持"整治、建设、严管"一起抓,多措并举,从河道整治、城乡污水处理设施投入等途径,标本兼治。永嘉县大力推进河道沿岸拆违、村庄改造,保洁清淤、截污纳管。严格落实河道"三长"管理机制,减少陆上污水和垃圾入河。联动推进"无违建河道"创建和涉河污染场所整治,启动实施"补水活源"工程,全面推广"清淤固化一体化"技术,整体打造一批示范河道。加大城镇污水处理设施和管网建设,加快实现城镇污水处理设施全覆盖,农村地区因地制宜推进。超常规推进城乡污水、垃圾治理设施建设,开工建设中心镇污水处理厂(站),新建压缩式垃圾中转站 16 座,城镇污水管网 113 千米,农村生活污水治理村 247 个,确保城镇污水处理率达到 87%以上。

治污是最积极的保护,关键是要从源头治理污染。永嘉是一个拥有国家 I、II 类水源的工业强县,抓住传统产业中高耗能、涉水污染的行业,下大力气整治。永嘉严格执行国家和省、县淘汰落后生产能力指导目录,根据水环境治理要求,抓紧组织修订淘汰落后产能指导目录,进一步提高淘汰标准。2014 年提前一年完成"十二五"国家下达的落后产能淘汰任务。在此基础上,累计淘汰改造水污染落后产能企业 30 家以上,完成淘汰造纸、电镀、印染、化工、纺织五大产业的落后产能。按照关停淘汰一批、整合入园一批、规范提升一批的要求,继续加大电镀、印染、造纸、制革、化工等对水环境影响较大的重点行业整治力度,优化产业布局,提高工艺装备、污染防治、清洁生产水平。

### 三、治水倒逼产业升级

作为我国县域科学发展的示范点,嘉善县针对县域经济产业结构层次不高、创新能力不强、品牌影响力不大等共性问题,大力实施构建现代生态产业体系的战略,致力于提升产业集聚发展平台、培育现代产业集群、提高资源集约使用效率、增强创新发展能力，不断推进建设产业转型升级引领区。

在产业转型升级的基础上构建生态工业体系。一是加快传统产业的转型，进一步淘汰"三高一低"（高投入、高能耗、高排放、低效益）的传统产业，改造提升木业家具、电子、电声器件、五金机械、纺织服饰等传统产业，加快培育形成具有核心竞争力的现代产业集群。对块状经济园区进行生态化改造，建设新型工业化产业示范基地。二是抓住新兴产业起步发展的机遇，培育低耗能、低排放、高产出的新兴工业，大力发展新一代信息技术、新能源、新材料、高端装备制造等战略性新兴产业。三是优势产业延伸产业链，加快产业链升级，重点发展交通运输配套装备、精密机械制造等产业，引导光伏产业链向研发、应用两端延伸。四是加快构建企业循环技术体系，推动太阳能光伏等新能源、木业家具、五金机械、生物医药等行业构建循环产业链，如装备制造业构建了"废旧金属回收—废旧金属冶炼—绿色设计—模具制造—机械五金加工"产业链。

以旅游业为重点，构建生态服务业。2006 年以来，服务业增加值年均增长 13.5％，实现了翻番。旅游业蓬勃发展，荣获"全国休闲农业与乡村旅游示范县"称号，成功创建全市首个"省旅游经济强县"和大云镇"碧云花园——十里水乡 AAAA 级景区"，成功引进北京首旅集团参与西塘古镇二期开发，开工建设大云温泉生态旅游度假区，高星级标准酒店累计达到 5 家，游客数、旅游综合收入分别年均增长18.6％和22％。发展创意设计、工艺美术等文化产业，创建 AAAAA级景区，发展西塘古镇旅游、生态旅游、休闲旅游等现代旅游，打造长三角地区重要的旅游目的地。整合北部旅游资源，着力培育以古镇西塘为核心、陶庄汾湖和丁栅水村为两翼的北部"金三角"旅游综合体。整合南部旅游资源，着力培育以大云温泉度假区为核心，名人文化旅游、会务旅游及新城区商务休闲旅游相配套的南部旅游综合体。

以农业现代化为基础，构建生态农业体系。嘉善县编制了"458"精品农业发展规划，通过三年的努力在全县大力提升白色（食用菌）、绿色(蔬菜)、蓝色(淡水养殖)、彩色(花卉)"四色"产业带发展水平,着力建设千亩精品花卉、万亩精品水果、万亩精品水产、万亩精品瓜菜和千万平方尺精品食用菌五大精品农业产业区,形成各具优势、特色鲜明、错位竞争的农业布局和农业块状经济发展格局。推进现代农业集聚发展。结合粮食生产功能区和现代农业园区建设,推进旱涝保收高标准农田建设,加强农田水利基础设施建设和圩区整治,建设小型农田水利建设重点县,创建全国现代水利示范县,建设非主产区产粮大县和"四色"产业带。立足粮食、蔬菜等农业八大产业,围绕农业污染物循环利用、农作模式创新、农产品食品绿色创建,大力发展现代农业、生态循环农业。对农作物秸秆、畜禽排泄物、化肥农药等农业面源污染,进行循环利用和生态化处理,如规模化畜禽养殖场排泄物处理和利用率达到97.5%。推进农作模式生态化,大力推广"稻鱼共生"等新型生产模式,抓好生态循环产业及产业链建设,实现了产业基地、园区和特色产业带之间种养结合、农牧结合的生态立体农业大循环。

新昌以"生态立县"倒逼建设工业强县。"生态立县"并不等于坚持了二三十年"工业立县"战略的新昌彻底放弃工业经济,而是要转变发展理念,以"生态立县"为首要条件和最终目标来指导工业经济摆脱原来固有的粗放模式,以治理整顿工业污染为契机,倒逼传统工业走出农村工业"小、散、乱"的低水平困境。例如,一般原料药、中间体等污染较重的产业被调整关闭,但是一些龙头企业脱颖而出,得到了资本市场的青睐。新和成原来只是一家校办厂,业务是做酒精回收的,成为在深圳证券交易所中小企业板第一股的制药企业。京新药业,作为医药上市公司,是国内第一个将成品药销到英国高端市场的医药企业,也是国内第5家通过欧盟GMP认证的药企。新昌的主导产业因为发展战略的调整,在医药化工比重下降后,装备产业的比重从30%上升到65%,2013年被工信部命名为国家新型工业化产业示范基地。

制药化工产业能够摘掉污染的帽子,也与企业发展循环经济密不可分。新昌制药厂是上市公司——浙江医药股份有限公司的主体企业,集研究开发、生产制造和市场营销于一体。新昌制药厂致力于节约和合理利用自然资源,努力提高自然资源的利用效率,并在节约资源的同时加强废物的循环利用,实现了废弃物的资源化。催化剂的再生重复循环利用,是新昌制药厂实行循环经济的一着关键棋。资源利用效率提高、生产成本降低,节省了巨额的环保处理费用。该厂还用一种废脚料添加某种原料,以代替柴油作为燃料使用,变废为宝,节省了大量成本。

生态优势与工业强县两者兼得的关键是创新。新昌县的发展战略由"工业立县"调整为"生态强县",发展路子经历了一个巨大的转折。新昌在发展战略调整中经济不仅没有大伤筋骨,而且还能成功跻身于工业强县,成功的关键是创新,而且是以知名大企业为主体的技术创新。新昌的很多企业是被业界称为"隐形冠军"的出口大户,这些"隐形冠军"的共同特点是,产品所属领域不大,但销售的市场份额却很大,像三花的四通阀、万丰奥特的铝轮、新和成的维生素等在产量和市场占有率方面都可以在全球称雄。优秀的企业支撑起了新昌的优势产业:一是生物医药产业,拥有 3 家上市公司;二是制冷配件产业,拥有三花股份等多家上市公司;三是汽车零配件产业,拥有万丰奥特等上市公司。新昌非常注重大企业大集团的培育,推动龙头骨干企业做大做强,截至 2014 年,拥有上市公司 10 家,这些龙头企业成了新昌技术创新的重要载体。

在"生态立县"的统领下,新昌从"工业立县"转变为"工业强县",探索出了一条"资源不足科技补、区位不足服务补"的路子,强化政策扶持,深化产学研合作,新昌科技进步实力明显提升,是全省唯一一个县域综合性的科技体制改革试点。新昌涌现了一批创新企业,企业从创新中获得了丰厚的回报,2014 年全省创新能力百强企业新昌有 3 家,进入前 10 名的有 2 家。以企业为载体,实施省、市、县三级重点企业研究院培育计划,做精研发机构,8 家省级重点企业研究院基本建成,创新企业还实施企业多区域研发中心模式,在杭州、上海设立研发中心,甚至在海外设立研发中心。在科技创新的支撑下,新昌的龙头企业更有竞争力和发展潜力,产业层次不断提高,规模以上企业产均、税收走在全省前列。一个常住人口40万的山区县,拥有相关科技人才6万多人,科技创新丰富的资源大大弥补了自然资源的短板,产业层次提升后"生态立县"路子会越走越宽。

水晶产业的污染治理是一个系统工程,浦江县提出了"园区集聚、产业升级、集中治污"的改造提升思路,促进传统块状经济向现代产业集群的转变,引导水晶产业由低端加工向高端生产发展。坚决贯彻推进省政府部署的"个转企""小上规""规改股"等市场主体升级举措。制定省级联盟标准,准入门槛限制达不到标准的水晶加工企业。全面启动建设中东、南、西4个水晶集聚区建设,加快规模企业向园区集中。位于浦江县岩头镇飞轮村的水晶集聚区已于2014年底前建成,是全县规模最大的综合性水晶示范园区,划分成加工集聚区、产业提升区、污染治理区、综合管理服务区等板块。

在水晶行业的粗放环节做减法,也带来集约环节的加法,甚至乘法。浦江的电子商务发展势头迅猛,传统的实体市场插上了电子商务的翅膀。浦江形成了以江南电子商务示范区、申通青年电商创业园和邮政跨境电子商务产业园等专业园区为核心,电子商务专业村为两翼,村邮网购服务站为支点的产业格局。2014年网络零售额首次超过水晶行业产值,电子商务名列全省县(市)第二位,成为浦江新型的富民产业。浦江还在申报水晶特色小镇,其中规划了水晶电子商务园区,将促进电子商务与水晶生产的良性互动,创建特色鲜明、设施完备、环境优美的电商集聚区。

## 四、治水带起一片美丽经济

工业强县并不意味着经济发展只有工业一条路,当发展思路从"工业立县"转向了"生态强县",当传统产业遭遇到了生态瓶颈和成长天花板,比重从最高处滑落时,治水一方面在做传统制造业的减法;另一方面,也在促使生态环境的改善,为新兴产业做加法,给乡村旅游、生态旅游、文化创意等美丽经济的蓬勃发展让出了一片碧水蓝天。

水晶治污取得可喜成效,让浦江回归"绿水青山就是金山银山"的发展轨道。境内"牛奶河"得到了整治,"三改一拆""四边三化"等举措齐头并抓,水晶产业的减法,带来了环境质量的加法,带来了绿色产业发展的乘法。创建观光农业和采摘农业,如白马乡蒿溪、前吴乡民生、虞宅乡茜溪生态休闲农业观光点,这些曾经的"牛奶河"、脏乱差的乡村,发展起了观光体验休闲的农业旅游。通过大力开展生态修复工程,绿水青山重回浦江大地,民宿经济、清水经济、观光经济等新型"亲水经济"成为浦江新的绿色产业。据统计,2014年浦江县乡村接待游客386万多人次,实现旅游收入28.3亿元。率先被省人大认定为"可游泳"河段的翠湖,在2014年夏天,每天迎接大约6000名市民,高峰期达到1万多人,俨然成为"水上嘉年华"。前吴乡的民生村是浦江改变最大的村庄之一,2013年在县委、县政府帮助下,村民在山坡梯田种了500多亩油菜,这片油菜被修剪成各种卡通图案。2014年油菜花盛开后,在网络评选中,排列全国油菜花田第7位,当地人把这里称作"小婺源"。

新昌旅游业串联起工业和农业。新昌具有丰富的自然生态和文化的旅游资源,也有一定知名度的成熟的风景旅游区,但是,在"工业立县"的发展阶段,这些绿水青山没有引起政府的重视,没有引起老百姓的重视,也没有引起企业家的重视,更没有成为金山银山。就发展阶段而言,"工业立县"处于"绿水青山"与"金山银山"比较选择的阶段,在"工业立县"的指导思想下,走了一段以牺牲生态优势来换取工业发展的路。在科技创新的带动下,实现了"青山绿水"与"金山银山"两者兼顾。旅游业在发挥生态环境资源、深度挖掘历史文化资源方面的作用日益凸显,旅游业作为新昌现代服务业的重要组成部分,与新昌实力雄厚的工业和农业融合发展,独辟蹊径发展工业旅游、农业旅游,第三产业的持续发展催化了"绿水青山"转变为"金山银山"。

楠溪江流域散布着200余座古村落,是永嘉千年文化底蕴的宝藏。永嘉对这些古村落,按照"修复优雅传统建筑、弘扬悠久传统文化"的思路,投入政府基金并拉动社会投入数亿元。古村落得到保护的同时,与楠溪江流域的绿水青山作为一个整体,因地制宜,大力发展民宿和休闲旅游。2014年,乡村旅游共接待游客320多万人次,让群众初步体会到了"绿水青山就是金山银山"的获得感。

发展是最根本的保护,关键是如何做好传统制造业的升级,做好绿水青山和古村落的山水文章。工业撑起了永嘉经济的半壁江山,大力提升传统制造业,发展生态工业和循环经济是积极发展、积极保护的重中之重。永嘉深入实施工业强县战略,加快工业园区整合提升,积极创建一批工业强镇(街道),着力构建"一园多点"发展新格局。坚持"两化"深度融合,抓好传统产业改造和新兴产业培育,加快推进泵阀向系统流程装备产业、鞋服和服装辅料向时尚产业、教玩具向教育装备产业转型提升。永嘉县将依托轻工产业、民间资本、品牌集聚等优势,通过时尚设计、品牌运作、展示展览、信息传媒、标准检测等手段,加强流行时尚元素与鞋服、纽扣拉链、教玩具等传统轻工产业的融合,加快打造具有强大竞争力和特色的时尚产业集群。

永嘉在更高层次上全力推进楠溪江生态休闲业集聚区建设。以"雁荡山—楠溪江"列入全省十大旅游重点板块为契机,进一步完善旅游规划体系,大力推进休闲度假、健康养生、户外运动、现代农业等产业融合发展,着力构建"一主四园"发展新格局。大力发展休闲度假旅游业,全力推进国家AAAAA级旅游景区创建,建成一批旅游度假酒店和旅游服务区、生态文化园、屿北古村落文化旅游区等项目,楠溪江旅游集散中心、沙头环湖生态园开发建设也在进行中。以列入省级森林休闲养生建设试点县为契机,发挥"中国长寿之乡"品牌优势,以楠溪云岚养生度假中心、楠溪江健康养生基地等项目为引领,整合乡村旅游、主题民宿、森林观光等特色资源,着力打造"医养融合"健康产业集聚地,全力打响山地户外运动特色品牌。推进国家AAAAA级景区创建工作,按照"养生、休闲、度假"融合发展模式,紧盯长三角三大旅游客源地,全面提升楠溪江旅游业发展水平。

# 第七章　浙江践行"两山"重要思想的显著成效

2005 年,时任浙江省委书记习近平提出"两山"重要思想。浙江省以"两山"重要思想为指导,大力建设生态文明,积极促进绿色发展,在生态经济发展、生态环境保护、生态文化建设等领域均取得了显著成效。敢于勇立潮头的浙江省再次在绿色发展道路上走在了全国的前列。

## 第一节　浙江生态经济发展的成效

"绿水青山就是金山银山"这一重要思想中,"绿水青山"强调的是生态环境,"金山银山"强调的是经济发展。浙江践行"两山"重要思想的显著成效反映在经济领域,就是经济快速发展,具体主要反映在浙江经济总量增长、产业结构演进、居民收入增长等方面。

### 一、生态经济总量持续增加

2005 年以来,浙江省坚持"绿水青山就是金山银山"的发展思路,在生态环境保护的同时,经济得到快速发展,GDP、人均 GDP 和财政收入跃上新台阶,节能环保产业规模不断壮大。

生产总值连上台阶。[①] 2005 年,浙江全省生产总值为 13417 亿元,2008 年突破 2 万亿元,2011 年突破 3 万亿元,2014 年跃上 4 万亿元台阶,为 40173 亿元,2015 年达到 42886 亿元(见表 7-1),按可比价格计算为 40153 亿元,超过"十二五"规划 4 万亿元目标。[②] "十二五"时期,浙江 GDP 总量年均增长 8.16%,超出规划目标 0.16 个百分点,比"十一五"时期年均增长 11.9% 有所放缓,实现了从高速增长向中高速增长的平稳过渡。浙江省 GDP 总量占全国的比重为 6.3%,继续列广东、江苏、山东之后,连续 20 年居全国第 4 位。

表 7-1　2005—2014 年浙江经济发展状况

| 年份 | 全省生产总值<br>(亿元) | 人均生产总值<br>(元) | 财政总收入<br>(亿元) | 地方财政收入<br>(亿元) |
|------|------------|----------|----------|------------|
| 2005 | 13417.68 | 27062 | 2115.36 | 1066.60 |
| 2006 | 15718.47 | 31241 | 2567.70 | 1298.20 |
| 2007 | 18753.73 | 36676 | 3239.89 | 1649.50 |
| 2008 | 21462.69 | 41405 | 3730.10 | 1933.40 |
| 2009 | 22998.24 | 43857 | 4122.04 | 2142.50 |
| 2010 | 27747.65 | 51758 | 4895.41 | 2608.47 |
| 2011 | 32363.38 | 59331 | 5925.00 | 3150.80 |
| 2012 | 34739.13 | 63508 | 6408.49 | 3441.23 |
| 2013 | 37756.58 | 68805 | 6908.41 | 3796.92 |
| 2014 | 40173.03 | 73002 | 7521.70 | 4122.02 |

注:本表按当年价格计算。人均生产总值均按常住人口计算。资料来源:全省生产总值和人均生产总值来源于《2015 年浙江统计年鉴》表 1-5;2008 年以前的财政总收入和地方财政收入来源于《2010 年浙江统计年鉴》表 1-1;2008 年及以后的财政总收入和地方财政收入来源于《2015 年浙江统计年鉴》表 1-1。

———————

① 严格说来,应当用绿色 GDP 指标来衡量生态经济总量,即从传统 GDP 中扣除资源耗减成本、环境退化成本、生态破坏成本,等等,但因为绿色 GDP 的统计方法还处于局部试点阶段,尚未成熟和全面应用,因此,这里只能依然使用传统 GDP 指标。

② 鉴于"两山"重要思想提出时间是 2005 年 8 月,因此,本章反映浙江践行"两山"重要思想显著成效的有关数据主要起自 2006 年,但为便于对照和比较,一般以 2005 年为基年。

人均生产总值位居前列。2005 年,浙江人均生产总值为 27062 元,此后每隔两年上一个万元台阶,2014 年,人均 GDP 为 73002 元,按可比价格计算为 69089 元,达到"十二五"规划 7.2 万元目标的 96%,"十二五"前 4 年年均增长 7.5%,超出规划目标 0.7 个百分点,是全国 46652 元的 1.56 倍,列天津、北京、上海、江苏之后,居全国第 5 位。按当年平均汇率折算,2012 年浙江人均 GDP 突破 1 万美元,2014 年达 11878 美元。

财政收入快速增长。2005 年,浙江财政总收入和地方财政收入分别为 2115 亿元和 1066 亿元。2014 年,浙江财政总收入跃上 7000 亿元台阶,地方财政收入跃上 4000 亿元台阶,分别达到 7521 亿元和 4122 亿元。从 2005 年到 2014 年,财政总收入和地方财政收入分别年均增长 15.1% 和 16.2%。财政总收入和地方财政收入的快速增长,既是浙江经济快速发展的结果,也为未来浙江经济发展和民生改善提供了强大的财力支撑。

节能环保产业发展一定程度上反映了浙江省生态经济的发展状况。节能环保产业是指为节约能源资源、发展循环经济、保护生态环境提供物质基础和技术保障的产业。2005 年以来,浙江省节能环保产业规模不断壮大。2014 年,节能环保产业实现总产值 5300 亿元,居全国前列。其中节能环保技术装备产值 5100 亿元,同比增长 10.7%,超过同期全省工业总产值增速 4.3 个百分点;"十二五"期间,环保服务业企业数量年均增长约 15%,从业人数年均增长约 60%,营业收入达到 180 亿元,同比增长 20% 以上。

需要指出的是,2005 年以来,浙江省在经济总量迅速增加的同时,生态环境状况基本保持稳定,局部有所改善,并没有伴随经济增长而出现生态环境恶化。这表明,在习近平同志"两山"重要思想的指导下,浙江省基本上实现了经济发展和环境保护、经济效益和生态效益的双赢。

## 二、产业结构生态化趋势明显

产业结构,反映国民经济各产业部门之间以及各产业部门内部的构成,主要是指第一、二、三产业所占比重,以及每一产业内部比重。浙江省产业结构生态化主要表现在第三产业比重不断提高,生态农业、生态工业、生态旅游业迅速发展。

### (一)产业结构实现了从"二三一"到"三二一"的历史跨越

一般说来,在产值一定的情况下,第三产业(服务业)比第一、第二产业的资源消耗更少,对环境污染更小,即第三产业的比重上升是产业生态化的重要表现。2005 年以来,浙江服务业发展较为迅速,服务业在国民经济发展中的比重逐年提高。2005 年,第三产业产值为5360 亿元,占 GDP 13417 亿元的比重不足 40%(39.9%),到 2014 年,服务业产值为 19175 亿元,占 GDP 40173 亿元的 47.9%,比 2005 年提高 8 个百分点(见表 7 - 2)。三次产业比例由 2010 年的 4.9∶51.1∶44.0,调整为 2014 年的 4.4∶47.7∶47.9,三产比重首次超过二产,接近 48% 的"十二五"规划目标,第三产业的增长贡献率为 52.2%,比"十一五"时期上升 4.9 个百分点。

表 7 - 2　2005—2014 年浙江产业结构变化状况

| 年份 | 全省生产总值(亿元) | 第一产业产值(亿元) | 第二产业产值(亿元) | 第三产业产值(亿元) | 第一产业比重(%) | 第二产业比重(%) | 第三产业比重(%) |
|---|---|---|---|---|---|---|---|
| 2005 | 13417.68 | 892.83 | 7164.75 | 5360.10 | 6.7 | 53.4 | 39.9 |
| 2006 | 15718.47 | 925.10 | 8511.51 | 6281.86 | 5.9 | 54.1 | 40.0 |
| 2007 | 18753.73 | 986.02 | 10154.25 | 7613.46 | 5.3 | 54.1 | 40.6 |
| 2008 | 21462.69 | 1095.96 | 11567.42 | 8799.31 | 5.1 | 53.9 | 41.0 |
| 2009 | 22998.24 | 1163.08 | 11860.16 | 9975.01 | 5.1 | 51.6 | 43.4 |
| 2010 | 27747.65 | 1360.56 | 14187.36 | 12199.74 | 4.9 | 51.1 | 44.0 |
| 2011 | 32363.38 | 1583.04 | 16331.27 | 14449.07 | 4.9 | 50.5 | 44.6 |

| 年份 | 全省生产总值（亿元） | 第一产业产值（亿元） | 第二产业产值（亿元） | 第三产业产值（亿元） | 第一产业比重（%） | 第二产业比重（%） | 第三产业比重（%） |
|------|------|------|------|------|------|------|------|
| 2012 | 34739.13 | 1667.88 | 17000.09 | 16071.16 | 4.8 | 48.9 | 46.3 |
| 2013 | 37756.58 | 1760.34 | 18047.52 | 17948.72 | 4.7 | 47.8 | 47.5 |
| 2014 | 40173.03 | 1777.18 | 19175.06 | 19220.79 | 4.4 | 47.7 | 47.9 |

注:本表按当年价格计算。人均生产总值均按常住人口计算;第一产业包括农、林、牧、渔服务业;三次产业分类依据国家统计局 2012 年制定的《三次产业划分规定》。资料来源:《2015 年浙江统计年鉴》表 1－5、1－6。

## (二)生态农业引领农业发展

耕地保持动态平衡。农业用地是生态农业发展的基础性资源,尤其耕地是生态农业发展的基础性保障。浙江按照严防死守耕地红线的总要求,通过划定永久基本农田,完善耕地占补平衡制度,建立耕地保护补偿机制,坚持最严格的耕地保护制度。通过加强垦造耕地管理,深入实施高标准基本农田建设,全面推进"812"土地整治工程,不断强化耕地质量建设。根据全省土地利用变更调查结果,2004 年度全省土地利用构成中,农用地面积为 12961.2 万亩,占全省土地总面积的 82.0%,建设用地面积为 1360.2 万亩,占 8.6%,未利用地面积为 1488.2 万亩,占 9.4%;全省耕地面积 2997.9 万亩,可调整土地面积 116.4 万亩,两者合计 3114.3 万亩。到 2014 年末,浙江省各类土地总面积 15828.2 万亩,其中,农用地 12936.5 万亩,占 81.7%;建设用地 1899.2 万亩,占 12.0%;未利用地 992.5 万亩,占 6.3%;农用地面积中,耕地 2964.9 万亩,占全省农用地面积的 22.9%;另有可调整土地 128.3 万亩,耕地和可调整土地合计为 3093.2 万亩,继续保持耕地总量的动态平衡。在浙江经济高速发展、城市化快速推进的这 10 年间,浙江保持农业用地尤其是耕地的动态平衡,为浙江生态农业发展提供了基本的前提和保障。

"两区"成为生态农业发展的标杆。农业"两区"建设是浙江省委、省政府在 2010 年作出的重大部署,决定将"粮食生产功能区"和"现代农业园区"作为今后一个时期现代农业的主战场、主平台和主抓手。2010 年,浙江还同时提出了"生态循环农业"的发展思路,目标是通过源头控制投入、过程清洁生产、种养结合,实现生态循环,以确保农产品绿色安全。作为现代农业的新高地,"两区"已成为浙江发展生态农业树立的新标杆。围绕"两区"建设,浙江利用基层农业公共服务和社会化延伸服务体系,大力推广绿色防控、肥药减量和统防统治技术,以实现农药化肥的减量增效;针对园区内的畜禽养殖,浙江注重排泄物资源化利用,通过与种植业的有机结合,在"两区"中率先构建绿色农业生态循环体系。在清洁化、标准化生产的基础上,浙江还在"两区"探索质量安全追溯管理,产品质量保障程度较高。到 2014 年,浙江"两区"内认定的"三品一标"基地已超过 540 万亩,所产的农产品抽检合格率常年保持在 98% 以上。浙江累计建成 572 万亩粮食生产功能区和 795 个现代农业园区,生态循环已成"两区"标配,引领全省农业绿色发展。

"三品一标"引领生态农业产品。安全优质农产品是指无公害农产品、绿色食品、有机农产品和农产品地理标志产品(简称"三品一标"),"三品一标"在保障农产品质量安全、生产生态农产品方面发挥引领、示范作用。浙江省"三品一标"认证产品总量持续增加、产地认定规模稳步扩大、农产品地理标志登记有序推进、认证产品质量保持高位水平、品牌宣传营销成效明显。2014 年,浙江省新认证无公害农产品 701 个、绿色食品 186 个,再认证中绿华夏有机农产品 9 个,新登记地理标志保护农产品 5 个,新认定产地面积 107.25 万亩,圆满完成年度目标任务。截至 2014 年底,全省有效期内"三品"总数为 7081 个。

### (三)工业生态化迅速推进

工业清洁生产深入实施。清洁生产是推进生态文明建设的重要抓手,是促进资源利用与环境保护相协调,实现经济效益和环境效益、社会效益最大化的一种生产模式。2003 年以来,浙江省先后印发《浙江省人民政府关于全面推行清洁生产的实施意见》《浙江省清洁生产审核暂行办法》《浙江省清洁生产审核验收暂行办法》《关于全面推行清洁生产审核工作的通知》等规范性政策，构建了系统的清洁生产政策法规体系。同时，浙江省围绕环太湖、钱塘江等重点流域和高消耗、高污染等重点行业，分批组织企业开展自愿性和强制性清洁生产审核，成效显著。截至2014年底，全省共有8740家企业完成了清洁生产审核，其中自愿性审核企业5833家、强制性审核企业2907家。这些企业通过不断改进设计，使用清洁的能源和原料，采用先进的工艺技术与设备，改善管理，综合利用资源等系统措施，从源头削减污染，提高资源利用效率，减少或者避免产品在生产和使用过程中污染物的产生和排放。到2014年底，全省共实施清洁生产项目20912个，实际完成投资231亿元，产生经济效益约152亿元。

工业能源利用效率明显提高。工业是国民经济中最大的用能部门，在全社会节能中起主导作用。浙江大力推动工业领域节能降耗工作，通过实施万吨千家企业节能、严把能评准入关、淘汰落后产能、落实节能技改项目等措施推进工业节能降耗，成效显著。2014年，浙江工业单位增加值能耗约比2010年下降21.8%，比单位GDP能耗降幅高4.0个百分点。从工业行业内部看，节能的广度和深度均有所增加。2014年，规模以上工业单位增加值能耗比上年下降6.7%，38个大类行业中，单耗降幅在10%以上的有6个行业，5%—10%之间的有27个行业，仅5个行业单耗不降反升。八大高耗能行业单位增加值能耗均有所下降，其中，石油加工、非金属矿物制品和化学纤维单耗分别比上年下降15.6%、8.2%和8.0%，均超过工业单耗平均水平，对工业节能贡献较为明显；纺织、造纸、化学原料、黑色金属冶炼和电力单耗分别下降5.0%、3.4%、2.7%、1.7%和1.4%。

### （四）生态旅游蓬勃发展

旅游产业成为浙江服务业中的支柱产业。旅游产业被称为"无烟工业"，污染少，本身就是属于生态性产业。因此，通过发展旅游产业促进经济发展、促进产业结构调整、增加财政收入和城乡居民收入,是生态经济发展的重要组成部分。浙江具有十分丰富的旅游资源,2014年全年接待游客总量 4.9 亿人次,同比增长 10.3%,实现旅游总收入 6300.6 亿元,同比增长 13.8%,旅游总收入连续 6 年在全国各省(区)排名第三。旅游业增加值 2580.0 亿元,占全省生产总值的 6.4%,比上年增加 0.2 个百分点;占全省服务业增加值的 13.6%,与上年基本持平。旅游业已成为全省服务业的龙头产业和经济的重要支柱。到 2015 年末,全省拥有省级以上旅游经济强县 30 个,省级以上旅游度假区 43 个,AAAA 级以上高等级景区 187 个,其中国家级旅游度假区 4 家,AAAAA 级景区 14 家,数量均居全国第二,旅游经济强省基本建成。

生态旅游的业态更加丰富。为促进旅游业发展,浙江坚持生态文明的理念,把好山好水好空气、原汁原味原风情作为发展旅游业最大的优势,推动旅游开发向集约型转变,更加注重资源能源节约和生态环境保护,以旅游产业发展带动城乡环境改善,积极倡导低碳旅游,推行绿色消费,使旅游业真正成为资源节约型和环境友好型的生态化产业,成为实现"绿水青山就是金山银山"的重要载体。在浙江,旅游产业与其他生态产业跨区域、跨界融合已成为常态,乡村生态旅游对农业和乡村发展的带动作用更强,生态与运动休闲旅游、中医药旅游、养老养生旅游的紧密结合,促进传统产业为旅游业态注入新的内涵。由省旅游局、省环保厅联合对全省创建省级生态旅游区的单位进行了验收,到 2015 年,共验收七批省级生态旅游区,生态旅游区数量累计达到 70 个。2014 年浙、皖、闽、赣四省联合申报国家级生态文化旅游示范区,包括四省交界的市及周边欠发展山区县(市、区),涉及杭州、衢州、丽水、温州、上饶、南平、宁德、黄山、宣城 9 市的 53 县(市、区),总面积约 10.3 万平方千米,目标将打造国家东部生态屏障、国际一流的旅游目的地、山区生态富民示范区、多省合作交流机制创新示范区。

### 三、城乡居民收入快速增长

"两山"重要思想深刻阐明了经济发展与环境保护之间的辩证关系,促进了浙江经济发展和环境保护的协调发展。经济发展必然带来居民收入增长。同时,各项扶农、惠农政策的出台,使浙江城乡之间、区域之间的居民收入差距逐渐缩小。

### (一)城乡居民收入水平稳居全国前列

从 2005 年到 2015 年,浙江城镇家庭居民人均可支配收入从 16294 元上升到 43714 元,增长了 1.68 倍,年增长率为 10.4%;农村居民家庭人均可支配收入从 6660 元上升到 21125 元,增长了 2.17 倍,年增长率达 12.2%(见图 7−1 和图 7−2)。2014 年,浙江城镇居民人均可支配收入比全国平均水平的 28844 元高 40%;农村居民收入比全国平均水平的 10489 元高 84.7%。2014 年,城镇居民人均可支配收入连续 14 年居全国第 3 位,省(区)第 1 位;农村居民人均可支配收入 2014 年首次超过北京 506 元,列上海之后居全国第 2 位,连续 30 年居省(区)第 1 位。

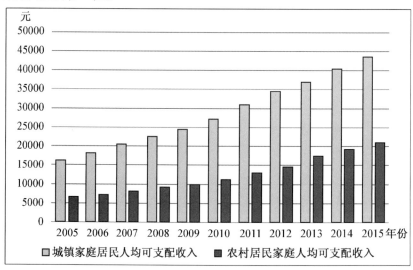

图 7−1　2005—2015 年浙江城乡居民收入增长状况

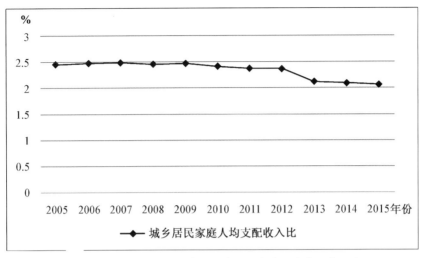

图 7-2 2005—2015 年浙江城乡居民家庭人均支配收入比

注:①从 2013 年起,国家统计局开展了城乡一体化住户收支与生活状况调查,与 2013 年前的分城镇和农村住户调查的调查范围、调查方法、指标口径有所不同。②2012 年及以前农村居民人均可支配收入为人均纯收入。资料来源:《2015 年浙江统计年鉴》表 5-17。2015 年数据来源于《关于浙江省 2015 年国民经济和社会发展计划执行情况及 2016 年国民经济和社会发展计划草案的报告》。

## (二) 收入来源趋于多元化, 收入结构更趋合理

城镇居民工资性收入保持稳定增长,农村居民的工资性收入大幅度增长(见表 7-3、表 7-4)。2014 年,城镇居民人均工资性收入 23317 元,比 2010 年的 18314 元增长 27.3%,比 2005 年的 11941 元增长 95.3%;2014 年,农村居民人均工资性收入 11773 元,比 2010 年的 5950 元增长 97.9%,比 2005 年的 3299 元增长 2.57 倍,成为推动农民收入增长的主要因素。农村居民的工资性收入大幅度上升,增长速度远超过城镇居民,这主要得益于农村人口在城市就业增加及农村经济市场化程度的提高。

表 7 - 3 2005—2014 年浙江城镇居民家庭人均收入情况

单位:元

| 项目\年份 | 2005 | 2006 | 2007 | 2008 | 2009 | 2010 | 2011 | 2012 | 2013 | 2014 |
|---|---|---|---|---|---|---|---|---|---|---|
| 家庭总收入 | 17877 | 19954 | 22584 | 24981 | 27119 | 30135 | 34264 | 37995 | 37080 | 40393 |
| 工资性收入 | 11941 | 13016 | 14510 | 15539 | 16701 | 18314 | 20334 | 22385 | 21596 | 23317 |
| 经营净收入 | 1922 | 2172 | 2612 | 3162 | 3294 | 3641 | 4384 | 4694 | 5996 | 6379 |
| 财产性收入 | 553 | 889 | 1080 | 1325 | 1415 | 1470 | 1572 | 1465 | 5014 | 5358 |
| 转移性收入 | 3462 | 3877 | 4382 | 4955 | 5709 | 6710 | 7974 | 9450 | 4474 | 5338 |

注:2013 年开始,"家庭总收入"调整为"可支配收入","财产性收入"调整为"财产净收入","转移性收入"调整为"转移净收入"。因此,由于统计口径的变化,2013年、2014 年数据与 2012 年及其以前数据具有不可比性。资料来源:2005—2012 年数据来源于《2013 年浙江统计年鉴》表 5 - 20。2013—2014 年数据来源于《2015 年浙江统计年鉴》表 5 - 25。

表 7 - 4 2005—2014 年浙江农村居民家庭人均收入情况

单位:元

| 项目\年份 | 2005 | 2006 | 2007 | 2008 | 2009 | 2010 | 2011 | 2012 | 2013 | 2014 |
|---|---|---|---|---|---|---|---|---|---|---|
| 全年纯收入 | 6660 | 7335 | 8265 | 9258 | 10007 | 11303 | 13071 | 14552 | 17494 | 19373 |
| 工资性收入 | 3299 | 3646 | 4093 | 4713 | 5195 | 5950 | 6878 | 7860 | 10416 | 11773 |
| 家庭经营收入 | 2766 | 3030 | 3422 | 3654 | 3788 | 4190 | 4872 | 5190 | 4935 | 5237 |
| 财产性收入 | 300 | 340 | 399 | 472 | 519 | 561 | 553 | 546 | 457 | 543 |
| 转移性收入 | 295 | 319 | 351 | 420 | 506 | 602 | 767 | 956 | 1686 | 1821 |

注:2013 年开始,"全年纯收入"调整为"可支配收入","家庭经营收入"调整为"经营净收入""财产性收入"调整为"财产净收入","转移性收入"调整为"转移净收入"。由于统计口径的变化,2013 年、2014 年数据与 2012 年及其以前数据具有不可比性。资料来源:2005—2012 年数据来源于《2013 年浙江统计年鉴》表 5 - 35。2013—2014 年数据来源于《2015 年浙江统计年鉴》表 5 - 25。

转移性收入成为居民收入增长的主动力。随着退休人员的增加和退休金标准的持续提高,社会保障制度不断完善,公共财政的民生转移支出快速增加。从表7-3和表7-4可见,2005年以来,浙江城乡居民的转移性收入增长迅速。2014年,城乡居民可支配收入中,转移净收入分别达到5338元和1821元,比2013年的4474元和1686元分别增长16.2%和8.0%。

经营性收入成为居民收入的重要来源。2014年,城乡居民可支配收入中的经营净收入分别为6379元和5237元,分别占总收入40393元和19373元的15.8%和27.0%。浙江居民经营性收入的增长得益于城乡市场经济的发展。农村居民经营净收入占总收入的比重比城镇居民更高,主要是由于农村中家庭农场、农家乐等对于提高农民经营性收入起了重要作用,农村中优美的生态环境、独特的乡土气息吸引了越来越多城市居民到乡村旅游度假,极大地促进了农村居民收入的增加(参阅专栏1)。

### 专栏1:绿水青山的收入效应[①]

德清冷坑里自然村位于莫干山脚下。2012年,外出求学归来的本村人钱继良租下了村里几座破败的老房子,将其改造成民宿"西坡29号"。民宿的设计采用极简主义风格,石头泥巴糊的墙,老式瓦片屋顶,原木和竹子做成的书桌和床,环保、怀旧,散发着淡淡的乡愁,引得城里人纷至沓来。

钱继良的民宿,售价最贵的一间房由当年的猪圈改造而成,一晚售价1580元,比城里设施豪华的五星级酒店价格的两倍还多。可即便如此,仍一房难求。有一位外地客人,一年之内连续来了15次。"对面就是苍翠欲滴的巍巍青山,呼吸入肺的是饱含负氧离子的新鲜空气。2014年全年的入住率在92%!"学建筑出身的钱继良用"高得

---

① 参见慎海雄、何玲玲、张乐:《"绿水青山就是金山银山"在浙江的探索和实践》,载新华网2015年2月28日。

可怕"来表达自己的惊讶。

"这1000多块钱的价格中,至少四成卖的是生态,四成卖的是服务,只有两成卖的是房间的硬件设施。"德清县委书记张晓强说,"村民希望进城,而城里人却希望出城,寻找乡愁,呼吸清新空气。这里能让都市人远离城市的喧嚣、最大限度地放飞心灵"。

像"西坡29号"这样的民宿,德清共有64家,而且家家生意红火。2014年,农民家的民宿产业每张床铺的年产值达到1.5万元,裸心谷等高端"洋家乐"的一张床铺的铺均产值更是高达10万元。据统计,2014年,德清民宿业态共接待游客23.4万人次,其中境外游客7.9万人次,实现直接营业收入2.36亿元。

### (三)居民收入差距渐趋缩小,生态经济收入大幅增长

城乡居民收入比缩小。2005年,城乡居民家庭人均可支配收入比为2.45,此后的"十一五"时期基本保持稳定,2010年为2.42。"十二五"时期的前4年,农村居民收入增速均超过城镇居民收入增长,平均年增长速度农村比城镇快1.3个百分点。进而,城镇和农村常住居民人均可支配收入的比值,由2010年的2.42进一步下降到2015年的2.07,大大小于全国2014年2.75的城乡居民收入比。

同时,浙江区域间收入差距也渐趋缩小。收入水平较低的丽水市,农民收入增幅连续7年居各市首位;收入水平较低的衢州市居民收入增速也高于全省平均水平。丽水市、衢州市居民收入较快增长得益于生态优势转化经济优势和收入优势,其中以丽水市最为典型(参阅专栏2)。

**专栏2:丽水市:把生态优势转化为经济优势**

丽水市坚持"绿水青山就是金山银山"的绿色生态发展理念,加快发展生态经济,不断调整优化经济结构,绿色经济发展的动力已经逐步形成,丽水市的生态资源优势正逐步转化为经济优势、收入优势。

丽水市大力发展生态农业、生态工业、生态旅游业,致力于把生态

旅游业作为第一战略支柱产业来培育,把发展生态精品农业作为农民增收的第一基础。2014年,丽水市共创建农家乐休闲生态旅游村(点)367个,接待游客1210多万人次,营业总收入11.73亿元。在发展生态精品农业战略的引领下,丽水市生产优质农产品的五要素(水、土壤、空气、良种、良法)不断转化为农业生产力,日益造就了丽水农产品得天独厚的市场竞争力。同时,积极引导农民投身电子商务行业,开拓精品农产品市场,2014年,丽水市下辖9个县(市、区)中有7个县(市)入围"全国电商百佳县",全市农村电子商务企业(网店)8349家,从业人员2.2万人,年销售额38亿元。

农村休闲生态旅游、生态精品农产品,促使丽水市农民收入快速增长并带动全体居民收入增长。2015年,丽水市全体居民人均可支配收入达24402元,比上年增长8.8%。城镇居民人均可支配收入达32875元,比上年增长8.1%;农村居民人均可支配收入达15000元,比上年增长10.0%。[①] 自2009年开始,丽水市农民收入增幅连续7年居全省各市第1位,已连续9年超过全省平均增幅。

浙江经济发展取得巨大成就的同时,还存在着明显不足。浙江人均GDP超过12000美元,已经迈进高收入经济体的门槛,但经济规模大而不强、增长快而不优的问题仍然没有根本解决;与发达国家平均80%左右的第三产业比重水平相比,浙江省第三产业发展还有很大提升空间,产业结构生态化有待进一步加强;节能环保产业还面临着企业规模相对偏小、创新能力相对不足、产业层次相对不高的问题;在居民收入增长快、收入差距有所缩小的同时,城乡之间、不同区域之间居民收入差距还有待进一步缩小,依靠发展生态经济提升居民收入水平仍处于初级阶段。

---

① 参见《2015年丽水生态经济量增质更优》,载丽水信息港2016年1月29日。

# 第二节　浙江生态环境保护的成效

浙江践行"两山"重要思想的显著成效反映在生态环境领域,主要表现在资源使用效率不断提高,在经济平衡快速增长的同时环境质量总体保持稳定,局部有所改善,一些群众反映强烈、严重影响生活质量的突出环境问题得到初步解决,群众对政府治理生态环境的满意度较高。[①]

## 一、自然生态环境稳定向好

浙江自然环境素有"七山一水二分田"之说,山脉、湿地占有较高比重,山脉、湿地的生态状况直接决定着整个浙江省的生态状况。通过提高森林覆盖率、加强生态矿山建设和湿地自然保护区建设,浙江的生态建设取得显著成效。

### (一)森林资源持续增加

森林在维持生态平衡、保护生物多样性、保障水资源安全、应对气候变化、促进经济社会发展等方面具有极其重要的作用。浙江省积极推进以人工造林、封山育林为主要内容的生态公益林建设,促进城镇、平原绿化;重点实施万里绿色通道,退耕还林、沿海防护林和长江中下游防护林、水源涵养林等重点生态工程。依法规范林木采伐,林木采伐严格控制在林木采伐限额内。同时,积极开展低产林改造,造林质量明显提升,使森林面积、活立木蓄积量、森林覆盖率持续、稳定上升。总体上,浙江森林正由"数量持续增加"向"数量增加、质量提高与结构

---

① 根据上海交通大学民意与舆情调查研究中心发布的 2015 年中国城市居民环保态度行为调查报告,我国民众对政府治理环境污染表现的评价最佳的前 5 名城市为:厦门、银川、杭州、南宁和乌鲁木齐。

改善并进"的方向发展。从 2005 年到 2013 年,森林面积从 584.42 万公顷上升到 604.78 万公顷;按可比口径比较,活立木蓄积量从 2007 年的 2.27 亿立方米上升到 2013 年的 2.96 亿立方米,森林覆盖率从 2007 年的 57.93% 上升到 2013 年的 60.89%,位居全国前列。2014 年,浙江全省活立木蓄积总生长量与总消耗量之比为 2.21∶1,活立木蓄积量继续呈现生长大于消耗的趋势(见表 7-5)。特别是,这些森林资源增加的成就是在浙江省人口持续增加、城市化快速推进、经济总量迅速增长的情况下取得的,实属不易。

表 7-5 2005—2013 年浙江省森林资源变化状况

| 年份 | 林地面积<br>(万公顷) | 森林面积<br>(万公顷) | 森林蓄积量<br>(亿立方米) | 森林覆盖率<br>(%) |
|---|---|---|---|---|
| 2005 | 667.97 | 584.42 | 1.72 | 60.5 |
| 2006 | 668.86 | 589.09 | 1.83 | 60.65 |
| 2007 | 669.58 | 589.83 | 2.27(活立木) | 57.93 |
| 2008 | 664.46 | 593.55 | 2.29(活立木) | 58.31 |
| 2009 | 660.74 | 601.36 | 2.42(活立木) | 60.58 |
| 2010 | 661.85 | 601.90 | 2.54(活立木) | 60.63 |
| 2011 | 661.12 | 605.28 | 2.69(活立木) | 60.97 |
| 2012 | 661.27 | 604.06 | 2.82(活立木) | 60.82 |
| 2013 | 660.31 | 604.78 | 2.96(活立木) | 60.89 |

注:当年《浙江省环境状况公报》公布的森林状况是反映上一年的数据,因此,2015 年 6 月公布的《2014 年浙江省环境状况公报》反映的是 2013 年的森林数据。2014 年及其以后的数据尚未公布。资料来源:根据历年《浙江省环境状况公报》整理而得。

## (二)绿色矿山建设扎实推进

浙江的绿色矿山建设起步于 2005 年开始实施的调整矿山布局,推进矿山环境整治。按照"规划禁采区内的矿山关停、规划限采区内的矿山收缩、规划开采区内的矿山集聚"的要求,大力调整矿山布局。

到 2005 年底,规划禁采区内的矿山数量从 1653 家减少到 20 家,减少了 99%;规划限采区内的矿山数量从 4044 家减少到 2150 家,减少了 47%;规划开采区内的矿山数量从 2975 家减少到 2025 家,减少了 32%。同年,全面推进"百矿示范、千矿整治"活动,同时制定并实施《绿色矿山标准》,确定 12 家矿山企业为创建省级绿色矿山试点,进一步完善矿山自然生态环境治理备用金制度。2014 年,全省新建成绿色矿山 51 家,已累计建成绿色矿山 311 家,应建绿色矿山建成率达 52.71%。

矿山数量的压缩迫切要求对废弃矿山进行生态环境保护与治理,到 2010 年,浙江省需要治理的 1633 个废弃矿山已治理 1487 个,治理率达 91.06%,基本完成废弃矿山整治。废弃矿山整治,不仅有效改善了区域生态环境,盘活了土地存量指标,而且实现了资源的节约利用与循环利用。在此基础上,浙江省 2010 年开始编制实施《浙江省废弃矿井治理规划实施方案》,开始全面治理废弃矿井。2014 年,共治理废弃矿井 425 个,已累计治理废弃矿井 1415 个,治理率达 50.45%。

### (三)湿地和生物多样性保护成效显著

湿地与人类的生存、繁衍、发展息息相关,是自然界最富生物多样性的生态景观和人类最重要的生存环境之一,它不仅为人类的生产、生活提供多种资源,而且具有巨大的环境功能和效益,在抵御洪水、调节径流、蓄洪防旱、控制污染、调节气候、控制土壤侵蚀、促淤造陆、美化环境等方面有其他系统不可替代的作用。浙江省湿地总面积达 1665 万亩,占全省面积的 10.9%,因此,浙江省保护湿地具有特别重要的地位和意义。

早在 2007 年,《浙江省湿地保护规划》发布和实施,组织指导各地做好湿地保护和利用规划的编制和湿地公园建设。《浙江省湿地保护条例》于 2012 年 12 月 1 日实施,为研究解决湿地保护工作的重大问题,省政府成立了湿地保护委员会。到 2014 年底,全省已建有湿地及与湿地有关的自然保护区 11 个,其中国家级 2 个,省级 6 个、县级 3

个,总面积 225 万亩,湿地自然保护小区 30 个;国家湿地公园 10 个,
省级湿地公园 15 个,保护面积 90 万亩;2014 年,省政府办公厅公布了
首批 32 个省重要湿地保护名录,面积 200 万亩。

到 2014 年底,浙江省共有国家级自然保护区 9 个,省级自然保护
区 7 个,基本形成了以国家级自然保护区为核心、省级自然保护区为
补充的保护区网络,使国家和省重点保护野生动植物得到有效的保
护。浙江省十分注重加强濒危野生动植物的保护,2010 年,组织编制
并实施《浙江省极小种群野生植物拯救保护规划》,明确了 39 种极小
种群野生植物保护、恢复的措施;2011 年,编制《浙江省生物多样性保
护战略与行动计划》,采取了建立各级保护区(保护小区)予以就地保
护、对在原生环境中生存困难的极濒危物种予以迁地保护、对迁地保
护和种源繁育成熟的物种予以野外放归、对绝灭物种采取种群重建等
措施加强野生动植物的保护。

## 二、主要污染物减排成效显著

主要污染物包括化学需氧量、氨氮排放量、氮氧化物等。浙江省
积极实施高耗能重污染行业整治,推动经济转型升级,主要污染物减
排成效显著。这主要反映在浙江经济发展和生活水平提高的同时,废
水、废气、固体废物中的主要污染物排放量并未相应增加,有的排放指
标反而有所下降。二氧化硫、化学需氧量、氨氮、氮氧化物排放量均超
额完成"十二五"减排任务。

### (一)废水中主要污染物排放有所下降

2005 年,浙江省废水排放总量为 31.32 亿吨,废水中化学需氧量
(COD)为 59.47 万吨。2014 年,废水排放总量为 41.83 亿吨,废水中
化学需氧量(COD)为 72.54 万吨,氨氮排放量为 10.32 万吨(见表 7-
6)。由表 7-6 可得:(1)从 2005 年到 2014 年,废水排放总量增长
33.6%。(2)化学需氧量(COD)明显下降。由于从 2011 年开始,化学
需氧量(COD)扩大了统计范围,与 2011 年以前不具有可比性。但从

2005 年到 2010 年、从 2011 年到 2014 年，相同统计口径比较可以看出，这两个阶段中，废水中化学需氧量（COD）均有明显下降。（3）从 2011 年到 2014 年，氨氮排放量由 11.54 万吨下降到 10.32 万吨，下降了 10.6%。

表 7-6　2005—2014 年浙江省废水主要污染物排放情况

| 年份 | 废水（亿吨） | | | 化学需氧量（COD）（万吨） | | | 氨氮排放量（万吨） |
|---|---|---|---|---|---|---|---|
| | 总量 | 工业 | 生活 | 总量 | 工业 | 生活 | |
| 2005 | 31.32 | 19.24 | 12.08 | 59.47 | 28.96 | 30.51 | |
| 2006 | 33.07 | 19.96 | 13.11 | 59.27 | 28.65 | 30.62 | |
| 2007 | 33.81 | 20.12 | 13.69 | 56.40 | 26.43 | 29.97 | |
| 2008 | 35.04 | 20.05 | 14.99 | 53.86 | 24.27 | 29.59 | |
| 2009 | 36.50 | 20.34 | 16.16 | 51.38 | — | — | |
| 2010 | 39.48 | 21.74 | 17.74 | 48.68 | — | — | |
| 2011 | — | | — | 81.83 | | — | 11.54 |
| 2012 | 42.10 | 17.54 | 24.56 | 78.62 | | — | 11.23 |
| 2013 | 41.91 | 16.37 | 25.54 | 75.51 | | — | 10.75 |
| 2014 | 41.83 | 14.94 | 26.89 | 72.54 | | — | 10.32 |

注：①2011 年，《浙江省环境状况公报》中并未公布废水排放总量及其结构；②2009 年开始，化学需氧量（COD）不再区分工业排放和生活排放；③2011 年开始，化学需氧量（COD）扩大了统计范围，与 2011 年以前具有不可比性。资料来源：根据历年《浙江环境状况公报》整理而得。

总体上看，浙江省废水排放量在增加，但化学需氧量（COD）和氨氮等主要污染物排放量有所下降，这主要得益于污水处理设施的增加。仅 2014 年，全省新增 61 个镇级污水处理设施，完成 21 个污水处理设施一级 A 提标改造，新增城市污水管网 3130.7 千米，污水处理率达 89.91%。

## （二）废气中主要污染物排放持续下降

浙江省废气中主要污染物排放可以从排放浓度和排放总量两个

方面进行分析。

从排放浓度方面看。(1)二氧化硫浓度。2005年,浙江各城市二氧化硫的年日均值范围为0.003—0.060毫克/立方米,全省平均为0.024毫克/立方米。32个省控城市二氧化硫的年日均浓度均达到国家空气质量二级标准,其中46.9%的城市达到一级标准。2012年,各城市年均值浓度范围为0.007—0.049毫克/立方米,平均为0.024毫克/立方米。各县级以上城市二氧化硫年均浓度均达到国家空气质量二级标准,其中26个城市达到一级标准。2014年,县级以上城市[①]年均浓度范围为0.006—0.050毫克/立方米,平均为0.018毫克/立方米。可见,从2005年到2014年,浙江城市二氧化硫排放浓度均值有少量下降。(2)二氧化氮浓度。2005年,浙江各城市二氧化氮的年日均值范围为0.004—0.066毫克/立方米,全省平均为0.034毫克/立方米。32个省控城市二氧化氮的年日均浓度均达到国家空气质量二级标准,其中65.6%的城市达到一级标准。2012年,各城市年均值浓度范围为0.007—0.054毫克/立方米,平均为0.032毫克/立方米。各县级以上城市二氧化氮年均浓度均达到国家空气质量二级标准,其中54个城市达到一级标准。2014年,县级以上城市年均浓度范围为0.011—0.050毫克/立方米,平均为0.030毫克/立方米。可见,从2005年到2014年,浙江城市二氧化氮排放浓度均值有少量下降。因此,2005年以来,浙江省废气中主要污染物排放均有下降。

从排放总量方面看。2005年,浙江省废气中主要污染物排放,二氧化硫排放量为86.04万吨,烟(粉)尘排放总量为44.30万吨,到2014年,二氧化硫排放量为56.00万吨,烟(粉)尘排放总量为35.90万吨,虽然中间有波动,但总体均呈下降趋势(见表7-7)。特别是2010年以来,浙江省二氧化硫排放量、氮氧化物排放量、烟(粉)尘排放总量均有明显下降。然而,值得注意的是,从2005年到2014年,工

---

① 2014年,废气排放数据是分设区城市、县级以上城市两类进行统计,为保持可比性,这里采用县级以上城市数据。

业废气排放总量大幅度上升,从 2005 年的 13025 亿标立方米上升到 2014 年的 26958 亿标立方米。

表 7 - 7　2005—2014 年浙江工业废气排放情况

| 年份<br>项目 | 2005 | 2006 | 2007 | 2008 | 2009 | 2010 | 2011 | 2012 | 2013 | 2014 |
|---|---|---|---|---|---|---|---|---|---|---|
| 工业废气排放总量(亿标立方米) | 13025 | 14702 | 17467 | 17633 | 18860 | 24435 | 24940 | 23967 | 24565 | 26958 |
| 二氧化硫排放量(万吨) | 86.00 | 85.90 | 79.70 | 71.59 | 67.70 | 66.50 | 64.70 | 61.10 | 57.90 | 56.00 |
| 氮氧化物排放量(万吨) | | | | 56.40 | 63.80 | 69.40 | 69.10 | 63.50 | 57.30 | 51.90 |
| 烟(粉)尘排放总量(万吨) | 44.30 | 42.60 | 36.50 | 33.60 | 34.80 | 43.30 | 30.20 | 23.30 | 29.70 | 35.90 |

注:2008 年及以后数据来源于《2015 年浙江统计年鉴》表 13 - 10;2008 年以前数据来源于《2010 年浙江统计年鉴》表 13 - 9,其中烟(粉)尘排放总量经计算。

## (三)工业固体综合利用率高

浙江采取积极措施加强固体废物处理。采取有利于固体废物综合利用活动的经济、技术政策和措施,鼓励和支持固体废物污染环境防治的科学研究和技术开发,促进固体废物的充分回收和合理利用,并于 2013 年修订《浙江省固体废物污染环境防治条例》,实行减少固体废物的产生量和危害性、充分合理利用固体废物和无害化处置固体废物的原则,促进清洁生产和循环经济发展。到 2014 年,浙江全省已建成医疗废物集中处理设施 12 座,年处置能力 4.8 万吨;建成工业危险废物集中处置设施 20 座,处置能力 47.9 万吨/年,比 2013 年提高 110%。全省共有生活垃圾无害化处理设施 93 座,生活垃圾无害化处理能力 5.68 万吨/日,全年累计处理垃圾 1490 万吨,生活垃圾无害化处理率达 99.9%;新建成投产运营 8 个污泥处置项目,全省共有污泥处理设施 69 座,处理能力达 1.9 万吨/日。

2005 年,全省工业固体废物产生量为 2514 万吨,工业固体废物综合利用率 92.56％。到 2014 年,全省工业固体废物产生量为 4699.6 万吨,工业固体废物综合利用率 92.75％。可见,10 年间,浙江省工业固体废物产生量大幅度增长(86.9％),但由于工业固体废物的综合利用率一直较高,所以一定程度上较好地起到了保护生态环境、节约资源的作用。

### (四)生态环境基础设施显著改善

从动态看,从 2005 年到 2014 年,浙江省县以上城市用水、燃气覆盖所有人群,污水处理率由 55.8％迅速提升到 89.91％,生活垃圾无害化处理率由 78.3％上升到 99.90％,人均公园绿地面积由 9.03 平方米增加到 12.85 平方米(见表 7-8)。从静态看,截至 2014 年,全省县以上城市建成区面积达到 3030.38 平方千米,人均城市道路面积 18.67 平方米,人均公园绿地面积 12.85 平方米,自来水用水普及率达 99.9％,供水能力达到 1998.39 万立方米/日,城市生活污水处理能力 940.1 万吨/日,污水处理率 89.91％。

表 7-8　2005—2014 年浙江省县以上城市环境基础设施水平变化状况

| 年份 | 用水普及率(％) | 燃气普及率(％) | 污水处理率(％) | 生活垃圾无害化处理率(％) | 人均公园绿地面积(平方米) | 建成区绿化覆盖率(％) |
|---|---|---|---|---|---|---|
| 2005 | 98.5 | 98.0 | 55.8 | 78.3 | 9.03 | 32.1 |
| 2006 | 98.8 | 97.4 | 56.9 | 81.5 | 9.65 | 34.0 |
| 2007 | 98.8 | 96.8 | 68.1 | 83.6 | 8.61 | 35.1 |
| 2008 | 99.1 | 97.0 | 73.1 | 86.4 | 9.25 | 36.5 |
| 2009 | 99.6 | 97.6 | 77.4 | 95.4 | 10.66 | 37.18 |
| 2010 | 99.65 | 98.67 | 81.27 | 96.32 | 10.99 | 37.80 |
| 2011 | 99.70 | 97.17 | 83.80 | 94.91 | 11.63 | 38.10 |
| 2012 | 99.59 | 99.01 | 86.16 | 97.78 | 12.26 | 39.46 |
| 2013 | 99.86 | 99.59 | 88.57 | 99.32 | 12.35 | 39.88 |
| 2014 | 99.90 | 99.56 | 89.91 | 99.90 | 12.85 | 40.53 |

资料来源:根据历年《浙江环境状况公报》整理而得。

### 三、环境恶化势头基本遏制

环境包括大气环境、水环境、海洋环境、辐射环境、自然生态环境，等等。2005年以来,浙江经济快速发展的同时,加强城乡环境治理取得明显实效,生态环境基本保持稳定,部分指标明显好转。

#### (一)水环境质量总体改善

加强饮用水水源保护,到2014年,浙江省除衢州和台州外,全省其余9个设区市都建成了备用水源或实现了双水源供水。扎实开展饮用水水源地环境整治,至2014年,全省饮用水水源保护区范围内污染源和污染隐患已基本清理完成。全省累计创建合格、规范饮用水源保护区570个。强化水环境基础设施建设,到2014年,全省县级以上城市生活污水处理能力940.1万吨,污水处理率为89.91%。2011年开始,浙江开展以铅酸电池、电镀、印染、制革、造纸、化工6个行业为重点的重污染高耗能行业整治提升行动。截至2014年底,全省共关闭8500多家重污染企业,淘汰全部造纸草浆生产线和所有味精发酵工段。56个县(市、区)共关闭企业24213家,整治提升8266家。

从静态看,浙江省水环境质量总体良好。2014年,全省江河干流总体水质基本良好,部分支流和流经城镇的局部河段仍存在不同程度的污染,水体主要污染指标是石油类、氨氮、总磷。大部分城市的主要饮用水水源地水质良好,据全省221个省控断面监测结果统计,水质达到或优于地表水环境质量Ⅲ类标准的断面占63.8%,其中Ⅰ类9.5%、Ⅱ类28.1%、Ⅲ类26.2%、Ⅳ类17.7%、Ⅴ类和劣Ⅴ类18.5%(其中Ⅴ类8.1%和劣Ⅴ类10.4%)(见表7-9)。

2014年,浙江八大水系和运河按水质达到或优于Ⅲ类水标准的断面比例由大到小排列,依次为瓯江、飞云江、苕溪、曹娥江、钱塘江、椒江、甬江、鳌江、京杭运河。其中,瓯江、飞云江、苕溪都没有明显污染河段,均为Ⅲ类标准以上;浙江的"母亲河"钱塘江Ⅰ-Ⅲ类水断面占74.5%,主要污染河段集中在金华市境内的金华江、东阳江、南江、武义江和浦阳江浦江段等;垫底的鳌江水质为Ⅱ—劣Ⅴ类,其中Ⅱ类水断面占 25.0%,主要污染河段为干流中下游,超标物为氨氮。京杭运河和平原河网仍然污染严重,主要污染指标为氨氮、总磷和石油类,水质主要为Ⅳ—Ⅴ类和Ⅲ—劣Ⅴ类。水库水质总体优良,主要为Ⅱ类;湖泊水质相对较差,其中,西湖水质为Ⅲ类,东钱湖水质为Ⅳ类,鉴湖和南湖水质为Ⅴ类;部分湖泊呈现一定程度富营养化,水库以中营养为主。此外,全省地下水各采样点水质大多保持天然状态,基本未受人为污染。

表 7-9　2005—2014 年浙江地表水水质变化状况

单位:%

| 年份 | Ⅰ类 | Ⅱ类 | Ⅲ类 | Ⅳ类 | Ⅴ类 | 劣Ⅴ类 |
|------|------|------|------|------|------|--------|
| 2005 | 2.9 | 27.5 | 34.5 | 14.6 | 6.4 | 14.1 |
| 2006 | 4.7 | 31.0 | 26.3 | 17.0 | 7.0 | 17.0 |
| 2007 | 4.7 | 28.6 | 33.9 | 11.7 | 4.7 | 16.4 |
| 2008 | 4.1 | 32.7 | 33.9 | 9.9 | 6.4 | 12.9 |
| 2009 | 3.5 | 28.7 | 42.7 | 7.6 | 8.2 | 9.4 |
| 2010 | 6.4 | 36.3 | 31.6 | 15.2 | 2.9 | 7.6 |
| 2011 | 6.8 | 25.8 | 30.3 | 12.7 | 5.9 | 18.6 |
| 2012 | 6.8 | 27.6 | 29.9 | 17.2 | 4.0 | 14.5 |
| 2013 | 9.1 | 27.1 | 27.6 | 15.4 | 8.6 | 12.2 |
| 2014 | 9.5 | 28.1 | 26.2 | 17.7 | 8.1 | 10.4 |

资料来源:根据历年《浙江环境状况公报》整理而得。

从动态看,浙江省水环境质量基本保持稳定。从 2005 年到 2014 年,尽管浙江经济、人口数量和消费水平持续增长,但水环境状况总体保持相对稳定,局部有所改善。主要体现在不同类水的比例发生如下变化:一方面,Ⅰ类水比例从 2005 年的 2.9% 上升到 2014 年的 9.5%,劣Ⅴ类水比例从 2005 年的 14.1% 下降到 2014 年的 10.4%,表明水质有明显改善;另一方面,水质较差的Ⅳ类水、Ⅴ类水比例从

2005 年的 14.6％和 6.4％分别上升到 2014 年的 17.7％和 8.1％,表明水质有明显恶化。

## (二)海洋环境质量有喜有忧

浙江是海洋大省,海域面积 26 万平方千米,拥有面积大于 500 平方米的海岛 3061 个,是全国岛屿最多的省份,其中面积 495.4 平方千米的舟山岛为我国第四大岛。海岸线总长 6486.24 千米,居全国首位。因此,浙江省海洋环境好坏直接关系到整个浙江省生态环境质量的优劣。

2014 年,浙江沿海各地贯彻实施《浙江省近岸海域污染防治规划》《杭州湾区域污染综合整治方案》和《乐清湾区域污染综合整治方案》,分别制定了近岸海域污染防治的实施方案,落实具体整治任务,明确具体整治项目。推进海洋红线制度,完成温州海洋生态红线制度试点,选定象山港区域为首个浙江入海污染总量控制制度试点区域。加强海洋保护区建设与管理,2014 年,南麂列岛、韭山列岛国家级海洋自然保护区和温州洞头国家级海洋自然保护区 3 个国家级海洋保护区总体规划分别得到国家海洋局批复,舟山嵊泗国家级海洋公园正式得到国家海洋局批复,成为全省第三个国家级海洋公园。

从静态看,浙江近岸海域水质状况级别为极差。2014 年浙江省近岸海域水质主要受无机氮、活性磷酸盐超标影响,海域水体呈富营养化状态,水质状况级别为极差。全省近岸海域所实施监测的 57469 平方千米海域中,15.7％为Ⅰ类海水,5.3％为Ⅱ类海水,14.9％为Ⅲ类海水,9.3％为Ⅳ类海水,54.8％为劣Ⅳ类海水(见表 7-10)。海域水样主要超标指标为无机氮、活性磷酸盐,pH、溶解氧、化学需氧量和滴滴涕有少量样品超标,其他指标均在Ⅱ类海水标准限值范围内。近岸海域环境功能区水质达标面积 3009.88 平方千米,占所监测功能区的 6.71％。海域水质基本满足渔业用水要求。

表 7 - 10　2005—2014 年浙江近岸海域水质变化状况

单位:%

| 年份 | Ⅰ类海水 | Ⅱ类海水 | Ⅲ类海水 | Ⅳ类海水 | 劣Ⅳ类海水 |
|------|---------|---------|---------|---------|-----------|
| 2005 | 6.7 | 13.3 | 17.8 | 17.8 | 44.4 |
| 2006 | 2.6 | 32.9 | 10.1 | 15.2 | 39.2 |
| 2007 | 4.5 | 18.0 | 15.7 | 19.1 | 42.7 |
| 2008 | 13.49 | 22.48 | 20.23 | 19.1 | 24.70 |
| 2009 | 18.0 | 15.7 | 13.5 | 16.9 | 35.9 |
| 2010 | 0.0 | 8.99 | 24.73 | 13.48 | 52.80 |
| 2011 | 14.35 | 21.52 | 5.58 | 15.80 | 42.75 |
| 2012 | 17.8 | 16.2 | 7.4 | 5.6 | 53.0 |
| 2013 | 17.8 | 14.4 | 11.1 | 5.6 | 51.1 |
| 2014 | 15.7 | 5.3 | 14.9 | 9.3 | 54.8 |

资料来源:根据历年《浙江环境状况公报》整理而得。

从动态看,浙江近岸海域水质状况并未进一步恶化。从 2005 年到 2014 年,一方面,浙江省近岸海域Ⅰ类海水比例从 2005 年的 6.7% 上升到 2014 年的 15.7%,表明水质有改善趋势;另一方面,劣Ⅳ类海水比例也从 2005 年的 44.4% 上升到 2014 年的 54.8%,表明水质有恶化趋势,而Ⅱ类、Ⅲ类、Ⅳ类海水的比例呈现明显的不规则变动。Ⅰ类海水与劣Ⅳ类海水的正反两方面比例变动表明,浙江省近岸海域水质有喜有忧:水质较好海域的面积比例在扩大,水质较差海域的面积比例也在扩大。

（三）空气环境质量稳中向好

2014 年,省政府印发《大气污染防治行动计划专项实施方案（2014—2017）》,对调整能源结构、防治机动车污染、治理工业污染、调整产业布局与结构、整治城市扬尘和烟尘、控制农村废气污染六大领域作出专项部署。同时,浙江积极实施机动车污染防治,全年淘汰黄标车及老旧车 38.15 万辆,已建成 107 个机动车检测站,环保标志发放率 85% 以上;制订《浙江省车用汽柴油标准升级保供方案》,率先供应国 V 标准汽柴油。到 2014 年底,全省公共服务领域新增新能源汽车占比达 52.1%。

从静态看,浙江省城市空气环境较好。2014 年,浙江省空气质量平均约有 275 天优良,PM2.5 年均浓度 53 微克/立方米,较 2013 年下降 13.1%。(1)设区城市环境空气质量状况。11 个设区城市空气质量综合指数范围为 3.36—6.41,平均为 5.26,空气质量好于上年,舟山市环境空气质量达到国家二级标准。日空气质量(AQI)优良天数比例为 60.8%—94.0%,平均为 75.5%。优良天数比例舟山全省最高,最低为湖州,优良天数比例范围为 5.6%—40.5%。(2)县级以上城市环境空气质量状况。2014 年,全省 69 个县级以上城市空气质量有 9 个达到国家二级标准,占城市总数的 13.0%;日空气质量(AQI)优良天数比例范围为 56.0%—97.8%,平均为 81.1%,优良天数比例范围为 3.6%—59.8%,平均为 21.5%。PM2.5 年均浓度范围为 29—69 微克/立方米,平均为 49 微克/立方米。

从动态看,浙江省城市空气环境质量基本稳定。从 2005 年到 2014 年,二氧化硫 2005 年为 24 微克/立方米,2014 年为 21 微克/立方米;二氧化氮 2005 年为 34 微克/立方米,2014 年为 39 微克/立方米,可见空气质量基本保持稳定。但从 2011 年开始,浙江省城市空气环境 PM2.5 和二氧化硫有明显下降趋势(见图 7-3)。

酸雨频率和酸性程度从另一个侧面反映了空气质量状况。2005 年,浙江降水 pH 年均值为 4.38,全省平均酸雨率为 91.9%,全省均为酸雨区。2014 年,浙江省酸雨污染仍较严重,降水 pH 年均值为 4.74,全省平均酸雨率为 79.3%。2014 年,浙江 69 个县级以上城市中有 66 个被酸雨覆盖,其中属于轻酸雨区的 13 个,中酸雨区的 46 个,重酸雨区的 7 个;降水中主要致酸物质仍然是硫酸盐。因此,从动态上看,从 2005 年到 2014 年,酸雨的程度、酸雨的覆盖范围均有所下降;但从静态上看,浙江的酸雨问题依然非常严重。

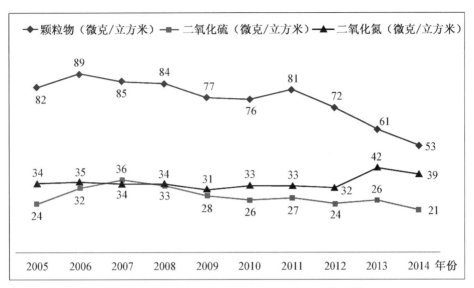

图 7-3  2005—2014 年浙江省城市空气环境变化状况

注:2005—2012 年的颗粒物数据为可吸入颗粒,2013 年、2014 年颗粒物数据为 PM2.5。资料来源:根据历年《浙江环境状况公报》整理而得。

综上所述,2005 年以来,浙江省在资源节约、环境保护领域取得了重大成就。根据中国科学院可持续发展战略研究组的研究,2013 年,浙江省在中国各省(自治区、直辖市)的资源环境综合绩效水平排序中列第 5 位,列北京、上海、广东、天津之后。[1] 而根据《2015 中国绿色发展指数报告》,2013 年,浙江的绿色发展指数在全国各省(自治区、直辖市)中排第 3 位,列北京、上海之后。[2] 然而,尽管浙江在资源节约与生态环境保护领域取得了重大成就,但依然面临着资源短缺和环境污染问题的挑战。浙江的资源环境承载能力已近极限,突出表现在两个方面:一是环境负荷局部超出容量。主要污染物排放过量带来

① 中国科学院可持续发展战略研究组:《2015 中国可持续发展报告——重塑生态环境治理体系》,科学出版社 2015 年版,第 255 页。由于数据等原因,西藏、港澳台地区未参与测算和排名。

② 北京师范大学经济与资源管理研究院、西南财经大学发展研究院、国家统计局中国经济景气监测中心:《2015 中国绿色发展指数报告》,北京师范大学出版集团 2015 年版,第 4 页。由于数据等原因,西藏、港澳台地区未参与测算和排名。

的污染问题还没有得到根本解决。瓯江、飞云江、苕溪、曹娥江、钱塘江、甬江、椒江、鳌江八大水系全部存在不同程度的污染,大部分江河地表水源已经不能满足饮用水水源水质要求,近15%的水源地水质不达标。浙北、浙东和浙中地区有近20%农用地,因土壤污染不能种植绿色农产品;二是资源约束日益趋紧。浙江是陆域自然资源小省,能源、矿产等基础资源贫乏,一次能源95%以上靠省外调入。同时,资源产出率相对较低,2014年全省能源消费总量达1.88亿吨标准煤,单位GDP能耗是世界平均水平的1.38倍、美国的1.72倍、日本的2.75倍。随着工业化、城镇化快速推进,资源需求将保持刚性增长,供需矛盾会更加突出。此外,浙江气候变化问题突出,高温、台风、强降水等极端天气事件发生的频率增加、强度增大、危害巨大。

## 第三节　浙江生态文化建设的成效

人的一切行为都是在观念支配下的,都是基于一定的文化信仰和价值观念。浙江践行"两山"重要思想,基于整个社会的生态文化逐渐确立,具有深厚的群众文化基础;反过来,把生态文化渗透到居民和政府日常行为中,渗透到决策者和管理者的决策及管理行为中,这是浙江践行"两山"重要思想在文化领域取得的重要成效。

### 一、生态意识得到不断强化

生态意识是指注重维护社会发展的生态基础、强调从生态价值的角度审视人与自然关系的价值观念。生态意识作为一种反映人与自然环境和谐发展的新的价值观,主张尊重自然、顺应自然、保护自然,其核心是资源节约和生态环境保护的理念。浙江省作为经济较发达地区,一方面,随着人们生活水平的提高,公众对生态环境的需要日益增强;另一方面,改革开放以来浙江生态环境局部恶化,也使良好生态环境变得日渐稀缺。这两方面的结合,使浙江公众的生态环境需要局部得不到满足,从而使得保护生态环境越来越成为公众内心的迫切需要,越来越成为公众的重要诉求。其实,浙江的先进性,不仅仅体现在经济建设中,很多时候还体现在文化理念中。浙江公众具有强烈的生态保护意识和生态文化意识,就是浙江文化理念先进性的重要体现,是浙江精神和新时代"干在实处、走在前列"新要求的重要组成部分。2005年以来,浙江干部群众的生态意识不断增强,把美丽浙江作为可持续发展的最大本钱,护美绿水青山、做大金山银山,在实践中将"绿水青山就是金山银山"化为生动的现实,成为千万群众的自觉行动。

政府积极倡导、推行一系列生态文明举措,促进生态意识提高。2002年,浙江确立建设绿色浙江的目标;2003年,作出建设生态大省的决定;2010年,提出建设全国生态文明示范区;2012年,提出"坚持生态立省方略,加快建设生态浙江";2013年,提出建设美丽浙江;2014年,提出建设"两美"浙江。重点推进铅酸电池、电镀、印染、化工、制革、造纸六大行业整治,强化"腾笼换鸟"力度,2014年,浙江关停2.4万家高污染企业。"一证式"改革、环境执法网格化、主要污染物与财政挂钩、环评审批权到市(县)等多项改革措施落实到位。这些发展战略、重大措施及其实施,既是浙江人的生态意识不断加强的结果,同时又反过来进一步增强浙江人的生态意识。

整个社会的生态环境教育和宣传,使生态环境保护理念逐渐树立。浙江省注重创建绿色学校,把生态意识灌输给学生,涌现出一大批在树立绿色教育理念、建设绿色校园、实施绿色教育内容和过程、倡导绿色环境行为等方面作出显著成绩的"绿色学校",仅2014年,就有196所学校被评为浙江省第七批省级"绿色学校"。2014年,全省完成第四批23家"浙江省生态文明教育基地"的创建工作,39家绿色医院创建工作和260家省级绿色家庭的创建工作。浙江省充分利用生态节日做好宣传引导,结合"世界环境日""世界地球日""中国水周""全国土地日""中国植树节"等重要时节,宣传环境保护,强化公众的环境意识。同时,浙江省还积极创建具有浙江特色的生态日,自从安吉县

2003 年创设全国首个县级生态日取得成功经验后,2009 年浙江省创设了全国首个省级层面的生态日,决定每年 6 月 30 日为浙江生态日。

政府倡导、社会教育,使得浙江公民的生态环境保护的认知水平日益提高,生态环境保护的意识日益增强。根据上海交通大学民意与舆情调查研究中心发布的 2015 年中国城市居民环保态度行为调查报告,我国民众对 PM2.5 认知程度最高的前 5 座城市为:杭州、上海、南京、天津和西安。2000 年成立的原本只有几名大学生的草根环保组织——"绿色浙江",到 2014 年已发展成为拥有 200 名会员、10 万名志愿者的专业的民间环保组织,见证了浙江民间环保力量的逐渐觉醒。

生态意识的不断强化,促进不同主体积极参与生态文明建设。在当今浙江,从政府官员到企业家、普通公众,已经越来越认识到生态环境的重要性,并进一步落实在具体行为中,政府、企业、环保组织、公民等不同主体之间的良性互动正在逐渐形成。政府官员执政理念逐渐从追求 GDP 转向追求绿色 GDP,积极推行绿色 GDP 核算试点;企业保护生态环境的社会责任感逐渐增强,节能、减排、治污、循环成为众多企业的自觉追求;公众的资源节约和环境意识有了明显提升,公众的环保参与程度明显提高。例如,龙泉市宝溪乡,从最初各村《村规民约》中简单提及的"门前三包"、禁止毒鱼的规定,到 2012 年,全乡 8 个行政村共同签订《宝溪乡河道管理联合公约》,强调保护河道环境,保护水生态,保持整洁卫生。2015 年,《宝溪乡乡规民约》第一条就明确规定"生态立乡,旅游兴乡",正式把护林、护溪、护石、护鱼纳入其中,并在人代会中讨论通过,生态环保成了普通民众的共识,不知不觉地,珍惜每一滴水、每一棵树、每一块土地,保持整洁明净的生活环境已经成为村民的习惯。嘉兴积极尝试让公众参与环境保护,形成了"嘉兴模式":环保联合会、市民检查团、市民陪审团、专家服务团组成"一会三团"。市民检查团对污染企业"摘帽"和部门建设项目审批有"否决权",对排污企业抽查有"点名权",对环境行政处罚结果有"票决权"。市民陪审团对案件适用裁量权、处罚方式和处罚额度有"审查权"。专家服务团则会指导市民解读环保专业知识、参与环保决策。环保组织——"绿色浙江"的志愿者们经常手拿一张河道地图,顺着气味在两岸寻找废水排放口,取水样、测指标,对河道流域进行环保监测,这些工作他们已经持续做了 15 年。

## 二、绿色生活方式逐步确立

绿色生活方式是指在资源节约和环境保护意识支配下,通过衣、食、住、行、用等方面的绿色采购和绿色消费,让人们在充分享受现代生活、现代技术带来便利和舒适的同时,切实履行可持续发展责任,实现自然、环保、节俭、健康的生活方式。以资源节约和环境保护意识为核心的生态文化渗透到浙江居民消费和政府消费行为中,主要表现为居民的生态消费和政府的生态采购等绿色生活方式逐步确立。

### (一)居民的生态消费

大力倡导绿色消费、绿色生活方式,使绿色消费、绿色生活方式成了浙江消费者的时尚和自觉追求。2009 年 11 月,浙江省公布"公民十大绿色生活准则",分别涵括了用电节约化、出行少开车、巧用废旧品、提倡水循环、办公无纸化、远离一次性、购物需谨慎、拒绝塑料袋、植物常点缀、争做志愿者。"公民十大绿色生活准则"引起了公众对于自己曾经生活习惯的反思,让公众意识到生活方式对生态环境的影响,意识到绿色生活方式其实离每一个人都很近,意识到践行绿色生活准则完全可以从身边的生活小事做起。2013 年 10 月,杭州市设立绿色生态消费教育基地。2014 年 12 月,德清县设全国首个生态消费教育馆(参阅专栏 3)。

**专栏 3:德清设全国首个生态消费教育馆**

从 2012 年开始,德清县教育部门开始探索开设生态消费教育课程,包括生态消费、再生纸制作、农耕实践、花卉种植等活动课程。生态消费教育馆就是综合开展生态消费教育的实践基地。

在生态教育馆内放置了《中小学生生态消费教育指导教材》《生态

消费教育手册》等教材,每本教学用的课本都是循环课本,80%以上的课程工具都可以循环使用,如木工制作课的废木料作为变废为宝创意模型的材料,布艺手工课的废布料作为香袋制作的填充材料。同时还设历年来生态消费教育活动剪影、低碳产品等,以教育中小学生减少使用餐具等一次性物品、空调温度要控制、A4纸可以两面用、买简易包装产品等,小手牵大手,达到全民生态消费的目的。

通过生态消费教育馆的实践活动,让学生们明白了纸是由大量树木制造的。让他们知道了节约用纸应该从我做起,从身边做起,从小事做起,节约纸张、储蓄绿色,为社会贡献一份力量。

自2010年11月30日,由德清县人大常委会确定的全国首个生态消费日以来,该县又先后创设了生态消费政府宣言、低碳消费与服务联盟、预付式消费诚信联盟、国民生态消费教育中心以及生态消费教育实践基地5个"全国首创"。

## (二)政府的绿色采购

政府是管理者,同时也是消费者。政府在决策管理中,需要采购和消耗各种商品,大到建筑物、汽车,小到各种食品、电脑和纸张等办公用品。因此,政府消费也是绿色生活方式的重要组成部分。根据国家统计局网站公布的数据,2014年中国政府消费高达86770亿元,占最终消费总额328311亿元的比例达26.4%;在浙江,2014年政府消费为4570亿元,占最终消费总额19365亿元的比例达23.6%。不仅如此,政府消费对公众消费还起着重要的引导和示范作用。

浙江省在推进政府绿色采购方面已做了大量工作。早在2008年4月,浙江省就下发了《关于建立政府优先强制采购节能环保和自主创新产品制度的通知》,提出"对部分节能环保效果突出、技术性能稳定和供应商数量充足的空调机、计算机、打印机、复印机等办公设备、照明产品和用水器具等,在优先采购的基础上实施强制采购"。明确要求,党政机关和事业单位的公务用车"限制采购排气量在2.0升以上的小轿车和排气量在3.0升以上的商务车,原则上不得采购排气量在 3.5 升以上的越野车"。在项目支出确定的情况下,财政部门应当在政府采购预算中优先安排节能环保和自主创新产品的采购资金,并充分考虑价格调整因素,为采购节能环保和自主创新产品提供资金保障。

浙江省在政府采购和消费中十分注重生态环境保护和资源节约,取得了可喜成绩,仅 2014 年一年全省就采购了 130 多亿元环保绿色产品,约占全国的 10%。以汽车采购为例,浙江省政府公务车采购已经在提高质量和效率的同时,从社会公共环境利益出发,通过优先采购与强制采购等一系列措施支持节能环保的绿色产品。从 2010 年首度引入的浙江省公务用车协议供货全省联动的动态招标过程中,车辆百公里耗油量以及城市综合工况油耗数据均被纳入了评标环节,在设定的总分 100 分中,涉及节能环保及自主创新等绿色因素的项目就占到 10%。政府绿色采购和消费,不仅能引导企业进行绿色清洁生产,促进企业生产绿色汽车产品以满足政府公务用车的消费需求,而且为居民绿色生活方式提供了很好的示范(参阅专栏 4)。

**专栏 4:浙江领衔中国 2012 年 LED 显示屏政府采购榜首**

中国 2012 年 LED 显示屏政府采购情况,各地区采购规模差别较大。在全国 2012 年 LED 显示屏采购中,浙江、黑龙江、北京 3 个省(市)位居前三甲,山东、江苏、福建紧随其后,分列第 4、5、6 位。

浙江省在 2012 年度 LED 显示屏采购中,以 3700 万元的年度采购金额位居第一。浙江省 LED 显示屏采购项目数量最多,为 82 项,主要满足了学校、医院、社区文化及公共服务等采购需求。其中,位居年度采购金额前三的为浙江曲艺杂技总团 LED 显示屏及灯光、音响设备项目。浙江省在 LED 显示屏采购中的突出表现,体现出了对节能环保工作的重视。政府采购 LED 显示屏,不仅有利于降低政府机构能耗水平,节约财政资金,而且有利于促进全社会做好节能减排工作。同时,由于社区文化和公共信息服务等 LED 显示屏采购项目的增加,反映浙江省在文化建设和民生服务方面的努力。

### 三、生态城乡建设稳步推进

生态意识渗透到决策者行为、管理者行为中,表现为浙江深入实施生态市县、环保城市、绿色家庭等创建活动。截至 2014 年 5 月,浙江已累计建成国家级生态示范区 45 个、国家生态县 6 个、国家环保模范城市 7 个、国家级生态乡镇 450 个。其具体成效主要表现为美丽浙江、绿色城镇、美丽乡村 3 个方面。

#### (一)美丽浙江

2005 年以来,浙江省在生态文明建设实践中,始终以"八八战略"为统领,进一步发挥浙江的生态优势,坚定"绿水青山就是金山银山"的发展思路,坚持一任接着一任干、一张蓝图绘到底,把生态文明建设放在突出位置。到 2015 年,美丽浙江建设各项基础性工作扎实开展,基本完成国土(海洋)空间规划体系和主体功能区、环境功能区布局,初步建立比较完善的美丽浙江建设体制机制和组织领导保障体系;低消耗、低排放、高附加值的产业结构加快形成,生态经济成为浙江经济增长新亮点;"五水共治"有力推进,垃圾河、黑河、臭河整治成效显著(参阅专栏 5),近岸海域污染治理有效推进,县以上城市集中式饮用水源地水质达标率高于 90%;"三改一拆"工作持续深入开展,大气环境治理取得成效,耕地土壤污染有所遏制,基本建成污染物收集处置环境基础设施体系,城乡生态环境质量在全国保持领先地位。

**专栏 5:"五水共治"及其成效**

习近平同志在浙江工作期间,多次对治水工作作出重要指示和部署,一再强调要用科学发展的理念和方法来研究用水治水节水工作,认真抓好安全饮水、科学调水、有效节水、治理污水"四水工程"建设。这些年来,通过 3 轮"811"行动、千万农民饮用水工程、水资源保障百亿工程、千里海塘、"强塘固房"工程等治水改革措施,浙江治水工作取得了阶段性成效。自 2014 年起,浙江开始在全省推行治污水、防洪水、排涝水、保供水、抓节水"五水共治",并把它作为浙江全面深化改革的重要内容和重点突破的改革项目。

通过"五水共治",浙江水质2014年下半年起日益改善,Ⅲ类及以上水的比例明显提高,饮用水工程建设力度和污染饮用水源行为的打击力度不断加大。"群众普遍反映水清了,环境好了,在外工作的人愿意回老家的乡村了。"例如,一项调查显示,杭州97％的市民认为"五水共治"有成效。下一步,浙江将坚持以"八八战略"为统领,围绕"三步走"总体目标,标本兼治、水岸同治、城乡并治,以"清三河"为重点,切实做到治污先行、标本兼治;以系统治理为途径,切实做到统筹兼顾、整体联动;以改革创新为动力,切实加强制度建设、科技支撑;以法治建设为保障,切实做到依法治水、依法管水,尤其对知法犯法者要从严惩处;以共建共享为核心,切实做到群策群力、全民参与,努力在科学治水、保障水安全方面走在全国前列。

### (二) 绿色城镇

2011年11月,浙江省人民政府印发《浙江省绿色城镇行动方案》。浙江省绿色城镇建设是以新型城市化战略为龙头,按照集约节约、功能完善、宜居宜业、生态特色的要求,以改善人居环境、提升人民群众生活品质为目标,以改革创新为动力,规划、建设、管理齐抓并进,政府、企业、社会各方联动,引导、扶持、保障多措并举,着力打造一批生态环境优美、人居条件良好、基础设施完备、管理机制健全、人与自然和谐相处、经济社会与资源环境协调发展的绿色城镇,促进生态文明建设。

到2015年,浙江已在全国率先形成城乡一体的规划体系,城乡规划制度全面落实;率先基本实现镇级污水处理设施全覆盖,城镇污水收集处理率和处理达标率处于全国领先水平;率先实现供水、供气和生活垃圾收集处置城乡一体化,城乡基本公共服务均等化加快推进;率先推行城镇生活垃圾分类处理,初步建立比较完善的生活垃圾分类收运处置设施设备体系和标准制度体系;率先建立市、县、镇三级园林城镇体系,园林城镇创建水平进一步提高;率先基本形成绿色建筑发展体系,实现从节能建筑到绿色建筑的跨越式发展。

浙江省绿色城镇建设取得了显著成效,浙江省有关城市在国内绿色城镇排行中位居前列,跻身全球绿色城市(镇)。2015 年 3 月,全国289 个城市竞争绿色城镇化,杭州排第 5 位、宁波排第 9 位。绿色城镇化指标包括了综合排名、环境排名、经济排名、社会排名 4 项,它突出了绿色发展的理念,并涵括进深层的人文内容。与此同时,在全球绿色城市(镇)评选中,全球入选仅 24 个城市(镇),浙江有余姚、江山两市入选,浙江入选城市全国最多(参阅专栏 6)。

### 专栏 6:浙江余姚、江山跻身全球绿色城市

北京时间 2015 年 10 月 30 日,从美国纽约联合国总部举行的全球人居环境论坛(GFHS)10 周年庆典暨全球人居环境奖颁奖典礼上传来好消息,浙江省江山市被全球人居环境论坛评为"全球绿色城市"。该奖项是本次活动评选的最高奖项,江山是中国唯一获奖城市,另一获得该荣誉者是德国海德堡市。此前的 2011 年,浙江省余姚市与美国格林斯堡市、澳大利亚罗克代尔市、加拿大西温哥华市一起摘得"全球绿色城市"桂冠,余姚成为本届唯一获表彰的亚洲城市。

"全球绿色城市"是由全球人居环境论坛(GFHS)于 2005 年设立的全球人居环境建设领域的重要奖项,是综合反映一座城市在改善人居环境方面总体成就的世界级最高荣誉,得到联合国环境规划署(UNEP)的支持和指导。

"全球绿色城市"评选包括"环境质量良好,大气、水系、噪声、土壤等多项环境质量指标处于所在国先进水平"等 18 项定性指标和"上一年环境空气污染物基本项目浓度日平均达到标准限制的天数大于 290天"等 15 项定量指标,要获此殊荣必须满足不少于 17 条的定性指标和不少于 12 条的定量指标,或满足可适用总条目的 80%。截至 2015年,已有加拿大温哥华、日本横滨、中国丽江等全球 24 个城市(镇)获得了"全球绿色城市"荣誉称号。

### （三）美丽乡村

2003 年,浙江省委、省政府按照党的十六大提出的统筹城乡发展的要求,顺应农民群众的新期盼,作出了实施"千村示范、万村整治"工程的重大决策。时任省委书记习近平深入基层调查,研究思路政策,确定总体布局,推进工作部署。至 2007 年,经过 5 年的努力,对全省10303 个建制村进行了整治,并把其中的 1181 个建制村建设成"全面小康建设示范村"。在此基础上,2010 年,浙江省委、省政府进一步作出推进美丽乡村建设的决策。10 多年来,浙江始终把实施"千村示范、万村整治"工程和美丽乡村建设作为推进新农村建设的有效抓手,坚持一张蓝图绘到底、一年接着一年干、一届接着一届干,坚持以人为本、城乡一体、生态优先、因地制宜,大力改善农村的生产生活生态环境,积极构建具有浙江特色的美丽乡村建设格局。至 2013 年底,2.7万个行政村完成环境整治,村庄整治率达到 94%,46 个县成为美丽乡村创建先进县。积极推进农村生活污水治理,至 2014 年末,开展 6120个村的治理工作,新增受益农户 150 万户,开展农村垃圾减量化、资源化处理工作的村 1901 个;累计创建国家级生态乡镇 581 个,占全省乡(镇、街道)总数的 44.0%,数量居全国各省(区、市)的第 1 位。95%以上的村实现生活垃圾集中收集处理,农村卫生厕所普及率达 93%以上。截至 2015 年 8 月,浙江省已形成美丽乡村精品村 312 个。美丽乡村已经成为浙江新农村建设的一张名片,更是建设"美丽中国"一个精致的"标本"(参阅专栏 7)。

**专栏 7: 安吉余村的生态乡村建设**

浙江省湖州市安吉县余村,是时任浙江省委书记习近平首次提出"绿水青山就是金山银山"科学论断的地方。2005 年 8 月 15 日,习近平就是在老村委一间不起眼的会议室里,提出了"绿水青山就是金山银山"的科学论断。

曾经的余村,靠山吃山,村民曾认为丰富的山林矿山资源,尽可以"挥霍",先后开起矿山、水泥厂,20 世纪 90 年代村集体经济收入每年达 300 多万元,居全县之首。全村 280 户村民,一半以上家庭有人在矿区务工,矿山成了全村人的"命根子"。因为开矿,余村常年烟尘漫天,树叶被厚厚的粉尘覆盖,平时村民连窗户都不敢开,笋也连年减产。牺牲绿水青山换取金山银山的结果是:全村生态系统被严重破坏。

2005 年,余村关停了每年能给村集体带来 300 万元经济效益的 3 个石灰矿。尽管余村村集体收入曾因此一度锐减 20 多万元,但当年 8 月,时任浙江省委书记习近平到余村考察,对村里的做法给予高度评价。余村村委会主任潘文革回忆:"在简陋的村委会会议室举行的座谈会上,他告诫我们:'不要迷恋过去的发展模式,下决心关停矿山是高明之举。'"自此,余村坚定了从"卖石头"到"卖风景"的转变。办农家乐、建山间漂流、造生态采摘园、成立旅游公司……到 2015 年,余村已有 3 个旅游景区、14 家农家乐、410 张床位,2014 年游客量超过 10 万人次。今天的余村,群山环抱,秀竹连绵,四季常青,植被覆盖率高达 96%。村内有始建于五代后梁时期的千年古刹隆庆禅院,有被誉为"江南银杏王"的千年古树,有"活化石"之称的百岁娃娃鱼,更有待揭秘的古代工矿遗址和溶洞景观。余村,已被安吉县人民政府划为县内首个生态型山区村庄实验村。生态环境好了,成了财富的源泉。到 2014 年,余村村资产达到了 4500 多万元,村民的人均收入比 2005 年翻了三番多,达到 27677 元。

2014 年 4 月,作为美丽乡村建设先行区,浙江省首个美丽乡村省级地方标准《美丽乡村建设规范》出台,全省新农村建设从此"有标可循"。《规范》引用了新农村建设方面现有的国家、行业及地方标准 21 项,主要从村庄建设、生态环境、经济发展、社会事业发展、精神文明建设等 7 个方面 36 个指标为美丽乡村建设提出可操作的实践指导。《美丽乡村建设规范》只是操作指引,并非要求美丽乡村建设整齐划一,而是尽力彰显各乡村自己的特色,按照乡村的自然禀赋、历史传统和未来发展要求,最大程度保留原汁原味的乡村文化和乡村特色,以适应不同村庄的发展要求。

　　尽管浙江省的生态文化建设取得了很大成效,但也依然存在一些问题,存在较大的改进空间。例如,居民生态意识与生态行为存在一定程度上的分离,居民在意识上知道应当保护生态环境,但在行为上却存在不注重生态环境甚至是随意破坏生态环境的行为(例如,生活垃圾分类实施效果不佳);居民对那些影响自身健康的绿色食品趋之若鹜,而对那些有益生态环境但对自身健康无直接关联的生态消费还没有成为居民的自觉行为;生态城乡建设主要以"点"为主,急需由"点"扩展到"面",即急需由个别的绿色家庭、绿色学校、美丽乡村扩展到所有家庭、所有学校、所有乡村和社区。

　　总之,在"两山"重要思想的指导下,浙江省取得了显著成效,生态经济迅速发展,生态环境基本稳定,生态文化深入人心,使浙江的发展总体上走在全国前列。浙江省践行"两山"重要思想的实践证明,"两山"重要思想是适合浙江省过去、现在、未来发展的总方针、总策略。鉴于浙江省在发展阶段上处于全国先行之列,因此,"两山"重要思想不仅适用于浙江省,更具有全国性的普适价值。

# 第八章　浙江践行"两山"重要思想的基本经验

习近平同志"绿水青山就是金山银山"重要思想,深刻阐明了生态环境保护与经济发展、改善民生之间的辩证关系,为浙江探索走出一条环境保护与经济发展、产业升级共赢的新路子指明了方向。十多年来,浙江历届省委、省政府坚持走"绿水青山就是金山银山"的发展之路不动摇,把生态文明建设融入经济建设、政治建设、文化建设、社会建设的各方面和全过程,善于正确处理生态文明建设与其他方面建设的关系,把建设生态文明作为改善民生、落实好以人民为中心发展思想的重要抓手,以壮士断腕的决心重拳重典整治生态环境,探索把生态环境优势转化为经济发展优势的新路子,增创生态制度优势破解"生态病"疑难杂症,引导全社会共同行动参与生态文明建设,充分发挥生态文明建设在调结构、保增长、促就业、惠民生中的重要作用,在全国率先肩负起建设生态文明的新使命,把"绿水青山就是金山银山"化为浙江大地的生动实践,努力使浙江的天更蓝、地更绿、水更清、民更富、省更强,率先走出一条科技含量高、经济效益好、资源消耗低、环境污染少、人力资源优势得到充分发挥的转型升级新路子,并形成了一系列的成功经验。

## 第一节　落实好以人民为中心的发展思想

"两山"重要思想把生态纳入民生范畴,是对民生内涵的丰富发展,彰显了心系群众、人民至上、为民造福的伟大情怀。习近平总书记指出,小康全面不全面,生态环境质量是关键。良好的生态环境,是最公平的公共产品,是最普惠的民生福祉。"两山"重要思想回应了人民群众对美好生活的热切期盼,是高水平全面建成小康社会的重要指引。浙江把绿水青山作为最普惠的民生福祉、最公平的公共产品,既猛药去疴,又良药常补,不断改善生态环境质量,把浙江建设成为具有发达的生态经济、优美的生态环境、和谐的生态家园、繁荣的生态文化的民生幸福新家园。全省各地贯彻"两山"重要思想,既扩投资又促转型,既优环境更惠民生,治出了转型升级新天地、生态环境新篇章和城乡面貌新景象,成为破解一系列影响科学发展老大难问题的有效途径。

## 一、绿水青山是最普惠的民生福祉

良好生态是最普惠的民生,这是对狭隘民生观念的纠正。随着生活水平总体上迈向全面小康,人民群众对与生命健康息息相关的环境问题越来越关切,期盼更多的蓝天白云、绿水青山,渴望更清新的空气、更清洁的水源。无论是加快发展还是保护生态环境,说到底都是为了提高人民群众的生活质量和幸福指数,为人民群众创造良好的生产生活生态环境。正如习近平总书记所指出的,良好的生态环境是最公平的公共产品,是最普惠的民生福祉。发展如果不以民众富裕为价值取向,不但失去意义,也会失去动力。生态环境保护如果不能让人民受益,也是不可持续的。浙江各级党委和政府积极回应人民关切、顺应民生需求,严守生态红线,优化国土空间开发,全面促进资源节约,加大生态环境保护力度,不断美化优化城乡人居环境,让人们望得见青山、看得见绿水、记得住乡愁。

2013年以来,省委、省政府坚持"绿水青山就是金山银山"和"山水林田湖是一个生命共同体"的理念,狠抓"五水共治",把水质指标作为硬约束倒逼转型,以短期阵痛换来长远的绿色发展、持续发展。"五水共治"既优环境更惠民生。因为水是生命之源,民众每天洗脸时要看、口渴时要喝、灌溉时要用,所以治水就是抓民生。再如,"三改一拆"工作启动以来,全省各地坚持以改带拆、以拆促改、改拆结合、惠及民生,通过成片成规模的改造提升,让群众得到实惠。

2014年,全省累计改造城中村8106万平方米、旧住宅区5399万平方米,近130万户群众直接受益,提升了生活品质。在农村环境整治上,浙江以实施"千村示范、万村整治"工程和美丽乡村建设为抓手,大力改善农村的生产生活生态环境,积极构建具有浙江特色的美丽乡村建设格局。到2014年底,全省村庄整治率超过了95%。

总之,只要是群众最关心、最迫切需要解决的热点、难点环境问题,浙江各级党委和政府都积极回应,还人民群众以清新空气、青山绿水和一方净土,切实维护好、发展好、实现好人民群众的根本利益。

## 二、把"生态资本"变成"富民资本"

环境是梧桐树,发展是金凤凰。浙江善于把优美的生态资源转化为生态富民的经济优势。习近平总书记指出,中国要强,农业必须强;中国要美,农村必须美;中国要富,农民必须富。他还强调,要继续推进社会主义新农村建设,为农民建设幸福家园和美丽乡村。10多年来,浙江始终把实施"千村示范、万村整治"工程和美丽乡村建设作为推进新农村建设的有效抓手,坚持一张蓝图绘到底、一年接着一年干、一届接着一届干,坚持以人为本、城乡一体、生态优先、因地制宜,大力改善农村的生产生活生态环境,积极构建具有浙江特色的美丽乡村建设格局。[①] 到2013年底,全省共有2.7万个村完成环境整治,村庄整治率达到94%,成功打造35个美丽乡村创建先进县。2013年10月,全国改善农村人居环境工作会议在浙江桐庐县召开。习近平总书记专门作出重要指示,强调要认真总结浙江省开展"千村示范、万村整治"工程的经验并加以推广。浙江认真贯彻习近平总书记重要指示精神,全面落实中央的部署要求,坚持"绿水青山就是金山银山"的理念,

---

① 参见夏宝龙:《美丽乡村建设的浙江实践》,载《求是》2014年第5期。

更加扎实有力地推进村庄整治和美丽乡村建设,推动全省新农村建设和生态文明建设再上新台阶。良好的生态环境就是最好的梧桐树,有了这样的梧桐树,就一定能引来发展的金凤凰,真正走进"绿水青山就是金山银山"的新境界。

为了提高全省环境质量,浙江坚持环境整治与生态建设并举,既要猛药去病,对环境污染实行"零容忍",还要良药常补,不断提升浙江环境容量,要坚持保护环境和转型升级并行,努力把生态优势变成经济优势。①生态省建设是一项复杂的系统工程和长期的战略任务,浙江坚持干在实处,干出实效,既有打持久战、阵地战的准备,也集中力量打攻坚战、歼灭战,促进经济社会发展和环境生态保护由"两难"变为"双赢"。对此,必须算好算清"四笔账":不欠新账,加快推进经济转型升级,依靠经济发展方式的转变解决环境问题;多还旧账,努力在一些群众反映强烈的问题上有所作为,以生态环境的改善取信于民;算好总账,进一步完善生态环境保护体制机制,让保护环境的行为能够得益,让污染环境的行为付出相应代价;最后就是重视群众心里的账。

浙江各地也涌现出了许多把生态资源优势变为生态富民优势的生动案例。被誉为"浙江绿谷"的丽水市坚定不移地走绿色生态发展之路,大力发展生态农业、生态工业、生态旅游业和养生养老、创意产业等绿色产业,真正把绿水青山转变为金山银山。根据2014年底浙江省环境监测中心公布的《浙江省生态环境状况评价报告》,丽水市生态环境质量状况指数(EI)值为96.6,排名全省第一、全国前列,生态环境质量公众满意度位居全省首位。安吉县从自身的优势、资源出发,坚持"生态立县"战略,将生态资源变成发展资本,走出了一条发展与保护、城镇与乡村、经济与社会互促共进、人与自然和谐相处的生态文明建设之路。2012年9月,安吉荣获"联合国人居奖",成为中国自1990年参与评选以来唯一获此殊荣的县。透视安吉绿色崛起的历程,不难发现,它不是"吃着祖宗饭,砸着子孙碗",用牺牲环境来增长

---

① 参见《坚持生态立省　建设美丽浙江》,载《浙江日报》2014年4月16日。

GDP,而是让青山绿水成了实实在在的 GDP,让蓝天沃土成了永恒的不动产,让能源资源得到了永续利用。

### 三、建设环境优美的民生幸福新家园

在实施"千村示范、万村整治"工程和美丽乡村建设中,浙江坚持从实际出发,处理好发展与保护的关系,因地制宜编制规划,科学把握各类规划的定位和深度,努力做到总体规划明方向、专项规划相协调、重点规划有深度、建设规划能落地,初步形成了以美丽乡村建设总规划为龙头,系列专项规划相互衔接的规划体系。一是坚持城乡一体编制规划,村庄布局规划分批确定 200 个省级中心镇、27 个小城市培育试点镇、4000 个中心村、971 个历史文化村落和 2 万多个规划保留村,与城镇体系规划一起共同形成了以"中心城市—县城—中心镇—中心村"为骨架的城乡规划体系。二是坚持因地制宜编制规划,合理确定村庄的布局和每类村庄的人口规模、功能定位、发展方向,避免不必要的重复建设和大拆大建,做到村庄内生活、生产、生态等功能的合理分区和服务设施的合理布点。三是坚持衔接配套编制规划,确保县域村庄布局规划、村庄建设规划有机统一,加强县域村庄布局规划与土地利用总体规划、城镇体系规划、基础设施建设规划等相互衔接,实现了县域范围城乡规划全覆盖、要素全统筹、建设一盘棋。如果说美丽乡村的科学规划是"画饼",那么规划的精心实施就是"做饼"。既充分发挥规划对实践的规范指导作用,又始终坚持把规划实施作为工作推进的基本环节,做到"符合规律不折腾、统筹推进不重复、长效使用不浪费",充分保证规划的严肃性和长效性,落实规划配套建设项目和资金要素,建立乡村规划执法队伍,发挥社会各界对规划实施的监督作用,真正做到"体现共性有标准、尊重差异有特色",真正实现规划、建设、管理、经营各个环节的有机衔接。

为了更好地打造浙江生态环境,推进"千村示范、万村整治"工程和美丽乡村建设,点上整治是基础,面上改观是目标。在村庄整治建设的初始阶段,浙江以垃圾收集、污水治理、卫生改厕、河沟清理、道路

硬化、村庄绿化为重点,优先对条件基础较好的村进行整治。全面推行"户集、村收、镇运、县处理"的农村垃圾集中收集处理模式,彻底清理露天粪坑,全面改造简易户厕,建立农村卫生长效保洁机制,推行"村集体主导、保洁员负责、农户分区包干"的常态保洁制度,着力保持村庄洁净。在此基础上,从 2011 年起全面实施美丽乡村建设五年行动计划,注重从根源上、区域化解决农村环境问题,联动推进生态人居、生态环境、生态经济、生态文化建设,联动推进区域性路网、管网、林网、河网、垃圾处理网和污水处理网等一体化建设,加快村庄整治以点为基、串点成线、连线成片。浙江全面开展了高速公路、国道沿线、名胜景区、城镇周边的整治建设和整乡整镇的环境整治,建立了美丽乡村县、乡、村、户四级创建联动机制,使一个个"盆景"连成一道道"风景",形成一片片"风光"。

截至 2015 年 6 月,浙江全省已有 65% 的乡镇开展了整乡整镇环境整治,并成功打造 80 条景观带和 300 多个特色精品村落。2014 年,省委深入学习贯彻习近平总书记提出的"绿水青山就是金山银山"发展理念,明确把治理农村污水作为美丽乡村建设的主要载体和深度延伸,按照"科学治水、依法治水、铁腕治水、全民治水"的要求,让广大农村水变干净、塘归清澈,重塑江南水乡的韵味,倒逼农村生产方式、生活方式、建设方式的转型升级,力争通过 3—4 年努力,行政村及规划保留自然村生活污水治理实现全覆盖,把全省美丽乡村建设提升到一个新高度。

## 第二节　以壮士断腕的决心重拳重典整治生态环境

生态兴则文明兴,生态衰则文明衰。环境保护和生态建设,早抓事半功倍,晚抓事倍功半,越晚越被动。那种要钱不要命的发展,那种先污染后治理、先破坏后恢复的发展,再也不能继续下去了。如何正确处理生态环境与经济发展的关系?2013 年 5 月,习近平总书记在中央政治局第六次集体学习会上指出："要正确处理好经济发展同生态环境保护的关系，牢固树立保护生态环境就是保护生产力、改善生态环境就是发展生产力的理念。"①2015 年 3 月，习近平总书记在参加政府工作报告审议时指出，要像保护眼睛对待生命一样对待生态环境；绿水青山和金山银山决不是对立的，关键在人，关键在思路；在生态环境保护上一定要算大账、算长远账、算整体账、算综合账，不能因小失大、顾此失彼、寅吃卯粮、急功近利。不重视生态的政府是不清醒的政府，不重视生态的领导是不称职的领导，不重视生态的企业是没有希望的企业，不重视生态的公民不能算是具备现代文明意识的公民。

## 一、宁愿牺牲 GDP 也要整治优化环境

改革开放以来，浙江发展一路高歌猛进，但也随之带来资源能源消耗日益增加、生态环境压力日益增大等问题。浙江率先遇到了"成长的烦恼"：与中西部地区相比，浙江劳动力、土地、能源等要素价格明显偏高；而浙江多年形成的低成本、低价格优势正在弱化，最令人揪心的是经济发展带来的环境污染。

绿水青山不保，金山银山何来？浙江把推进生态文明建设与打好经济转型升级"组合拳"紧密结合起来，相继部署开展"五水共治""四换三名"、浙商回归、"四边三化"和"三改一拆"等行动，在全省兴起了新一轮生态文明建设热潮。近年来，浙江重拳出击治环境，重典治污修生态，坚决关停污染企业，坚决淘汰落后产能，坚决铲除劣币驱逐良币的土壤，坚决斩断只要金山银山不要绿水青山的利益链，强势倒逼产业转型升级，加快推动产业迈向中高端，找到了把绿水青山转化为金山银山的路径。

2013 年初，针对全省多地环保局长被"邀请"下河游泳等一系列事件，浙江省委、省政府以"重整山河"的雄心和"壮士断腕"的决心，打

---

① 《坚持节约资源和保护环境基本国策 努力走向社会主义生态文明新时代》，载《人民日报》2013 年 5 月 25 日。

响铁腕治水攻坚战,重点抓浦阳江流域水环境综合治理,推动全省清理河道和清洁农村行动,建立"河长制"等河道保洁长效管理机制,以治水为突破口打好经济转型升级"组合拳",要求各地以治水倒逼转型发展。浦江是当时水环境污染最严重、矛盾最突出地区之一,首当其冲被列为全省重点。

三年来,浦江借势发力,以治水拆违为载体,共关停水晶加工户19547家,拆除违章建筑572万平方米;关停印染、造纸、化工等污染企业300多家,关停率达55%;关停"低、小、散"畜禽养殖场461家,规模养殖场实现畜禽排泄物100%零排放和100%全利用。在这场治水战役中,共有789人因环境违法被执法部门处理,其中,行政拘留288人,刑事拘留59人,决心之大、力度之强,前所未有。在铁腕整治污染源的基础上,浦江又投入50.9亿元,改造提升城乡污水处理设施和小型人工湿地。同时还加快美丽乡村建设步伐,对255个村实施生活污水治理,建成33座垃圾中转站,打造文化精品线、历史文化村落等,最大限度地改善农村人居环境。

"五水共治"是浙江省委、省政府推进浙江新一轮改革发展的关键之策,更是贯彻"绿水青山就是金山银山"的突破口与切入点。"五水共治"在倒逼浙江产业转型升级、改善全省生态环境等方面发挥了重要作用,成为有效破解一系列影响科学发展老大难问题的有效途径。通过全省上下共同努力,"五水共治"各项任务进展顺利,水环境治理取得明显成效。

浙江"五水共治"治出了改善环境的新成效、转型升级的新局面。截至2014年底,全省累计完成垃圾河清理6496千米,整治黑臭河4660千米,新建污水管网3130千米,全省145个跨行政区域河流交接断面有87个满足功能要求,6120个行政村完成农村生活污水治理、受益农户150万户;城市防洪排涝、城乡供水等水利设施建设全面推进,全省各地先后建成一批病险水库除险加固、海塘河堤加固、洪水涝水扩排、排水管网清疏、饮用水源保护和城市配水等重大工程项目。监测数据显示,与2013年相比,2014年浙江省Ⅰ—Ⅲ类水质断面上升

3.9%,劣Ⅴ类水质断面下降5.5%,达标断面上升4.6%。据省统计局调查,2014年有83.9%的社会公众满意本地生态环境,公众对"五水共治"成效的满意度达到74.12%。群众普遍反映水清了,河道干净了,环境好了。这些足以证明,浙江省"五水共治"首战已经告捷,水环境整治初见成效,生态环境明显改善。全省化学需氧量、氨氮、二氧化硫、氮氧化物4项指标全部提前一年完成"十二五"减排目标任务,减排成效和能耗水平位居全国前列。"绿水逶迤去,青山相向开"的江南美景正在重现浙江大地。

## 二、探索经济发展和环境保护"双赢"的新路子

浙江是资源小省,这不仅体现在有形资源上,也体现在环境容量上。从地理环境来说,"七山一水两分田",浙江平原面积仅2.2万平方千米左右,环境容纳能力非常有限。从工业结构来说,浙江是工业大省,而且不少是起步低、规模小、能耗高、污染大的产业和企业,治理的成本高、难度大。从人口数量来说,浙江常住人口数量已达5477万人。近年来,外来人口数量快速增长,浙江已成为全国人口密度最大的省份之一。要保证经济和人口密集的"两分田"和"一分水"的环境质量,还要保证污染不向"七分山"扩散,生财之地少,生态之地多,生民之求高,这不可不谓任重道远。

环境问题说到底是在发展中产生的,解决环境问题的根本出路要靠经济发展方式的转变。近10年正是浙江全面建设小康社会的关键时期,正处于工业化、城市化加速发展的重要阶段,传统高消耗、高污染、低效益的经济增长方式,资源难以支撑,环境难以承受,群众难以答应。浙江在经济增长、人口增多的动态情况下,直面土地与环境的制约,解决好人与地、经济与环境的矛盾,促进经济社会发展和生态环境保护由"两难"变为"双赢",努力在保持生态环境质量方面走在前列,在解决突出污染问题方面走在前列。

"腾笼换鸟"已成为历届浙江省委、省政府的共识,成为把绿水青山转化为金山银山的重要路径。2004年底,浙江省委、省政府作出加

快"腾笼换鸟"、淘汰落后的决策,小冶炼、小钢铁、小造纸、小化工、小电镀等这些低端的产业都是属于要淘汰的范围,腾出土地空间、能耗空间、环境容量,发展附加值高的新兴产业和战略性产业。浙江对"腾笼换鸟"的定位是:改变粗放型增长方式,腾出空间培育"吃得少、产蛋多、飞得远"的好"鸟"。2010 年以来,浙江强力推进铅酸电池、电镀、印染、化工、制革、造纸六大重污染、高耗能行业整治提升,努力以污染治理和环境保护的倒逼机制推动产业转型升级。在"腾笼换鸟"的过程中,全省经济发展空间被有效释放了出来:通过关停淘汰一批、搬迁入园一批、原地整治一批,整出了安全和环境,整出了规范和秩序,整出了发展和空间。

作为一个工业大省,浙江克服种种困难,连续完成国家下达的节能减排任务,节能减排成效连年全国领先,这是"硬碰硬"的成绩。浙江积极推进重污染行业整治提升,淘汰了一大批落后产能,这是"硬碰硬"的成绩;着力加强污染整治,全省环境质量继续呈现稳中向好态势,这是"硬碰硬"的成绩;深入开展"千村示范、万村整治"工程和美丽乡村建设,已累计完成 2.6 万个村的环境综合整治,这也是"硬碰硬"的成绩。这些成绩的取得,确保了这些年浙江生态环境总体上呈稳中趋好的态势,支撑了浙江科学发展、转型升级的进程。十年坚持,殊为不易;但十年成效,鼓舞士气。这些成效不仅体现于生态环境、生态经济、生态体制,还形成了深入人心的生态文化。浙江用好十年之势,一任接着一任干,一年接着一年抓,走出了一条符合浙江实际的生态文明之路。

### 三、一张蓝图绘到底、一任接着一任干

建设现代生态文明,是一项系统性、长期性、艰巨性的历史任务,既要充分继承和发扬以往实践的成果,又要根据时代的发展不断创新。十年来,虽然形势在发展、人事有更替,包括领导小组的成员也有变化,但是浙江省委、省政府把生态文明建设放在突出位置始终没有变,抓这项工作的力度始终没有变,不断把生态省建设推进到一个新

的高度,把浙江的"金山银山"做得更大,把浙江的绿水青山保护得更美。只有保护好浙江的蓝天白云、绿水青山和清洁空气,才上对得起祖先,下对得起子孙。在一任接一任省委、省政府班子的共同努力下,浙江经济发生了质变:由"低小散"向"高新尖"发展,由传统块状经济向现代产业集群转化,由"浙江制造"向"浙江创造"跨越,实现了传统实体经济与新经济模式的深度融合。

(一)以创建生态省、打造绿色浙江为总纲,出实招、动真格抓生态省建设

浙江先后实施"十大重点工程"、连续十年实施"811"环境整治行动和循环经济"991行动计划"。生态省建设"十大重点工程"包括:生态工业与清洁生产、生态农业与新农村环境建设、生态公益林建设、万里清水河道建设、生态环境治理、生态城镇建设、下山脱贫与帮扶致富、碧海建设、生态文化建设、科教支持与管理决策等。2004年10月开始实施"811"环境污染整治行动,"8"指的是浙江省八大水系;"11"是指全省11个设区市和污染特别突出的11个省级环保重点监管区,目标是分阶段推进,到2015年基本实现经济社会发展与资源环境承载力相适应,环境质量与民生改善相适应,生态省建设继续保持全国领先,生态文明建设走在全国前列。2005年6月全面组织实施循环经济"991行动计划",这项系统工程包括9大重点领域、9个一批抓手和100个重点项目,既有产业、企业、园区、社区、产品、项目等硬件,又有技术、政策、法规、体系等软件,形成了一个完整的循环经济工作链。为此,还制定循环经济的地方性法规、建立国民经济绿色核算制度、省财政每年建立循环经济发展专项资金等措施。2015年全省循环经济发展取得显著成效,循环型产业形成较大规模,资源利用效率和再生资源利用水平显著提高,主要污染物排放得到有效控制。

(二)借中央力推之势、群众关切之势,审时谋势推进生态省建设

党的十八大报告把生态文明建设提升到中国特色社会主义事业

"五位一体"总体布局的战略高度,明确了建设美丽中国的奋斗目标,并首次提出要增加生态产品的供给。提供清洁的空气、干净的水这样的公共生态产品已经成为各级政府的重要职能。2015 年 3 月 5 日,习近平总书记在一项关于积极应对区域灰霾污染的工作建议上作了重要批示:环境污染不是一朝一夕形成的,但必须立即下决心治理;环境污染问题是诸多因素造成的,但必须想办法解决;应对环境污染需要各方力量共同努力,但政府和相关部门在其中必须负主要责任、起主导作用。这为我们进一步解决好关系群众切身利益的生态环境问题指明了方向。

环保这根弦,现在全社会都绷得很紧。总体上,人民群众对环境问题的敏感度越来越高,容忍度越来越低;社会舆论对生态环境的关注度也越来越高,环境问题的"燃点"越来越低。时至今日,各级领导都重视环保,百姓普遍关注环保。各级党委、政府的领导天天都在警惕、防范环保有没有出事。群众一早起来,不是关心 GDP 多少,而是关心今天是不是有雾霾天气,家里水龙头流出来的水是不是有问题。在这种形势下,很多环境问题已经上升到了生态安全的高度。环保问题就像水和空气一样透明,瞒也瞒不了,捂也捂不住。可以说,人民群众的切身感受与环境质量评价结果之间还是存在相当差距的。这个差距是问题所在、压力所在,但也是方向所在、动力所在。其势宜取,其势可用,正是要把群众之力用在顺势推进生态省建设上。

## 第三节 把生态环境优势转化为经济发展优势

浙江省积极探索把绿水青山转化为金山银山的现实路径,着力推动生态环境优势转化为经济发展优势,努力创造条件把"美丽现象"转化为"美丽经济"。一方面,充分利用绿水青山的环境优势,倡导生态经济化,大力发展生态农业、生态工业和生态服务业;另一方面,利用环境优势集聚科技、人才、信息等高端要素,实施经济生态化改造,强化创新驱动发展。浙江通过经济生态化和生态经济化,努力把"生态资本"变成"富民资本",把生态产业和低碳产业作为新的技术制高点和新的经济增长点,逐步形成以产业集聚、企业集中、资源集约和低耗、减排、高效为特征的内涵式增长模式,夯实"绿水青山就是金山银山"的经济基础。浙江在环境资源配置中依然存在 3 个悖论:环境容量资源日益稀缺与无偿使用的矛盾;生态保护的正外部性与经济激励不足的矛盾;生态资本呈衰退趋势与生态投资严重不足的矛盾。浙江积极抓住生态经济发展带来的契机,更加注重培育以低碳排放为特征的新的经济增长点,更加注重传统产业调整,改造和发展新能源、节能环保等新兴产业,更加注重推动生产、流通、分配、消费以及建筑等环节的节能增效,更加注重保护和建设生态环境。浙江各级党委、政府大力实施有利于生态发展的政策措施,引导企业大力开发生态技术,生产生态产品,发展生态经济,最大限度地实现资源的持续利用和生态环境的持续改善,尽可能减少产业发展对自然环境的破坏和对人类健康的损害,促使生态复苏和可持续发展。

## 一、依托绿水青山培育新的经济增长点

依托绿水青山培育新的经济增长点,努力把"生态资本"变成"富民资本",这是浙江贯彻"两山"重要思想的重要特色。2005 年 8 月 24 日,时任浙江省委书记习近平在《浙江日报》"之江新语"专栏发表《绿水青山也是金山银山》的评论,鲜明提出,如果把"生态环境优势转化为生态农业、生态工业、生态旅游等生态经济的优势,那么绿水青山也就变成了金山银山"①。为了护美绿水青山,做大金山银山,努力把浙江生态优势变成经济优势,省委要求,全省必须牢固树立尊重自然、顺应自然、保护自然的生态文明理念,把生态文明建设放在突出地位,着力推进绿色发展、循环发展、低碳发展,形成节约资源和保护环境的空

---

① 习近平:《之江新语》,浙江人民出版社 2007 年版,第 153 页。

间格局、产业结构、生产方式、生活方式,努力建设美丽浙江。①发展生态经济,就要通过大力发展以新能源和低碳经济为主的生态技术、生态产业,坚决关闭高耗能、高排放的落后生产力,努力从源头上减少消耗,推进重点领域、重点行业、重点工程和重点企业的节能,着力提高能源利用效率,形成节约能源资源和保护生态环境的产业结构、增长方式。

浙江各地结合当地生态资源,积极发挥特色农业和生态旅游业得天独厚的优势,大力发展生态旅游等绿色产业,不断提高美丽乡村建设和农家乐、乡村旅游发展标准,告别粗放发展,打造精品旅游,以特色农业和生态旅游的大发展推进绿色崛起,一批新经济新业态破茧而出,真正把绿水青山"转化"为金山银山。全省各地把生态文明建设与"腾笼换鸟""空间换地""三改一拆""四边三化"和新农村建设等有机结合起来,开辟了浙江经济转型升级的新路子,环保工程、电子商务、互联网金融、智慧物流、智能制造、健康养老、社交网络等新经济新业态破茧而出,已经成为新的重要的经济增长点。

例如,安吉坚守"绿水青山",收获"金山银山"。十多年来,安吉以生态立县,郁郁葱葱的大竹海,清冽可鉴的黄浦江源,如诗如画的美丽乡村,令游客流连忘返。2014年,该县接待游客1204.8万人次,带来总收入127.5亿元。桐庐县环溪村发展以民宿为特点的乡村旅游业。环溪村曾经垃圾遍地、污水横流,经过脱胎换骨的改造,黛瓦白墙、曲折宁静,休闲酒吧、咖啡吧错落有致,成了以民宿为特点的乡村旅游新典型。这里的农村电商也做得风生水起,让生态农产品与市场无缝对接。开化县"清水红利"富万民,一江清水送下游。开化县在治水过程中,把水景资源与山林景观、民俗文化资源共同开发,建设了一批以水为主题的休闲乐园、亲水游项目和村庄民宿经济,将"美丽环境"转化为"美丽产业",将"水之利"变成"民之福",努力把"生态资本"变成"富民资本"。要"互联网＋"还要"绿色＋",特色小镇成为"两美"浙江新

---

① 参见夏宝龙:《"八八战略":为浙江现代化建设导航》,载《求是》2013年第5期。

景区。仓前"梦想小镇"是特色小镇中的优秀代表之一,特色在于打造新型的"众创空间"和创业生态圈,催生了一大批"互联网＋"新型企业。这里优美的环境吸引了充满活力的年轻人,形成了较为完善的"互联网"产业生态链。"特色小镇"让人看到了浙江"绿水青山就是金山银山"的 2.0 版本。

## 二、经济生态化解决环境治理的"根子问题"

宜业宜居的生态环境已成为浙江吸引高端要素、集聚创新主体的关键所在。浙江深入推进腾笼换鸟、机器换人、空间换地、电商换市和知名企业、知名品牌、知名企业家培育"四换三名"工程,连续实施循环经济"991"行动计划,积极探索有自身特色的绿色发展、循环发展、低碳发展模式,全省经济正在向形态更加高级、结构更加合理、质量效益更好的方向演化。

(一) 大力发展生态环保产业,倡导清洁生产,改变在生产末端治理污染物的治污模式,致力于解决环境治理的"根子问题"

倡导清洁生产,目的是争取在生产环节中降能耗、减排放,实现水与大气环境的源头保护。全省各地通过加大对传统产业、重化工业的绿色改造,积极发展循环经济、绿色工业,以此带动传统优势产业的改造提升。对于一些不好改、不能转的落后产能和"低小散"企业,以"壮士断腕"的决心、"为子孙计"的眼光,结合"三改一拆"工作,坚决迁走一批、淘汰一批,为浙江的土壤、空气、河流"减压",为新兴产业发展腾出空间,为子孙后代发展留下空间。同时,顺势大力发展节能环保产业,全面推进节能减排和资源节约集约利用。现在世界各国普遍关注的"第三次工业革命",新能源和绿色环保产业是重要方向。全省上下形成了节能减排降耗的共识,看到了新能源开发的潜力所在,看到了烧煤对 PM2.5 的巨大影响,充分挖掘光伏产业的内需潜力,积极扩展天然气等清洁能源的应用。更看到了一些地方过去是靠"污染"发展起来的,但以后可能、也可以靠"治污"来发展。浙江不少地方治污需求很大,各地各部门要将环保产业放在更加重要的位置,加大扶持和培育力度。

(二)探索建立"源头严控""过程严管"治污模式,将生产活动纳入环境约束之中,实现经济社会发展与生态环境保护的良性循环

人们常说:"水环境污染,表现在水里,问题在岸上,根子在产业。"说到底,有什么样的产业结构和生活方式,就有什么样的水体水质。水环境治理看起来是个环境问题,实际上是增长方式转型、产业结构调整的问题。因此,要使"五水共治"取得长期效果,必须加快转变生产方式和生活方式。高能耗、高污染、高排放的经济增长方式形成了巨大的污染存量和现实增量,末端治理并未有效地控制水环境污染。浙江积极探索形成以低能耗、减排放、高效率为特征的内涵式增长模式,推动水环境治理从末端治理向源头控制转变。

生态经济不同于传统的制造模式,生态经济通过创新驱动、技术改造、工艺提升发展以新能源和低碳经济为主的生态产业,最大限度地促进生产过程中的减量化、再循环、再利用,努力从源头上减少污染物排放。大力倡导清洁生产,就是改变在生产末端治理污染物的治污模式,争取在生产环节中降能耗、减排放,实现水环境的源头保护。

(三)建立上下游联动、区域一体化的工作机制,解决流域性的治水难题,避免"免费搭车"现象和陷入"囚徒困境"

"五水共治"讲究一个"共"字,这不仅指"五水"之间的共同治理,上下游之间的协同合作,更是题中应有之义。流域性的治水难题,主要表现为成本集中、收益分摊,流域水环境治理成本与收益的不对称,容易产生"免费搭车"现象和陷入"囚徒困境"中。譬如,上游冲积下来的泥沙,造成下游水库、河道淤积,该由谁来清理?上游污染产业造成的河道污泥,下游饱受污染之后,是否还该出钱出力整治?下游居民以河水为饮用水源,一旦污染该由谁来埋单?这类问题,需要有效的沟通、协商、补偿机制,若相互扯皮、推诿,真正受损的就是群众的切身

利益。

"五水共治"不仅要治污水，也要防洪水、排涝水、保供水、抓节水，如防洪排涝的水利工程，大多涉及多个区域。上游只管自己不受淹，却把水往下游排，下游成了上游的泄洪区、滞洪区，这是否公平？上游考虑自己发电、灌溉需要，导致下游经常河道枯竭、田地干涸，是否合理？

破解这些流域性的治水难题，既需要上下游之间充分协商和沟通、互相理解和支持，更需要上一级政府部门出面协调，建立上下游联动、区域一体化的工作机制。为了加强跨行政区域河流交接断面水质保护管理，规范和明确环境保护管理责任，2008年9月浙江省颁布施行《跨行政区域交接断面水质监测和保护办法》。浙江省、市对县（市、区）的治水，已经设定了出入境水质对比标准，每年定期公布跨行政区域河流交接断面水质变化情况；出境水的水质，是否保持甚至好于入境水水质，已经成了考核当地治水成效的一根标杆。

生态资源总体上属于公共物品，因此党委、政府应承担和发挥主导作用。党委、政府要梳理与整合相关职能，建立职能相对集中、职责相对明确、层次相对分明的管理体制，改变过去多头管理的困境，尤其是党政一把手要把生态文明建设摆在非常突出的位置。与此同时，要大力提升政府部门的执行能力，充实专业力量，研究制定生态文明指标体系，加大必要设施和技术装备的投入。建立健全生态文明的考核体系和监督体系，完善相应奖励与惩罚机制。

总之，生态环境整治使广大干部群众树立了良好生态环境是生产力、竞争力的观念，积极投入"绿水青山就是金山银山"的伟大实践中。生态环境整治是一面镜子，可以照出干部的责任心、历史使命感与担当精神，治出了浙江党员干部的精气神。

### 三、广泛吸收社会资本发展生态型经济

建立健全生态文明建设的投融资体制，广泛吸收社会资本发展生态型经济，支持生态企业利用资本市场筹措发展资金。发展生态经济

就是开发建设一批有特色、有竞争力的生态产品和产业,使之成为生态经济的支柱,从而真正将环境优势转化为经济优势。生态文明建设为资本市场提供了一个新的板块——生态经济板块。由于符合国际发展趋势和国家产业政策导向,加之成长性好、盈利能力强等原因,生态型企业在资本市场上通常会受到投资者欢迎。因此,充分利用资本市场发展生态经济,是浙江的一大特色特点。浙江充分发挥资本市场的孵化器功能,把许多科技含量高、节能减排效果好、市场前景广阔的项目推向资本市场,培育和造就一批生态文明建设的大型骨干企业。在不降低上市准入条件的前提下,为低碳企业建立公开发行和上市的"绿色通道",提高低碳经济板块在资本市场的比重。

2016 年 1 月,丽水市设立生态经济产业基金。丽水市生态经济产业基金是由浙江省转型升级产业基金、丽水市政府和莲都区政府共同出资设立的转型升级产业基金,基金采用有限责任公司形式,注册资本为 10 亿元,其中,省产业基金认缴 4 亿元,丽水市本级财政认缴 4.8 亿元,莲都区财政认缴 1.2 亿元。首期资金 4 亿元已由三方出资人按认缴比例支付至基金公司。该基金将按照"政府引导、市场运作、分类管理、防范风险"的原则进行运作,重点投向信息经济、环保、健康、旅游、时尚、金融、高端装备制造七大产业,引导金融资本和社会资本支持丽水实体经济发展,推动"四换三名""两化"融合和优质财源培育,促进大众创业、万众创新。

据统计,2014 年,浙江全省投入美丽乡村建设资金达 208 亿元。到 2014 年年底,共开展 6120 个村的农村生活污水治理,已接入和正在接入的受益农户达 150 万户;开展农村垃圾减量化资源化处理工作的村 1901 个。全省 97％的村实现生活垃圾集中收集处理,37％的村实现生活污水有效治理,农村生活污水治理农户受益率达到 42％。[①]

---

① 参见董碧水:《"生态资本"变身"富民资本"》,载《今日浙江》2015 年第 15 期。

## 四、探索有浙江特色的绿色、循环、低碳发展路子

浙江通过加快推进产业园区、集聚区的生态化建设,实现环境治理从点源治理向集中治理转变。"低、小、散、乱"的产业布局形成了众多分散的污染源。水和大气环境点源治理成本畸高,治污主体丧失内生动力,形成了水和大气环境治理的"市场失灵"。产业园区、集聚区促进了传统块状经济向现代产业集群转型,形成了水和大气环境集中治理的条件,并通过规模优势降低了管道建设成本、水气净化成本和行政监督成本,实现了环境高效率、低成本的治理。生态型产业园区通过产业间的物质循环和能量交换,形成产业生态链和生态网,促进园区内资源的相互利用。生态型工业园区旨在以产业间的联动发展和共生组合,将传统"生产—使用—废弃—治理"的线性生产方式提升为"生产—使用—回收—再利用"的循环经济模式,实现园区内的绿色制造、清洁生产和循环发展。产业园区的集约化、循环化、生态化发展,要充分考虑产业空间布局、区域发展特色、园区演进规律,鼓励循环链中的企业搬迁入园,形成综合性和行业性相结合的工业园区网络体系,在推进产业集聚进程中实现环境污染的集中治理。

浙江大力推进转型升级组合拳倒逼企业环保升级,促进企业从"又土又小"向"环境友好"转型。全省通过"拆治归"等转型升级组合拳,为企业适应新常态、构筑新优势、推进新发展营造良好的发展环境。转型升级组合拳是浙江推进新一轮改革发展的关键之策。在节能减排形势依然严峻的情况下,环保底线必须坚守,毫无妥协余地。要严格把住空间准入、项目准入、总量准入这三条生态红线,对新上项目严格把关,着力优化国土空间开发格局,加快淘汰高能耗、高污染、高排放的"三高"产能,确保完成国家下达的节能减排任务。组合拳以治污水为突破口,倒逼企业适应越来越高的环保门槛和新的环保法规,凭借高质量的环保产品参与市场竞争,采用先进环保技术组织生产,实行技术革新并严格技术标准,强化技术改造实现节能减排。唯有把扶持企业与淘汰落后产能相结合,才能真正确保宝贵的环境资源

用到"环境友好"的企业。

## 第四节　增创生态制度优势破解"生态病"疑难杂症

建设生态文明的难点在于生态效应的外部化,已有的经济核算制度和考核制度难以反映这方面的成本、收益和责任。2004 年 5 月 11日,时任浙江省委书记习近平在《生态省建设是一项长期战略任务》一文中指出,搞生态省建设,好比我们在治理一种社会生态病,这种病是一种综合征,病源很复杂,有的来自不合理的经济结构,有的来自传统的生产方式,有的来自不良的生活习惯等。总之,它是一种疑难杂症,这种病一天两天不能治愈,一副两副药也不能治愈,它需要多管齐下,综合治理,长期努力,精心调养。①为了治愈种种生态疑难杂症,浙江省充分发挥市场机制在生态文明建设中的决定性作用,着力克服长期制约生态文明建设的体制性障碍,通过体制机制创新破解"生态病"疑难杂症,形成了落实"两山"重要思想的生态制度优势。这主要表现在:(1)探索建立空间准入、总量准入、项目准入"三位一体",专家评价、公众评议"两评结合"的新型环境准入制度,从源头上控制环境污染和生态破坏;(2)率先实施生态保护补偿机制,开展跨行政区域河流交接断面水质保护管理考核,实行生态环保财力转移支付制度,建立与污染物排放总量挂钩的财政收费制度、与出境水质和森林覆盖率挂钩的财政奖惩制度;(3)积极推行排污权有偿使用和交易,较早开展区域间水权交易,推进资源要素市场化配置改革;(4)探索建立与主体功能定位相适应的党政领导班子综合考评机制,摘掉 26 个县"欠发达"帽子,转而着力考核生态保护、居民增收等,鼓励更好地走"绿水青山就是金山银山"的路子,努力成为全省的"绿富美"。这些体制机制的锐意改革和探索创新,成为浙江推进生态文明建设的强大动力。

---

① 参见习近平:《之江新语》,浙江人民出版社 2007 年版,第 49 页。

## 一、培育环境治理和生态保护的市场主体

护美绿水青山、做大金山银山是一项全社会性的公共事业,是为了公众,也要依靠公众。习近平总书记曾经指出,浙江的活力之源在于率先建立了能够调动千百万人积极性的体制机制。提高国家治理能力落实到省域,应当结合省情、社情、民情,切实提高社会治理能力。因此,浙江要积极创新社会治理体制,充分调动千百万人积极性再创体制机制新优势,努力提高社会治理能力和服务发展的水平。[①]在贯彻"两山"重要思想中,浙江充分激发企业、中介组织、社会团体和社会公众参与生态文明建设的积极性、主动性和创新性,健全公众参与生态文明建设的机制与渠道,通过体制创新广泛动员社会力量参与生态文明建设,使生态文明建设成为全社会的自觉行动。

社会公众的广泛参与和支持是贯彻"两山"重要思想的群众基础。要紧紧依靠广大人民群众,动员全社会共同行动,建立健全政府负责、部门协作、企业自觉、群众参与、社会监督的工作机制。要动员全社会的力量参与生态文明建设,从一点一滴做起,从身边力所能及的事做起,推广使用环保产品,积极开展环保活动,自觉实行绿色消费,把保护生态环境的热情转化为实际行动。要通过体制创新为公众广泛参与生态文明建设提供多种渠道,消除社会抵触情绪和心态失衡,从社会和谐中凝聚抵制生态恶化的整体合力。教育、宣传和文艺工作者等各界人士行动起来,形成保护环境的社会监督机制。

(一)全面改善城乡生态环境,调动城乡居民参与生态文明建设的积极性

浙江把村庄整治建设与发展农村生态经济、保护农村生态环境、建设农村生态文化结合起来,努力使广大农民群众在绿色生态的优良

---

① 参见夏宝龙:《完善治理体系 提升治理能力——深入学习贯彻习近平同志在省部级主要领导干部专题研讨班上的重要讲话精神》,载《人民日报》2014 年 4 月 16 日。

环境中安居乐业,共享改革发展成果。"千村示范、万村整治"工程是统筹城乡发展、促进基本公共服务均等化、全面建设社会主义新农村的龙头工程和有效载体,也是推进农村生态文明建设的重要举措。各地各有关部门要加强组织领导,创新体制机制,落实相关政策,坚持不懈地把村庄整治工作抓好。深化村庄整治建设,全省各地按照生态文明建设的要求,丰富内涵、改进方式,统筹兼顾、协调推进,不断提升水平、提升层次。加强农村生态环境建设,科学开展道路硬化、环境洁化、村庄绿化等整治建设,深入推进连线成片整治,进一步加强农业面源污染治理,切实改善农村人居环境。在农村广泛开展生态文明宣传教育,繁荣发展农村生态文化,提升农民群众的生态意识。把村庄整治与农村住房改造建设结合起来,注重规划引领,坚持因村制宜,充分尊重民意,根据村庄特点和建设定位采用不同的改造建设类型,满足农民群众对住房的不同需求。把村庄整治与中心镇中心村建设结合起来,完善城乡体系规划和村庄布局规划,健全农村公共服务体系,促进人口集中、产业集聚、要素集约、功能集成,不断提高农村公共服务水平和农村居民生活质量。

（二）把落实企业保护生态环境的社会责任作为生态文明建设的关键,通过推行环保设计减少产品、服务和经营对环境的负面影响

浙江产业集群和中小企业数量众多,企业仍是环境污染的主要源头,有些企业置生态环境于不顾,一味追求高额利润,严重破坏了生态环境。浙江通过一系列环境执法专项行动,使企业认识到承担环境保护义务的重要性,把绿色发展、低碳发展真正作为自己的社会责任,使企业成为生态文明建设的践行者。生态文明建设对企业提出了更高的环境保护要求,不仅要求企业在生产中污染最小,有害物质低排放、零排放,而且要使产品在整个生命周期对生态环境的冲击最小。浙江许多企业不仅提供高质量的产品和服务以满足广大消费者的生活需求,而且积极履行企业的责任和义务,以对环境高度负责的态度开展生产经营业务,与当地政府、社团等机构进行广泛合作,积极参与生态

文明建设,力求对当地经济、社会和环境做出长期的贡献。龙头行业企业要把经济、环境和社会的长期目标融入自己的经营之中,通过推行环保设计减少产品、服务和经营对环境的负面影响,打造出能最大限度降低设计、生产和运营对生态环境造成负面影响的系统、流程和结构,生产出使用更少原料、更节能和更易于循环再生的产品。

（三）建立健全社会公众参与生态文明建设的机制与渠道,强化生态文明建设的社会监督

公众是环境污染和破坏的直接受害者,对环境保护最有发言权。公众参与环境保护是维护自身权益的需要,依靠公众参与环境保护又是国家政府的职责和需要。富裕起来的浙江人,对生存状况和健康尤为关注,对自身的环境权益尤为敏感。省委、省政府重民生、从民意,密切呼应群众对生态环境的新要求,以改变生产方式和调整产业结构为着力点,着力协调好经济与环境的关系。浙江在全国率先全面建成县以上城市污水、生活垃圾集中处理设施,率先建成环境质量和重点污染源自动监控网络;许多县(市、区)污水处理实现了全覆盖,垃圾收集从无害化转向资源化分类处理;全省所有村庄的村容环境整治都被纳入政府财政支出范围,农村经历了前所未有的大"变脸",宜居宜业宜游的美丽乡村正成为美丽浙江的一道亮丽风景线。公众参与机制,亦是浙江生态文明建设的宝贵经验。比如,在嘉兴,环保部门为市民参与环境保护开辟了多条渠道:建设项目能不能批,市民代表有否决权;抽查哪家排污企业,市民有"点单权";在参与环境行政处罚评审时,市民有发言权,群众成为嘉兴市环境监督的重要力量。实施公众参与,集中公众的知识、经验和智慧,有利于把环境隐患和安全隐患事先消除。

## 二、深化生态环境资源市场化配置改革

浙江积极探索在生态领域、环境领域引入成本、收益的概念,促进生态资源、环境资源的商品化、市场化,建立反映生态资源、环境资源

价值的经济核算制度;提高资源性价格的收费标准,改变生态资源、环境资源无偿使用、低成本使用的状态;修改和完善有利于节约能源资源和保护生态环境的法律和政策,加快形成有利于生态文明建设的体制机制。

环境治理的市场化关键在于促进环境容量资源的商品化,通过市场机制形成真正反映资源稀缺程度、市场供求状况的资源价格,将污染产生的生态成本内化到企业的生产成本中。由于排污和治污是环境治理市场的供求双方,所以,推动排污市场交易化和治污市场竞争化,才能通过利润激励激发企业环境治理的创新能力和环保动力。排污市场交易化是通过排污权的买卖将环保优势转化为企业利润,激励企业加快科技创新、环保投入,减少对水环境的污染。

治污市场竞争化旨在以环境津贴、绿色信贷等优惠政策,引导社会资本,尤其是民营资本进入治污市场,形成资本结构合理、竞争性充分的产业发展格局。明晰环境产权,实现环境治理的市场化,就是使市场在环境资源配置中起决定性作用和更好发挥政府作用,实现环境治理从官员升迁激励向市场利润激励转变,从"谁污染,谁付费"的外在约束向"谁治理,谁收费"的内生激励转变。

浙江通过实施污染收费的税收政策、环境津贴政策和优惠绿色信贷政策,构建有利于生态文明建设的财税体制与金融信贷体制。根据"污染者付费"原则,对环境污染行为进行经济处罚,收取污染费,这可直接提高污染成本,抑制污染行为。使制造环节中简单处理和向生态环境中排放副产品的行为的经济成本加大。环境津贴政策旨在促进对有益于环境的产品和服务的消费。政策津贴可以采取允许厂商用治理污染设备的支出抵扣税收的形式,这种津贴并不降低厂商的产量,从而尽力达到市场效率和社会效率的统一。政府可以对环保项目或绿色产品生产提供优惠贷款,引导企业保护环境资源。

浙江积极探索绿色国民经济核算方法,探索将发展过程中的资源消耗、环境损失和环境效益纳入经济发展水平的评价体系,建立和维护人与自然相对平衡的关系。实施绿色 GDP 核算方法,意味着全新的发展观与政绩观,人们心中原有的发展观念与衡量标准全变了,加上环境和资源的损失成本,会使一些地区的经济增长数据大幅下降。解决发展理念和指导思想问题,关键在于改革、完善经济核算方法和政绩评估体系。近些年来,国家有关部门设计、试行的以"绿色GDP"为主要内容的新的核算评价体系,把资源、环境、民生等纳入了核算内容,有效弥补了原有单纯以GDP作为考评主要标准的缺陷。

### 三、建立资源有偿使用和生态补偿制度

建设生态文明会引起各种利益关系的调整,因而必须抓好利益导向,建立利益导向新机制,驱动整个社会能够向生态文明方向发展。对此,应当完善市场价格形成机制,依据价值规律和供求关系准则,逐步提高资源特别是稀缺紧缺矿产资源的价格,以抑制、调节资源消耗;改革统计评价体系和制度,把资源消耗和环境影响作为评价各级政府政绩的重要指标,建立健全奖惩机制。

（一）积极推行市场化生态补偿,积极探索资源使用权交易、排污权交易等市场化的补偿模式

建立健全生态补偿机制,要以内化外部成本为原则,对保护行为的外部经济性的补偿依据是保护者为改善生态服务功能所付出的额外的保护与相关建设成本和为此而牺牲的发展机会成本;对破坏行为的外部不经济性的补偿依据是恢复生态服务功能的成本和因破坏行为造成的被补偿者发展机会成本的损失。浙江特别重视流域内的生态补偿问题。为加大流域上游地区对生态保护工作的积极性,采取了一系列补偿措施,即由流域下游受益区的政府和居民向上游地区做出环境贡献的居民进行货币补偿。生态补偿是一个新的课题,由于省内不同区域之间经济发展与生态保护的矛盾仍很突出,生态补偿机制建立尚处于探索阶段,许多问题还不清楚,有待于深入研究。

（二）建立健全资源有偿使用制度，促进资源与生态的商品化、资本化，使环境要素的价格真正反映其稀缺程度市场、供求关系和环境损害的修复成本

建立资源环境有偿使用制度、排污权交易制度、环境标志制度、财政信贷鼓励制度和佣金制度等，充分发挥市场机制和经济杠杆的作用，使企业、社会和公众都能承担起生态文明建设的经济责任。通过制定税收、金融、价格和财政等优惠和鼓励政策，来推动环境友好技术、清洁生产技术、废弃物资源化技术的发展，要让生态企业和生态工业园区真正得到实惠。

（三）加大省级财政转移支付力度，发挥财政资金在生态补偿中的激励和引导作用，使政府在环境保护、生态治理中负主要责任、起主导作用

浙江按照统筹区域协调发展的要求，依据生态补偿原理，多渠道多形式支持江河水系源头地区、重要生态功能区和欠发达地区经济社会发展，努力实现经济社会发展与生态环境保护的双赢。在省对市、县的财力补助中，加大生态补偿的力度。根据全省经济社会发展和财力增长状况，省级财政逐步增加预算安排，重点支持"生态环境保护和治理""城乡环保基础设施和环境监测监控设施建设""生态公益林建设""千村示范、万村整治""万里清水河道建设""千万农民饮用水""碧海生态建设"以及水土保持、自然资源保护、城乡环境综合整治等生态补偿效益明显的项目。这方面资金的安排使用，着重向重要生态功能区、水系源头地区和自然保护区倾斜。市、县财政也都加大了对生态补偿和生态环境保护的支持力度。

# 第五节　引导全社会共同行动参与生态文明建设

"两山"重要思想不仅是生态文明价值观的革命，而且是现代国家

治理体系与治理能力的新发展,为我国实行最严格的环境保护制度,形成政府、企业、公众共治的环境治理体系提供了重要的理论支撑。在贯彻"两山"重要思想、建设生态文明过程中,浙江充分发挥党委、政府在生态文明建设中的主导作用、关键作用,把生态治理上升为政府的重要职能,同时,培育和激发全体公民的主体意识,动员全社会力量参与,引导全社会共同行动,着力构建包括企业、学校、社区和家庭等在内的生态文明网络体系,大力倡导绿色低碳的生活方式、消费模式和行为习惯,全方位构建社会监督体系,积极回应公众关心的环境问题,等等。

## 一、党委、政府大有作为大有可为

实践表明,在环境整治和生态保护领域,党委、政府大有作为大有可为。浙江探索建构以整体性、协调性为特征的,能够有效整合各种生态治理资源,保证政府能够有效履行生态管理职责的政府运行机制,强化公共政策、公共资源、公共权威对生态文明建设的导向与支撑功能,努力形成低碳发展、增长转型的政策环境。这不仅涉及发展理念、发展思路、发展战略的调整,而且涉及一系列的体制改革和政策创新,凸显了党委、政府统筹协调的重要作用。

省委强调,群众想什么,我们就要干什么。各地各部门要充分认识推进浙江经济转型升级和环境综合整治的紧迫性,思想上进一步警醒,责任上进一步落实,措施上进一步强化,以治水为突破口坚定不移推进转型升级,加快走出"绿水青山就是金山银山"发展新路。转型升级的一个重要目的是治理环境污染,浙江许多低层次产业造成的污染都与水有关,治污必先治水。

(一)政府作为地方经济社会发展的组织者和战略实施者,要在探索经济效益、社会效益、生态效益有机统一的发展模式方面发挥关键作用

改革开放以来,各级政府在制定区域经济发展战略,实施地方产

业发展规划、配置稀缺要素资源等方面发挥着重要的主导性作用。这种发展模式较好地发挥了政府的组织优势,克服了工业化初期市场体系发育不健全、市场主体自组织能力弱小的局限,成功地将社会资源有效地整合起来投入工业化发展,实现了经济超常规的发展。推进经济转型升级和生态文明建设,首先要求各级政府将科学发展的理念、思路全面贯彻落实到地方经济社会发展的总体战略之中,通过产业结构、产业布局、产业政策的调整,通过政府校正市场失灵的有效作用,形成节约能源资源和保护生态环境的产业结构、增长方式、消费模式。

（二）强化公共政策的引导功能,努力形成低碳发展、增长转型的政策环境和发展导向

公共政策对整个社会资源的配置发挥着重要的导向作用。生态文明建设涉及复杂的利益关系,无法完全依赖市场的自发性调节,无法单纯依赖于企业和公民的自觉,而必须建立健全一整套鼓励企业加快转型升级,引导全社会共同参与生态治理的保障机制。这就需要各级党委和政府根据经济转型和生态文明建设的内在要求,深化体制创新和政策创新,强化公共政策的引导功能,努力形成低碳发展、增长转型和生态文明建设的政策环境和发展导向;通过健全激励机制和约束机制,有效地引导企业摆脱粗放型的经营模式,走技术、品牌、管理创新的内涵式发展道路;通过强化功能区布局及财力转移支付等制度创新,统筹协调区域间在生态文明建设上的合作。

（三）大力建设公共服务体系,为生态文明建设提供强有力的技术、人才、信息、法制等公共资源和公共权威支撑

生态治理是一项极为浩大的生态发展工程,无论是水污染的治理,抑或是城乡环境的整治,等等,都需要大笔的资金投入,而这些项目由于其显著的公益性质,市场主体往往缺乏动力机制,社会组织和个人也难以承受其昂贵的成本,需要由政府借助于公共资源和公共权力来承担。要强化党委、政府工作部门的内部整合、协调,积极推进生态型政府的建设,努力形成推进经济转型升级和生态建设的体制

合力。

（四）发挥政绩考核的"指挥棒"作用，改革政绩评估体系，完善干部政绩考核评价机制

政绩评估体系如同"指挥棒"，不同的政绩评估体系，就会有不同的经济发展模式，在客观上就会对生态文明建设产生不同的影响。2015年开始，浙江不再考核淳安县、永嘉县、文成县等26个相对欠发达县的GDP总量，转而着力考核生态保护、居民增收等；强化对市（县）领导班子和领导干部任期内资源消耗、环境保护等约束性指标的考核。落实环境保护基本国策，对领导干部既有"问责"也有"激励"。浙江政绩考核的"指挥棒"，不仅有破坏生态问责的制度，更可贵的是形成了干好环保有面子、受重视、有前途的用人新风气。各类考核考察不仅仅把地区生产总值及增长率作为政绩评价的主要指标，加大了资源消耗、环境保护等指标的权重，纠正单纯以经济增长速度评定政绩的偏向。

## 二、用正确的理念和文化引导全社会参与生态建设

贯彻"两山"重要思想必须着力营造和弘扬与科学发展观、和谐社会观相吻合的现代生态理念和生态文化，树立生态价值观，增强生态危机意识，形成倡导生态文明的社会新风尚，实施生态文化教育，普及生态科学知识，充分发挥现代生态文化在生态文明建设中的先导作用，促进刚性生态制度与内在的文化理念自觉相结合引导全社会共同行动。生态文化建设把保护自然生态提到文化建设的高度，体现了对我国先进文化建设基本经验的深层次认识和理性升华。在推进科学发展、社会和谐的背景下，生态文化已经成为新时期一种新的文化形态，人们是否爱惜自然、善待自然，已经成为衡量社会文明程度的重要标志。

（一）树立生态价值观，增强生态危机意识，形成尊重自然、热爱自然、善待自然的良好氛围

建设生态文明，需要树立人与自然和谐相处的价值观念，把节约文化、环境道德纳入社会运行的公序良俗，把资源承载能力、生态环境容量作为经济活动的重要条件，进而改变人们的生产生活方式和行为模式。同时，要积极倡导绿色消费，引导社会公众自觉选择节约、环保、低碳排放的消费模式，推动经济持续、持久地复苏与发展。

为了增强城乡居民的生态意识、环保观念，提高群众参与生态治理、环境保护的积极性，2010 年 9 月，浙江省决定 6 月 30 日为浙江生态日。每年 6 月 30 日，浙江推出不同的活动主题，调动全省群众积极参与，为打造"富饶秀美、和谐安康"的生态浙江而努力。每年开展生态环境质量公众满意度调查，以群众满意度这杆秤来衡量工作成效。帮助城乡居民和企事业单位树立生态价值观念，弘扬人与自然和谐相处的价值观、政绩观、消费观，增强人们的生态意识、忧患意识、参与意识和责任意识，树立破坏生态环境就是破坏生产力、保护生态环境就是保护生产力、改善生态环境就是发展生产力的观念，形成尊重自然、热爱自然、善待自然的良好氛围，使每个公民都自觉地投身于生态建设中，形成全社会参与生态建设的新局面。

（二）实施生态文化教育，普及生态科学知识，使生态文化教育和生态科学知识成为生态文明建设的"催化剂"和"推动器"

生态文化是一种以强调人与自然和谐为核心价值观的特定的群体心理素质、社会意识形态和文化氛围，广泛渗透于生态文明建设的各个领域。它通过净化人的心灵，以和谐的理念来规范和约束人类的社会活动。生态文化具有先导作用，是建设生态文明的精神动力。浙江坚持有形之手和无形之手并用，处理好政府行为与市场行为的关系；坚持制度建设和文化营造并重，既有刚性的制度、外在的约束作保证，同时也有高度的生态文明、内在的文化自觉作支撑，确保生态省建设取得实效。

生态科学知识的普及是树立生态文化观念的基础。不仅要大力普及环境化学等生态环境科学方面的自然科学知识,而且要大力普及生态哲学、生态经济学等生态环境科学方面的人文社会科学知识。要努力掌握生态这门大学问,学习和掌握这一人们认识自然、改造环境的世界观和方法论。生态文化教育是现代教育的重要组成部分,既要加强各级各类学校的生态文化教育,将它纳入教学计划之中,使之成为所有学生的必修课,又要加强各级各类社会组织的生态文化教育,将它纳入工作计划之中,使之成为社会组织的"规定动作"。广播、电视、网络、报刊、板报等新闻媒体是生态文化教育的重要载体,要自觉承担起生态文化教育的社会责任。家庭是社会"细胞",要自觉承担起生态文化教育的家庭责任,真正做到生态文化教育从娃娃抓起。

(三)总结生态文明建设的先进典型,充分发挥先进典型在生态文明建设中的示范、带动作用

各地在生态文明建设中已经并将继续涌现出大量的先进典型,及时将这些先进典型加以总结、提升和推广,使之发挥示范作用,是生态文化建设的重要方面。2012 年,浙江全面启动历史文化村落保护利用工作,整体推进古建筑与村庄生态环境的综合保护、优秀传统文化的发掘传承、村落人居环境的科学整治和乡村休闲业的有序发展,教育广大农民珍惜先人遗产、弘扬优秀传统文化、推进村风村容建设,确保以"乡愁"的记忆凝聚流动的人群,确保将文化遗产传承给子孙后代。[①]例如,安吉、临安等地通过美丽乡村建设大幅度改善农村居民的生活环境;嘉兴通过"两分两换"的农村土地改革试验提高城镇化水平;长兴蓄电池产业和富阳造纸产业通过环境治理实现转型升级;海康威视、阿里巴巴等高新技术企业提供了发展低碳经济、生态产业的成功示范,等等。各地在实践中涌现出来的生态保护补偿机制的建立、水权交易制度的实践、"休渔期"制度的实施等推动生态文明建设

---

① 参见夏宝龙:《美丽乡村建设的浙江实践》,载《求是》2014 年第 5 期。

的做法,将它们上升到理论层面就是生态文化。

### 三、"法治浙江"为生态文明建设保驾护航

浙江把贯彻"两山"理论建设生态文明作为"法治浙江"建设的大平台、试验田和活教材。"五水共治""三改一拆"要有法可依、有案可循、有力可借,必须强化法治思维、法治文化和法治方式,通过研究和解决"五水共治""三改一拆"中的立法、执法、普法等各个方面的问题,发挥好法治的重要作用。通过研究和解决生态文明建设特别是"五水共治""三改一拆"中的立法、执法、普法等各个方面的问题,全面推进从严治党和依法治国的各项工作。抓住推进全面深化改革、从严治党和依法治国的契机,浙江加快制定出台了一批地方性法规,建立健全最严格的环境资源管理和监管制度,加快研究制定和实施环境资源产权制度,使各级政府在环境整治中拥有更加明确、严格、可操作的法律依据。

#### (一)修编完善法规规章实行最严格的环境准入制度

浙江通过修改和完善环境法规体系,充分发挥环境和资源立法在经济和社会生活中的约束作用,把生态文明建设纳入依法治理轨道,逐步建立起由政府调控、市场引导、公众参与等构成的较完整的法律制度框架。通过法律法规减少企业行为的外部性,减少由其带来的社会成本。提高排污标准,使企业对环境的影响降到最低。通过提高市场进入成本,使那些效率低、依靠增加社会成本来降低私人成本的企业退出市场,从而解决发展中国家企业的污染问题。当然,对于执法人员也要发动社会各界对其进行监督,防止其寻租行为及对排污行为漠视不管的现象。

环境违法形成原因复杂,往往是一个案件违反多部法律法规,涉及多个法律法规执行主体。因此,浙江以全面深化改革为契机,加快地方性法规的制定出台步伐,如机动车污染防治、噪声管理、生态保护、畜禽养殖污染防治等;建立健全最严格的水资源管理和水环境监

管制度,加快研究制定和实施水权制度;修改完善城乡规划法、土地管理法、城市市容和环境卫生管理条例及住宅区物业管理办法,使全省大规模拆违行动在法治的轨道上有序推进;加强相关领域的立法,使县级政府在环境整治和土地保护中拥有更加明确、严格、可操作的法律依据。积极出台针对"五水共治"跨区域联合治理等宏观问题的政策法规。健全生态环境保护责任追究制度,对未达到区域环境保护目标、污染排放目标、环境质量目标的责任人实行生态危害问责制。研究制定跨区域生态环境诉讼管辖、污染鉴定、损失计算、公益诉讼的规范性文件,指导环境执法和司法实践。修编完善浙江省生态环境地方标准规划,研究制定环境质量、污染物排放、环境准入等地方标准,实施绿色认证制度。

浙江深入开展整治违法排污企业保障群众健康环保专项行动,加大执法力度和对破坏生态行为的惩罚,对环境违法行为坚持"零容忍";强化经济处罚、追缴排污费、停产整治、媒体曝光、挂牌督办、区域限批、荣誉摘牌、行政约谈等措施,强化环境监督管理,使企业在违法与守法的博弈中朝着守法的方向发展。同时,浙江强化环境行政处罚与刑事处罚无缝衔接,重拳打击环境违法行为。落实环境监察制度,研究设立环境监察专员,推进环境行政执法与司法监督、公众监督、舆论监督相结合的环境监管机制建设。环保方面涉及小型三产企业(个体户)、建筑工地、生活娱乐噪声、垃圾和秸秆焚烧、畜禽养殖污染和固体废物遗撒倾倒等行政处罚及其相关行政监督监察、行政强制职责,要纳入综合行政执法范围。按照"堵疏结合、宽严相济、统筹推进"的原则,对污染排放较重、不符合当地产业政策或影响群众生产生活的"低、小、散"企业和各类小型加工场进行清理整顿。

（二）强化执法使生态文明建设有强有力的司法保障

在"五水共治""三改一拆"中,浙江增强执法力度,为生态文明建设提供强有力的司法保障。浙江各级司法行政机关深化环保、土管、水务、公安联动执法机制,切实加大涉嫌水环境和土地资源违法犯罪行为的打击力度。对违法行为严厉打击,公开处理,追究其责任人。实行行政、民事、刑事三法并举,对于造成严重后果的环境违法行为,根据水污染和土地违法情况及时采取限期治理,甚至勒令其关、停、并、转等行政处罚措施。对造成生态环境损害和重大国土资源浪费的责任者实行终身责任追究制,严格实行赔偿制度,依法追究刑事责任。

全省各级司法行政机关及时搜集、分析、评估涉及"五水共治""三改一拆"的矛盾纠纷,提出法律意见建议,定期报送政府和相关职能部门,协助相关职能部门做好"五水共治""三改一拆"中的社会稳定风险评估预警工作。主动加强与环保、水利等部门联系,积极推动环保纠纷等专业人民调解组织建设;完善人民调解、行政调解、司法调解联动工作体系,构建"五水共治""三改一拆"矛盾纠纷调处化解综合机制,及时有效化解矛盾纠纷。

浙江注重整合法律服务资源为生态文明建设特别是"五水共治""三改一拆"提供专业法律服务。全省各级司法行政机关认真总结前期法律服务"五水共治""三改一拆"的经验做法,整合各类法律服务资源,探索建立法律服务"五水共治""三改一拆"的常态化工作机制。充分依托司法行政法律服务中心、司法所、法律援助工作站、律师事务所、基层法律服务所、公证处等法律服务平台,做好"五水共治""三改一拆"法律咨询和法律服务,引导广大群众依法理性表达利益诉求。充分发挥政府和村(社区)法律顾问的职能作用,引导各级领导干部不断提高运用法治思维、法治方式推进"五水共治""三改一拆"的能力。通过加强对法律服务行业的指导,引导开发专项法律服务产品,优化法律服务模式,保障"五水共治""三改一拆"工作深入推进。

### (三)营造依法推进生态文明建设的良好氛围

谈法治,说法治,一个良好的环境非常重要。社会公众和企业作为参与"五水共治"的重要主体和主要受益者,是否具有维护法律意识,将直接影响"五水共治"工作成效。各级党委、政府要通过组建"五水共治""三改一拆"法制宣传队伍、制作宣传资料、开展法律培训,以及进行以"五水共治""三改一拆"为主题的学法、守法、用法、护法等环境法制宣传教育,形成浓厚的法制宣传氛围,使公众和企业了解环境和土地资源保护的权利与义务,自觉提高环境法律意识和水平,积极参与创建美好环境,集约节约利用资源,监督环境和土地违法行为,做环境资源保护的自觉践行者。

浙江重点围绕水、大气、土壤、固体废物、辐射等污染防治和资源有偿使用、生态补偿、生态修复以及食品安全等热点难点问题,营造良好的舆论氛围,营造公平、公正、法治的环境,让人们对法治充满信心。通过广泛开展法律进机关、进乡村、进社区、进学校、进企业、进单位活动,动员和引导广大市民自觉参与法治实践,提高社会法治化管理水平。

总之,在法治建设的轨道上有序推进"三改一拆""五水共治"战略举措,既是保障群众合法权益、确保"五水共治""三改一拆"取得实效的有效途径,也是维护社会公平公正的关键之举。

# 第九章 "两山"重要思想的普遍意义

习近平总书记指出:我们既要绿水青山,也要金山银山。宁要绿水青山,不要金山银山,而且绿水青山就是金山银山。"两山"重要思想表述简洁,是马克思主义发展观的新成果,也是创新发展、协调发展、绿色发展、开放发展、共享发展"五大发展理念"的思想渊源。"两山"重要思想诞生于浙江,但对全国的科学发展具有普遍的指导意义;"两山"重要思想不仅对中国而且对世界的科学发展具有普遍的指导意义。本章着重探讨"两山"重要思想的普遍意义,立足"两山"重要思想在浙江的实践,"跳出浙江看浙江",分析"两山"重要思想对区域、对全国乃至全世界经济社会发展的重大意义。

## 第一节 "两山"重要思想的区域意义

"两山"重要思想的科学性、前瞻性必须置于特定的历史背景下进行解读。众所周知,经过 30 多年的快速发展,我国经济社会发展出现了一些明显的变化,发展不平衡、不协调、不可持续的问题日益突出。在发展理念上,唯 GDP 是图的倾向并未根本扭转,粗放型、投资和要素扩张型的发展模式并没有得到有效扭转,资源禀赋、要素制约的问题比较突出。在发展结果上,粗放型的经济增长方式对自然资源的过度消耗,造成了对生态环境的急剧破坏,2005 年浙江连续发生了东阳画水、长兴天能、新昌京新药厂等环境群体性事件,抗议污染的参与人数动辄成千上万甚至数万,个别事件中当地群众甚至与地方政府爆发了激烈的冲突。事实证明,以牺牲环境为代价的粗放型增长最终导致的结果,就是"环境的承载不堪重负,经济的发展与人民群众生活质量的提高适得其反","严重影响人民群众身体健康,严重影响党和政府形象"。正是在这样的背景下,2005年8月习近平同志高瞻远瞩地提出了"两山"重要思想。实践证明,"两山"理论在浙江经济社会发展中发挥了极其重要的作用,其对区域经济社会发展的意义主要体现在以下几个方面。

## 一、引领浙江率先走上绿色发展之路

2002年12月,刚到浙江工作不久的习近平同志就提出要"积极实施可持续发展战略,以建设'绿色浙江'为目标,以建设生态省为主要载体,努力保持人口、资源、环境与经济社会的协调发展"。2003年3月,他又高瞻远瞩地指出,"建设生态省,是一项事关全局和长远的战略任务,是一项宏大的系统工程","坚持不懈地推进生态省建设,一任接着一任干,一年接着一年抓,努力把我省率先建成经济繁荣、山川秀美、社会文明的生态省"[1]。2005年5月16日,即东阳画水事件之后,习近平同志在《浙江日报》专栏"之江新语"上指出,"生态环境方面欠的债迟还不如早还,早还早主动","你污染环境,环境总有一天会翻脸,会毫不留情地报复你。这是自然界的客观规律,不以人的意志为转移。因此,对于环境污染的治理,要不惜用真金白银来还债"[2]。同年8月,他在湖州安吉天荒坪镇余村调研时明确提出,生态资源是最宝贵的资源,绿水青山就是金山银山。不要以牺牲环境为代价推动经济增长……要走人与自然和谐发展之路。同年10月,他到了新昌,针对京新药厂事件指示,要总结这次纠纷事件的经验和教训,真正强化绿色观念和环保意识,走上生态立县之路。习近平同志的系列讲话,实质上是他当年主政浙江时针对浙江经济社会发展中所遇到的现实

---

① 《绿水青山就是金山银山——习近平同志在浙期间有关重要论述摘编》,载《浙江日报》2015年4月17日。

② 习近平:《之江新语》,浙江人民出版社2007年版,第141页。

问题及对中国发展问题的深入反思、总结与破解,强调了绿色发展、生态发展的极端重要性,揭示了生态发展与环境保护的客观必然性,坚定了浙江人民走人与自然和谐发展之路的理念和决心,引领浙江率先走上了绿色发展之路。10多年来,浙江历届省委、省政府和全省人民秉持"绿水青山就是金山银山"的科学理念,坚持走生态发展之路不动摇,一任接着一任干,在生态文明建设方面走出了一条符合浙江实际的发展之路。

## (一)坚定了绿色发展、创新发展、和谐发展的理念

经过数起环境群体性事件的教训和习近平同志的多次重要讲话之后,浙江省各级政府和公众的思想观念产生了深刻的变化,开始认识到生态之于经济发展、社会稳定的极端重要性,逐渐认识到"良好的生态环境是最公平的公共产品,是最普惠的民生福祉",必须把生态环境保护摆在更加突出的位置,切实推进生态文明和美丽浙江建设,建设天蓝、地绿、水净的美好家园。关键是以"环境保护"和"资源永续利用"为核心,使"绿水青山"和"金山银山"相得益彰、相辅相成,努力实现环境资源化、资源经济化、经济生态化,创新发展模式,建设环境优美舒适、人与自然和谐、人人共享、普遍受益的美好社会,使人民群众过上幸福安康、和和美美的生活。

## (二)推动绿色发展,率先走上经济生态化之路

生态兴则文明兴,生态衰则文明衰。推进生态建设,是功在当代的民心工程、利在千秋的德政工程。推进生态建设,首先要实现绿色发展,即强调经济发展要与社会、资源、环境相互协调,经济活动过程和结果要"绿色化""生态化",这是对传统发展理念的一种批判性超越,是一种经济社会发展的新模式[1],重点是实现节约发展、低碳发展、

---

① 参见牛先锋:《树立贯彻"五位一体"的发展新理念》,载《学习时报》2015年11月2日。

清洁发展、循环发展。① 在习近平同志的领导下,早在 2003 年浙江省就制定了《浙江省生态省建设总体建设规划纲要》,对推进生态建设作了长期的战略规划。10 多年来,从"八八战略"到"两美"浙江建设,浙江始终坚持不懈地推进生态省建设,一任接着一任干,把浙江建设成了经济繁荣、山川秀美、社会文明的生态省。截至 2014 年,浙江已累计建成国家级生态县 16 个,国家环境保护模范城市 8 个,国家级生态乡镇 581 个,省级生态县 57 个,省级环保模范城市 10 个,省级生态乡镇 1038 个。② 可见,"两山"重要思想有力推进了浙江生态文明建设,引领浙江率先走上了绿色发展之路。"追求人与自然的和谐,是发展的最高境界,亦是'两美'浙江的实质核心和根本目标。从'千村示范、万村整治'到美丽乡村建设,浙江始终把家园和美、产业兴盛、百姓幸福的希望,播撒在广袤的土地上、蔚蓝的大海中,守护着蓝色家园。"③浙江的绿色发展措施主要有以下几个方面:

1. 坚决果断遏制环境污染,守护绿色家园。以最严格的环保标准抓好高污染、高能耗行业的整治,10 多年来连续实施了三轮"811"行动计划,打出了"五水共治""两化融合""四换三名""三改一拆""四边三化""互联网＋"和"绿色发展"等"组合拳",深入实施大气、水、土壤污染防治行动,尽最大努力保护环境。如浦江的"五水共治",累计关停取缔水晶加工户 19547 家,关停率超过 88％;印染、造纸、化工三大行业关停率达 55％;关停"低、小、散"养殖场 461 家,真正做到了"铁腕治污",为了绿水青山坚决淘汰落后、污染型、高能耗产业。通过整治,浦江境内 577 条河流,全面摘去了垃圾河的帽子,所有的"牛奶河"、黑臭河全都改变面貌。最终,浦阳江段河道实现了可游泳的目标,当地群众说,"有生之年,还能在家门口游泳是不可想象的"。

2. 精心规划,发展生态工业,坚定走可持续发展之路。全省范围

---

① 参见张云飞:《如何全面把握"绿色发展"》,载《学习时报》2015 年 11 月 9 日。

② 浙江省统计局、国家统计局浙江调查总队:《2014 年浙江省国民经济和社会发展统计公报》,http://www.zj.stats.gov.cn/tjgb/gmjjshfzgb/201502/t20150227_153394.html。

③ 之江平:《坚持绿色发展 建设两美浙江》,载《浙江日报》2015 年 11 月 22 日。

内对有限的资源进行了科学规划、精心布局,产业不断集聚。加快对传统产业改造的步伐,淘汰落后产能,"腾笼换鸟""凤凰涅槃",推进产业从传统型、手工型、粗放型向规模型、科技型、品牌型的集约化、规模化生产转变,重点培育和引导发展节能与新能源汽车、环保设备制造和综合服务产业,促进节能环保低碳技术及产业成为新增长点,真正实现高效、低碳、清洁。

3. 大力发展循环经济,实现节约发展、低碳发展、清洁发展。全省推进生态型的循环经济示范区建设,积极促进资源节约与综合利用,把发展循环经济作为践行"两山"重要思想的举措,在重点产业和重点企业深入开展清洁生产、节能降耗和综合循环再利用。如宁海等市(县)企业内小循环、园区内中循环及社会内大循环的循环发展模式,龙泉的"畜牧业循环经济模式"引领多元产业共同发展[①],都取得了显著的成效。近些年,全省规模以上工业企业能源消费比和单位工业增加值能耗都出现不同程度的下降(详见图9-1),节约型社会、环境友好型社会建设取得了新成效,在经济可持续发展的基础上实现了天蓝、地绿、水净、民富、人与自然和谐共荣。

## (三) 发展绿色经济,推进生态经济化,使"绿水青山"转化为"金山银山"

发展才是硬道理,发展是党执政兴国的第一要务。但是,经过30多年的发展,经济社会发展不平衡、不协调、不可持续问题突出,而且资源禀赋、要素制约和结构制约使得污染型、粗放型的发展更加难以为继。因而,必须突出强调绿色发展、科学发展才是硬道理,才是发展的根本落脚点和出发点。可见,发展绿色经济,推进生态经济化,是"两山"重要思想的题中应有之义。必须明确,生态保护不仅仅是保护,生态保护最终的落脚点是科学发展,即通过科学的规划、有序的开发,坚定地走生产发展、生活富裕、生态良好的文明发展道路,形成人

---

① 参见顾金喜:《经济转型升级与生态文明发展之路——基于龙泉"山上浙江"建设的调研分析》,载《行政与法》2011年第2期。

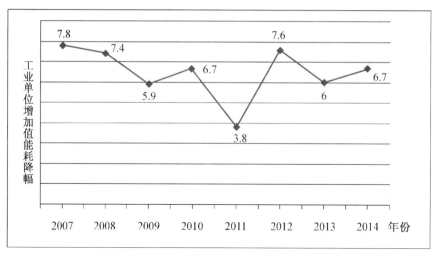

图 9-1 2007—2014 年浙江省规模以上工业企业单位增加值能耗降幅(％)

数据来源:浙江省国民经济和社会发展公报(2007—2014 年)

与自然和谐发展的现代化建设新格局。

这就必然要求发挥山水资源优势,培育生态产业、生态养老、养生、健康等生态经济新业态,大力推进生态产业化。如龙泉的高山蔬菜、金观音茶、灵芝、香菇等产业的培育与发展,"山上浙江"建设已颇有成效;安吉充分挖掘生态产业的经济潜能,"一竿毛竹富了一县农民,一片叶子富了一方百姓,一把转椅富了一方经济",当地的竹子、白茶和转椅三大生态绿色产业让安吉农村经济实现了腾飞;安吉、德清的美丽乡村建设和生态旅游模式,淳安的生态观光产业、生态休闲产业、生态养老产业的发展模式,各具特色、各有所长,在生态产业发展和生态富民方面走出了真正的文明发展之路。习近平同志当年提出"两山"重要思想所在地的余村旅游年收入已达到 1500 万元,2014 年该村人均收入突破 25000 元,是 10 年前的 5 倍之多。践行"两山"思想极大地增加了农民的福祉,从统计数据看,2014 年浙江全省林业行业总产值达到 4186.7 亿元,全省农村居民仅人均林业纯收入就达到3219 元,林业对林农增收的贡献率达 22.8％,浙江以约占全国 2％的林地面积创造了占全国 8％的林业总产值，①实现了从森林资源小省向林业产业大省的跨越，有力地促进了绿色增长。可见，生态经济化让当地群众享受到了生态建设带来的红利，真正把绿水青山变成了金山银山。

## 二、引领浙江率先走上创新发展之路

"创新是一个国家和民族发展的不竭动力"，党的十八届五中全会指出要"坚持创新发展，必须把创新摆在国家发展全局的核心位置，不断推进理论创新、制度创新、科技创新、文化创新等各方面创新，让创新贯穿党和国家一切工作，让创新在全社会蔚然成风"。习近平总书记作出了"中国经济呈现出新常态"的科学判断，即经济增长速度从高速增长转为中高速增长，经济结构、产业结构不断优化升级，发展动力从要素驱动、投资驱动转向创新驱动。②之所以突出强调创新，是因为"知识、技术和人力资本是长期经济增长的决定因素，尤其是技术进步内生化的模型（新增长理论）可以很好地解释不同国家间的经济增长差异"③，而因发明、创新等形成的技术、科技进步及其转化更是经济长期可持续增长的决定性因素，也是低碳发展、清洁发展的决定性因素。"两山"重要思想的另一个重要意义就是引领浙江率先走上了创新发展之路。

十多年来，浙江实施创新驱动战略，通过绿色技术创新和制度创新大力加快淘汰落后产能，推进产业结构调整和经济的转型升级，成效显著。浙江省委十三届三次全会作出了全面实施创新驱动发展战略加快建设创新型省份的决定，把创新驱动上升为省委、省政府的重大战略部署。全省社会科技活动经费支出逐年上升，从 2005 年的

---

① 参见《践行"两山"论 走浙江现代林业发展之路》，载《今日浙江》2015 年第 19 期。

② 参见《习近平首次系统阐述"新常态"》，载新华网 2015 年 4 月 17 日。

③ 易纲、樊纲、李岩：《关于中国经济增长与全要素生产率的理论思考》，载《经济研究》2003 年第 8 期。

321.42 亿元增加到 2014 年的 1470 亿元,增长了 357.4％,年均增长率为 35.7％。R&D 经费支出从 2005 年的 163.29 亿元增加到 2014 年的 939.6 亿元,占地区生产总值的比例从 2005 年的 1.08％增加到 2014 年的 2.66％,增长了 146.3％,年均增长率 16.3％(详见图 9－2)。①

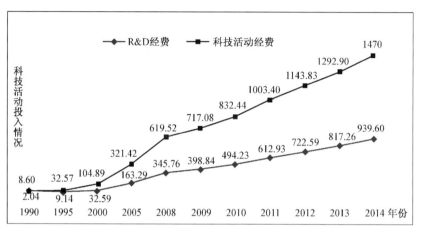

图 9－2　1990—2014 年浙江省科技活动投入情况(单位:亿元)

从全国范围来看,2013 年,浙江科技综合实力排名由 2010 年的全国第 7 位上升到第 6 位,国内区域创新能力排名继续保持全国第 5 位,全省已开始进入全面实施创新驱动发展战略的新阶段。R&D 经费总量排名列江苏、广东、北京、山东之后,居全国第 5 位,位次与 2010 年相同。② 浙江省重点培育了信息、环保、健康、旅游、时尚、金融、高端装备制造等支撑浙江未来发展的万亿级产业,充分发挥了创新驱动对经济社会发展的决定性作用,并实现了经济效益、社会效益、生态效益的有效融合,使产业在转型升级中走向高端化、集约化、绿色化。全省

---

① 参见蔡思中:《科技创新能力不断提升——新中国 65 年浙江经济社会发展成就之十六》,http://www.zj.stats.gov.cn/tjfx_1475/tjfx_sjfx/201409/t20140915_144952.html,2014 年 9 月 10 日。其中 2014 年数据根据《2014 年浙江国民经济与社会发展统计公报》计算。

② 参见浙江省统计局:《创新水平不断提高 驱动发展任重道远》,http://www.zj.stats.gov.cn/tjfx_1475/tjfx_sjfx/201505/t20150506_157298.html,2015 年 5 月 6 日。

有创新活动的企业占全部企业的 47.1％,比全国平均高 5.8 个百分点;其中实现产品创新、工艺创新的企业分别占全部企业的 27.9％和 26.1％,比全国平均高 9.2％和 6.1％。[①] 如新昌经过 10 年左右的创新驱动,生态工业强势崛起,2005 年群体性事件的"主角"——京新药厂走上科技创新之路,销售占比中,原料药从 70％降到 46％,成品药则从 30％升到 54％;浙江制药从原料到成品的转化率接近百分之百,污水日排放量从 3500 吨减到 500 吨,产能却扩大了 20 倍。正是依靠创新驱动和生态工业的强势崛起,新昌县用 11 年时间,实现了从全省次贫县到全国百强县的跨越,用 8 年时间,实现了从浙江省重点污染县到国家级生态县的跨越,绿色发展的成效不能不令人为之惊叹。

而且,浙江充分发扬改革创新的精神,推进绿色制度创新,建构了绿色发展的长效机制。一是取消或弱化 GDP 考核要求,建构差别化的评价指标体系。2014 年,浙江省政府宣布不对丽水考核 GDP 和工业增加值;2015 年初,又取消了对全省 26 个欠发达县 GDP 总量考核要求,弱化了 GDP 的要求,逐渐建构起差别化的评价指标体系,扭转片面的、不科学的 GDP 考核倾向。二是强化政策引导,以绿色 GDP 战略突出绿色发展导向。如湖州自 10 年前就提出了绿色 GDP 概念,在推进生态文明制度建设中不断突出绿色 GDP 考核指标,充分发挥考核的导向作用,引导绿色发展。三是强化目标责任制,以"五水共治"的重大战略部署,通过"河长制"、强化监管机制等狠抓"五水共治"重大战略部署的落实,这也是一项非常重要的创新。这些举措使美丽浙江建设从"一处美"迈向"一片美",从"一时美"迈向"持久美",从"外在美"迈向"内在美",从"环境美"迈向"发展美",从"形态美"迈向"制度美",[②]绿色发展举世瞩目。

---

① 参见蔡思中:《浙江省企业创新情况分析研究》,http://www.zj.stats.gov.cn/tjfx_1475/tjfx_sjfx/201601/t20160105_167839.html,2015 年 12 月 31 日。

② 参见之江平:《坚持绿色发展 建设两美浙江》,载《浙江日报》2015 年 11 月 22 日。

### 三、引领浙江率先走上协调发展之路

马克思主义唯物辩证法认为事物以及事物内部要素之间存在不以人的意志为转移的联系,这种联系使得不同的事物或事物内部诸要素之间相互影响并在一定条件下相互转化。因此,我们必须用普遍联系的观点和方法来处理现实问题,具体来讲就是要统筹兼顾。统筹兼顾,是经济社会良性发展的根本方法,而协调发展既是统筹兼顾的客观要求,也是健康发展和全面建设小康社会的内在要求。党的十八届五中全会指出,坚持协调发展,重点促进城乡区域协调发展,促进经济社会协调发展,促进新型工业化、信息化、城镇化、农业现代化同步发展,在增强国家硬实力的同时注重提升国家软实力,不断增强发展整体性。"从总体上来讲,协调发展就是要着力实现发展的整体性、系统性、平衡性、包容性和共享性;从战略上来讲,协调发展就是要整体实施发挥比较优势战略、差异性发展战略、补短板的发展战略。"①"两山"重要思想实质上也蕴含着协调发展的基本要求,即在以科学发展增加人民福祉的同时实现人与自然、人与人、人与社会协调发展的要求。十多年来,浙江在协调发展方面也是可圈可点,在全国范围内走在前列。

#### (一)率先走上区域协调发展之路

马克思主义唯物辩证法关于普遍联系的观点,要求我们在处理实际问题时必须强调系统性、整体性。社会是由若干子系统组成的具有特定功能的有机整体,各个子系统彼此关联又相互影响、相互促进,必须注重子系统彼此之间的关联性、系统性、整体性和协调性,通过结构和功能的整合,整体推进、协同发展以实现系统功能整体最优。"八八战略"就是系统、全面整合浙江发展、发挥比较优势的大战略总战略,

---

① 顾益康:《弹好高水平建成全面小康社会协奏曲——关于浙江"十三五"协调发展的思考》,载《浙江经济》2015 年第 22 期。

"山上浙江""海上浙江"建设就是差异化发展战略和补短板发展战略，"山海联动"、区域联动、城乡一体化发展战略就是不同子系统之间的协同发展战略，总战略、差异化发展战略和补短板战略协同推进，使"两美"浙江建设不断跨越新台阶，区域协调发展成效显著。从省域对比的视角分析，粤、苏、浙三省区域经济发展中浙江是最平衡的，其次是江苏，广东区域差距则一直大于苏、浙，是三省中区域经济发展最不均衡的，而浙江的区域协调发展一直是最好的。[①]

## （二）率先走上城乡协调发展之路，经济社会发展共享共荣

早在 2004 年，浙江就率先制定出台了《浙江省统筹城乡发展推进城乡一体化纲要》，明确提出了六大任务和七项战略举措，编制了统筹城乡发展的公共财政投入、基础设施、公共服务、生态环境、社会保障等一系列专项规划，基本形成了城乡统筹发展的规划体系。[②]

十多年来，浙江不断加大公共财政对"三农"和欠发达地区的倾斜力度，推动城镇公共服务向基层社区和农村延伸，健全农村基础设施投入长效机制，积极建立城乡统筹的就业制度和社会保障制度，不断推进城乡一体的公共服务体系建设。积极实施了"千村示范、万村整治工程""千万农民饮用水工程""乡村康庄工程""万里清水河道工程""百亿生态环境建设工程""千库保安工程""百亿帮扶致富""欠发达乡镇奔小康""欠发达地区下山脱贫致富工程"等十大工程，城乡一体化发展势头良好，城乡发展协调性不断增强。根据浙江省统计局发布的《2013 年统筹城乡发展水平评价报告》，2013 年全省统筹城乡发展水平综合评价得分为 88.49 分（见图 9-3），浙江城乡统筹发展已基本进入全面融合阶段。[③] 从发展效果来看，浙江一系列推进城乡统筹发展

---

① 参见叶新鹏：《浙江区域经济均衡发展对广东的借鉴意义》，载《岭南学刊》2015 年第 3 期。

② 参见：《浙江统筹城乡发展之路》，载《人民日报·海外版》2010 年 5 月 1 日。

③ 参见浙江省统计局：《浙江省 2013 年统筹城乡发展水平评价报告》，http://www.zj.stats.gov.cn/tjfx_1475/tjfx_sjfx/201410/t20141013_146241.html，2014-13。

的措施使城乡一体化发展、生态普惠发展和城乡居民共享共荣成为可能。众所周知,浙江作为民营经济的先发省份之一,藏富于民是浙江发展的典型经验。统计数据显示,2014年浙江农民(常住居民)人均可支配收入达到19373元,连续30年位居全国各省(区)第一,农村居民与城镇居民收入一起水涨船高。这也使得浙江成为全国城乡发展最均衡的省份之一,2014年浙江城乡居民收入比仅为2.08:1,远低于全国的2.75:1,其中嘉兴、湖州城乡居民收入比都约为1.7:1。可见,浙江在城乡协调、融合发展方面成效是非常显著的。

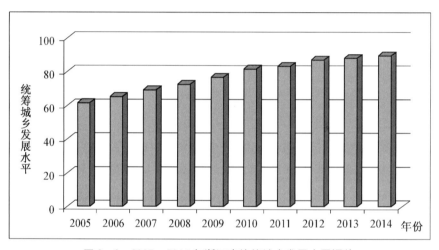

图9-3 2005—2014年浙江省统筹城乡发展水平评价

### (三)经济社会率先走向系统协同

《浙江省2013年统筹城乡发展水平评价报告》显示,2012年和2013年浙江经济统筹发展实现度得分分别为85.5和86.2;公共服务统筹发展实现度得分分别为93.4和94.5,居民生活统筹实现度得分分别为87.9和89.8,生态环境统筹实现度得分分别为82.7和83.9[①](详见图9-4)。事实证明,浙江的协调发展不是简单的城乡协调或区

---

① 参见浙江省统计局:《浙江省2013年统筹城乡发展水平评价报告》,http://www.zj.stats.gov.cn/tjfx_1475/tjfx_sjfx/201410/t20141013_146241.html,2014—13。

域协调发展,而是经济发展、公共环境、人民生活、生态环境等不同领域、不同系统的协调发展,尤其是生态环境与经济、社会、居民生活等方面的协调发展,使得浙江的经济社会实现了长期的协调可持续发展,而且实现了人民福祉的长期可持续增加。

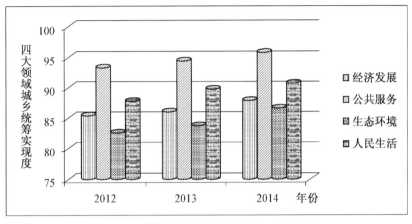

图9-4 浙江四大领域城乡统筹目标实现度

## 第二节 "两山"重要思想的国家意义

"两山"重要思想是习近平同志生态文明建设理论的标志性观点,体现了我国发展理念和发展方式的深刻变革,是马克思主义中国化的最新成果。浙江的实践表明,"两山"重要思想对区域经济社会发展具有重要的指导意义,但其普遍意义并非仅仅限于区域经济社会发展上,在环境污染问题日益突出、雾霾等恶劣天气渐为千夫所指的情况下,其对整个国家的发展都具有重大的现实指导意义。唯有把"两山"重要思想贯彻落实到全面深化改革的重大战略和经济社会发展的方方面面,从全面依法治国和全面从严治党的高度强化环境污染治理、铁腕治污,使经济、政治、社会、文化和生态"五位一体"协调发展、协同推进,才能全面建成小康社会,实现中华民族伟大复兴。

## 一、"两山"重要思想对全面建设小康社会的普遍意义

"民心是最大的政治,公平是最强的力量。"对执政党而言,民众普遍、持续的支持或认同是政党长期执政的基础,也即执政的合法性基础。中国共产党以全心全意为人民服务为宗旨,始终强调"立党为公、执政为民",归根结底就是要赢得民心,而全面建成惠及十几亿人的小康社会就是从根本上顺应民心。全面小康社会是"全面"而非片面的小康社会,是惠及十几亿人的小康社会,不仅要生产发展,而且必然要求生活富裕、生态优美,必然要求人与自然、人与人以及人与社会的协调发展。因而,"两山"重要思想是习近平同志生态文明思想的形象表达,然而它不是就生态论生态,也不是就经济谈经济,它是全面建设小康社会甚至是"四个全面"战略布局的理论构成,[①]与"四个全面"战略休戚相关。"两山"重要思想对全面建设小康社会的启发意义主要在于:

### (一)经济发展必须走绿色发展的文明之路

党的十八大报告明确指出,"必须更加自觉地把全面协调可持续作为深入贯彻落实科学发展观的基本要求,全面落实经济建设、政治建设、文化建设、社会建设、生态文明建设五位一体总体布局"。至此,全面建成小康社会在发展目标和发展路径上形成了一个完整的体系,即必须推进"五位一体"总体布局,走生产发展、生活富裕、生态良好的绿色发展之路、文明之路。

有学者认为,"为了确保实现 2020 年全面建成小康社会的目标,可以分两个阶段实施,第一个阶段即'十二五'规划,加快转变经济社会发展方式,基本纳入科学发展轨道;第二个阶段即'十三五'规划,继续加快转变经济社会发展方式,实现重大关系协调发展,全面纳入科

---

① 参见沈满洪:《"两山"重要思想的理论意蕴》,载《浙江日报》2015 年 8 月 12 日。

学发展轨道"[1]。而全面纳入科学发展轨道"必须是遵循经济规律的科学发展,必须是遵循自然规律的可持续发展,""两山"重要思想实质上正是对遵循经济规律的科学发展和遵循自然规律的可持续发展的高度概括。

因此,贯彻"两山"重要思想,全面建设小康社会,就必须:(1)在目标上,要把生态优美确立为基本目标,实现天蓝、水净、地绿、民富,既要生产发展、物质富裕,也要生态优美、生活舒适和精神富有,使所有人民过上物质富裕、精神富有、身心愉悦、幸福安康、尊严体面的生活,坚持"五位一体"总体布局和协同推进。(2)在理念上,"必须把思想和行动统一到新的发展理念上来",政府治理理念与目标必须从"非生态"甚至"反生态"的发展导向向生态维护导向转变,牢固树立生态优先的根本价值取向和发展理念,[2]"崇尚创新、注重协调、倡导绿色",使创新、协调、绿色发展成为人人遵循、时时谨守的发展原则和指导思想。(3)在规则上,必须强化生态约束,把生态保护、生态指标和生态文明作为全面建设小康社会和经济社会发展的刚性要求。(4)在发展路径上,必须用强有力的生态约束、生态机制倒逼企业、产业升级,加快调整经济结构和优化产业布局,实现生态和经济协调并进,坚定走绿色发展、循环发展、低碳发展、清洁发展的文明之路。(5)在发展阶段上,已经到了必须"遵循经济规律科学发展,遵循自然规律可持续发展"的阶段,必须实现从低水平的劳动密集型生产向高水平的创新型发展转变,必须实现从粗放型、高耗能、非清洁的发展阶段向集约型、节约型、环境友好型发展阶段转变。

## (二)全面建设小康社会必须各个系统协同推进

"两山"重要思想蕴含着人与自然、人与人、人与社会、区域与区域

---

① 胡鞍钢:《全面建成小康社会是"四个全面"的龙头》,载《新清华》2015年3月20日。

② 参见王彬彬、朱益芳:《对构建生态型政府的思考》,载《党政干部论坛》2009年第2期。

协调发展的理念,它关注的是最广大人民的根本利益和长远利益,体现的是生态公平和环境正义,[①]这与全面建设小康社会具有高度的一致性。全面建设小康社会之所以是"全面的",就在于它是系统的、协调的,必须实现各个系统、各个领域、各个区域、各个阶层的协调发展。从发展布局来看,全面建设小康社会是"五位一体"总体布局重要部分。倘若经济建设、政治建设、社会建设、文化建设和生态建设不协调、不平衡、不可持续,那么必然导致各个子系统、各领域及区域之间失衡发展,从而必然制约全面小康社会的实现,小康社会很可能就是畸形的或片面的。

因而,必须更加自觉地把统筹兼顾作为全面建设小康社会的根本方法,努力提高统筹兼顾、协调发展的能力和水平,促进现代化建设各方面如生产关系与生产力、上层建筑与经济基础、不同区域、不同领域以及不同社会阶层之间协调发展,高度重视不同系统、要素之间及系统内部的协同、整合与优化,大力推进区域、城乡、人与自然的协调发展,确保如期全面建成小康社会,开启社会主义现代化建设新征程。

### (三) 全面小康社会建设必须走普惠式发展之路

2013年,习近平总书记在海南考察时指出,良好的生态环境是最公平的公共产品,是最普惠的民生福祉。良好的生态环境是保障人类生存和发展的物质基础,可以为人类提供清新的空气、清洁的水源、优美的景观,这些生态资源和产品是所有人生产生活的必需品,具有效用的不可分割性、受益的非排他性和消费的非竞争性等特点,属于典型的公共产品。[②] 更关键的是,良好的生态环境还具有普惠性特点,因而,从"两山"重要思想出发,全面建设小康社会必须走普惠式发展之路,发展成果由全体人民共享。这种普惠式的发展主要体现在两个

---

① 参见沈满洪:《"两山"重要思想的理论意蕴》,载《浙江日报》2015年8月12日。

② 中国林业科学研究院:《良好生态环境是最公平的公共产品和最普惠的民生福祉——深入学习贯彻习近平总书记关于生态文明建设重大战略思想》,载《中国绿色时报》2014年10月9日。

方面：

1. 在发展成果上，必须建设"生态优美、如诗如画"的美丽中国。自然界是自在的，即自在自然，它不依赖于人而存在，反而对人具有最终的决定性，"生态系统的平衡、稳定是人类持续存在的基本前提，自在自然限制着人类的实践活动的界限"[①]。在实践意义上，人化自然是人有目的、有意识地运用工具改造自然、使自然打上人类主观意志的过程，人的主体能动性活动对自然具有超越性，但这种超越性不能肆无忌惮地破坏自然，"涸泽而渔，焚林而猎"的最终结果必然是导致生态系统的破坏，从而导致自然对人的疯狂报复。由于对自在自然的不尊重，生态危机日益显现，生态危机是当今时代人类生存问题最突出的表现，是人类"家园"的毁坏，是将人类连根拔起的危机。而要化解生态危机，首先，人类必须强化底线思维，必须把实践活动限制在生态系统的稳定、平衡和可恢复范围之内。其次，必须有目的、有意识地改造、优化生态环境，实现生态系统的可持续发展。从绿色浙江、美丽浙江建设的实践启示来看，全面建设小康社会必须不断优化生态环境，实现生态美、"自然美"，并实施生态经济化战略，着力打造生态品牌，提升生态产业集群化、规模化发展的效益，不断扩大生态惠民、生态富民的实际效果，大力推进绿色中国、美丽中国建设。

2. 发展成果惠及所有人民群众，追求普惠式发展。生态环境本身就具有普惠性特点，而且随着生态环境的优化，生态的经济正外部效应不断溢出，将形成"人人受益，普遍共享"的包容性增长态势，而且发展成果将由生态系统内所有人民共享。正是因为如此，习近平总书记才高瞻远瞩地指出，良好的生态环境是最公平的公共产品，良好的生态环境也就是最普惠的民生福祉。

因此，从发展方式和发展成果来看，全面建设小康社会必须是遵循社会规律的包容性发展、普惠式发展，必须坚持发展为了人民、发展

---

① 张玉荣：《自在自然的"遗忘"——生态危机根源的哲学探析》，载《2008 年全国博士生学术论坛——科学技术哲学》，第 1254—1261 页。

依靠人民、发展成果由人民共享,必须实现从少数人占有社会发展大多数财富的"少数先富"阶段到绝大多数人共享改革开放成果的"多数共富"阶段转变,使全体人民在共建共享发展中公平地分享发展成果,增强发展动力,朝着共同富裕方向稳步前进。其次,必须以人民福祉发展为根本落脚点和出发点,处理好生态发展成果在不同群体之间的分配问题,坚守生态正义和环境保护的底线,杜绝环境污染以及生态冲突问题的出现。

## 二、"两山"重要思想对全面依法治国的普遍意义

制度问题是一切问题的根本,制度建设是国家治理体系和能力现代化的重要内容,也是加强党的执政能力建设的必然要求。习近平同志指出,"必须适应国家现代化总进程,提高党科学执政、民主执政、依法执政水平,提高国家机构履职能力、提高人民群众依法管理国家事务、经济社会文化事务、自身事务的能力,实现党、国家、社会各项事务治理制度化、规范化、程序化,不断提高运用中国特色社会主义制度有效治理国家的能力"①。"两山"重要思想的贯彻落实最终必须落脚在制度上,以制度来推进生态文明建设,实现"经济生态化和生态经济化",并形成长效机制。可见,"两山"重要思想与全面依法治国具有内在的必然联系,对推进全面依法治国也具有重要启示意义。

（一）完善生态立法,生态保护和生态发展应上升为重要的法律

"法治是治国理政的基本方式","依法治国,是坚持和发展中国特色社会主义的本质要求和保障,是实现国家治理体系和治理能力现代化的必然要求,事关我们党执政兴国,事关人民幸福安康,事关党和国家长治久安。全面建成小康社会、实现中华民族伟大复兴的中国

---

① 《完善和发展中国特色社会主义制度 推进国家治理体系和治理能力现代化》,载《人民日报》2014年2月18日。

梦,全面深化改革、完善和发展中国特色社会主义制度,提高党的执政能力和执政水平,必须全面推进依法治国"①。生态法治建设是全面依法治国的有机组成部分,一方面,生态法治建设助推全面依法治国,弥补相关法律空白,加快我国的法治建设进程;另一方面,全面依法治国包括生态法治建设为生态文明建设提供法治和制度保障,具有根本性的意义。

经过近 30 年的环境立法,我国已形成以宪法为统率,以《环境保护法》为基础,以生态保护专门法和自然资源法中的生态保护规范为主干,以其他法律、行政法规以及行政规范性文件中的相关规定为补充,以国际条约等国际法渊源为重要内容的生态保护立法体系②,这些环境立法的成绩必须肯定。然而不得不指出的是,我国已制定、实施的生态保护专门法很少,在生态文明建设方面,现有的立法仍然存在不足甚至空白。因此,为了贯彻"两山"重要思想,为了建设美丽中国,实现中华民族永续发展,推进生态文明建设,"必须健全生态文明法治,为生态文明建设提供持续稳定的法治保障③。全面依法治国,就必须针对环境资源法对促进生态文明的不足,积极转变立法思路,从消极的环境保护层面向积极促进生态文明发展转变,加快完善生态立法,让生态文明、生态发展获得更重要的法律地位。在法的层级上,生态文明建设相关的制度规范不能仅停留在法规或行政规范性文件层面,应加快制定生态文明促进法或类似的专门法,在国家层面推进生态文明建设的系统规划、全面统筹,下好"全国一盘棋"。

## (二)以法治的思维和方式推进生态文明发展

1. 强化生态立法的科学性和前瞻性。法作为调节社会关系的根

---

① 《中共中央关于全面推进依法治国若干重大问题的决定》,载《人民日报》2014 年 10 月 29 日。

② 参见梅宏:《论我国生态保护立法及其完善》,载《中国海洋大学学报》(社会科学版)2008 年第 5 期。

③ 代杰:《论生态文明促进法》,载《生态经济》2014 年第 5 期。

本途径,必须充分反映社会发展的客观规律,必须能够把握和适应法所调节的社会关系在未来相当长一段时间的变化、发展。换言之,无论何种形态的法都必须以科学性、前瞻性为基础,生态立法也概莫能外。因而,生态文明建设在强化法治规范之际,首先必须解决生态立法的前瞻性和科学性问题。其次,在实践中,生态文明建设应强化生态规划的引导功能,坚持规划先行,确保生态文明建设的前瞻性和科学性,以制度化、规范化的方式促进生态保护和生态发展,也意味着政府必须把生态规划、生态治理、生态保护、生态发展纳入核心职能范围。

2. 强化生态文明建设制度的刚性。"制度建设不能依靠一个组织,更不能依靠一个人或一个领导团体的重拳铁腕,而是要依赖于外在的法治约束。"①这种法治约束主要发挥的是制度的刚性约束,也是决定制度有效性的关键因素。所谓的制度刚性,是指某一项制度能够使某一特定环境的绝大多数的人们根据制度所预设的规则以及制定的规制采取积极行动,贯彻落实制度要求,从而产生相对一致的符合制度本质精神的预期结果,否则,制度的刚性不足。②制度的刚性不足很容易导致的一个后果是,制度所规制的行为或政策目标难以实现或违反制度精神的行为不能被有效遏止,即所谓的执行力不足或制度失灵。而生态文明建设必须在经济发展与环境保护两者之间做艰难抉择,在行政执行方面遭遇的阻力和争议也更大。

一方面,"发展是党执政兴国的第一要务";另一方面,"良好的生态环境是最公平的公共产品和最普惠的民生福祉",在发展和生态保护之间本身就存在着统筹难的问题。而且,实践表明,不少地方在GDP考核的导向作用下,往往"一心一意谋发展"却忽略了生态保护,从而导致生态环境的保护及生态文明建设制度的刚性不足。因此,建设生态文明,必须树立保护生态环境就是保护生产力、改善生态环境

---

① 刘笑言:《以柔性执政化解政治制度的刚性化》,载《探索与争鸣》2015年第11期。
② 参见刘贵莲、王俊:《制度刚性与经济效率》,载《学术论坛》2002年第2期。

就是发展生产力的理念,以法治的思维和法治的方式推进生态文明建设;必须建立系统完整的生态文明制度体系,促进绿色发展、循环发展、低碳发展、清洁发展;推行绿色 GDP 制度,实行最严格的源头保护制度、损害赔偿制度,建立生态规划、生态功能区建设、生态补偿、污染集中治理制度,完善环境治理、生态修复和责任追究制度。用严格的法律制度保护生态环境、促进生态文明发展,强化生产者环境保护的法律责任,大幅度提高违法成本,以法的强制力和制度的刚性大力促进生态文明建设。

3. 确立生态文明建设的长效机制。制度的作用不仅仅在于规范和约束行为,增加权力运行的预期,降低交易费用,更重要的还在于制度体系的建构实质上就是通过建立长效机制确保中央重大战略部署实现的必然选择。唯有建立健全生态文明建设体制机制,不断强化制度体系建设,实现生态文明建设的制度化、规范化和程序化,并以法治的方式使生态文明发展上升为国家意志才能实现长效机制,才能使全面协调可持续发展成为可能。因此,生态立法和生态法治的意义在于通过立法形成生态文明建设的制度体系和操作规程,以刚性的制度和法治约束确保环境保护和生态文明建设的规范化、常态化、程序化和长效化。归根结底,法治及其相关的制度保障本身就是促进生态文明发展的长效机制。

（三）以法治的思维和方式解决环境冲突问题

生态环境与每个人都休戚相关,严重的环境污染实质上就是损害了广大人民群众的民生福祉。因而,环境污染容易成为公众关注的热点,而且容易成为引发社会冲突的"导火索"。从全国的范围来看,自 1996 年以来,环境群体性事件一直保持年均 29％的增速,其中重大事件 2012 年比 2011 年就增加了 120％。① 面对如此严峻的挑战,各级政府必须改进社会治理方式,其中,法治作为治国理政的基本方式是最

---

① 参见《环境群体事件年均递增 29％》,载《新京报》2012 年 12 月 24 日。

应该汲取的治理资源。因此,必须坚持依法治理,加强法治保障,运用法治思维和法治方式化解社会矛盾,标本兼治、治本为主,从源头上防范和化解环境冲突问题。

首先,以法治的方式确保全国各地走生产发展、生活富裕、生态优美的文明发展之路,杜绝环境污染,铁腕治污,积极进行生态修复以消除引发环境冲突的根源,让人民群众在山清水秀的优美生态环境中安居乐业。其次,必须坚决贯彻《国务院关于加强法治政府建设的意见》(国发〔2010〕33 号),"把公众参与、专家论证、风险评估、合法性审查和集体讨论决定作为重大决策的必经程序","凡是有关经济社会发展和人民群众切身利益的重大政策、重大项目等决策事项,都要进行合法性、合理性、可行性和可控性评估,重点是进行社会稳定、环境、经济等方面的风险评估",尤其是涉及生态保护的项目,必须经过严格的法定程序,尊重项目周边群众的合法权益,保障公众的知情权、参与权、决策权和监督权,以决策的科学化、民主化、程序化从源头防范和化解环境冲突。

### 三、"两山"重要思想对全面深化改革的普遍意义

"两山"重要思想与全面深化改革实质上是相辅相成、相互促进的,践行"两山"重要思想必然要求我们紧紧围绕建设美丽中国、增加人民福祉的目标全面深化生态文明体制改革,加快生态文明制度建设,推动形成人与自然和谐发展的现代化建设新格局。

#### (一) 党治国理政的指导思想要与时俱进

历史上,党的工作重心曾经发生了三次转移,其中第三次是将全党的工作重心转移到社会主义现代化建设上来,实行改革开放政策。1979 年,邓小平曾明确指出"经济工作是当前最大的政治,经济问题是压倒一切的政治问题"[①]。之后他又明确提出"发展才是硬道理",

---

[①]《邓小平文选》(第 2 卷),人民出版社 1994 年版,第 194 页。

"不管黑猫白猫,捉到老鼠就是好猫"。当时总的指导思想就是全党上下加快改革开放的步伐,"聚精会神搞建设,一心一意谋发展"。在特定的历史条件下,这个指导思想促进了经济体制改革,适应了社会发展需要,促进了人的发展,也解放了生产力,这是我国改革开放这么多年来所能取得巨大成果的根本所在。① 然而不得不指出的是,"生态环境的成本问题显然未能——事实上也确乎难以——纳入这一特殊经济政策的及时考量中"②。

随着市场化改革的纵深发展,国情、世情、党情已经发生了极为广泛而深刻的变化,我国发展面临一系列突出矛盾和挑战,"发展中不平衡、不协调、不可持续问题依然突出,科技创新能力不强,产业结构不合理,发展方式依然粗放"③,"生态环境越来越成为制约我国经济发展的内在性关键因素,以及影响我们日常生活品质的主要因素"④。有鉴于此,党和政府逐渐认识到科学发展和生态保护的重要性,并不断把它上升为经济社会发展的重要指导思想。其中,党的十五大开始提出可持续发展战略,指出"在现代化建设中必须实施可持续发展战略,正确处理经济发展同人口、资源、环境的关系,实施资源有偿使用制度,加强对环境污染的治理,改善生态环境"。党的十六大报告提出全面建设小康社会,而全面小康社会的目标之一是"可持续发展能力不断增强,生态环境得到改善,促进人与自然的和谐,推动整个社会走上生产发展、生活富裕、生态良好的文明发展道路"。党的十七大报告则主张"必须坚持全面协调可持续发展,坚持生产发展、生活富裕、生态良好的文明发展道路,建设资源节约型、环境友好型社会,使人民在良好生态环境中生产生活,实现经济社会永续发展"。党的十八大报告

---

① 参见顾金喜:《"效率优先,兼顾公平"的收入分配原则:述评与反思》,载《探索》2008年第2期。

②④ 万俊人:《美丽中国的哲学智慧与行动意义》,载《中国社会科学》2013年第5期。

③ 习近平:《关于〈中共中央关于全面深化改革若干重大问题的决定〉的说明》,载《人民日报》2013年11月16日。

进一步把生态建设上升为与经济、政治、社会、文化建设并列的"五位一体"总体布局的关键一环。可见,生态文明建设在党的指导思想中占有越来越重要的地位,如前所述,这也意味着"四个全面"战略布局和目标的不断完善、超越。同时,对党的指导思想来说,也有个实事求是、一切从实际出发、与时俱进的创新发展问题。

有学者指出,"现代健全的社会中保持社会生活稳定性和促进社会健康发展应有四项基本伦理原则,其中规则一就是有限资源与环境保护原则,即一个调节社会基本结构的原则以及调节政府与公民的行为准则是正当的,它必须趋向于保护生物共同体的完整、稳定和优美,否则就是不正当的"①。"两山"重要思想既是习近平总书记对浙江、中国发展问题的深刻反思,是"新常态"下科学发展的新境界,也蕴含着他以及中国共产党治国理政的新思维。这意味着政府首先必须以更系统、完善的视角审视当前人与自然、人与人以及人与社会之间的关系,与时俱进地重塑生态伦理和政策规范,牢固树立生态优先的根本价值取向和发展理念,甚至把它上升为党"四个全面"重大战略布局的重要指导思想,也意味着政府必须把资源有限性和生态保护作为政府政策制定、执行和评估时的关键指标。

（二）改革资源配置方式,充分发挥市场机制在生态文明发展中的重要作用

1. 健全自然资源资产产权制度和用途管制制度。加勒特·哈丁教授的"公地悲剧"理论表明,在一个公共牧场里,作为理性人,每个牧羊者都希望自己的收益最大化而不断地增加放牧数量,产权不明晰的结果必然是无节制、过度的放牧,最终必然导致牧场的毁灭和生态灾难。避免"公地悲剧"现象的最佳策略就是明晰产权,因而对生态文明建设而言,必须从全面深化改革的战略高度出发,改革现有的自然资源资产管理制度,加快对山水林湖田等自然生态空间和资源的统一确

---

① 陶黎宝华、邱仁宗主编:《价值与社会》(第三集),中国社会科学出版社 2001 年版,第 4 页。

权登记进度,"形成归属清晰、权责明确、监管有效的自然资源资产产权制度"。在此基础上,划定生产、生活、生态空间开发管制界限,专人负责、专门开发,健全资源、能源、水和土地节约集约使用和可持续开发利用制度,防止无节制开采和生态悲剧的产生。

2. 发展环保市场,推行碳排放权、排污权、水权交易制度和节能产业、节能市场的发展。《中共中央关于全面深化改革若干重大问题的决定》指出,"紧紧围绕使市场在资源配置中起决定性作用深化经济体制改革,必须积极稳妥从广度和深度上推进市场化改革,推动资源配置依据市场规则、市场价格、市场竞争实现效益最大化和效率最优化"。从"两山"重要思想的实践来看,生态文明建设也必须发挥市场机制在资源配置中的重要作用。因此,应抓紧发展环保市场,加快推进碳排放权、排污权、水权交易制度建设,促进节能产业、节能市场的发展,吸引更多的社会资本、社会力量参加环保产业和环境保护的市场化机制,依据市场规则、市场价格、市场竞争实现生态环境保护和环境污染治理效益的最大化。

3. 实施资源有偿使用和生态补偿制度。"生态补偿是以保护和可持续利用生态资源与服务为目的,根据生态资源与服务价值、生态保护成本、发展机会成本,运用政府和市场手段调节相关者利益关系的手段。"[1]具体而言,它主要包括 3 个层面的内容:(1)对生态环境本身的补偿以及利用经济手段对破坏生态环境的行为予以控制,这是狭义的生态补偿,即人类在社会经济活动给生态系统和自然资源造成破坏之时对环境保护、恢复、综合治理等一系列活动的总称;(2)对个人或区域因保护生态环境而丧失发展机会的区域内居民进行的资金、技术、实物上的补偿,政策上的优惠;(3)对具有重大生态价值的区域或对象进行保护性投入,包括重要类型(如水源、森林)和重要区域(西部、自然保护区)的生态补偿等。就狭义的生态补偿而言,基本措施在

---

① 李国平、李潇、萧代基:《生态补偿的理论标准与测算方法探讨》,载《经济学家》2013 年第 2 期。

于控制破坏生态环境的行为,一是必须建立"谁污染谁治理,谁破坏谁恢复"制度,使经济发展的外部成本内部化;二是应实施资源有偿使用制度,加快生态资源、资产及其产品价格改革,全面反映资源稀缺程度、市场供求状况、生态环境损害、修复成本及社会效益,用经济的手段唤起公众环保的意识并优化资源配置。就广义的生态补偿而言,必须坚持普惠式发展原则,对那些因保护生态环境而丧失发展机会的个人或区域进行资金、技术、实物上的补偿和政策上的优惠。"坚持谁受益、谁补偿原则",确定补偿主体;根据经济社会发展实际情况,确定补偿标准、补偿方法和资金来源,完善对重点生态功能区的财力转移支付和生态补偿机制,推动地区间建立横向生态补偿制度,以共建共享的方式确保所有利益相关者都普遍受益。

### (三) 政府职能转变创新形成科学有效的生态治理体制

1. 优化政府机构设置、职能配置和工作流程,推动生态文明建设。"两山"重要思想的贯彻落实,必然要求全面深化行政体制改革,形成科学有效的生态治理体制。首先必须优化政府机构设置和职能配置,整合水利、农业、林业、环保等部门的资源、能源管理权限,强化环保部门环境监管、治理职权。本着严控地方政府机构编制总量,确保财政供养人员只减不增的精神,行政体制改革只能在机构设置和职能优化上下功夫,或者设置非常设的协调机构,实现系统整合。浙江省为了全面贯彻"两山"重要思想,紧紧抓住"治污水"这个关键,作出了"五水共治"的重大战略部署。为了确保"治水"目标的顺利实现,设置了"五水共治"工作领导小组办公室,加强相关职能的协调、落实,完善了从决策到执行再到监督的权力运行机制和工作流程,形成了不同部门之间协同整合机制,有效地推进了各项"治水"工作的落实,这对优化政府机构设置、职能配置和工作流程都具有积极的启示意义。

2. 加快政府职能和治理方式的转变创新,形成科学有效的生态治理体制。《中共中央关于全面深化改革若干重大问题的决定》指出,"科学的宏观调控,有效的政府治理,是发挥社会主义市场经济体制优势的内在要求"。在新常态下,无论是实现有效的政府治理还是国家治理体系和治理能力现代化,都必然要求加快政府职能和治理方式的转变创新。首先,必然要求健全政府宏观调控体系,提升公平分配社会价值的能力,以重大战略促进经济结构调整、转型升级和生产力布局优化,实现全面协调可持续发展和包容性增长。其次,必然要求政府全面正确履行职能。最大限度地减少政府对微观事务的管理,政府应侧重于对发展战略、规划、政策等的制定和实施,切实履行公共服务、市场监管、社会管理、环境保护等职责,推进生态型政府建设,凸显政府生态文明建设的职能。再次,在公共治理过程中遵循生态规律与经济社会发展规律,政府应努力实现生态经济、生态环境、生态家园和生态文化多元一体的协调发展,健全生态环境城乡发展一体化体制机制,推进城乡生态要素平等交换和生态资源均衡配置,实现城乡生态的普惠式发展。最后,政府还应积极培育绿色环保等社会组织、社会主体,积极发挥社会组织、社会主体在生态文明建设中的作用,建构并完善多中心的生态治理结构,提升生态治理能力。

## 四、"两山"重要思想对全面从严治党的普遍意义

"办好中国的事情,关键在党。历史使命越光荣,奋斗目标越宏伟,执政环境越复杂,越需要党炼就百毒不侵的金刚铁骨。"[1]针对当前新常态下的各种现实问题,全党要增强紧迫感和责任感,牢牢把握和加强党的执政能力建设、先进性和纯洁性建设这条主线,坚持党要管党、从严治党,全面加强党的思想建设、组织建设、作风建设、反腐倡廉建设、制度建设,增强自我净化、自我完善、自我革新、自我提高能力,确保党始终成为中国特色社会主义事业的坚强领导核心。"两山"重要思想的贯彻落实,关键在党,既要着力解决当前突出问题,又要注重建立长效机制,下功夫、用狠劲,持续努力、久久为功。"两山"重要思

---

① 《善始善终 善作善成——学习贯彻习近平总书记在党的群众路线教育实践活动总结大会重要讲话(之一)》,载新华网 2014 年 10 月 8 日。

想对全面从严治党提出了新要求,指明了新方向,其普遍意义主要体现在多个方面。

### (一)把生态文明建设作为巩固党执政基础的一项战略任务

贯彻落实"两山"重要思想,必然要求把生态文明建设作为党增强执政能力和从严治党的重要内容,不断提升各级领导干部生态文明建设的能力,不断推进绿色发展、循环发展、低碳发展和经济转型升级,努力实现全面协调可持续发展;不断加强新常态下党的生态治理和生态修复能力建设,不断加强党的思想建设、组织建设和作风建设,切实解决人民群众普遍关注的环境污染等现实问题,把生态文明建设作为巩固党执政基础的一项重要战略任务,改善党在人民群众心目中的形象,使人民群众始终与党心连心,拥护党、支持党,为实现中华民族伟大复兴共同奋斗。

### (二)使最严格的生态保护制度成为党员干部履职的底线

习近平同志曾指出,"只有实行最严格的制度、最严密的法治,才能为生态文明建设提供可靠的保障"①。要贯彻"两山"重要思想,必须建立最严格的生态保护制度,促进生态文明发展。从全面从严治党的视角出发,则必须以踏石有印、抓铁有痕的劲头抓生态文明建设,用铁一般的纪律强化党员干部的生态文明建设责任,使最严格的生态保护制度成为党员干部履职的底线和高压线,以党纪国法和制度的刚性强化党员干部生态保护的积极性、主动性、能动性,引领生态文明建设的时代潮流,大力促进生态文明建设。全体党员干部必须树立生态保护的意识,严于修身、严于律己、严于用权,使生态文明建设"内化于心外化于行",真抓实干,久久为功,抓出实效。

---

① 《坚持节约资源和保护环境基本国策 努力走向社会主义生态文明新时代》,载《人民日报》2013 年 5 月 25 日。

### （三）把生态保护作为绩效考核的高压线

政府绩效考核提供了新的公共责任实现机制，为提高政府管理绩效提供了动力机制，而且良好的绩效还有助于改善政府形象，改善公共部门与公众之间的信任关系，并提升政府公信力。党和政府历来重视绩效考核制度，2005 年的《政府工作报告》就提出要"建立科学的政府绩效评估体系和经济社会发展综合评价体系"，2008 年党的十七届二中全会《关于深化行政管理体制改革的意见》又提出要"推行政府绩效管理和行政问责制，建立科学合理的政府绩效评估指标体系和评估机制"，为完善政府绩效管理指明了方向。

实践中，由于以指标和考核为核心的"压力型"政治激励模式，在指标设置、测量、监督等方面存在着制度性缺陷，导致地方官员将操纵统计数据作为地方环境治理的一个"捷径"，从而造成了政府在环境治理上的公信力流失，这是地方环境治理失败的根源之一。[①] 因此，贯彻落实"两山"重要思想，必须纠正单纯以经济增长速度评定政绩的错误倾向，与时俱进地完善政府绩效评估体系，应将资源消耗、环境损害、生态效益、产能过剩、科技创新等体现生态文明建设状况的指标纳入经济社会发展评价体系，加大这些指标在绩效考核中的权重，建立体现生态文明要求的目标体系、考核办法、奖惩机制，使之成为推进生态文明建设的重要导向和约束。习近平同志指出，"在生态环境保护问题上，就是要不能越雷池一步，否则就要受到惩罚"[②]。这明确要求，应把生态保护作为干部绩效考核的红线和高压线，绝不能逾越，充分发挥绩效考核体系的制度性激励和导向作用，促进生态文明建设。

---

① 参见冉冉：《"压力型体制"下的政治激励与地方环境治理》，载《经济社会体制比较》2013 年第 3 期。

② 中共中央宣传部：《习近平总书记系列重要讲话读本》，学习出版社、人民出版社2016 年版，第 237 页。

### （四）完善领导干部生态责任终身追究制度

政府绩效考核的功能不仅仅在于发挥导向和激励作用,而且也是奖惩的重要依据。就保障地方政府生态文明建设的执行力而言,完善奖惩制度特别是领导干部生态责任追究制度是其中的重要举措。完善领导干部生态责任追究制度,"其根本目的就是约束和激励地方政府行为,改变政府生态管理的方式,从而促进生态环境改善,保证生态平衡与协调发展"①。生态责任追究机制可以确保地方政府履行基本的生态文明建设责任,守住生态保护的底线和高压线,促使地方生态和环境的进一步改善,从而实现可持续发展。

2015年8月,中央出台了《党政领导干部生态环境损害责任追究办法(试行)》,该办法指出,"地方各级党委和政府对本地区生态环境和资源保护负总责,党委和政府主要领导成员承担主要责任,党政领导干部生态环境损害责任追究,坚持依法依规、客观公正、科学认定、权责一致、终身追究的原则"。地方领导干部若贯彻落实中央关于生态文明建设的决策部署不力,致使本地区生态环境和资源问题突出或者任期内生态环境状况明显恶化等,将进行责任追究。因此,贯彻全面从严治党要求,必须抓紧完善领导干部生态责任追究制度,而且必须是终身追究,才能强化各级领导干部生态保护的底线思维。此外,领导干部生态保护责任终身追究制度还应与生态追偿制度结合在一起,即对造成生态环境损害的责任者实施严格的追偿制度,若造成严重社会后果还应依法追究刑事责任,从而形成完善的制度体系和制度合力贯彻落实"两山"重要思想,更好地促进生态文明建设。

---

① 卢智增、庞志华:《地方政府生态责任追究机制研究》,载《四川行政学院学报》2015年第5期。

## 第三节　"两山"重要思想的世界意义

"两山"重要思想有着丰富的理论内涵,涉及创新发展、协调发展、绿色发展、开放发展、共享发展、生态保护、生态治理、生态制度体系建设等一般性的时代主题,无论对发展中国家还是发达国家,具有普适性价值。因此,不仅要深入挖掘"两山"重要思想对一个国家发展的普遍意义,而且更应深入挖掘其普遍的世界意义。这涉及中国在建构世界生态发展话语体系中的话语权问题,而且也涉及如何从"美丽中国"向"美丽世界"延伸,为世界提供一个现代化建设成功范本的问题。

### 一、 建构生态发展的中国话语体系：现代化理论体系中占有中国的一席之地

资本主义制度把以资本的形式积累财富视为社会的最高目的,资本主义经济则把追求利润增长作为首要目的,所以不惜任何代价追求经济增长,包括剥削和牺牲世界上绝大多数人的利益。这种在有限的环境中实现无限扩张本身就是一个矛盾,通常意味着迅速消耗能源和资源,导致环境急剧恶化,并在全球资本主义和全球环境之间形成了潜在的灾难性冲突。① 资本主义社会化大生产与生产资料私人占有之间的根本矛盾使"世界范围的资本主义社会存在着一种不可逆转的环境危机",尽管垄断资本主义体制内有一些治标的药方,但是社会秩序如果不发生根本变革,城市结构和整个社会关系的根本变革就不能实现。②

然而,"现在国际舆论格局总体是'西强我弱'",西方媒体掌握着

---

① 参见[美]约翰·贝拉米·福斯特:《生态危机与资本主义》,耿建新、宋兴无译,上海译文出版社 2006 年版,第 1—3 页。

② 同上,第 96 页。

全球90%以上的新闻信息资源,近70%的海外受众是通过西方媒体了解中国的。[①] 别人就是信口雌黄,我们也往往有理说不出,或者说了传不开,[②]多数情况下甚至"失语挨骂",被西方国家牵着鼻子走。而且不容否认的是,相当多的西方媒体仍然戴着"有色眼镜"观察中国、报道中国、批判中国,或为策应其国家利益应声而动,故意抹黑和炒作中国负面新闻,这就必然导致在西方舆论里的中国与真实的中国相去甚远。[③]改革开放30多年来,我国经济社会建设取得举世瞩目的成就,尤其是自党的十八大以来在治国理政上取得了一系列巨大成果,用事实雄辩地证明了中国特色社会主义的理论、道路、制度是成功的。但是这些至今尚未改变我们在国际话语权上的不利地位,无论是意识形态、公共安全、国际反恐、领土争端还是绿色发展、碳排放方面往往遭受了极大的话语权挑战。

西方发达国家曾经走过一条"先污染,后治理"的路,环境治理和生态保护上理应负起更大的责任,并为发展中国家提供技术、资金的援助,协助发展中国家实现绿色发展,共同守护人类的绿色家园,这才符合平等互信、包容互鉴、合作共赢的国际正义原则。只是,发达国家在享受自身的发展成果时,却甚少愿意承担守护人类绿色家园的义务,反而更多地把责任推给发展中国家。当年京都会议刚刚开始,新西兰就抛出一个关于"发展中国家承担减排义务"的议案。作为人类历史上首次以法规的形式限制温室气体排放的《联合国气候变化框架公约》,《京都议定书》自诞生伊始,发达国家尤其是美国就一直没有放弃将发展中国家也纳入这个强制减排体系中的企图,发达国家的这一企图可以说是《京都议定书》曲折命运背后的根本原因。[④]

国际气候谈判主要是主权国家基于国家利益博弈展开的,美国曾

---

①③ 参见汉鸿:《失语就要挨骂》,载《新华每日电讯》2015年12月21日。

② 参见中共中央宣传部:《习近平总书记系列重要讲话读本》,学习出版社、人民出版社2016年版,第210页。

④ 参见袁瑛:《〈京都议定书〉之死——二十年艰苦谈判 末路命运今难阻》,载《南方周末》2011年7月4日。

于 1998 年签署了《京都议定书》,但由于该议定书对作为全球二氧化碳排放量最大的美国不利,因而于 2001 年正式退出《京都议定书》,2011 年加拿大成为继美国之后第二个退出《京都议定书》的发达国家。① 发达国家的这些举措使国家气候谈判波折不断,《京都议定书》最后也名存实亡。作为最大的发展中国家,中国因为碳排放量问题一直广受发达国家关注甚至成为发达国家围攻的对象。

因此,如何积极主动地建构生态发展的中国话语体系,就成为我国在国际气候谈判以及其他领域开展工作的必然要求,"两山"重要思想及其实践无疑适应了这一需要。2015 年,《联合国气候变化框架公约》会议在巴黎召开,近 200 个缔约方一致同意通过了《巴黎协定》。该协定将全球气候治理的理念进一步确定为低碳绿色发展,在国际社会应对气候变化进程中又向前迈出了关键一步,标志着 2020 年后的全球气候治理将进入一个新阶段,具有里程碑式的非凡意义。在这次会议上有较大话语权的不只是美国,还有中国和印度,②中国在国际气候谈判中的话语权不断提升。回望中国话语权提升的过程,无疑我国关于低碳、绿色发展的理念、生态治理的制度体系和生态文明建设实践起了决定性作用。

首先,在低碳绿色发展理念上,习近平同志在 2005 年就提出了"两山"重要思想,既要"金山银山",又要"绿水青山",而且"绿水青山就是金山银山",走生态发展的文明之路。党的十八届五中全会更是把"创新、绿色、协调、开放、共享"作为我党治国理政的五大发展理念,"两山"重要思想及五大发展理念必将成为今后我国经济社会发展的重要指导思想,将对经济社会和生态发展产生深远的影响。而且这也是我们建构生态发展的中国话语体系,赢得国际话语权的基础。

其次,在绿色发展、节能减排方面,中国一直在行动。正如习近平

① 参见王苏春、俞海宝、王勇:《国际气候谈判机制及其优化研究》,载《生态经济》2014 年第 12 期。

② 参见马文·金特:《巴黎气候大会成果初显》,载《中国经济报告》2016 年第 1 期。

同志在巴黎气候大会期间所指出的:"中国政府已经将应对气候变化融入国家经济社会发展的总战略。"[①]事实上,中国在很多年以前就有意识地推动节能减排和环保产业的发展,积极促进经济的转型升级,走人与自然和谐的低碳绿色发展之路。而且形成了日益完善的生态立法、生态治理和生态文明建设的制度体系。生态治理和节能减排成效显著,2014 年我国单位国内生产总值能耗和二氧化碳排放比 2005 年分别下降 29.9％和 33.8％,[②]用事实向全世界表明我们应对全球气候变暖、环境污染的诚意。

再次,在绿色发展、碳排放问题上我国主动作出了承诺。2015 年 6 月,中国向联合国气候变化框架公约秘书处提交了应对气候变化国家自主贡献文件,承诺二氧化碳排放 2030 年左右达到峰值,单位国内生产总值二氧化碳排放比 2005 年下降 60％—65％,非化石能源占一次能源消费比重达到 20％左右等。[③]巴黎气候会议期间,中国又作出庄严承诺,中国将进一步加大控制温室气体排放力度,争取到 2020 年实现碳强度降低 40％—45％的目标。这不仅是中国作为公约缔约方的规定动作,是为实现公约目标所能作出的最大努力,而且也是中国履行低碳绿色发展理念的实际行动。正因为如此,凭借在生态文明建设方面的实际行动、日益增长的综合国力和经济的全球影响力,中国在生态发展的国际话语体系中赢得了应有的尊重。

## 二、从美丽中国到美丽世界建设,促进人类共同体的发展

当今世界正在发生深刻复杂的变化,世界多极化、经济全球化深入发展,文化多样化、社会信息化持续推进,但和平与发展仍是当今世界主题,和平、发展、合作、共享正成为不可阻挡的时代潮流。全球化

---

①② 参见开可:《联合国气候变化大会的中国角色:争公平勇发声敢行动》,载中国青年网 2015 年 12 月 1 日。

③ 参见《〈巴黎协议〉达成,减排仍任重道远》,载《中国经济周刊》2015 年 12 月 21 日。

背景下，世界各国彼此之间的相互依存度空前加大，人类生活在同一个地球村里，越来越成为你中有我、我中有你的命运共同体。从人类共同体发展的视角来解读"两山"重要思想，其内在的逻辑主要体现在以下3个方面。

（一）美丽中国是中国梦的目标之一，是中华民族共有的精神家园

中国梦是实现中华民族伟大复兴的中国理想，不但需要富强的经济基础和综合国力，而且也需要公平的社会秩序和优美的生活环境，其完整的含义应该是："富强中国"＋"民主中国"＋"文明中国"＋"和谐中国"＋"美丽中国"，这是中华民族追求自强、自主、自由的现代化复兴的国家理想。[①] 因此，"美丽中国"本身就应该是"中国梦"的内在要义。从"两山"重要思想出发，"山水林田湖是一个生命共同体"，"美丽中国"建设必然要求保持和创造美好的自然生态环境，必须实现山川秀丽、郁郁葱葱、芳草鲜美、绿色如茵、天蓝水净，而且还应实现和谐的社会美、友好的人之美。[②] 这些既是美丽中国的关键内容，而且也是衡量美丽中国的重要标准。因此，一旦美丽中国真正建成，必将成为中华民族共有的精神家园，并成为全世界都为之瞩目、为之向往的所在。

（二）美丽中国是人类共同体发展的有机组成，有助于提升中国的国际形象

党的十八大报告指出，"我们在国际关系中弘扬平等互信、包容互鉴、合作共赢的精神。合作共赢，就是要倡导人类命运共同体意识，建立更加平等均衡的新型全球发展伙伴关系，增进人类共同利益"，这是我们党首次提出"人类命运共同体"理念。之后，习近平总书记2013

---

① 参见林怀艺：《"中国梦"视野下的美丽中国建设》，载《东南学术》2013年第5期。

② 参见许瑛：《"美丽中国"的内涵、制约因素及实现途径》，载《理论界》2013年第1期。

年 4 月在博鳌亚洲论坛年会主旨演讲中再次倡导"牢固树立命运共同体意识",并于 2015 年 9 月在第七十届联合国大会一般性辩论时明确提出"携手构建合作共赢新伙伴、同心打造人类命运共同体",标志着在国际舞台上,我国明确提出了人类命运共同体的政治主张。[①] 人类命运共同体的基本内涵是实现人类共同发展、共享发展成果及共担责任的合作共赢新伙伴关系。"两山"重要思想强调"良好的生态环境是普惠的民生福祉",强调经济社会发展和生态发展的正外部效应及其溢出效应,突出生态的普惠性、生态的不可分割性,最终要实现的是人类命运共同体的合作共赢和共享发展。因此,"两山"重要思想是美丽浙江、美丽中国建设的重要思想渊源,而美丽中国则是人类命运共同体的有机组成部分,通过美丽中国这个现实纽带,"两山"重要思想与人类命运共同体紧密地联系到了一起,最终我们要实现的是"同一个世界,同一个家园,同一个梦想"。这实际上与马克思主义一直以来追求的"全世界无产者联合起来""自由人的联合体"等思想是一脉相承的,是国际共产主义运动在当今世界的继承和发展,承载着普惠发展的世界大同梦。而且这也是中国赢得国际认同,不断改善国际形象的必然要求。

总之,"两山"重要思想既蕴含着生态文明建设、生态保护思想,也蕴含着普惠式的共享理念。从区域发展层面来看,"两山"重要思想对促进区域绿色、协调、创新发展具有普遍意义;从国家的发展层面来看,"两山"重要思想与当前我们党提出的"四个全面"重大战略密切关联,必须把生态文明建设融入经济建设、政治建设、文化建设、社会建设的各个方面和全过程,建设美丽中国,建设成果由所有国民共享。从国际层面来看,"两山"重要思想所蕴含的普惠式发展和共享理念,还涉及美丽世界建设及人类共同体的发展问题。从美丽浙江到美丽中国,再从美丽中国到中华民族伟大复兴的中国梦和美丽世界,其中

---

① 参见刘传春:《人类命运共同体内涵的质疑、争鸣与科学认识》,载《毛泽东邓小平理论研究》2015 年第 11 期。

的理论逻辑实质上是一脉相承的,而且与马克思主义所号召的全世界无产者联合起来、打造"自由人的联合体"、实现所有人的自由发展都是密切关联在一起的。所以,"两山"重要思想是习近平同志治国理政新思维的高度凝练,是马克思主义发展观在新常态下继续创新发展的新成果,也是美丽中国建设、人类命运共同体等理念的重要思想渊源,无论是对发展中国家还是发达国家皆具有普遍意义。因此,必须站在新的历史时期的新高度,认真学习、把握"两山"重要思想的精髓和内核,使之融入经济、政治、社会、文化建设的方方面面,使之成为开创社会主义现代化建设新局面的指导思想,一以贯之地坚持、实践,久久为功,使之结出丰硕的成果。

# 第十章　照着"两山"之路走下去

  浙江省是"两山"重要思想的发源地,也是"两山"重要思想的先行区。在"两山"重要思想深得人心的背景下,浙江省更要按照"干在实处永无止境,走在前列要谋新篇"的要求,照着"绿水青山就是金山银山"的路子走下去,在新的起点上谋划未来发展。"两山"重要思想具有普遍的指导意义和引领作用。因此,深入践行"两山"重要思想更加要放眼全国和全球。只要坚定不移地照着"两山"所指引之路走下去,包括"美丽中国"在内的中国梦和"美丽世界"在内的世界梦一定能够实现。

## 第一节　照着"两山"之路走下去的总体思路

  照着"两山"之路走下去,就要明确奋斗目标、基本原则和主要方法。

### 一、照着"两山"之路走下去的奋斗目标

#### (一)照着"两山"之路走下去的居民目标

  2012 年 11 月 15 日,新当选的中共中央总书记习近平在常委见面会上的讲话中提到:"人民对美好生活的向往,就是我们的奋斗目标。"[①]经济发展水平、社会秩序状况、生态环境质量都是与美好生活息

---

  ① 习近平:《人民对美好生活的向往　就是我们的奋斗目标》,载《人民日报》2012 年 11 月 16 日。

息相关的。经济繁荣、社会和谐、生态优美是居民幸福的根本标志。按照"两山"重要思想,就要做到:生态经济繁荣——经济生态化、生态经济化、生态经济主导经济发展;生态社会和谐——环境正义彰显、收入差距适度、社会秩序井然;生态环境优美——生态环境美、生活环境美、生产环境美。因此,照着"两山"之路走下去,就要使居民充分享受到经济福利、社会福利和生态福利。为此,必须解决人民群众的重大关切。那么,人民群众的重大关切是什么?从基本需要层面看:一是关乎"喝一口洁净的水"的水环境安全问题,二是关乎"吸一口新鲜空气"的大气环境安全问题,三是关乎"吃一口放心食物"的土壤环境安全及持久性有机污染物治理问题。从高级需要层面看:生态审美的需要、生态文化的需要、生态民主的需要等,都是随着收入水平的上升不断递增的需要,要及时满足人民的这些需要。只有解决这些人民群众的重大关切,人民群众才会有安全感,才会有获得感,才会有幸福感!

### (二)照着"两山"之路走下去的区域目标

浙江省是市场化改革的先行区,也是生态文明建设的先行区。无论是经济发展还是生态建设,浙江省均走在全国前列。因此,浙江省深入践行"两山"重要思想、建设生态文明的目标总体上应该走在全国前列。

1. 生态环境根本好转并使生态环境景观化。2005—2015 年的十年,浙江省遏制住了环境质量恶化的趋势,但是依然处于"胶着的十年"和"僵持的十年"。通过"五水共治"等"组合拳"的推出,终于使得浙江省的生态环境总体改善,尤其是在生态林业建设和水环境治理方面成效显著。面向未来,浙江省应该率先实现水环境、大气环境、土壤环境质量的根本好转。在此基础上实现生态环境、生产环境和生活环境的全面美化,满足人民审美感受的需要。

2. 生态经济繁荣发达并使生态经济主导化。环境质量的根本好转是建立在经济生态化的基础之上的。一方面,要把绿水青山转化成绿色产品并实现其经济价值;另一方面,要把绿色发展、循环发展、低碳发展作为主旋律,确保生产方式的绿色化。不仅生产领域崇尚绿色发展,而且消费领域也崇尚绿色发展,绿色消费成为一种社会时尚,通过绿色消费引领绿色生产。

3. 生态福利显著提升并使生态福利公平化。生态环境就是生产力,生态环境就是民生福利。随着生态环境的改善和生态经济的发展,社会生态也要显著改善,使得全社会的生态福利显著提升,并且使人人感受到生态面前人人平等、环境面前人人平等。彻底消灭"富裕阶层喝瓶装水、贫困阶层喝污水""富裕阶层装空气净化器、贫困阶层忍声吞气""富裕阶层吃有机食品、贫困阶层吃污染食品"的现象。

按照"干在实处永无止境,走在前列要谋新篇"的要求,作为先行区的浙江省要率先建成美丽中国的样本。浙江省作为美丽中国的样本,本身是难以移植的,但是,其经验是可以复制、可以移植、可以示范的。具体包括:(1)绿色发展的典型模式,(2)绿色发展的标准体系,(3)绿色发展的制度体系。因此,浙江省应该在模式化、标准化、制度化等方面提供经验。为此,浙江省应该在安吉县等县级实践的基础上,积极争取全省成为践行"两山"重要思想示范区。

### (三)照着"两山"之路走下去的全国目标

"两山"重要思想是习近平总书记生态文明理论的精髓。中国生态文明建设的目标是建成美丽中国,这是实现中华民族伟大复兴中国梦的重要组成部分。因此,全国层面要有实质性推动。

试点先行是中国改革的一条重要经验。但中国各省(市、区)的地理条件、气候状况、经济基础等千差万别,因此,从国家层面,应该选取不同类型的样本进行不同的示范试点:一是生态经济化示范区试点,如可以选取生态环境相对较好而经济发展相对滞后的区域进行试点;二是经济生态化示范区试点,如可以选取经济相对发达而环境相对不佳的区域进行试点;三是生态经济协调发展示范区试点,如可以选取生态与经济比较协调的区域进行试点;四是生态经济转型发展示范区试点,如可以选取生态比较脆弱、经济相对滞后的区域进行试点。

在试点的基础上,应该分不同类别的区域制定美丽区域建设的绿色标准,推广适合不同区域的绿色技术,探索适合不同区域的绿色制度,从而建成各具特色的美丽区域。

国家层面深入践行"两山"重要思想就是要做到生态环境优美、生态经济发达、生态文化繁荣,从而真正建成对世界作出重大贡献的"美丽中国"。

### (四)照着"两山"之路走下去的世界目标

生态兴,则文明兴。古巴比伦文明、古埃及文明、楼兰古国文明的衰落甚至消亡的直接原因,就是生态系统的毁坏。习近平总书记不仅关注美丽中国的建设,而且关注美丽世界的建设。全球生态是相互联系的,全球文明也是相互联系的。"我们只有一个地球。"各个国家都是地球村中的一员。实际上,全球文明存在着"一损俱损、一荣俱荣"的效应。因此,美丽中国不能关起门来搞,而要与世界各国合作推进。

1. 以"两山"重要思想的话语体系影响世界各国。长期以来,在生态文明建设领域往往是西方世界掌握话语权,无论是"可持续发展"所要求的"限制"还是"低碳经济"所强调的"约束",往往是发达国家走完工业化历程后对发展中国家的要求。所谓的"限制"是对发展中国家的"限制",所谓的"约束"是对发展中国家的"约束"。可见,明显存在对后发国家的歧视。"两山"重要思想则站在世界文明建设的战略高度强调:只有通过人与人之间的合作,才有可能实现人与自然之间的协调;只有通过国家与国家之间的合作,才能实现人类与自然的和谐。

2. 以"两山"重要思想为指导推进世界环境与发展的合作。无论在自然资源保护、环境资源保护还是气候资源保护上,中国都表现出"负责任大国"的形象。中国虽然已经成为世界上第二大经济体,但是人均GDP只是处于全世界的第80多位。即使在这种情况下,习近平总书记依然作出庄严承诺:到2030年中国温室气体排放达到峰值。而且,中国政府已经正式签署了《巴黎协定》。为此,中国需要在

2016—2030 年的 15 年中投入 30 万亿元人民币！这就意味着：一方面，中国要说到做到，积极实施低碳发展战略，切实落实碳减排目标；另一方面，中国要督促世界各国共同履行承诺和协议，共同建设"美丽世界"。

## 二、照着"两山"之路走下去的基本原则

### （一）统筹兼顾经济效益与生态效益的原则

"两山"重要思想的基本内涵是统筹兼顾环境保护与经济增长。环境保护与经济增长可能是对立的，也可能是统一的。"只要金山银山，不要绿水青山"，会出现经济增长了、环境退化了，未必导致社会净福利的增加。生态建设好了，环境保护好了，但没有实现绿水青山的价值转化，同样未必导致社会福利的增进。因此，既要建设好生态，保护好环境，又要想方设法促进绿水青山转化成金山银山。我们需要的是经济效益、社会效益、生态效益的综合效益，需要的是经济福利、社会福利和生态福利的综合福利。

### （二）统筹兼顾眼前利益与长远利益的原则

"只要金山银山，不要绿水青山"实际上就是"吃子孙饭""断子孙路"，就是杀鸡取卵、竭泽而渔，必然导致经济社会的不可持续。因此，既要强调代内的效率与公平，又要强调代际的效率与公平，还要把自然拟人化，强调人与自然的效率与公平。生态建设与环境保护具有代际传承关系，所以"宁要绿水青山，不要金山银山"，因为"留得青山在，不怕没柴烧"。2015 年，我国经济增长已经达到人均 GDP 8000 美元的水平。在这一背景下，中国走"两山"之路不仅是必要的，而且是完全可能的。

### （三）统筹兼顾局部利益与全局利益的原则

环境保护、生态建设具有极大的正外部性，环境污染、生态破坏具

有极大的负外部性。外部性的存在就会导致资源配置的低效。因此，走"两山"之路不能"只顾自家门前雪、不顾人家瓦上霜"，而要树立全局意识。区域是一个相对的概念。一个区域可能是另一个区域的上游，也可能同时是又一个区域的下游。上下游之间、左右岸之间都要树立"一盘棋"的思想，要实现境内与境外的统筹，加强境内与境外的协作。在一些边境地区，甚至要实现国内与国外的统筹与协作，中国主导的湄公河流域的国际合作就是一个范本。

### （四）统筹兼顾绿色国土与蓝色海洋的原则

中国是陆域大国，也是海洋大国。海洋是"蓝色粮仓"，海洋是资源宝库。蓝色海洋的保护直接受到陆上环境行为的影响。全国沿海各省普遍存在的"排海工程"已经对海洋环境构成极大的危害。海洋环境污染、海洋赤潮频发已经给我们发出了"红色警示"：必须像重视绿色国土保护一样重视蓝色海洋的保护，实现陆上与海上的统筹。从海洋环境的严峻形势看，有必要取缔沿海省（市）的"排海工程"，实施入海污染物递减前提下的总量控制制度。

### （五）统筹兼顾经济效率与社会公平的原则

市场经济中的微观经济主体——企业和家庭，往往是追求利润最大化和效用最大化为原则的，这是资源优化配置的需要。因此，在全面深化改革的过程中，必须坚持市场机制在资源配置中发挥决定性作用的原则。只有这样，才能提高效率。但是，市场机制往往面临着外部性、公共物品所导致的市场失灵。政府作为市场失灵的校正者，或者直接提供环境保护等公共物品，或者通过生态文明制度等公共事物间接保护生态环境。这样，不仅可以解决环境外部性问题，而且可以有效提供作为最基本民生的生态环境。这样，就可以实现经济效率与社会公平的兼顾。生态公平、环境公平是基础性公平，以环境污染为代价的经济增长，实际上就是建立在破坏公平基础上的增长，这是不可取的。

### 三、照着"两山"之路走下去的根本方法

#### (一) 唯物辩证法

唯物辩证法是关于自然、社会和思维的最一般规律的科学,其基本观点是事物的普遍联系和永恒发展。唯物辩证法的理论体系包括对立统一规律、质量互变规律、否定之否定规律三大规律。"两山"重要思想充分展示了唯物辩证法的精髓,是唯物辩证法的生动体现。"两山"重要思想揭示了"绿水青山和金山银山"之间的内在联系,揭示了绿水青山与金山银山相互转化的对立统一规律,揭示了"只要金山银山不要绿水青山"的质量互变规律,揭示了从否定绿水青山到保护绿水青山的否定之否定规律。因此,走"两山"之路就要学会辩证法,以普遍联系的观点和永恒发展的观点解决发展的问题和发展中可能出现的新问题。

#### (二) 系统论方法

系统论强调系统的整体性、关联性、等级结构性、动态平衡性、时序性等基本特征。这些特征也表现为系统方法论。习近平总书记在党的十八届三中全会上的讲话中进一步把"两山"重要思想提升到系统论的高度,他指出:"山水林田湖是一个生命共同体,人的命脉在田,田的命脉在水,水的命脉在山,山的命脉在土,土的命脉在树。用途管制和生态修复必须遵循自然规律,如果种树的只管种树、治水的只管治水、护田的单纯护田,很容易顾此失彼,最终造成生态的系统性破坏。"[①]"山水林田湖是一个生命共同体"的重要思想充分体现了生态系统、经济系统、生态经济系统的整体性、关联性、结构性、时序性等,同时还彰显了生态系统的生命观。按照系统论方法,就要运用统筹兼顾

---

① 习近平:《关于〈中共中央关于全面深化改革若干重大问题的决定〉的说明》,载《人民日报》2013年11月16日。

的方法,系统内部要学会统筹,系统之间要学会统筹。按照系统论方法,照着"两山"之路走下去,必须遵循客观规律:不仅要遵循经济发展规律和社会发展规律,而且要遵循自然发展规律。而且,在经济发展规律、社会发展规律与自然发展规律相冲突的时候要以遵循自然发展规律作为约束性前提,否则就会遭到自然发展规律的报复。

（三）生态学方法

生态学方法是指生态系统各部分普遍联系和相互作用的整体性观点,生态系统物质不断循环和转化的观点,生态系统物质输入和输出平衡的观点。生态学方法的典型理论是"食物链"理论。这种"食物链"理论不仅适合于自然生态学,而且适用于产业生态学、政治生态学、社会生态学等。因此,在践行"两山"重要思想的过程中,要善于运用生态学方法,以生命的观点、系统的观点、整体的观点处理各个要素之间的相互关系,处理各个系统之间的相互关系,处理各个部门之间的相互关系,处理各个区域之间的相互关系。

# 第二节 照着"两山"之路走下去的战略构想

"两山"重要思想本质上是发展观问题,其基本内涵是经济生态化和生态经济化。生态经济化战略就是要把优质的生态环境及优质的生态产品转化成经济价值,体现"保护生态就是保护生产力""绿色生产就是优秀生产力"的理念。经济生态化就是经济活动从以往的有害于生态环境向无害于生态环境甚至有利于生态环境的转变,也就是黑色发展向绿色发展的转化、线性发展向循环发展的转化、高碳发展向低碳发展的转化过程。从战略层面看,照着"两山"之路走下去必须坚持下列八大战略。

## 一、实施生态文化普及化战略，让生态价值、生态道德、生态习俗内化于心并外化于行

### （一）生态文化普及化的战略背景

生态文化观是一种世界观，把人类看作自然的一个组成部分而不是自然的主宰、追求天人和谐的世界观；生态文化是一种价值观，人类社会的发展是对包括经济价值、社会价值和生态价值等在内的综合价值的追求；生态文化是一种发展观，发展是为了民生福祉、发展必须立足长远；生态文化是一种伦理观，应当妥善处理当代人与后代人、一个群体与另一个群体、人类与自然之间的关系。作为世界观的生态文化观的错误会导致认识的错误，作为发展观的生态文化观的错误会导致片面发展的错误，作为价值观的生态文化观的错误会导致实践上的错误，作为伦理观的生态文化观的错误会导致道德的扭曲。"人定胜天"论就是把人类看作自然的主人，把自然看作人类的仆人，由此导致人与自然的对立。实际上，人类只不过是自然的一个组成部分。

### （二）生态文化普及化的战略内涵

生态文化普及化战略就是要把生态文化观普及到居民、企业和政府等各个主体，并使之转化成自觉行动。该战略的关键在于"普及化"，也就是完成从"有"到"普遍有"的转化。普及到居民，就要求每个家庭以绿色消费为时尚并对政府和企业的行为予以监督；普及到企业，就要求每个企业以消费者的绿色需求为导向供给绿色产品，以政府的绿色管制为依据强化绿色生产的社会责任；普及到政府，就要求各级政府以正确的政绩观为指导积极推动绿色发展。生态文化是一种意识形态，引领得当，可以产生巨大的无形力量。生态文化是一种软实力。我们既要重视经济实力等硬实力的建设，又要重视生态文化等软实力的建设。

### （三）生态文化普及化的战略实施

生态文化观的普及需要教育、宣传、社会组织的广泛参与。各级各类学校是生态文化观普及的基本力量,要通过绿色学校的创建,推动生态教育,促进生态创新,培育生态文化。各类媒体是生态文化普及的主体力量,要通过各种老媒体和新媒体倡导绿色文化、反对"黑色文化",要通过各种专栏、专版、专题甚至专门的频道、专门的报刊大力宣传生态文化。非政府组织、社区组织是生态文化普及的积极力量。要大力培育绿色社团组织,通过绿色社团组织进行生态文化的自我教育和社会普及;要积极创建绿色社区,通过绿色社区组织的积极倡导使得生态文化转变成每一个家庭的自觉行动。公众不仅是生态环境状况等满意度指标的评判者,而且也是被评判者。每个区域、每个社区的生态文化普及程度要成为重要的考核指标,通过考核指标进行奖优罚劣,从而形成稳定有效的生态文化氛围。

## 二、实施生态产业主导化战略,让绿色发展、循环发展、低碳发展成为生产活动的主旋律

### （一）生态产业主导化的战略背景

以自然资源的大肆消耗、生态环境的严重污染、温室气体的大量排放为特征的产业经济的发展是西方工业化国家普遍经历过的。我国虽然提出了避免走西方发达国家走过的"先污染,后治理"的路子,实际上也不能真正避免。我国改革开放以来前35年年均经济增长速度接近10%,实际上是建立在"成本高投入、资源高消耗、污染高排放"为代价的基础上的。从总体上看,黑色发展、线性发展、高碳发展的特征依然十分明显。不改变这种现状,不仅代际无法持续,而且代内也难以为继。

### （二）生态产业主导化的战略内涵

生态产业是符合绿色发展、循环发展、低碳发展要求的产业经济。生态产业主导化就是产业经济的发展以生态产业为导向，要完成从黑色发展向绿色发展的转变、从线性发展向循环发展的转变、从高碳发展向低碳发展的转变。生态产业主导化的核心在于"主导"二字。"主导"就是代表方向，要以此作为引领。但"主导"未必是主体，是否成为主体还取决于产业生态化的基础。对于生态产业发展基础较好的区域，不仅要生态产业主导化，而且要生态产业主体化。要及时总结和推广生态产业的发展模式，如浙江省安吉县的生态农业、生态工业、生态旅游业三大产业"拖二带三"的生态产业发展模式，浙江省淳安县的生态观光产业、生态休闲产业、生态养老产业的产业联动发展模式，浙江省宁海县企业内小循环、园区内中循环及社会内大循环的循环发展模式等。

### （三）生态产业主导化的战略实施

如何实现生态产业主导化？首先，在工业部门，要淘汰落后工业产能、改造传统重化工业、发展高新技术产业；其次，在农业部门，要控制基于化肥农业的现代农业，发展废弃物循环利用的生态农业，鼓励有机绿色的生态农业；最后，在服务业部门，要大力发展文化创意产业、电子商务产业、生态旅游产业、绿色金融服务业等轻型化产业。生态产业主导化还要求产业结构的转型升级。就技术贡献率而言，要努力实现高新化，使得科技进步对经济增长的贡献率实现大幅度提升；就创意贡献率而言，要努力实现轻型化，使得创意产业对经济增长的贡献率实现大幅度提升。生态产业主导化战略需要标准引领，明确禁止性产业、许可性产业和倡导性产业的目录。通过"领跑者"制度的实施，不断提升各大产业的绿色化程度。同时，要通过产业政策予以激励和约束。要通过生态补偿、循环补助、低碳补贴等鼓励绿色发展，要通过环境税收、资源税收、高碳税收甚至禁令等约束"黑色发展"。

### 三、实施生态消费时尚化战略,让绿色消费、循环消费、低碳消费成为社会风尚

#### (一)生态消费时尚化的战略背景

消费欲望的无限性与消费品、支撑消费品生产的自然资源及生态环境的有限性之间的矛盾,就需要各个学科提出解决供求矛盾的办法。经济学的基本观点就是让市场机制配置商品于不同消费者之间,谁愿意出最高的价格谁就可以获得某个商品,由此会导致奢侈性消费、炫耀性消费、一次性消费和破坏性消费。这与"两山"重要思想是格格不入的。中国虽然成为世界上第二大经济体,但是人均 GDP 还排在世界 80 多位。即使如此,欧洲 70% 的奢侈品被中国人购买,而且同样一件奢侈品,韩国人购买只要 300 欧元,中国人购买则要 390 欧元。中国人以此为荣:越是高价越能显示富有,越是高价越能炫耀身份。这就是精神文明建设重视不足所导致的结果。精神世界一片空白,只能依靠物质世界来展示。

#### (二)生态消费时尚化的战略内涵

生态消费就是妥善处理人与人、人与社会、人与自然的关系,从奢侈性消费转向适度性消费、从破坏性消费转向保护性消费、从一次性消费转向多次性消费,逐步形成环境友好型、资源节约型的消费意识、消费模式和消费习惯。生态消费时尚化的关键在于"时尚",它不仅要求倡导绿色消费,而且要使绿色消费成为时尚。只要消费者均以生态消费为荣,那么,以黑色生产方式、线性生产方式、高碳生产方式所生产的产品就不会有市场。因为消费者的绿色消费的"货币选票"会直接影响到生产者的生产行为。

#### (三)生态消费时尚化的战略实施

要形成绿色消费的社会风尚,首先,政府要实施强制性绿色消费。

新建政府办公大楼都要符合绿色建筑的要求,新购公共用车都要符合低碳交通工具要求,政府采购至少50%以上要符合绿色产品的要求。其次,企业要进行选择性绿色消费。企业要根据产业规制的要求,以清洁生产、循环利用方式生产更多的绿色产品。最后,居民要开展引导性绿色消费。倡导绿色产品消费,倡导生活垃圾分拣。对于居民绿色消费的方式、产品和行为等所带来的福祉要大张旗鼓地进行宣传,使之成为风尚。生态消费时尚的形成需要多措并举。一是通过思想道德教育等改变消费者的衣食住行等消费行为。二是通过生态保护补偿制度和环境损害赔偿制度等经济政策予以经济激励。三是通过禁止象牙交易、禁止使用含磷洗衣粉等政府管制措施予以控制。

## 四、实施自然资源高效化战略,优化自然资源的投入结构并提高自然资源生产率

### (一)自然资源高效化的战略背景

经济活动的无限性与自然资源的有限性、自然资源利用效率低下之间的矛盾,是导致我国生产方式粗放化的症结所在。我国资源众多,但人均资源拥有量大约只有世界平均水平的四分之一,这就说明我国的资源禀赋是没有优势的。而且,资源利用粗放,每单位GDP所消耗的资源数量远远高于发达国家。存在这种现象的根源主要是两个:一是科技根源,技术水平落后;二是制度根源,制度设计不科学。例如,在解决水资源供求矛盾的问题上,我国过分强调了供给侧管理。哪里缺水,就想着到有水的地方引水。解决水资源供求矛盾,可以采取引水办法解决,前提是有足够的水可引;也可以通过控制用水总量,提高水资源效率的办法。只要不注重需求侧管理,水资源效率得不到提高,再多的水也会出现供不应求的状况。"江南水乡"不是照样缺水!

（二）自然资源高效化的战略内涵

自然资源高效化就是通过创新提高自然资源的利用效率和效益，努力提高资源生产率（单位水资源的产出、单位能耗的产出等），以缓解自然资源供求矛盾。就可再生资源而言，要保持可再生资源的开发速率与再生速率的平衡，打击竭泽而渔、杀鸡取卵的做法，保障可再生资源的可持续供给。就不可再生资源而言，要保障资源的集约式开发、无害化开发，要保障资源的高效率和高效益使用，在企业、园区和社会实现资源的多个层次的循环。就资源投入结构而言，要改善资源投入结构，加大可再生资源开发力度。例如，化石能源总量递减前提下的总量控制，"不要把鸡蛋装在一只篮子里"，优化能源结构。

（三）自然资源高效化的战略实施

自然资源高效化的根本途径有："一是通过技术创新和制度创新提高自然资源的配置效率、技术效率和管理效率，在资源的输入端做到"减量化"；二是通过技术创新和工艺创新，努力做到资源的多次利用、反复利用、梯级利用和循环利用，在资源的中间段做到"再使用"；三是通过技术创新和政策创新，努力开发"城市矿山"，尽力做到垃圾分拣，在资源的输出端做到"再资源化"。自然资源高效化的关键在于制度倒逼。实行取水总量控制，保障生态用水，倒逼水资源效率的提升；实行化石能源总量的控制，保证温室气体的减排，倒逼能源效率的提升；实行排污总量的控制，保障环境质量的好转，倒逼环境容量效率的提升。

**五、实施生态环境景观化战略，让生态环境、生活环境、生产环境满足审美感受**

（一）生态环境景观化的战略背景

根据马斯洛需要层次理论，人的需要是多样化的，而且是分层次的；人的需要是无限的，而且每个层次的需要都是无限的；在低层次需要得到一定程度满足后高层次的需要就会被提上议事日程。优质的生态环境是一种奢侈品。在收入水平低下时,人们不关注优质生态环境。20世纪80年代,乡镇企业在发展生产的同时,排放了像墨汁一样的污水,但没有群众抵制。群众的基本想法是:"与其被饿死,不如被毒死。"随着收入水平的上升,人们对优质生态环境质量的需要不断递增,以满足生活质量和生命质量的需要;随着收入水平的进一步上升,人们对基于优质环境的生态景观的需要不断递增,以满足审美需要、自我实现需要。这就是,近些年来一些环境危害轻微的项目(例如PX项目、垃圾发电厂)难以落地甚至引发群体性事件的根源之一。

### (二)生态环境景观化的战略内涵

生态环境景观化就是要在保障生态环境质量根本好转的前提下,形成山清水秀、天蓝地净的优美的环境景观。不仅生态环境要景观化,而且生活环境、生产环境都要景观化。要让人们感受到生活着是幸福的,工作着是美丽的。由于环境污染的累积效应和治理的滞后效应,环境质量的根本好转是一个较长的过程。基于环境保护的国情,重点要治水、治气、治土。坚持合力治水方略,彻底解决"一口水"的问题;坚持协同治气方略,彻底解决"一口气"的问题;坚持科学治土方略,彻底解决"一口饭"的问题。上述"三口"只是环境保护的基本要求,是底线。除了"三口"外,还要根据需要层次递增的新阶段国情,充分考虑人们的视觉、听觉、嗅觉、触觉等审美感受。在河道整治中绝不要截弯取直而要保留河流的弯曲美,在农业生产中绝不要农药使用所致的"寂静的春天"而要百鸟争鸣的自然乐章,在工业生产中绝不要臭气熏天而要花园式工厂带来的鲜花芬芳。

### (三)生态环境景观化的战略实施

实施生态环境景观化战略,需要三措并举:一是依靠技术创新的推动——实现科学和艺术的结合。科学与艺术具有内在的一致性,科学中有艺术,艺术中有科学。要把绿色科技和绿色艺术中的关联元素充分挖掘出来,形成美丽绿色科技,支撑生态环境景观的建设;二是依靠制度创新的推动——弘扬"真善美"而遏制"假恶丑"。制度是扬善惩恶的根本保障。"门前屋后要栽树""风水宝树不能砍",就是长期来形成的非正式制度,有效地保护了村落的美丽森林,也保护了远离家乡的游子回归故乡时找得到乡愁。三是依靠艺术创新的推动——在绿色发展中创造出更受群众喜爱的书画作品、音乐作品和文学作品。美丽乡村建设、美丽中国建设的进程中,有大量可歌可泣的人物和事迹,这些都可能成为型塑生态环境景观美的素材。

### 六、实施生态资源经济化战略,让生态资源、环境资源和气候资源转化成货币化价值

#### (一)生态资源经济化的战略背景

长期以来,生态资源、环境资源、气候资源是免费使用的,因此往往被称作是自由物品。在人口规模有限、经济规模有限、环境需求有限的情况下,这些资源可以视作能够无限供给的自由物品。但是,随着人口规模的增加、经济规模的增加、环境需求的增加,这些资源越来越成为稀缺资源,而且它们的稀缺性已经不亚于人力资源和资本资源。在这一背景下再按照自由物品进行配置,必然导致资源配置的扭曲,加剧生态危机、环境危机和气候危机。

#### (二)生态资源经济化的战略内涵

生态资源经济化就是将生态资源、环境资源、气候资源等视作经济资源加以开发、保护、配置和使用。生态资源经济化的基本实现形式有:一是基于生态环境的稀缺性,实施生态资源和环境容量的有偿化使用,如生态保护补偿制度、环境容量有偿使用制度;二是基于生态环境产权的可界定性和可交易性,允许并鼓励自然资源产权(水权、林权、渔权等)、环境资源产权(生态权、排污权等)、气候资源产权(碳权、碳汇)的交易;三是基于生态需求递增规律和生态价值增值规律,加大

生态投资力度,实现生态效益递增。

### (三)生态资源经济化的战略实施

生态资源经济化的主要障碍是,生态环境价值的衡量及生态产品信息的甄别。因此,要坚持绿色核算观,探索编制绿色资产负债表,积极开展绿水青山的价值评价研究,基于生态环境的价值评价,实施更加有效的生态补偿制度。要坚持绿色品牌观,探索建设绿色营销网络,实施绿色产品标识制度和绿色营销网络体系,真正实现优质高价。假如生态资源真正实现经济化,那么,那些生态环境优美而经济相对落后的地区可能一跃成为生态环境美与生态经济美的典型区域。

## 七、实施城乡建设特色化战略,形成城乡公共服务一体化且生态建设特色化的"诗画江南"格局

### (一)城乡建设特色化战略的背景

中国的城市化道路经历了"中心城市带动战略"和"小城镇、大战略"的争论和摇摆。由此,出现了几个问题:一是城镇层次不够明显,存在"走了一村又一村,村村像城镇;走了一镇又一镇,镇镇像农村";二是城市、城镇和村落之间缺乏边界,存在"城中村""村中城"的问题;三是城市、城镇、村落的个性化特色不够明显,甚至面临一些原有的文化特色消亡的威胁;四是城乡公共服务不一致,一些农村居民享受不到城市居民的基本公共服务。

### (二)城乡建设特色化的战略内涵

城乡建设特色化战略就是城乡建设要分层次、差异化、特色化,在彰显城市生命共同体、乡村生命共同体的基础上,充分体现每个城市、城镇和村落的个性与风格。其主要内容包括:一是做到城市、城镇、村落有明显层次,各自形成不同的功能定位;二是城市、城镇、村落有明晰边界,不应出现城市与城镇之间、城镇与村落之间打混战的情况;三是每一个

城市、城镇和村落都有个性鲜明的特色,形成各自的"产品差别"。

### (三)城乡建设特色化的战略实施

增强城市经济综合实力,提升城市综合服务功能,把省会中心城市等培育成为集聚辐射能力强的大城市,充分发挥大城市的规模经济效应,充分发挥大城市的经济辐射效应,充分发挥大城市的发展引领作用。鼓励有条件的县城发展成为中等城市乃至大城市,支持和推动有条件的中心镇发展成为小城市,促进特大城市、大城市、中小城市和小城镇协调发展。

建设一批富有特色的城镇。结合自然资源特点和人文特色,科学设计城镇人居环境、景观风貌和建筑色彩,加强城镇生态景观保护和建设,大力建设特色小城镇,建设一批花园城镇、水乡名镇、风情小镇。城镇建设必须以生态建设为基础,以产业发展为主题,以差异化特色为标志。

传承乡村文化脉络,推进有机更新。把历史文化底蕴深厚的传统村落培育成传统文明和现代文明有机结合的特色文化村。提升美丽乡村建设标准,优化布局,强化特色,让广大人民群众"望得见山,看得见水,记得住乡愁"。继续深化"千村示范、万村整治"工程,推进村庄生态化有机更新。

在城乡建设特色化战略的推进过程中,要注意城乡公共服务的均等化,如道路网络的建设、自来水的供给、社会保障的供给等。但是,不能以公共服务均等化否定城市、城镇和村落之间的差别。

## 八、实施绿色评价标准化战略,使得绿色发展可以评价、可以比较、可以示范

### (一)绿色评价标准化的战略背景

绿色发展的评价和考核问题至关重要。绿色评价问题上存在的突出问题是:一是绿色评价尤其是绿色价值评价尚无一致公认的方

法,导致绿色评价"拍脑袋"现象;二是针对不同区域采取标准划一的绿色评价,出现评价不科学的问题;三是绿色评价尚未建立严格的制度体系,即使评价了也没有作为干部考核使用的依据。

### (二)绿色评价标准化的战略内涵

照着"两山"之路走下去,归根结底是要推进以美丽中国为目标的生态文明建设。生态文明建设水平的高低是可以通过单个的标准和综合的指数加以量化的。绿色评价标准就是建立在统计数据、检测数据、问卷调查基础上的绿色发展水平的量化标准或指标体系。绿色评价指标可以包括美丽乡村指标、美丽城镇指标、美丽城市指标等方面的指标体系,也可以包括大气环境标准、水环境标准等具体的"标准"。在美丽乡村建设方面,浙江省安吉县已经提供了"安吉标准"。在"美丽中国"建设方面同样应该提供"美丽标准"。

美丽中国建设的主要指标可以分成下列四个大类:生态文化美——先进的生态文化;生态经济美——发达的生态产业和绿色的消费模式;生态环境美——永续的资源保障和优美的生态环境;生态家园美——宜人的生态人居和幸福的人民生活的和谐统一。每一类指标可以根据具体定量指标综合加权而成,如生态文化综合评价指标、生态产业竞争力指标、生态产业投资效率指标、绿色消费支出指标、绿色消费满意度指标、可持续发展能力指数、环境竞争力指标、生态文明指数、幸福指数等。

### (三)绿色评价标准化的战略实施

无论是绿色 GDP 的比较还是美丽中国的评价,都要注意三点:第一,评价一个区域的绿色发展绩效,一定要采取差别化的评价指标。用同一套评价指标对江苏和云南进行绿色发展绩效评价,必然是江苏第一、云南倒数第一。但是,如果对江苏的评价指标中经济指标权重大一些,对云南的评价指标中生态指标权重大一些,云南可能就是第一。第二,评价一个区域的绿色发展绩效,一定要让居民参与,不能在政府内部兜圈子。要通过问卷评价方式，了解居民的幸福指数是否提高了，幸福感和获得感是否增加了。第三，绿色评价结果一定要"管用"，把绿色评价结果真正作为对区域政府的绩效评价、对领导干部的考核与选拔的依据。

# 第三节　照着"两山"之路走下去的驱动力量

践行"两山"重要思想的主要障碍在于科技问题和制度问题。假如真正能够让企业做到绿色且经济、循环且经济、低碳且经济，企业何乐而不为呢？原因就在于实际生产中往往存在绿色不经济、循环不经济、低碳不经济。因此，必须依靠绿色科技创新和绿色制度创新来推动。

## 一、坚持绿色科技创新自主化，以绿色自主创新增强区域绿色发展的核心竞争力

### （一）照着"两山"之路走下去必须坚持绿色自主创新

科技创新是支撑经济社会转型升级的关键。绿色发展是经济绿色化和绿色经济化的结合，循环发展是经济循环化和循环经济化的结合，低碳发展是经济低碳化和低碳经济化的结合。片面强调经济绿色化、经济循环化、经济低碳化，可能面临"绿色陷阱"——承担过高的绿色发展代价；如果做到绿色经济化、循环经济化、低碳经济化，可能出现"绿色机遇"——实现绿色技术和产品的应用价值。"陷阱"还是"机遇"关键在于技术尤其是自主创新的绿色技术。

绿色创新自主化就是通过自主创新推动绿色科技创新，从而保障绿色发展走在前列。之所以在新的历史阶段要强调绿色创新自主化，就是因为任何一个国家要形成绿色发展的核心竞争力，必须有核心的

绿色技术,而从技术的供给角度看,任何一个国家都不会把绿色创新的核心技术转让给其他国家。因此,中国走绿色发展之路,必须拥有绿色技术的自主创新成果,并使其转化应用。如果中国一味沿袭绿色技术引进的战略,将只能在绿色现代化道路上扮演"跟随"角色,无法起到主导作用。

（二）实施绿色创新自主化战略的目标要高远

绿色创新自主化包括三个层面的含义:

1. 大力推进创新驱动发展,大幅度提升科技进步对经济增长的贡献率、大幅度降低自然资源等要素投入对经济增长的贡献率。世界发达国家科技进步对经济增长的贡献率已经高达80%—85%,而我国科技进步对经济增长的贡献率只有55%。以此可见,一方面,我国与发达国家之间存在着巨大差距;另一方面,也说明我国在科技进步促进经济增长方面的潜力巨大。

2. 大力推进绿色科技创新,彻底清查有害环境技术的影响,认真评估技术转化的环境风险,大力推进绿色技术的研发。真正进入绿色发展新时代的一个基础性工作,是要系统清理和收缴DDT、"六六六"、敌敌畏等持久性有机污染物。确有需要继续使用的农药,必须建立严格的管制措施。对于新投放市场的农药、化肥及其他的所谓绿色技术,都要建立严格的论证机制和试用期限。无论是"被证明"的还是"被证伪"的结论都要告知公众,避免由于科学普及不到位而导致的影响社会稳定的群体性事件。

3. 在引进绿色科技成果的同时更加注重绿色科技的自主创新,提高绿色技术自主化比例。也许我国还做不到绿色技术的完全自主,但是,必须确定绿色技术的引进与自主比例,并逐步扩大自主创新的绿色技术的比例。只有这样,才有可能逐步成为一个绿色科技创新大国。

（三）以体制机制改革促进绿色科技创新自主化

推进绿色创新自主化,必须推进下列三项工作:

1. 大力推进科技体制改革,要让市场机制在科技资源配置中发挥决定性作用,同时,让政府在科技资源配置中发挥更好的作用。在绿色科技创新中,一方面,要看到绿色科技具有公共物品属性;另一方面,绿色科技是可以进行市场转化的。这就说明,绿色科技自主创新需要政府支持、政府补助、政府激励,同时,绿色科技自主创新必须以创新者和企业为主体。

2. 大力推进科技成果转化,除了基础研究成果外,以成果转化率及成果转化效益检验科技工作的绩效。绿色科技创新的目的性非常明确,或者是为了企业的绿色生产,或者是为了居民的绿色消费。因此,绿色科技自主创新的政策着力点应该在成果转化上。

3. 大力激发创新主体活力,以知识产权保护制度和科技人员保护政策充分激发创新主体的活力。绿色科技创新的主体是科技工作者,激活他们的创新活力是问题的根本。由于长期来科研机构和高等学校属于事业单位,事业单位又往往参照政府部门管理。由此严重约束了科技工作者的科研积极性。无论在科研经费管理制度、绩效工资管理制度、成果转化激励制度等方面都要针对科技工作者的特殊性来设计和优化制度。

## 二、坚持生态文明制度体系化,以生态文明体制、机制、制度保障绿色发展的长效化

### (一)生态文明制度体系化要注重结构优化

生态制度体系化是生态文明制度体系化的简称,是指通过生态文明制度的继承和创新形成完整的生态文明制度体系、生态文明制度"工具箱"、生态文明"制度矩阵"等,从而对症下药,形成生态文明建设的长效机制。生态制度体系化就是要从零敲碎打转向系统设计,从自下而上转向自上而下,从定性判断转向定量评价。

生态文明制度体系构建要致力于三个类型的制度建设:一是优化管制性制度,充分发挥法律和行政手段的作用。实施最严格的自然资

源和生态空间保护制度。划定生态功能保障基线、环境质量安全底线和自然资源利用上线"三条红线"。实行最严格的环境准入制度。实行节能减排降碳总量管制制度。二是健全选择性制度,充分发挥经济手段的作用。完善资源有偿使用和生态补偿制度。大力推进自然资源、环境资源、气候资源产权制度改革。大力推进资源环境财政税收制度改革。三是完善引导性制度,充分发挥道德手段的作用。营造良好的生态文化氛围。

生态文明制度体系化过程中,必须注意制度与制度的替代关系和互补关系。基于生态文明制度的替代关系要进行制度的优化选择,在两个或两个以上功能相近的制度中选择一个成本—效益最佳的制度。基于生态文明制度的互补关系要进行制度的耦合强化,谋求任何一个单一制度无法实现的制度效果,从而实现"1+1>2"的制度绩效。

生态文明制度的实施机制是制度有效运行的保障机制。对于企业,必须建立有效的环境信息披露机制;对于政府,必须建立差异化的绿色政绩评价机制。对于环境犯罪之类的事务要敢于拿起法律的武器进行"重典治污",对于造成区域环境公共事件的要敢于拿起行政的手段实施"一票否决制"。

## (二)生态文明制度体系化要突出重点

无论是绿水青山的绿色价值,还是毁坏绿水青山所导致的价值毁损,都需要以制度予以保障。保护绿水青山,保障绿水青山的价值实现,特别需要有下列制度的重点突破:

1. 建立生态价值评价机制。实现经济生态化和生态经济化,首先需要解决定价方法和定价机制问题。发达国家在生态环境价值评价方面已经远远走在我国前面,我国也要大力开展生态环境价值评价。通过对一条河、一座山、一片湿地的生态价值的评价,可以对一个区域的自然资源和生态环境的总体价值作出一个评判,也可以对一个区域的生态价值的增减做出评估,从而为外部性的内部化奠定价值评价的基础。

2. 探索绿色产品营销渠道。有机食品、绿色食品等是以优质生态环境为条件进行生产的有利于身体健康的绿色产品。要实现这类产品的应有价值,不能采取普通产品的营销方式,而要进行营销方式的创新。第一,通过定点供应连锁店的方式扩大"一县一品"甚至"一乡一品"的品牌效应;第二,通过产品论证和产品标志的方式为生态产品提供特殊的标识;第三,加强生态产品生产的农户合作社的方式实现企业化经营,构建"农户(生产者)──→企业(供给者)──→企业(销售者)──→家庭(消费者)"的营销链。

3. 完善生态保护补偿机制。浙江省是最早实施省级生态补偿制度的省份,2005年至今已经实践了十多个年头。但是,从杭州市、丽水市、衢州市的情况看,获得生态补偿的资金额度与生态效益的外溢效益相比还是存在巨大差距。因此,对于具有显著公共物品属性的部分,要加大政府财政转移支付的生态补偿力度;对于可能进行生态产权界定的部分,要积极探索受益者补偿的机制,如国家极力倡导的水权交易、碳汇交易等机制。在引水工程中完全可以按照"谁保护,谁受益""谁受益,谁补偿"的原则建立基于市场机制的生态补偿机制。同时,对于废弃物循环利用等行业,要给予税收优惠等予以激励。

4. 探索环境损害赔偿机制。环境损害赔偿可以从两个层面入手:一是由于企业的环境污染负外部性行为影响了区域社会的环境质量,向污染排方征收一定数额的税收,通过征收环境税、资源税、碳税等"庇古税"实现外部性的内部化。这是经济学研究的问题。二是由于企业的环境污染导致居民的生命财产受到损害的,要实施照价赔偿甚至加倍赔偿的制度。这是法学研究的问题。一个有效的制度必须是权利和义务对等、补偿与赔偿耦合的制度。皖浙两省交界的新安江流域所实施的跨界的生态保护补偿与环境损害赔偿的耦合制度,较好地保护了新安江的水质。

5. 构建幸福指数评价机制。一般而言,拥有优质生态环境的区域往往是经济上欠发达的区域。进行区域之间的比较和考核时,特别要避免"既然得不到足够的生态补偿资金,那么不如大力发展污染性产业"的现象。解决这个问题需要构建科学的幸福指数评价机制。幸福指数与收入水平成正比,与优质生态环境成正比,与劣质生态环境成反比,与欲望强弱成反比。因此,要促进体现效率与公平兼顾的收入增长,要鼓励生态建设遏制环境污染,要通过精神文明建设控制快速膨胀的欲望,从而让居民的幸福指数逐年提高。

# 后　记

　　浙江是习近平同志"两山"重要思想的发源地，也是践行"两山"重要思想的先行区。在"两山"重要思想的指引下，浙江省以"接力棒"精神不断推进绿色浙江、生态浙江和"两美"浙江的建设，走出了一条具有浙江特色，创新发展、协调发展、绿色发展、开放发展与共享发展新路，并取得了一系列生态文明建设的丰硕成果。研究"两山"重要思想在浙江的实践，不仅可以总结美丽浙江建设的成功经验，而且可以为美丽中国建设提供示范，甚至可以给美丽世界建设提供启示。

　　中共浙江省委宣传部策划和设计了项目"'绿水青山就是金山银山'重要思想在浙江的实践研究"，该项目被中宣部确立为2015年度国家社会科学基金特别委托项目(15@ZH041)、马克思主义理论研究和建设工程2015年度重大实践经验总结课题。为了推动项目研究工作，专门成立了以省委常委、宣传部长葛慧君为组长，省委宣传部原常务副部长胡坚、省社科联副主席邵清为副组长的领导班子。

　　"以理论指导实践、以实践检验理论、再以理论指导实践"是本项目研究的一个追求。按照"用脚步写文章"的要求，项目组成员分别奔赴浙江省杭州市、宁波市、湖州市、丽水市、金华市等地开展了集中调研。各个子课题负责人还分别组织开展了专项调研。正是在调研的基础上，拥有了课题研究丰富的养分。

　　该项目研究的具体工作由宁波大学校长、浙江省生态文明研究中心首席专家沈满洪负责。沈满洪起草了研究大纲初稿，多次与项目组副组长胡坚汇报交流后，形成了可供课题组研讨的研究大纲。项目组副组长邵清主持召开了课题组会议，课题组成员认真讨论了研究大纲,并提出修改建议,确立了由九章构成的提纲。按照分工合作的原则,各章执笔人开始撰写初稿。初稿形成后,沈满洪与各章执笔人交换修改意见,个别章节经历了多个回合的修改。课题报告讨论稿形成后,课题组再次召开全体会议,项目组副组长邵清参加会议并指导工作。课题组成员以"头脑风暴"的方式,彼此提出进一步修改完善的建议。2016 年 4 月 23 日,在课题报告征求意见稿形成后,由项目组副组长胡坚主持召开专家咨询会。会上,来自省委宣传部、省委政研室、省农办、省委党校、浙江大学、宁波大学、浙江理工大学的专家学者认真研讨了对课题报告并提出了进一步修改完善的中肯意见。咨询会后,课题组成员再次对每一章内容作了修改完善,由沈满洪最终统稿,并补充了第十章。最后,由项目组副组长胡坚审定。

本著作是课题组成员协同合作的成果。各章执笔分工如下:

第一章:宁波大学沈满洪教授、浙江理工大学谢慧明副教授;

第二章:中共浙江省委党校李炯教授、郑燕伟副教授;

第三章:中共浙江省委党校董根洪教授;

第四章:浙江工商大学陈寿灿教授、于希勇教授;

第五章:浙江农林大学任重教授;

第六章:中共浙江省委党校白小虎教授;

第七章:浙江外国语学院俞海山教授;

第八章:中共浙江省委党校王祖强教授;

第九章:中共浙江省委党校顾金喜副教授;

第十章:宁波大学沈满洪教授、浙江理工大学谢慧明副教授。

对本著作花了心力的远不止这些具体的执笔者。省委常委、宣传部长葛慧君多次关心、指导本项目的研究工作。省委宣传部常务副部长来颖杰、原常务副部长胡坚、省社科联副主席邵清直接指导课题研究工作并进行把关。省委政策研究室原副主任郭占恒、浙江省农办原副主任邵峰、浙江理工大学周光迅教授与李植斌教授、省委宣传部理论处原处长钱伟刚与副处长郑毅等均对书稿的修改与完善提出了宝贵的意见。在此,对所有为本著作作出贡献的同志表示衷心感谢!

　　"两山"重要思想是习近平总书记治国理政思想的重要组成部分。在这一重要思想指引下,我国生态文明建设和绿色发展做出了系统的顶层设计并付诸实践。党的十八大以来,以习近平同志为核心的党中央对建设生态文明、推进绿色发展作出了一系列的顶层设计和战略部署:十八届三中全会谋划了推进生态文明体制改革;十八届四中全会提出了依法推进生态文明建设;《中共中央国务院关于加快推进生态文明建设的意见》首次提出"协同推进新型工业化、信息化、城镇化、农业现代化和绿色化",再次强调"坚持把绿色发展、循环发展、低碳发展作为基本方针";《生态文明体制改革总体方案》总体设计了生态文明建设的体制、机制和制度改革;十八届五中全会系统阐述了创新发展、协调发展、绿色发展、开放发展、共享发展五大发展理念。我们坚信,在党中央的坚强领导下,包括美丽中国在内的中华民族伟大复兴的中国梦一定能够实现!

作　者

**2017 年 2 月**

图书在版编目（CIP）数据

"两山"重要思想在浙江的实践研究 / "绿水青山就是金山银山"重要思想在浙江的实践研究课题组编著. —杭州：浙江人民出版社，2017.2

ISBN 978－7－213－07923－8

Ⅰ.①两… Ⅱ.①绿… Ⅲ.①生态文明-建设-研究-浙江 Ⅳ.①X321.255

中国版本图书馆 CIP 数据核字（2017）第 037115 号

## "两山"重要思想在浙江的实践研究

"绿水青山就是金山银山"重要思想在浙江的实践研究课题组　编著

出版发行　　浙江人民出版社　（杭州市体育场路 347 号　邮编　310006）

　　　　　　市场部电话：(0571)85061682　85176516

集团网址　　浙江出版联合集团

　　　　　　http://www.zjcb.com

责任编辑　　张炳剑　　潘玉凤

责任校对　　朱　妍　　王欢燕

封面设计　　大漠照排

电脑制版　　杭州大漠照排印刷有限公司

印　　刷　　杭州富春印务有限公司

开　　本　　787 毫米×1092 毫米　　1/16

印　　张　　24.75

字　　数　　331 千字

插　　页　　6

版　　次　　2017 年 2 月第 1 版

印　　次　　2017 年 2 月第 1 次印刷

书　　号　　ISBN 978－7－213－07923－8

定　　价　　65.00 元

如发现印装质量问题，影响阅读，请与市场部联系调换。